YOUCAOSHI

有巢氏

时代出版传媒股份有限公司
安徽文艺出版社

作者介绍：

　　王国刚，安徽省巢湖市人，中国作家协会会员、中国科普作家协会会员、安徽省散文家协会副主席、安徽省科普作家协会科学文艺专委会主任。发表小说、散文、报告文学、诗歌等约 300 万字。出版长篇小说《淹没的地平线》、长篇科幻小说《追捕克隆人》《嫦娥之梦》《克隆人国向人类宣战》《天地奇旅》、散文集《梦幻般的湖》等，作品多次获奖。

有巢氏

YOUCAOSHI

王国刚 ◎ 著

时代出版传媒股份有限公司
安徽文艺出版社

图书在版编目（CIP）数据

有巢氏/王国刚著. —合肥：安徽文艺出版社，2023.4
ISBN 978-7-5396-7408-7

Ⅰ．①有… Ⅱ．①王… Ⅲ．①长篇小说－中国－当代 Ⅳ．①I247.5

中国版本图书馆 CIP 数据核字(2022)第 009990 号

出 版 人：姚　巍
责任编辑：周　丽　　　　　　　　装帧设计：徐　睿

....

出版发行：安徽文艺出版社　　www.awpub.com
地　　址：合肥市翡翠路 1118 号　　邮政编码：230071
营 销 部：(0551)63533889
印　　制：安徽联众印刷有限公司　　(0551)65661327

....

开本：700×1000　1/16　印张：19.75　字数：300 千字
版次：2023 年 4 月第 1 版
印次：2023 年 4 月第 1 次印刷
定价：78.00 元

....

（如发现印装质量问题，影响阅读，请与出版社联系调换）
版权所有，侵权必究

目　录

自序 / 001

一、穴居危境 / 001

二、恶狼入洞 / 010

三、黑狗被逐 / 017

四、猎獐惹狼 / 025

五、困于洞中 / 033

六、厄运又至 / 041

七、危难重任 / 048

八、直捣狼窝 / 055

九、意乱情迷 / 062

十、头领失踪 / 070

十一、不期而遇 / 077

十二、断崖决斗 / 085

十三、构木为巢 / 091

十四、仇敌来犯 / 098

十五、两难抉择 / 104

十六、放虎归山 / 110

十七、后会有期 / 116

十八、猎分两路 / 122

十九、虎口脱险 / 132

二十、东山惊魂 / 139

二十一、化险为夷 / 146

二十二、一望无际 / 151

二十三、绝处逢生 / 159

二十四、树巢避难 / 166

二十五、火种熄灭 / 177

二十六、化戈为帛 / 184

二十七、引虎归林 / 192

二十八、觅火艰辛 / 198

二十九、长腿归来 / 206

三十、引兽入坑 / 212

三十一、重筑新巢 / 220

三十二、争抢地盘 / 227

三十三、智战来敌 / 234

三十四、众望所归 / 242

三十五、误判中计 / 251

三十六、伤亡惨重 / 259

三十七、天火燃巢 / 267

三十八、绝境思变 / 273

三十九、动员迁徙 / 279

四十、难舍故土 / 285

四十一、惊险离山 / 292

四十二、天高地阔 / 300

自　序

我一直觉得,在中国传说中有一位重要人物须被浓墨重彩地书写,这就是位列中华五大始祖(有巢氏、燧人氏、女娲氏、伏羲氏、神农氏)之首的有巢氏。远古时期,这位部落首领受鸟儿在树上筑窝的启发,创造性地"构木为巢",率领原始人离开世代栖息的山洞,攀树居住,被尊称为"有巢氏"。

为了纪念这位智慧、勇敢、胆识超人的中华始祖,我萌生了一个愿望:创作一部以有巢氏为主题的长篇小说,把传说中的有巢氏写活,让他栩栩如生地朝人们走来。

然而,人类有文字记录的历史仅数千年,对传说中万年甚至数万年前的有巢氏的记载仅寥寥数言,这令我一度无从下笔。我时常感叹时间像一块万能抹布,无情地抹去了时空那边逝去已久的一切。多年来,尽管我一直留心寻觅原始人类活动的遗迹,观摩反映其生活场景的绘画、雕塑、蜡像,并在脑海里时断时续地构思小说片段,但仍然没有找到创作的脉络和切入口。

我已出版了五部长篇小说,深知创作长篇既是伤精耗髓的脑力劳动,更是特殊的体力劳动。要将这一题材变成书稿,得苦思冥想许久,又要坐在电脑旁熬过诸多不眠之夜。因而,我一度产生了放弃的念头。冷静下来后几经思考,觉得有巢氏这一题材应该写、值得写、必须写。我下决心要做成这件事!摆在我面前的只有一条路——最大限度地激发自己的想象力,让思维的闪电穿越时空上溯至远古,描绘出一幅波澜壮阔的原始社会画卷,并将它展现在读者面前。

　　于是,进入创作阶段后,我松开思维野马的缰绳,任其在广袤的原野上纵横驰骋。想象的精灵鸟飞向远古时期大山褶皱里的原始部落,看着饥寒交迫的原始人在极其恶劣的自然环境里顽强地生存着——披风霜雨雪、钻密林洞穴、攀陡崖峭壁、猎豺狼虎豹。我仿佛看见了有巢氏和同伴为了活下去与飞禽走兽你死我活地搏斗,为争夺生存地盘和猎场与其他部落人斗智斗勇;我似乎听见了各类野兽的嚎叫声和人们狩猎时发出的阵阵呐喊。在残酷的生存竞争中,无数原始人悄无声息地倒在了荒凉的山野,而智慧、勇敢的有巢氏率领同伴们一路拼搏、百折不挠,不仅顽强地活了下来,而且从洞穴上到树巢,自大山迁徙至辽阔平原。正是有巢氏和他的同伴们,才使得生命的血脉没有中断、持续至今,才有了我们的今天。我们的血管里流淌着他们的鲜血,身上烙印着他们遗传的胎记,世世代代传承着他们的智慧和精神——从过去到现在,从今天到永远……

　　2020年初,因疫情居家,每天从电视、网络上耳闻目睹疫情,令我震惊!在科技发达的今天,人的生命竟如此不堪一击。那么,在极其恶劣的远古社会,如蝼蚁般渺小、脆弱的原始人能延续下来,是一件多么不容易的事!由此,我越发感到始祖有巢氏的伟大!

　　当硕果累累的秋季来临时,我这部作品也完成了。与先前创作的长篇小说一样,当写完最后一个字时,我顿时如释重负!随之而来的,是身心的极度疲惫和精神上难以描述的愉悦!我强烈地感到:创作这部作品,既是对中华始祖有巢氏的崇敬和缅怀,更是后代义不容辞的神圣责任!

　　崇拜您、敬仰您、感恩您,永远的中华始祖——有巢氏!

王国利

2021年3月27日于巢湖市

一、穴居危境

盛夏。

茂密的丛林里,一个披头散发的强壮男人手执棍棒从大树后探出头来,满是胡须的脸上,一双鹰一般犀利的眼睛盯着前方。他身后蹲着一群同样披头散发、几近赤身裸体的男人,他们有的手持尖棍、尖竹竿,有的抓着石块。

前面的山坡上青草茂盛,一群野山羊悠闲地吃着草,全然不知危险临近。

强壮男人慢慢地站起身来,他生得虎背熊腰,腰间仅裹着一块兽皮。当他扬起两只粗壮的胳膊,手朝前一挥时,身后的男人旋即光着脚丫从丛林里蜂拥而出,冲向山坡。

受惊的野山羊惊慌失措地朝着山冈上逃窜,人们嗷嗷叫着穷追不舍。石头一块接一块地砸去,尖棍、尖竹竿接二连三地投向猎物。几只野山羊倒下了。

正当人们喘着粗气奋力朝山冈上追击时,几只已跃上山冈的野山羊竟反身朝山坡下冲来,不顾一切地从众人身边狂窜而过。

大家愣住了:咦,怎么回事?

"狼!"有人惊叫。果然,一群灰狼出现在山冈上,居高临下地俯视着人们。

面对突如其来的危险,人们惊呆了!一个胖男人转身欲逃,强壮男人厉声喊道:"不准跑!拼了!"

"对,拼了!"人们这才反应过来。有人挥舞着尖棍吼叫着,有人弯腰抓起石块,好几个人跃上大岩石占据有利位置。

短暂的近距离对峙后,狼群率先发起了攻击。一只只灰狼从山冈上窜下,扑向众人。人们以尖棍、尖竹竿、石块、拳头迎击。好几个人被狼扑倒了,撕咬中,伤者发出了惨叫声。

一只大灰狼朝强壮男人扑过来,后者闪身躲过,反手抓住狼的一条后腿猛地一掀,将狼掀了个肚皮朝上。他抬起光脚丫狠狠地踩在狼肚子上。狼嗥叫一声,一口咬住强壮男人的小腿不放。强壮男人迅速从腰间拔出一根短短的尖竹竿,插入狼的脖子。鲜血从狼嘴里喷出,溅了他一脸、半身。但当他拔出尖竹竿再次插入时,狼不动弹了。

"啊呀……"强壮男人循声望去,见被刺的狼咬住了胖男人的胳膊。他迅速冲上前去,双手卡住狼的脖子,迫使它松开了口。狼扭过脑袋竭力挣扎着,深棕色的狼眼凶狠地盯着强壮男人,张开满是利齿的大口呼哧呼哧地喷着难闻的浊气,但强壮男人两手死死不放。狼喷出的气越来越弱了。

这时,另一只狼从背后扑向强壮男人,张嘴欲咬。一个小个子男人手持长柄石斧朝它砍去,狡猾的狼闪身躲过了这致命的一击,扭头咬住小个子男人的腿。痛叫声中,一个歪头男人拿着尖棍刺进狼的肚子。一只凶猛的灰狼扑过来欲咬他的鼻子,歪头机灵地一扭脖子,狼一口咬掉了他的一只耳朵,鲜血涌出。瘦男人过来一脚将灰狼踹开,灰狼立刻扑向瘦男人,却被高个子男人一棍击中脑袋,棍子折断了……

山坡上,人与狼你死我活地混战着。怒吼中伴着嗥叫,喘息里掺杂着撕咬声,不时传来撕心裂肺的惨叫。尽管狼有锋利的牙齿,但面对以死相搏的人们,它们并不占上风,不断有狼被打死。其余的狼见势不妙,纷纷掉头朝山冈上逃窜。一只受伤的狼瘸着腿一拐一拐地跟在后面。

短暂的人兽之战结束了。强壮男人喘着粗气,伸手清点人数:"一、二、三……十二……咦,少了两个。"他边走边找,发现山坡下有一个被咬死的人。还有一个呢?

受伤的人不少。小个子男人腿上血肉模糊;高个子男人胳膊被撕开一条血口子;歪头捂着流血的耳朵;胖男人咧着嘴不住地喊胳膊痛,一个叫尖眼的人伸出舌头帮他舔伤口,弄得满嘴是血。

战果是显赫的:一共打死了8只狼。按祖上传下的狩猎规矩:打到猎物后,猎者先吃一顿。这既是庆贺,也是补充体力的需要。可眼下没人提吃,这回伤亡有些重了!

强壮男人用藤条逐一缚住死狼,让同伴们用棍棒抬起猎物,又吩咐一个叫"豹子头"的壮男人扶着伤势较重的小个子男人,然后说:"回。"

众人瞅了一眼地上死去的同伴,正准备离开。忽然听歪头说:"有人在叫。"他耳力出奇地好,能听得很远,虽然刚被狼咬掉左耳,但右耳依然敏锐。人们屏息倾听。果然,从不远处的草丛里传来微弱的呻吟声:"啊哟……"

众人走了过去,看到刚才没找到的同伴正躺在齐腰深的草丛里,浑身是血……

夕阳西下。高高的山冈上,半裸着身子的人们抬着猎物、扶着伤者,迎着斜射过来的残阳的光,一个跟着一个朝部落的方向走去。

山谷里有一处高耸的悬崖,悬崖下有个洞穴,它便是山中部落人的栖身之所。

早晨,太阳从山谷东方冉冉升起。一个脸色黝黑的黑皮男人钻出洞口,他先东张西望,然后扭头吆喝几声,洞里的人便纷纷钻出洞。无论男女,全都披头散发、半裸着身子,仅在腰间裹缠一块兽皮或手编的草帘子挡住裆部。而孩子们全都光着屁股,有的孩子快半人高了,仍然一丝不挂。

洞前有一片宽敞的草地,被人们称作"场地"。场地上生长着八棵枝繁叶茂的大树。一条山溪从场地边茂密的树林里钻了出来,在场地和大树之间绕了个弯,朝不远处的断崖而去,飞泻而下,形成了一处瀑布。

在黑皮男人和一个满脸皱纹的老女人的指挥下,出洞的男女们忙碌起来。女人们围着场地东边的一块平坦岩石,将从洞里运出的橡栗、杏子、草籽、竹笋、野辣椒,还有一些不知名的果子摊开来,边晒边挑拣,好的留下,坏的扔掉。待晒干后,再把它们运回洞内储存起来。

一个漂亮的年轻女人翻晒着野辣椒说:"这东西能把人的嘴辣歪,真不明白祖先为何要把它当吃的东西传下来。"她的眉眼间生着一颗引人注目的美人痣。旁边的胖女人被辣椒味呛得直打喷嚏:"我也想不通,可男人们就喜欢吃它。"

场地西边,男人们在准备狩猎工具。他们用特别硬的石头,将石块砸成不同的形状:较锋利的薄石片用来剥兽皮、割肉或者削尖树棍;有棱有角的尖石被嵌在长树棍一端,成了石矛;在圆石头上砸个深孔,嵌入长棍,一把长柄石锤就做成了;在一边薄一边厚的石片上嵌入一根长棍子,便成了一把长柄石斧……

在一处燃烧的火堆旁,一个男人将发黏的黄泥巴团揉捏成中间凹、周围圆的形状,用树棍子挑着它放到火上烧。待火熄灭后,一只坚硬的泥陶罐子就烧成了。人们用泥陶罐子来盛水、煮肉。有的人还会烧个盖子,天冷时用它盛着火灰焐手。

干着活的男人们眼睛也没闲着。他们不时地抬起头,放肆地朝女人那边看。女人们也时不时地伸手撩过脸边的长发,瞟一眼心仪的男人,或者留意谁在瞅自己。光着腚的孩子们可不管大人们往哪里看,围绕着大树追逐着、嬉闹着。

一位美丽的姑娘来到溪边洗竹笋,附近的几个男人立马心不在焉了,干活的手也停了下来,眼神热辣辣地瞟着姑娘。这姑娘是部落里最美的年轻女人,都叫她美姑娘。她脖子上挂着一串细藤穿着的兽骨片,坠在丰满的胸前晃动着。男人们都知道,她至今谁也没让碰。听女人们说,她只愿跟能当大头领的年轻男人好。

一个傻乎乎的矮胖男人手里砸着石头,眼睛却直愣愣地望着美姑娘,一不小心砸到手指,痛得嗷嗷叫。周围人对此习以为常,没人关注他。

矮胖男人的痛叫声惊动了不远处的美人痣姑娘。她顺着男人们的视线望去,顿时明白了。她一跺脚,径直走到溪旁那几个男人面前,挑衅地一把抢过男人手里的尖树棍,然后挥动着树棍、扭动着身子哼唱起来:"呀哎、呀啊、呀啊啦……"

美人痣姑娘突如其来的舞动与哼唱,顿时吸引了众多男人。面对贪婪的目光,她更来劲了,先是张开滚圆的胳膊,夸张地在空中挥动,继而一圈一圈地扭转着身子,胸前一对丰满的乳房颤动着。看得男人们眼睛发直,连声叫好,场地上响起一阵阵欢笑声。

一位满脸皱纹的老女人走了过来,沙哑的声音说道:"不要跳了,干活去!"可她像没听见似的,仍旧跳着、蹦着、哼唱着。

老女人恼了:"再跳,我就……"这时一个男人用身体挡住了她,他只有一只手。

洞内人似乎听见了场地上的笑声。从洞里钻出两位老人,前面的老者高大硬朗,下巴上生着一绺引人注目的、长至胸口的白胡须,身后还跟着一只大黄狗。他的眼睛炯炯有神,手执一根光溜溜的棍子。他身旁是一位身体健壮的浓眉毛老翁,手里拿着一根尖竹竿。

眼见大头领、二头领出洞了,男人们立刻回到原处,干起手中的活来。美人痣姑娘吓得一吐舌头,飞快地跑到老女人那边忙起来。只有一只手的男人连忙躲到大树后面。

板着面孔的大头领厉声道:"刚才都在嚷些什么?"话音刚落,身后的大黄狗便狂叫一声。这狗极凶,人们都叫它大黄。

独眼老人答道:"老是坐着干活,身上难受。刚才他们想动一动。"

"想动? 容易,上山打猎去。"大头领抬头眯眼,仰视着山谷两侧高耸的大山,目光犀利,"这两天打猎的人要是还不回来,部落里就没吃的了。"

女人那边,一个孩子尖声叫道:"我饿,我好饿,呜呜……"

大头领扫了那孩子一眼,对男人们说:"干活时少说话,多砸几块尖石头,多削几根尖棍子,准备上山打猎。都听见没有?"

"诺、诺……"男人们全都应着声。

大头领又走到女人们那边。女人们一个个低头垂目,不敢吭声。美人痣姑娘一边翻晒岩石上的草籽,一边飞快地瞅了一眼大头领手上的棍子。这棍子一头弯、一头尖、中间直,有好几处不易察觉的短刺。难怪每回打人时,挨打者都痛得直叫唤。听说这棍子是祖上传下来的,人们私下里都叫它"权杖"。

大头领弯腰抓起一把种子,看看是否晒干了。那个满脸皱纹的老女人抬起头偷看了他一眼。也许,她想起了昔日跟大头领相好的时光。二头领浓眉翁察觉了,不悦地瞪她一眼,斥责道:"看什么?干活!"部落里的老男人们都知道,这老女人年轻时也是个漂亮女人,但她只跟大头领一个人好。二头领曾多次示好,她都不理睬。如今她又老又丑,二头领对她一点兴趣也没有了。

大头领直起腰来,看了看老女人,少有地放缓了声调:"我让你当女人的头儿,你就要当好。"说罢,他转过身,"喂,一只手,听见了吗?"

躲在大树后的一只手万没想到大头领发现了自己,慌忙闪出,应道:"听、听见啦。"有一次打猎,被老虎扑倒的他接连在地上打了十八个滚,爬起来时才发现只剩下一只手了。受到惊吓的他从此不敢上山了,还夜夜睡不着。大头领便让他看守存放食物的仓库——实际上就是洞深处的小岔洞。可是天天待在洞里憋得慌,今早他刚溜出洞,没想到就被大头领察觉了。

大头领厉声道:"看仓库怎么看到这里来啦?滚进去!"

一只手慌忙朝洞口跑去。

大头领又盯着晒在岩石上的果子,对女人的头儿说:"晒干后,全部送到仓库留着过冬用。"老女人连声道:"诺、诺……"

眼见大头领又眯起眼朝山上望,二头领浓眉翁忙说:"大头领别着急,打猎的人应该快回来了。"

大头领伸手抚摸着长长的银须,转身朝洞口走去。

眼见两位令人畏惧的头领进了洞,其他人都松了口气。一会儿,欢声笑语又出现了。尽管女人的头儿不断地朝女人们吆喝,可仍然制止不住。

在那棵枝叶茂盛的苦楝树下,一个失去双脚的老人盘腿而坐,面无表情地望着眼前发生的一切。他张开嘴巴,低声哼着谁也听不懂的悲凉调子:"呀——呜——啊——嗨……"除了风霜雨雪天,一个叫黑狗的年轻男人每天早上都将他背到这里,只要有吃的,就送给他一份。

当炽烈的太阳升到头顶时,从森林中钻出一群男人。他们扛着、抬着猎物,顺着山谷朝部落走来。望见场地时,强壮男人兴奋地拖长声调大喊一声:"嗨——"

人们循声望去,顿时欢呼起来,纷纷起身迎上前去。

人们满载归来,全部落人喜笑颜开。还没等猎者放下猎物,一个饥饿的半大孩子就扑上前去,两手抓住死狼的伤口处张嘴就咬,硬是撕咬下一块带血的肉来。见有人争抢,更多人呼啦一下子拥上前去,你争我夺,推推搡搡,吵声、叫声不绝于耳。胖男人想拦阻,不料腰间系着的大树叶子掉了,顿时浑身一丝不挂,引起一阵笑声。女人的头儿连忙递过一块破兽皮,让他遮住裆部。

这时,大头领又走出洞来,见打猎的人回来了,他面露一丝笑容,但旋即便消失了。面对乱象,他举起权杖威严地喊道:"谁敢再抢,我打死他!"身旁的大黄狗跟着哇呜一声。

正在争抢的人们顿时不敢抢了,唯有孩子仍在哭叫:"我好饿……""我要吃肉……"

二头领浓眉翁见大头领看了自己一眼,知道轮到他说话了,高声道:"按老规矩。"他叫高个子男人带人送四只狼到仓库去,又让黑皮等人用

一、穴居危境 | 007

薄石片剥兽皮、剔兽骨,再割肉、分肉。

负责割肉的人每割下一小块,就递给二头领浓眉翁。他先给每个打猎者分一块,然后再分给部落里的青壮年男人、女人和孩子,最后才是老男人和老女人……这是祖上传下来的分食顺序,人们已习以为常。

看火老人从洞里火坑中取来一根燃烧的柴火。一会儿,场地上就燃起了好几处篝火。分到肉的人用竹尖戳着肉,伸到火上烤。老人们牙齿不好,用石片将肉切成小块,放入盛水的泥陶罐子里在火上煮。煮的肉比烤的肉嫩,也容易嚼。

矮胖男人分到一块生肉,迫不及待地张嘴就咬。当煮烤出的肉香在场地上弥漫时,他早已吃完了。于是,他便使劲地抽动着鼻子,贪婪地闻着,还东张西望,见尖眼正在吃烤熟的野鸡,他便从其身后一把抢走了鸡。

尖眼起身就追,矮胖男人边跑边咬,嚼着肉围着大树和他兜圈子。尖眼连连扑空,引得人们哄笑。恼火至极的尖眼捡起石头朝矮胖男人砸去。矮胖男人额头上流出血,但痛叫着的他仍将最后一块鸡肉塞进嘴里。

二头领过来抡起竹竿就打尖眼。尖眼边躲闪边争辩:"怎么打我?是他抢我的鸡。"

"你怎能用石头砸他?"竹竿抽得更猛烈了,尖眼落荒而逃。

轮到女人了,分得的肉块明显小了不少。大头领吩咐割肉的黑皮:"生孩子多的多给一点,不生孩子的就少给。"

轮到老人时,分得的肉块更小。大头领又吩咐黑狗:"给没脚老人和没牙老头送点肉去,一个也不能少。"

一会儿,肉分光了,可还有三个老人没分到。大滴眼泪从老人们干瘪的眼里流了出来。分不到肉就意味着饿,甚至会饿死。谁也不知道什么时候再分吃的。

眼瞅着可怜巴巴的老人,大头领推开黑皮递过来的肉:"把我的这块分成三份,发给他们。"浓眉翁连忙劝阻:"大头领,你已两天没吃东西了。"

一旁的强壮男人见状,马上说:"分我的吧。打猎回来的路上,我吃过肉了。"说罢,他把自己没吃的肉块递给黑皮,转身离去。

大头领注视着强壮男人的背影,自言自语地赞许道:"都像他这样就好办了。"

声音不大,却被二头领听到了,他皱起了浓眉。

强壮男人走到晾晒辣椒的岩石旁,抓了几个又尖又小的红辣椒闻了闻,被辣味呛得连打喷嚏:"阿嚏、阿嚏!"眼泪都呛出来了。他伸手擦眼,不料又辣了眼睛,越擦眼越痛,眼泪直流。高个子男人跑过来说:"快去洗洗!"他拉着半闭着眼的强壮男人往山溪边跑。强壮男人手捧溪水一遍遍地洗,眼睛才睁开了,他感慨地说:"红辣椒好厉害呀!"

高个子男人说:"想不被辣得离远点。"

"不是。我是在想……"强壮男人似乎是在琢磨什么。

"想什么呀?真喜欢就去拿几个。"高个子男人说罢,朝大头领那边望了一眼,走过去抓了一小把辣椒,回来后塞入强壮男人腰上缠的兽皮兜里,埋怨道:"唉!拼死命打猎却没吃到肉,你就知道老好。"说罢,高个子男人朝茂密的树林走去。他想扳几根小树枝削尖棍子。

高个子男人钻进树林后,前面好像有动静。他拨开树丛一看,发现黑皮从腰间兽皮兜里取出一大块狼肉,递给二头领浓眉翁。他顿时恼了:哼,分肉藏肉,讨好二头领,违反祖规,辜负了大头领的信任。

黑皮钻出树林,若无其事地离去。望着毫无察觉的二头领,高个子男人陡生反感:"哼!"他转身朝林外退去,刚出树林,就看见二头领最喜欢的那个胖女人正在往树林里钻。

一、穴居危境 | 009

二、恶狼入洞

　　天黑了，黑黝黝的山谷上空繁星闪烁，栖息于大山里的无数生灵开始了新一轮沉睡。又过了一会儿，一轮皎洁的明月从山顶上探出头来。在月光下，大山显现出神秘的轮廓来——高耸的山峰宛若刺向夜空的利刃，奔流的溪水犹如深谷里游动的长蛇，巨大的岩石仿佛是狰狞的怪兽，而崖下洞口像大山张开的嘴巴。

　　走进洞口，是一处豁然开朗的洞厅。宽敞的洞厅中央有一个日夜燃烧的火坑。洞厅的左侧是怪石和陡峭的石坡，石坡上有好几个小石洞。洞厅右侧的石壁较光滑，一条条淡黄色石纹如波浪般起伏。一个被称作"里洞"的洞口就在"波浪"中间直通大山的"腹腔"……

　　洞顶有个直通山顶的小洞，都叫它天洞。夜晚，透过天洞可看见闪烁的星星。黎明时天洞发白，人们就知道天快要亮了。洞顶上倒悬着十多根长短不一的钟乳石，其中一根粗大的钟乳石与地面相连，宛如擎天石柱。石柱上挂着一颗引人注目的牛头骨，其深陷的眼窝令人感到恐怖！

　　这是一次打猎的收获。十几个男人用石块和棍棒轮番攻击这头少见的野牛，从中午追打到傍晚才将它打死。牛肉吃完后，一个叫人精的人说："牛头骨能驱邪避灾。"大头领信了，将它悬挂在面朝洞口的石柱上。这个人精在部落里可是个人物，他懂风水、会看相、能治病，还自称能预测生死。大头领对他高看一眼，许多场合总少不了他。

　　此时，人们正围着火坑聊天。

　　当人们聊得正欢时，高个子男人举着燃烧的树棍子从里洞钻出，叫道:"大头领有令,睡觉了。"人们纷纷散开,躺在铺着茅草的岩石上或泥地上。有的人闭眼不久,就打起响亮的呼噜。

过了一会儿,一个瘦子从石坡上的另一个小洞里探出头,伸长脖子望了望横七竖八地躺在地上熟睡的人们,然后鬼鬼祟祟地来到火坑旁,烤一只兔子。尽管大头领禁止私藏食物,但几乎每次外出打猎都有这样的人。睡在火坑边的看火老人睁开眼,又闭上了。他对此已司空见惯。

兔肉的香味弥漫开来。歪头醒了,睡眼蒙眬地抽动着鼻子,歪着脑袋朝火坑望去,一骨碌爬了起来,过去小声指责:"好哇,你竟敢私藏吃的。分一半给我,不然我报告大头领。"

瘦子不愿意。两人小声争吵,惊醒了矮胖男人。矮胖男人起身,乘其不备,从瘦子身后一把拽过半熟的兔子,张开嘴连皮带肉地猛咬一口。瘦子转身抢夺,岂料矮胖男人手里的兔子被一个叫光头的家伙抢去。瘦子朝他扑过去,双方扭打成一团。眨眼间,兔子又被人抢走了。这时更多的人被吵醒了,纷纷嚷嚷起来。

正当瘦子和光头打得不可开交时,睡在石坡上的强壮男人起身准备拉架。当他看见大头领从里洞走出时,马上躺倒闭目,耳边传来权杖的拍打声和挨打的叫声。

大头领一边挥舞着权杖,一边怒斥:"说过多少次了,睡觉还打架?"瘦子和光头连滚带爬地逃出洞口,消失在黑暗中。大头领似乎仍未消气,他举起权杖对众人说:"谁要是再打架,我就让大黄咬死谁。"身旁的大黄狗立刻哇呜一声。

二头领浓眉翁走上前来:"大头领息怒。明天我惩罚他俩各削十根尖棍。"大头领嗯了一声,打了个哈欠,疲惫地转身钻入里洞。两位头领刚离开,瘦子和光头就从洞外溜了进来。

浓眉翁举着燃烧的火棍,陪着大头领往里洞的深处走去。狭窄的里洞如肠子一般弯曲,伸向大山的深处。沿途到处躺着人,呼噜声此起彼伏。年轻女人喜欢扎堆睡,孩子们依偎在母亲身旁,老人多蜷缩在石壁旁

二、恶狼入洞 | 011

边。一个黑暗的岔洞里隐约传来喘息声和呻吟声。浓眉翁伸出火棍一照,原来是一对男女在缠绵……

拐过一个弯,一个肚子鼓得老高的女人正在生孩子:"啊哟……"旁边的老女人小声道:"忍着点,使劲!"两位头领从她们身旁走过,又穿过了一段怪石嶙峋的过道,大头领钻入一个小岔洞里,这便是部落里至高无上的大头领洞。二头领浓眉翁则钻入另一个小岔洞里。

洞厅中,火坑里的残火仍在燃烧。洞外的月亮开始西坠,一会儿就隐身于山峰背后,山谷里顿时漆黑一片。一个在洞口站岗的年轻人半睁着睡眼,不住地张嘴打着哈欠。终于,他实在撑不住浓浓的睡意,靠在洞壁凹陷处睡着了……

从黑漆漆的森林里钻出一群恶狼,直朝悬崖下的洞穴而来。无人察觉,一群狼畅通无阻地从洞口进入。

这时,看火老人醒了,他惊慌地大喊:"狼来啦!"

猝不及防的男人们纷纷起身,赤手空拳地与狼展开了肉搏。拳打,脚踢,牙咬,卡狼脖子……一时间,人叫、狼嗥,乱成一团。人狼混战中,一只大黄狼张开大口,咬住光头的胳膊。"啊哟……"光头发出痛苦的惨叫声。高个子男人冲过去,用胳膊勒住了狼脖子。大黄狼四爪胡乱蹬踢了几下,就瘫倒了。一只狼扑倒了小个子男人,一口咬住他的命根子:"啊哟……"千钧一发之际,强壮男人举起一块石头砸向狼头,扑哧一声,狼的脑浆溅了小个子男人一脸、半身。另一只狼扑向矮胖男人,被尖眼一棍子打中屁股。狼猛地一蹿,钻入矮胖男人两腿间。矮胖男人不傻,顺势朝下一坐,沉重的身躯压断了狼的脊梁骨。狼瘫软在地,嗥叫不已!

在短暂的慌乱之后,人们拿起身边的尖棍、尖竹竿、长柄石斧、石头,与入洞的狼展开了殊死搏斗。入洞的狼越来越多。人们的棍子打折了,石块也没了,只好边打边往里洞口退。

在这关键的时刻,里洞的女人们排成人链,将平时储备的石块、尖竹竿、树棍子传过来,递到男人们手里。洞厅里的男人们得到武器补充,又开始与狼激战。

一只大狼跃上石坡,窜进几个女人住的小石洞里,将一个年轻女人拖出洞。女人惊恐万状地尖叫着,双手死死地抓住岩石的一角不放。强壮男人闻声赶来,伸手揪住狼的后腿往坡下拽。大狼被迫松开口,掉头扑向强壮男人,人和狼一起从石坡上滚落到泥地。

矮胖男人发现了,举起树棍朝狼打去,万没想到强壮男人一翻身压住狼,棍子落在他的后背上。"啊哟!"强壮男人的痛叫声吓得矮胖男人丢下棍子,呆呆地看着地上的人狼之搏,不知所措。

被强壮男人双手卡住脖子的狼挣扎着,前爪趴在石壁上,两只后爪蹬地刨土。泥尘呛得强壮男人睁不开眼,但他仍不放手。狼张口喘气,力气渐弱。强壮男人以为它要死了,松开了手,万没想到狼突然扭头咬向他。危急之际,光头的尖竹竿戳入狼的腹部,它哀叫着倒下了……

这时,大头领出现在洞厅里。他声嘶力竭地喊道:"打呀,使劲地打!"人们听到大头领的喊声,发出了阵阵呐喊:"嗨嗨嗨、嗨嗨嗨……"由防御转为反攻。大黄狗在一旁狂叫着。大头领手一指,它凶猛地扑向狼撕咬起来。几只狼朝不断喊叫的大头领扑去,人精连忙护着他退入里洞。

在棍棒、尖竹竿、石斧、石锤和石块的袭击下,群狼招架不住了,纷纷掉头往洞外逃窜,人们紧追不舍。黑皮的棍子打中一只狼,接着他用棍子横扫,将狼的后腿打折。瘸腿狼哀叫着,三条腿一瘸一拐地往洞外跑,洞口的黑狗狠狠一棍令狼脑袋开了花。另一只往洞外逃窜的狼也被黑狗的棍子击中。那狼嗷嗷叫着朝黑暗的树林里逃遁。

当最后一只狼逃出洞后,惨烈的人狼混战结束了。

几个持棍男人迅速奔到洞口把守。多根树棍伸进火坑里引燃,洞厅里亮了起来。人们看到了死伤的同伴,伴随着痛苦的惨叫声和女人的哭声。人们用兽皮和细藤条为伤者包扎伤口。也有人将唾沫吐在手心,轻轻地抹在伤口上——这是祖上传下来的疗伤方法。

洞外,东方天际露出了一丝鱼肚白。高个子男人和长腿带人将几个死者抬出洞。身后传来凄惨的啼哭声——那是与死者相好的女人。

天亮了。亮光从洞口射进来。

二头领浓眉翁手持燃烧着的树棍清点人数:"七十七个、七十八个、七十九个……"

美姑娘在洞厅里东张西望。当看见强壮男人时,她迟疑地问:"夜里,是你救我的?"强壮男人看了她一眼,说:"夜黑,狼多,人乱,记不清了。谁救你都是应该的。"

正在数数的二头领听见他俩对话,说:"是他救你的,我看见了。"说罢又点起数来,"六十九个、七十个……"

一个叫错人的男人更正道:"二头领,你刚才数到七十九个。"

二头领浓眉翁停止点数,斜眼瞅着错人:"你这个干什么都出错的错人,还敢说我?我怎么会错呢?"

人精插嘴道:"二头领,错人没错。你数到七十九个时,说了几句话,就数成六十九个了。"

"你也说我数错了?"二头领一脸不高兴。人精讪笑着:"不敢瞎说。"二头领这才半信半疑了。他瞪了美姑娘一眼:"都怪你,我要重数一遍。"

美姑娘低头垂目,见二头领转身朝里洞走去,才再次抬起头来,一双清澈的眼睛望着强壮男人:"谢谢你救我一命!"说着,她的目光飞快地滑过对方宽厚的臂膀、厚实的胸膛,忽然脸热心跳,羞涩地低下头,看着自己丰满的胸。

强壮男人坦然道:"男人保护女人,是分内的事。"话音刚落,只见美人痣姑娘风风火火地跑了过来:"哎呀,听说夜里你打死了两只狼,真有力气!"说罢,她两眼在强壮男人全身上下扫着,见他胳膊上直流血,又惊叫道,"你被狼咬了?我帮你吸。"说罢,不由分说地抓起强壮男人的胳膊,张嘴就吸,吐掉,又伸出舌头舔了舔。

美姑娘不高兴,生气地将脸扭向一边。强壮男人意识到了,正要说什么,歪头跑了过来:"洞外树林里发现一只狼。"

强壮男人说:"走,看看去。"

两个男人离开后,两个女人互瞪了一眼。美人痣姑娘朝美姑娘一晃拳头:"他是我的,你敢!"说罢,转身离开了。"凭什么是你的?"美姑娘气呼呼地冲美人痣姑娘的背影一跺脚。

头领洞里,大头领盘腿坐在圆圆的岩石上闭目皱眉,似乎在思索着。二头领浓眉翁钻进洞,小心翼翼地说:"夜里来了约五十只狼,打死了七只。我们死了三个男人,伤了九个,一个孩子被狼叼走了。"

大头领猛地睁开眼,怒目圆睁:"上回狼群来部落,死了两个男人。才过了十三天,又死了三个男人、一个孩子。再这样下去,我们部落要灭种了。"在大头领犀利的目光里,二头领沉默着,一声不吭。

大头领又仰起脸,凝望着石洞顶部,徐徐地吐了一口气,放缓了口气:"部落里还有多少人?"

浓眉翁低声答:"一共九十四个——三十三个男人、三十七个女人、二十四个孩子。"

"数得准吗?"看来,大头领对二头领数的数也有些不大相信。

"准,我数了两遍。"

"唉!"大头领长叹一声,伤感地说,"听说南山部落快两百人了。可我们部落的人只减不增,从一百多减到了九十多。我愧对祖宗啊!"说着,他将目光从洞顶移向浓眉翁,"有力气上山打猎的男人有多少?"

浓眉翁唯恐大头领发火,小声说:"除去受伤的,恐怕只有二十来个人了。"大头领痛苦地闭上眼睛,喃喃自语:"上古的老祖宗为我们觅得这么好的一个洞穴:有外洞,有里洞,有众多岔洞,还有两处泉眼。可是,昨夜,部落人差一点就让狼咬死光了!人一死,这儿就成狼洞了。好险啊!"

说到这里,他突然想起了什么:"昨夜是哪个在洞口站岗的?"

二头领愣住了。站岗的事,他一直让黑皮安排。

大头领纵身从圆石上跳下来,厉声道:"走!"

三、黑狗被逐

　　两位头领步履匆匆地穿过弯曲的里洞,来到了人声嘈杂的洞厅。见大头领来了,乱哄哄的洞厅马上静了下来。

　　大头领一双炯炯有神的眼睛威严地巡视着。目光所及,疲惫不堪的男女老少或立或坐或卧于地上,一个个神情悲苦。伤者忍不住呻吟着,孩子仍在小声哭闹,一片凄惨的景象。

　　大头领厉声喝问:"昨夜是哪个在洞口站岗的?"顿时,洞厅里一片寂静。连孩子也吓得不敢哭了。

　　"哪个?出来!"大头领抬高了声调。众人你望着我,我望着你,没人应声。

　　大头领看了二头领浓眉翁一眼。后者会意,他盯着歪脑袋的男人:"歪头,昨夜是你先守的洞口,后来哪个人接替你的?"

　　见歪头低着歪脑袋不吭声,浓眉翁上前朝他啪地打了一竹竿。"啊哟!"歪头痛叫起来。那根竹节凸起的竹竿打起人来痛得钻心。

　　"说!"浓眉翁的竹竿又举了起来,"你不说,洞口这一夜都是你守的。"这个责任可担不起,歪头连忙说:"下半夜,接替我守洞口的是……黑狗。"

　　众人东张西望,最后,目光齐刷刷地射向洞壁旁的一个年轻男人。那个名叫黑狗的男人长得又高又结实,只是脸上、身上的皮肤黝黑、粗糙。

　　浓眉翁威严地朝他喊道:"你,过来。"黑狗知错地低着脑袋,畏畏缩缩地走了过来。大头领目光凶狠地盯着他,冷冷地问:"你是怎么守洞口的?嗯?"黑狗目光躲闪着,低头盯着地上,小声道:"昨夜我实在太困了,后来,不知怎么睡着了……"

他的话没说完,只见大头领抡起手中的权杖打去,黑狗胳膊上出现了一道红印。接着是第二棍、第三棍……棍上的尖刺扎进肉里,殷红的鲜血涌出,顺着粗壮的胳膊流了下来。

任凭大头领杖起杖落,黑狗都没有躲避,也一声没吭。余怒未消的大头领打累了,转过脸对浓眉翁道:"按祖上规矩办。"

众人一听都惊呆了!人人都知道"祖上规矩"意味着什么。

浓眉翁朝黑皮和尖眼一摆手,两人上前揪住了黑狗的两只胳膊,将他推搡出洞穴。

一人重罚,全体观看——这也是祖上定下的规矩。几乎全部落的人都跟着钻出洞口,观看黑狗受罚场面。那位失去双脚的老人也被人背到了场地上的苦楝树下。

洞前的场地上,黑狗任由黑皮和尖眼用细树藤将自己捆在大树干上,毫不反抗。

大头领走出洞来到场地上,他踩着半人高的石块纵身一跃,登上一人多高的圆柱形石墩,在上面盘腿而坐。这大石墩象征着部落里至高无上的权力,人们都叫它"头领石"。除了大头领以外,无人敢上去。

面对全部落的人,二头领浓眉翁大声道:"都听着!夜里,黑狗站岗睡觉,让狼群入洞,差点灭了部落……"说到这里,他扭头朝大头领望去,男女老少的目光也跟着望去。

大头领一言不发,面无表情地凝望着远方,下巴颏上长长的银须在山风中微微拂动着。透过两座大山之间西边的山口,隐约可见远方烟云笼罩的层峦叠嶂。

浓眉翁知大头领决心已定,便大声宣布:"黑狗犯了死罪,按祖上规矩,乱石砸死!"

话音刚落,人群里就传来一声沙哑的哭叫声:"别砸我的孩子!"随即,一个瘪嘴老妇人跌跌撞撞地冲了出来,上前一把抱住了黑狗,"哇……"

这个老妇人是黑狗的母亲。黑狗很孝顺,每次打猎回来,都给母亲塞吃的。黑狗心善,看见快要饿死的人,总是钻进树林找吃的救人。黑狗还爱狗,吃肉时,经常撕一点喂大黄狗……

浓眉翁厉声呵斥道:"歪头,拉开!"歪头走到大树前,用力拽开了搂着黑狗哭泣的老妇人。老妇人声嘶力竭地喊道:"砸死我吧,用我来换他……"

这时,浓眉翁再次朝大头领望去,见大头领闭上了眼睛,便叫道:"砸!都砸呀。"说罢,他率先弯腰捡起地上的一块石头砸向黑狗。石头准确击中黑狗的额头,鲜血顺着他的脸颊流了下来。老妇人见状号啕大哭。好几个女人也跟着抽泣起来。

一连几块石头从人群里飞了过去,可没有一块击中黑狗的。

浓眉翁恶狠狠地瞪着众人:"我看谁敢不砸?砸!"人们被迫再次捡起石头,一块接一块地扔过去。黑狗身上接连"中弹",多处流出血来。有人朝黑狗小声叫道:"快向大头领求饶啊。"

可是,性格倔强的黑狗仍一声不吭。不久,在老妇人撕心裂肺的哭喊声中,黑狗耷拉下了脑袋,闭上眼,似乎昏迷了过去。

这时,默默地站在人群里的强壮男人忍不住了,他快步上前用身子挡在黑狗前面。众人见状全都愣住了!二头领也惊诧不已,高声责问:"你干什么?想破坏规矩吗?"

强壮男人诚恳地说:"黑狗犯罪,该罚。现在他已半死,恳求大头领、二头领念他夜里打死过一只狼,换个罚法吧。"

浓眉翁大怒!自己从未遇到有人胆敢当场违背大头领之令的。他瞪着强壮男人:"换?怎么个换法?"

强壮男人说:"将他逐出部落。"

周围一片寂静,连瘪嘴老妇人的哭声也停止了。浓眉翁一时不知所措了。他看了看周围,众人都流露出期待的目光。于是,二头领走向大石墩,踩着石墩后半人高的石头,踮起脚凑到盘腿端坐的大头领耳旁,小声地说着什么。

所有的人都注视着头领石上的大头领。他依旧一动不动,唯有长长的银须在随风飘动。有人看见他摆了一下手,做了一个谁也看不懂的动作,但二头领看懂了。他转身跳下地来,走到刚睁开眼的黑狗跟前说:"大头领心好,饶你一命。将你逐出部落,永不准回来……"

这可是部落里从未有过的事。人们都松了一口气,有人松开了抓着石块的手。大家感到惊讶的是:强壮男人怎敢反抗大头领?一向心狠手辣说一不二的大头领怎么又依了他?

正当许多人感到纳闷时,黑狗突然抬起头喊道:"不,我不走!死也要死在部落里……"

突如其来的变故令众人再次吃惊。都以为黑狗要谢大头领不杀之恩,没想到他竟这样倔强。气氛顿时又紧张起来。众人望着两位头领,估计他俩会发火。

二头领皱起浓眉,攥紧了竹竿。依他的火暴脾气,会大骂黑狗:"不知好歹的东西,想死吗?容易。大家都把石块捡起来,再砸,狠狠地砸……"可浓眉翁明白,眼下自己只是二头领。他凸起的喉结上下滚动了一下,在咽下吐沫的同时也咽下了怒气。他扭过脑袋,再次朝大石墩上望去。

大头领仍旧一动不动地凝视着远方。浓眉翁似乎明白了,他一言不发地朝黑皮和尖眼挥了挥手。两人会意,上前解开绑着黑狗的藤条,然后,一左一右地抓着他流血的胳膊,推搡着他走向一侧的密林。黑狗不住地挣扎,然而无济于事。

密林边,黑皮和尖眼刚松开手,黑狗忽然转过身,飞快地朝洞口跑。大头领喊道:"大黄,咬!"

大石墩旁的大黄狗听到主人的指令,哇呜一声迎面冲到黑狗跟前,一口咬住他的小腿。女人们吓得扭过头去,但她们没听见痛叫声,于是又转过脸。众人惊异地看到大黄狗并未真咬,并且它还松开口,退向一边。这狗通人性?

从未发生过主人发指令,大黄不咬人的事。二头领唯恐大头领感到难堪,连忙喊:"黑皮和尖眼,揍他!"两人挥拳痛打,黑狗连连挨揍,倒在草丛里。在瘪嘴老妇人的哭喊声里,黑狗被拽起,再次往密林那边推搡。

密林边,黑狗绝望了。泪流满面的他面对注视着他的人,一步一步地往后倒退。最后,他毅然决然地转过身,一头钻入密密的树林中。

一直号啕大哭的瘪嘴老妇人突然没了声音,她昏迷了过去……

二头领浓眉翁扫了瘪嘴老妇人一眼,又望了望依旧不动的大头领,皱紧眉头威严地喊道:"都听着,这回黑狗免死,是大头领开恩。往后,不管谁夜间看守洞口,都要睁大眼睛,不准睡觉。不然,死!"

场地上一片寂静。一阵山风吹来,人们听见了苦楝树下传来无脚老人哼唱的悲凉调子:"啊——呀——呜——嗨……"二头领有些恼火地扫了无脚老人一眼,再次朝头领石上望去。

大头领突然打了个响亮的喷嚏,他睁开了眼睛。苦楝树那边,无脚老人立马没声音了。大头领从头领石上站了起来,居高临下地俯视着全部落的人。然后,他伸手捋了捋下巴上长长的银须,开腔了:"昨天夜里,要不是看火老头发现狼群进洞,全部落的人恐怕都死光了。这次,我破了祖规,就是看部落里男人越来越少,不想再死人了。"

大头领忽而脸色一沉:"可昨天夜里,有的人刚看见狼就想往里洞跑,这是男人的耻辱,耻辱啊!往后,不论是遇到野兽,还是与外部落打杀,胆小怕死者,一律按祖规处死!"

场地上安静极了,连空气仿佛都凝固了。一个小男孩打破了寂静。他恐惧地望着大头领,仰起小脸朝母亲哭叫:"我饿,我好饿,呜呜……"旁边的女孩也尖声道:"我也饿,呜呜……"哭叫声引发了更多孩子的哭闹。

头领石上,大头领俯视着孩子们一张张瘦弱的小脸,严厉的眼神变得温和了。他手抚银须,望着高耸的大山说:"部落里总是缺吃的,即便野兽不来吃我们,我们也会饿死的。二头领,你带人护洞。其他的男人,只要能走会跑,都备好棍棒、石斧,跟我上山打猎去。长腿呢?"他的目光左右扫视着。

"我在这儿。"一个叫长腿的年轻男人从人群里挤了出来。大头领吩咐:"你带几个人燃火,烤狼肉,让上山打猎的人吃。吃了熟肉,身上才有劲。"

"是。"得到授权的长腿应声。大头领又说:"高个子男人,清点好上山打猎的人。""是。"高个子男人大声应答。

大头领说完,纵身一跃,直接从头领石上跳下草地,快步走向洞口。

眼见大头领钻进洞,二头领神气起来。他盯着人群里的男人,大声地吆喝。被点到的人留下来跟他护洞,多数是偏老的、受轻伤的。年轻力壮的男人得跟着大头领上山打猎。

场地上燃着了几处火堆。几个男人用尖棍挑着一块块狼肉在火上烤着,阵阵肉香弥漫开来。人们眼盯着那些快烤熟的肉,不住地抽动着鼻子,贪婪地闻着。矮胖男人的嘴角边已流出了口水。

开始分肉了。即将上山打猎的男人接过肉,一个个吃了起来。矮胖男人狼吞虎咽,结果被肉噎住了,额头上青筋暴突,脸也涨红了。高个子男人连忙将盛水的葫芦递给他。矮胖男人咕嘟咕嘟一连喝了好几口水,才缓过气来。男人们刚吃完,一些饥饿的女人和孩子就奔了过来,抢着捡起地上的狼骨头张口就啃。啃不到肉,就用石头砸碎骨头舔里面的骨髓……

长腿发现强壮男人没来拿肉,便到处张望:"咦,到哪儿去了?"

此刻,强壮男人正在那块平坦的岩石旁忙碌着。他将晒干的野辣椒放入岩石上一个凹陷坑里,用石头砸碎,然后将碎末用大树叶包成几小包,塞入腰间的兽皮兜里。强烈的辣味呛得他接连咳嗽、打喷嚏。

尖眼朝他喊:"要上山的快来领肉呀,不然没啦。"强壮男人回应道:

"就来就来。"黑皮一边吃肉,一边张望,接着又朝洞口走去。

这时,高个子男人向二头领报告:"能上山打猎的,一共十九个人。"浓眉翁生性多疑,他再次伸手点数:"一、二……十七、十八。"咦,数目不对呀。于是他责问高个子男人:"你是怎么数的?只有十八个人。"人精在一旁插嘴:"还有大头领呢。"

"哦,对,对。"浓眉翁恍然大悟。他拱着双手虔诚地朝天拜了三拜,然后去里洞向大头领报告人数,并说:"刚才我已恳求老天保佑你们平安去、平安回。"

大头领听了,仰脸朝洞顶朗声一笑,神情悲怆地说:"老天要我们活,不会死;老天要我们死,你就领着他们活下去。"

这是大头领第一次说这话,二头领受宠若惊:"是,是……"他忽然反应过来了,"不,不,大头领,你会平安回来的。"

大头领会意地笑了:"不管怎样,都要记住规矩:我们山中部落不能衰亡,不能绝种啊……"

两位头领一起走出了洞口。强壮男人诚恳地请求道:"大头领,山高路险,你留在部落,我领人去打猎吧。"

大头领以少有的慈爱目光看着他:"唔,有志气!"这让强壮男人感到有些诧异,大头领好像从不赞扬人。大头领接着说:"这回我去,下次你带人上山。"

打猎的男人准备出发了。人人手里都拿着棍棒、尖竹竿、石斧、前头绑着尖石的棍子。留在部落里的人们围着他们依依不舍。老人望着去打猎的人,脸上掩饰不住担忧的神色。几个年轻女人瞅着自己心仪的男人,眼里流出了泪水。打猎是人与兽你死我活的拼命,说不定他们当中哪个或哪几个就永远也回不来了。

临走前,二头领皱着浓眉再次清点人数。不对,还是少一个。他东张西望,发现一个叫三子的男人躺在大树下。浓眉翁恼了,上前用脚踢他:"三子,吃了肉还想睡觉?打猎去。"

三、黑狗被逐 | 023

三子没动。浓眉翁大怒:"违反祖规,你想死吗?"三子这才不情愿地爬起来,用肮脏的手揉着眼睛,嘴里嘟囔着:"不是饿死,就是上山被兽咬死,反正都是死。"浓眉翁瞪眼训斥道:"上山打猎是为了全部落里的人能活命,死了也值得。去!"三子这才拿起棍棒走了过去。

　　这时,美姑娘钻出洞奔向强壮男人,将一小块烤狼肉径直塞入他嘴里:"吃了就有劲打猎了。"强壮男人嘴里咬着肉,感到诧异,她怎么会有烤狼肉?这时,美人痣姑娘不甘示弱,她也上前对强壮男人说:"我去采野果等你回来吃,千万别死呀!"

　　强壮男人咧嘴一笑:"我这么有力气,死不了的。"说罢,他攥紧两个拳头用力朝空中一挥,粗壮的胳膊上隆起了大块肌肉。同时钟情于他的两个姑娘顿时看傻了。

　　从洞里出来的黑皮见状,脸色更黑了。他瞪了美姑娘一眼,又走近美人痣姑娘,小声说:"打猎回来,我给你带吃的。"美人痣姑娘好像没听见似的,痴迷的目光仍旧追随着离开的强壮男人。

　　一个矮女人哭哭啼啼地拽着矮个子男人的胳膊不放:"山上有狼有老虎,别去了,要死死一块儿。"大头领厉声斥责:"放开!每回打猎,你拉拽过的男人都被野兽咬死了。这回,你又想他死吗?"

　　矮个子男人一听,连忙推开了她的手。

　　在全部落男女老少的目送下,大头领率领一群男人朝大山上走去。人人都知道,每次打猎都是去得多回来得少。只有回来时,才能知道谁还活着。

　　这次打猎,谁回不来呢?……

四、猎獐惹狼

雄伟的山峰高耸入云,狭窄的山谷里溪流湍急。

一群獐子沿着溪边狂奔,一群披头散发的男人抓着棍棒穷追不舍。眼看就要追上了,偏偏这时溪流变窄了。那只壮实的领头獐子纵身一跃,连蹦带跳地越过山溪,慌不择路地朝对面陡峭的山坡上逃窜。后面的獐子接二连三地跃过溪水,紧跟其后。

大头领大口喘着粗气,吆喝着众人过溪。溪流虽窄但水流湍急,好几个人被激流冲倒。好在水不深,人们蹚水上岸,继续朝陡坡上攀去。

当疲于奔命的獐子们窜上光秃秃的崖顶时,才发现此处是断崖。它们在崖顶上团团打着转,无路可逃。

山腰上,人们呐喊着步步逼近,包围圈越来越小,不时有獐子被石块击中。那只领头獐子急了,冒死纵身一跃,跳下断崖。好几只獐子跟着往下跳。大头领急了,声嘶力竭地喊道:"砸,快砸呀!"

一只獐子不愿跳崖,它转过身来,突然居高临下地朝山腰上的人们冲来,其余的獐子跟着奋不顾身地狂奔而来。这情形让强壮男人想起上次打猎时遇到的野山羊"突围"的场景,弱小的兽类在急眼时也会拼命一搏。这回,疲惫不堪的人们拦截乏力,除了两只獐子被尖棍刺中以外,其余十多只獐子侥幸逃生。光头伸手抓住一只从身边窜过的獐子,不料被带倒了,从山腰直往下滚,幸亏被树丛挡住了。

当众人到崖顶时,看到一只被砸断后腿的獐子歪倒在崖边,用极度恐惧的眼神望着走近的异类,浑身颤抖着。矮个子男人照头就是一棍,把它打死了。

　　脸色苍白的大头领手捂着胸口,吃力地攀上崖顶,先是俯身探头朝崖下看,又扭头左右看看。收获太小了:仅刺死两只獐子,加上这只断腿的也只有三只。他恼火地指着矮胖男人骂道:"刚才獐子从你身边往下跑时,你怎么不用棍子打?"矮胖男人咧着嘴只是傻笑。大头领又骂起三子:"你只晓得跟着跑,来玩的?"

　　见大头领恼怒,强壮男人上前说:"大头领,崖下有四只摔死的獐子。我带人绕下去拿上来。"大头领这才止住骂,点点头。过了好一会儿,强壮男人和长腿等人才将崖下四只死獐子背了回来。

　　眼见大头领脸色好些了,黑皮问:"大头领,回去吗?"大头领眼瞅着猎物说:"追了半天,才打到七只獐子。部落里那么多人,不够吃啊。刚才我在半路上看到森林里有野山羊,走,再找找。虽说这儿是我们的地盘,但外部落的人也会来偷猎的。"

　　人们肩上背着獐子,跟着大头领下山又上山。山高林密,峰回路转。当人们越过山脊后,在一块大岩石旁,与一只瞎了左眼的灰狼迎面相遇。双方一时都惊呆了!对视片刻后,独眼狼掉头就逃。大头领喊:"这只狼进过我们洞,打死它!"

　　众人一听,连忙挥棍追赶。眼见一时难以追上,好几个人捡起地上的石头砸去。石头在空中划着弧线,接连"中弹"的独眼狼逃向一处崖壁,钻进狭窄的石缝里。

　　人们围了上去。大头领盯着石缝,命令瘦子:"你,进去。"瘦子将肩上的獐子往地上一扔,拿起尖棍勇敢地钻进石缝。众人个个紧握棍棒、攥紧石块,紧张地盯着石缝。里面传出瘦子的喊声:"啊呀,有两只狼!"大头领朝矮个子男人做了个有力的手势,后者旋即钻进石缝。

　　少顷,从石缝里滚雪球般地接连滚出两个"团子"来。瘦子和矮个子男人各与一只狼厮打在一起。众人一阵乱棍,先打死了独眼灰狼,接着又打另一只黄狼。

这是一只凶悍的母狼。它挣脱了双手卡着它脖子的矮个子男人,反身扑倒对手,一口咬住他的脖子,双方滚到矮胖男人跟前,一路上老挨大头领责骂的矮胖男人觉得机会来了,他瞪眼拼力一棍子打去。不料黄狼一躲,重重的一棍竟击中矮个子男人的脑袋,顿时鲜血四溅,矮个子男人不动了。在人们的惊叫声中,黄狼一跃而起扑向矮胖男人。人们一拥而上,乱棍中,黄狼哀鸣着倒下了。

看着地上死去的矮个子男人,强壮男人联想起上次狼群入侵洞厅时,矮胖男人打自己的那一棍,好险哪!不过,这事他从未跟人说过。

大头领盯着独眼狼,眉头舒展开来:"上一个夏天,肥女人就是被这只狼咬死的。今天,算替她报仇了。"众人听了,脸上都露出笑容。部落人都知道,那个胖乎乎的漂亮肥女人以前是大头领最喜欢的女人之一。

大头领又看着死去的矮个子男人,扭头怒斥矮胖男人:"狼没咬死他,倒给你打死了。要不是部落人少,我要你替他偿命!"

见大头领又要发怒,强壮男人连忙喊:"过来抬人。"

矮胖男人和豹子头合力将矮个子男人抬起,抛向一侧长满灌木的深涧,矮个子男人瞬间便消失了。半响,才隐约听见落水声音。豹子头倒吸了一口凉气:"好深啊!唉,又少了一人。"

黑皮忽然听见石缝里还有动静,便闪身进入。出来时,两手各抓着一只叫唤着的小狼崽子,一灰一黄。瘦子纳闷地说:"这两只小狼毛色怎么不一样呢?"他伸手欲摸黄狼崽,不料被它咬了一口。瘦子缩回手,恼了:"这么小就知道咬人。"他一把夺过黄狼崽,狠狠地摔在地上。

矮胖男人见地上的黄狼崽不动了,便伸手要黑皮手里的灰狼崽:"给我……"黑皮喝道:"去,不给。"不料大头领却一瞪眼:"黑皮,给他。"黑皮这才不情愿地让出了狼崽。矮胖男人接过灰狼崽,兴奋地举了起来,快活地嗷嗷叫着。

这时,谁也没想到,从石缝钻出一只半大黄狼,飞快地朝一侧森林里跑去。豹子头撒腿追去。一会儿,豹子头回来说:"追不上。"

大头领望着森林,脸上露出一丝忧虑:"快回去!"

众人背起猎物,踏上了归途。

森林里,一群受惊的鸟儿腾空飞起,飞向白云朵朵的蓝天。

当打猎的男人们回到部落时,望眼欲穿的女人和孩子们和往常一样扑上前来,盯着血迹斑斑的猎物,兴奋地叫着、笑着,一派欢天喜地的景象。强壮男人将路上采摘的松子一把接一把地扔向孩子,引得他们抢着从地上捡起,往小嘴巴里塞。两个女人各挽着豹子头的一只胳膊,笑得合不拢嘴。

矮女人手牵着孩子,焦急地找矮个子男人。问过瘦子后,她一屁股坐在草地上,号啕大哭:"我的命怎么这么苦啊!"

男人们将猎物放在平坦的岩石上,动作熟练地用尖石片剥皮、割肉。按惯例,由二头领浓眉翁将一块块肉分发给饥肠辘辘的男人、女人、孩子和老人——祖上传下来的分食顺序已成规矩。

场地上的篝火尚未燃起,有的人已等不及了,一分到生肉张嘴就咬,连撕带拽,弄得满嘴是血。尚未分到肉的人羡慕地看着,嘴里咽着口水。

轮到女人了。一大群女人带着孩子拥上前去,人人都朝二头领伸出手。二头领似乎很享受这一时刻,他的眼睛不时地盯着胖女人,大声地吆喝着分发。高个子男人注意到,二头领分给胖女人的那块肉明显大一些。

一位老妇人知道自己属于最后分肉的人。极度饥饿的她犹豫了片刻,走向一个正在吃肉的年轻男人,向他伸出瘦骨嶙峋的脏手。那男人不理睬,转过身去。老妇人又绕了过去。男人恼了,一掌将她推倒在地。老妇人伤心地哭了起来。

这一幕被大头领看见了。他怒目圆睁,上前一把揪住年轻男人耳朵使劲地拧:"草头,她就是生你的女人,给她一块肉!"被拧得龇牙咧嘴的草头乖乖地用石片割了一片肉,双手捧着递给这位老妇人。

"这才像个人样。"大头领消了气,转身对女人们喊,"都别挤,人人有份,迟早而已。"说罢,他犀利的目光在一个个女人身上、肚子上来回巡视。女人们都害怕大头领,他看谁,谁就低头垂目,唯恐因没怀孕而受到斥责。前不久,一个老不生孩子的女人挨了大头领的训斥后,跳下了断崖……

大头领朝女人的头儿一招手,女人的头儿过来了。大头领悄声问:"眼下,又有几个怀上孩子了?"

女人的头儿答:"五个。"大头领皱起眉头:"太少!"老女人委屈地说:"唉,做女人苦哇!饱一顿饿三顿,一天到晚担惊受怕的,哪里能怀得上啊?有个小女人第一次怀上了,可是又流掉了。"

当一个挺着大肚子的丑女人接肉时,大头领手指着她发话了:"女人都听着,眼下,她是部落里功劳最大的女人——每个冬天都生一个孩子,已生四个了,看,又要生了。"

丑女人突然听到大头领表扬自己,又看到众人的目光少有地注视着自己,兴奋得脸都红了,骄傲地将大肚子挺得更高了。

"歪头,给她分两份肉。"大头领吩咐,"只要是怀上孩子的女人就多分点,女人要吃,肚子里的孩子也要吃啊。"

矮胖男人将分得的那一小块肉吃完了,可是没吃饱。看着别人津津有味地吃肉,他急得抓耳挠腮。抢肉是他的恶习,被大头领打过多次也改不了。这时,他见丑女人分得两份肉,走过去伸手就抢。岂料丑女人早有防备,拿肉的手一缩,伸出手一抓,矮胖男人脸上出现了五条血印,周围的人一片哄笑。矮胖男人手摸着被抓痛的脸,讪讪地傻笑着,到大树下去玩狼崽了。

这时,那个矮女人扑了上来,边哭边骂:"原来是你打死了我男人,还我男人……"矮胖男人也知理亏,虽然脸上又添了多道血印,但并不还手。他挣脱矮女人往树林那边跑,矮女人仍不依不饶地在后面追。

大头领盯着大树下那只小狼崽,皱起了眉头。少顷,他抬头眯眼望着山腰,伸手捋着下巴上长长的银须,忧虑地对二头领说:"端了一个小狼窝,逮了狼崽,我们惹了山腰大狼洞里的狼了。"

歪头听了迷惑不解:"我们又没端山腰的狼窝。"大头领没说话。人精脑瓜子好使:"哦,我明白了。那只独眼灰狼也许是山腰大狼洞里的狼,它是在与石缝里的母黄狼相会时,被我们打死的。"

二头领赞许道:"人精就是人精。"接着,他缓缓地说,"山上狼是一家。那只逃走的半大黄狼会去山腰狼洞。今晚,狼群一定会来报复。"

说罢,大头领脸上的肉抖动起来,露出痛苦的表情:"我老是忘不了九个冬天前部落被南山部落人血洗的事,一直想报仇!其实,狼和人一样,也会记仇啊。白天,我们也许能守住洞口,可是,夜晚难防啊……"

周围一片寂静,大头领的话让人们想起不堪回首的痛苦往事。那次与南山部落的冲突,让部落人口从两百多锐减到如今的不足百人。

这时,黑皮出了一个点子:"大头领,我有一个办法。到河边搬一块大石头来堵住洞口,今晚狼就进不来了。"

大头领想了想,又朝山腰望了一眼,点头道:"好吧,试试看。"

山谷里,烈日下的小河水流湍急,河滩上到处是大大小小的鹅卵石。

黑皮一行人来到这里,一个个伸长脖子东张西望。歪头跳到一块大石头上说:"这块挺好。"高个子男人则指着一侧的大石头说:"我看那块不错。"尖眼说:"还是请懂风水的人精来选吧。"众人将目光投向了人精。

人精神气起来。他在河滩上来回走着,东瞅瞅、西瞧瞧。然后,他故弄玄虚地闭上眼,平抬起两条胳膊,身子原地打起了转,口中念念有词:"天保佑,地保佑,选中看门的好石头。"说罢,他突然止步睁眼,手指不远处,"哇,就是它!"

人们顺着他手指的方向看去,河滩上,有一块滚圆的大鹅卵石。大家拥上前去,手摸着光滑的石头都说好。黑皮道:"那就推吧。"

众人合力推起了大圆石。大圆石很重,人们嗨哟嗨哟地喊着号子,奋力地推着。大圆石慢慢滚动起来。在人们的簇拥下,它碾过河滩,碾过草地,碾倒灌木丛。前面是起伏的坡地,人们折断几根长藤条圈住圆石,一拨人从圆石后面推,另一拨人从前面拉拽藤条。到了坡上,人们用力推,大圆石便慢慢地往下滚去。随着它的碾压,茂密的灌木丛和齐腰深的青草中出现了一条通道。众人欢呼起来,争先恐后地顺着圆石碾出的通道追去,继续推石……

崖下,洞口,部落人看见黑皮他们推着一个大圆石过来了,纷纷迎上去帮着推拽。圆石终于滚到了洞口。

浓眉翁皱着浓眉左右打量,又伸手摸摸它,怀疑地说:"这玩意儿,行吗?"

人精说:"行,是我挑选的。"说罢,他手摸着下巴上的一小撮黑胡须,得意地晃着脑袋。

大头领闻讯来到洞外。他一言不发地围着大圆石转了一圈,然后,扭头望了一眼绚丽的晚霞,下令:"堵吧。"

浓眉翁马上朝众人嚷道:"都进洞去,要关洞门了!"

人们进入洞厅后,黑皮等人分成两拨,几个人在前面拉拽圈着大圆石的藤条,几个人从圆石后面推。洞口的地面恰好有点儿倾斜。当圆石慢慢地滚动着靠近洞口时,推的人飞快入洞。大圆石顺着斜坡嘎的一声,堵住了洞口。

看着从圆石周边的缝隙中射进的光线,大头领似乎感到满意。他拍了拍沾着泥巴的手,对众人说:"今夜,大家可以睡个安稳觉了。"

人们纷纷点头称是。

但强壮男人却皱起了眉头,他盯着堵在洞口的大圆石,若有所思。

这时,有人从里洞跑出来,惊喜地叫道:"流汤水啦!快洗澡啊。"浑身脏兮兮的人们一听,个个面露喜色。大头领转身就朝里洞走去。

这个洞里有冷热两泉。冷泉日夜流淌,温泉则是间歇泉,每过十五天出水一次,人们都叫它"汤水"。热水流入大石坑里,却从不漫出。次日清晨,不仅泉眼断流,满坑的水也无影无踪。可是,石坑里找不到一条缝,谁也不知道水漏到哪儿去了,人们百思不得其解。曾经有人打着火把守在坑边盯着。半夜里,当泉眼断流后,坑里水就渐渐减少,不久就渗干了,仿佛渗入石头里似的。

依照祖规，每当出"汤水"，总是大头领先洗澡。在燃烧的光影里，他先朝泉眼拱手三拜："谢洞神恩赐！"然后才跳入水坑。浸泡在升腾着热气的温水里，大头领顿时感到浑身轻松，眉头舒展开来，嘴角也咧开了。"太舒服了！"他洗好后，二头领接着洗。然后是其他男人洗。待男人们洗好后，才轮到女人和孩子。

洗完澡的女人变了个模样，皮肤干净了，脸色红润了。她们用草绳在腰间系起遮羞的兽皮或手编的草帘，从必经的头领洞前鱼贯而过。许多年轻女人都期盼着能进入头领洞，而老女人们则没有非分之想了。

半夜，洞外先是狂风大作，接着暴雨倾盆。风声雨声里传来了众狼的嗥叫声。

洞厅里的人惊醒了，紧张起来。男人们抓起棍棒、攥起尖石。大头领闻讯从头领洞来到洞厅。担心的事果真来了，肯定是山腰大狼洞里的那群狼来报复了……

五、困于洞中

正当大头领警惕地注视着洞口时,矮胖男人怀里的那只小狼崽拼命地挣扎着,又扭动着小脑袋冲着洞口叫起来:"呜……"

在大头领的斥责下,矮胖男人用手捂住小狼崽的嘴,嘟囔道:"狼来要孩子了,狼来要孩子了……"

洞外,狼的嗥叫声由远而近,此起彼伏。当大圆石外有异常动静时,小狼崽子又再次叫了起来:"呜……"浓眉翁气恼地用竹棍捅矮胖男人的屁股,小狼崽的嘴被捂住了。

洞外的狼们似乎听见了狼崽的尖叫,好几只狼隔着大圆石嗥叫着。

虽然二头领一再安慰大家:"洞口堵着大石头,没事的。"但部落人历来害怕夜间野兽来袭,男人们屏气凝神地盯着洞口,女人们紧抱婴儿动也不敢动,孩子们躲在母亲身后,眼神里流露出恐惧。

里洞的人也来到洞厅,没有人动弹。火坑里的火熊熊燃烧着。洞厅里的空气仿佛都凝固了。

不久,人们看见洞口巨石缝隙处探进一只狼头,一晃又缩了回去。一个幼儿吓得哇的一声哭了起来,母亲连忙用手捂住他的嘴。孩子的哭声似乎引起了狼的食欲,又一只狼的大脑袋探进洞内,不料被石缝卡住了,进得来,出不去。狼摇晃着脑袋往后缩,无济于事。

大头领一挥手,几个男人冲上前去用尖棍捣它。狼不住地哀叫着。黑皮抡起棍子狠狠打去,那狼猛地一挣,脑袋缩了出去。迟来的棍棒啪的一声打在大圆石上,折成两截。

洞厅里的人一时忘记了恐惧,笑出声来:"哈哈……"黑皮回过头来,扬扬得意地说:"都看见了吧?狼也怕我。"说罢,他扫了美姑娘一眼。美姑娘没理他,将脸转向了强壮男人。强壮男人察觉了,朝她微微一笑。

大头领说:"这下子狼还真的进不来了,大家都放心睡觉吧。"

人们紧绷的神情松弛下来,胆子也大了些。一部分人返回里洞,许多人则就地而卧。

夜深了,火坑里的柴火即将燃尽。

洞厅里,人们横七竖八地睡在地上,一张张男人粗犷的脸在幽暗的火光里若隐若现,呼噜声此起彼伏。

黑皮悄然起身,猫着腰钻入里洞。他左弯右拐,一连从好几个人身上跨过,钻入一个小岔洞,一个年轻女人迎上前来……

黑暗掩盖了一切。在喘息与呻吟中,洞厅那边突然传来一个女人恐怖的尖叫:"啊哟,什么东西在咬我!"

黑皮一怔,自语道:"洞口不是被大石头堵住了吗?"他推开女人的手,走出小山洞。

全洞人都被叫声惊醒了。人们相互询问:"野兽在哪儿?"正疑惑间,又一个人惨叫起来:"啊哟,我的脚被咬了……啊,是蛇!"

人们这才知道洞里进了蛇,纷纷低头在脚下寻找。可是,黑暗中根本看不见蛇在哪儿,棍棒没法打,石头也用不上。

"啊哟,我的腿也被咬啦……"又有人在叫。女人们吓得瑟瑟发抖,孩子们哭叫着。面对看不见的对手,洞里一时乱成一团。好几个男人围过去大声吆喝着,棍子在泥地上乱捣。有人手脚并用地爬到洞厅一侧的石坡上,钻进几个小岔洞里,以求自保。

这时,大头领出现在洞厅。他厉声喊道:"所有人都听着,我们连狼都不怕,还怕蛇吗?快!引火、搜地、打蛇。"

看火老人忙不迭地添柴旺火。火光渐渐亮起来,人们纷纷将各自的棍子伸入火坑里引燃,到处寻蛇。火光中,有人惊叫:"这儿有条蛇。"几个人奔过去,一阵乱棍将它打死。又有人叫道:"呀,这边有两条!"人们又循声而去。每打死一条蛇,打蛇者就发出兴奋的叫声。

强壮男人在火坑里引燃树棍,举着它低头寻蛇。火光里,他发现一条花斑长蛇在泥地上悄无声息地游走。眨眼间,它竖起小脑袋朝一个毫无察觉的女人吐着芯子。强壮男人旋即抡起棍子将蛇打成两截,又用棍头猛戳蛇头。

忽然,一条毒蛇从一侧石头缝里钻出来,昂起头来,吐着芯子欲咬他的腿。

说时迟那时快,那女人呀的一声尖叫,勇敢地伸手抓住了蛇的脖子。长长的蛇身迅速缠住了她纤细的胳膊,一连绕了好几圈。强壮男人见状扔下棍子,伸手使劲地拽蛇,可是蛇越缠越紧。他这才认出,是美姑娘。

"啊!"美姑娘恐惧地叫起来。这时矮胖男人像疯了一样冲了过来。他俯身低头,嘴对准美姑娘手抓的蛇脖子使劲一咬,蛇身断成了两截,蛇头掉在地上。

强壮男人松了一口气,将美姑娘胳膊上的蛇身一圈圈地拽开。

这时,谁也没想到,掉在地上的蛇头竟然一跃弹起,一口咬住矮胖男人的手背。

"哎哟!"矮胖男人抓住蛇头想拽开,可拽不开。强壮男人从地上抓起两块石头夹住蛇头,才将蛇头砸烂,丢到地上。

美姑娘抓住矮胖男人的手背张嘴欲吸,眼疾手快的女人的头儿一把拉住,说:"伤口有毒。"果然,矮胖男人哀叫着倒下了。

"哇……"美姑娘泪如泉涌,"矮胖男人,你总是帮我,这下子你把命丢了,你真傻呀。呜呜……"

"别哭了。"强壮男人对美姑娘说,"要不是你,刚才我也死定了。"

美姑娘抽泣着说:"你救了我两回。上回狼来了,你救了我。刚才要不是你,我已让蛇咬死了。"不远处,黑皮偷听到了他俩的对话,心里不悦,将手里的石块猛地扔向洞壁,砰!

天快亮时,钻进洞的蛇才被人们消灭了。

"清一色的花斑长蛇,看样子同属一个蛇群。"人精说,"估计是夜间暴雨淹了蛇洞,蛇群在搬家路上发现了洞穴,进来躲雨。"众人听了,纷纷点头赞成。

被蛇咬伤的人哀叫不已。浓眉翁向大头领报告:"打死十一条蛇。蛇咬伤七个人,死了三个。"大头领不满地板起面孔:"你真不识数,明明只死两个,怎么成了三个?"见浓眉翁一脸茫然,他接着说,"矮胖男人人傻命大,又活过来啦。"

浓眉翁马上讨好地讪笑:"哦?大头领什么都知道。我还以为他死了呢。"

洞口大圆石上方的石缝射进了光亮。大头领在大圆石旁侧耳听了听,扭头对浓眉翁说:"外面没狼了。你派人把伤者背到场地上的溪边,洗洗伤口。"

浓眉翁马上朝黑皮招手,指着洞口说:"带人把大石头推开。"

黑皮得令,立马神气起来。他大声地吆喝着,召集起一群男人推大石头。"嘿——嘿——"任凭壮汉们怎么发力,堵洞的大圆石纹丝不动。换了一拨男人,黑皮也瞪眼鼓腮拼命地推,巨石还是不动。

黑皮傻眼了,说话声音也小了:"咦,怎么推不开?"长腿埋怨他:"都是昨天你出的馊主意……"黑皮装着没听见。男人们纷纷拥上前去推巨石,结果都失望地退了回来。突然间陷入的绝境,令部落众人感到绝望。昨天搬大石头来堵洞口,本意是为了防狼,可谁也没想到反而堵了自己。洞厅里一时嘈杂混乱。

沮丧的黑皮对人精说:"这石头是你选的,快想个好办法吧。"人精马上反驳:"找石头堵洞口是你出的点子,别往我身上推。"说罢,他左瞅瞅、右瞧瞧,见洞口处狭小,最多只能站六七个人,便向焦急的大头领提议,"最好前面的人推石头,后面人推前面的人。"

大头领采纳了。

然而,前后三层人的力气用完了,大圆石还是不动弹。人们垂头丧气地从洞口退回。草根绝望地叫道:"完了,大石头推不开,我们都出不去了。"几个女人听了,哭出声来:"天哪,我们要被闷死在洞里了!""没饿死却被闷死,这可怎么办啊?"哭声引发了更多女人和孩子的哭泣,宽敞的洞厅里哭叫声一片,仿佛末日即将来临……

大头领显得异常冷静,他举起权杖高声喊道:"都别哭了!我自有办法。"

洞厅里顿时安静了下来。

大头领说:"豹子头,你带上草绳和人,下那个无底洞,看有没有出口!"

豹子头连忙应声:"是。"在众人期待的目光里,他叫了几个男人,钻入里洞。

在火把的映照下,几个人弯腰撅屁股,吃力地掀开盖着无底洞口的厚石板,黑黢黢的洞里一股冷飕飕的风吹来。几近垂直的陡峭洞壁怪石嶙峋,十分恐怖。豹子头问:"哪个愿意先下?"无人吭声。

他只好一手举火把、一手摸石壁下了洞,脚丫子踩着怪石凸起处,一步一步往下探。他听老人说过,早先的老头领曾派一个外号"死大胆"的人腰系草绳下洞探险,当长长的草绳子放完时,隐约听见"死大胆"恐惧地叫道:"那是什么?啊……"

上面的人赶紧拉草绳,可拉上来的绳子断了。离奇的是,绳子断处齐刷刷的,像被石片割断一样……在场的人惊骇不已。老头领心有余悸地说:"这是个无底洞。"他叫人搬来厚石板盖住洞口。从此,再无人打开过。

想到"死大胆"的可怕结局,豹子头冷不丁地打了个寒战。他心里埋怨大头领,战战兢兢地往下摸去。下面出现一个陡峭的斜坡,他举着火把,一步一步地往下摸。这洞太深了,是朝下的,怎么能找到出口?这是在找死呀。他感觉下面的黑洞如怪兽张开的嘴巴,周围的怪石如獠牙利齿,自己随时可能被咬住,坠入深渊……这时,他好像听见洞底隐约传来一种怪声,像是惨叫声。豹子头顿时心发慌,头皮一阵阵发紧,连忙往回攀。钻出洞口后,他喘着气,说着自己的发现。仍旧无人吭声。

盖好厚石板,回到洞厅。面对大头领询问的目光,豹子头说:"我下洞走了好远一截,太深、太险,没法走了。没发现出洞口。"

大头领听了,绷紧了脸。他扭过头,犀利的目光盯着洞口的巨石,像要射穿它似的。少顷,他自言自语道:"怪我,昨天不该同意的……"

说罢,他转过身,看着人群,像是在寻找谁。

黑皮以为大头领要责骂他,吓得闪身躲到高个子的长腿身后。可大头领找的不是他:"人精,你能祭祖先、看风水、测生死、知鬼神,你来恳求老天保佑把石头移开吧。"大头领的目光里透着期待。

在众人注目下,人精走出了人群。他双手拱拳、闭上眼睛,在摇头晃脑的同时,口中还念念有词。

所有人都虔诚地注视着人精,谁也听不懂他在说些什么,人们既感到神秘,又感到迷惑,更多的是崇拜。

过了好一会儿,人精满头大汗地停了下来。面对大头领期盼的眼神,他嘴唇微微颤抖:"我已经向老天祈祷了,过几天,大石头会自动滚离的。"

"过几天?"大头领重复着人精的话,脸上明显露出怀疑与不满的神情,"那还不都饿死了?"说罢,他犀利的目光再次移向人群。黑皮刚从长腿身后露出半张脸,就看见大头领盯着自己,吓得又缩回头。出乎意料的是,大头领仍未叫他。

大头领仰起脸,盯着洞厅顶上的小天洞思索着。片刻后,他一直紧绷着的脸少有地舒展开来,和颜悦色地对众人说:"都听着,我们部落已在这洞里活过了几十代人,历尽过各种磨难,部落都没衰亡,因为代代都出聪明人。如今,部落又遇到难处。作为他们的子孙,我相信你们当中一定有聪明人能想出好办法。哪个有点子?"

说罢,他一手抚摸着垂至胸前的银须,目光在人群里来回扫视。可是,望到谁,不是低头,就是垂目,连孩子的啼哭也被母亲制止了。洞厅里安静极了。

见没有人说话,大头领直接点名:"尖眼,你眼神好,眼珠子整天乱转,是部落里的聪明人之一。有何好点子? 说出来。"尖眼一听,连忙摇头:"没、没,我没好点子。"

大头领又盯住只剩下一只耳朵的歪头:"歪头,你耳力好,听得远,也是聪明人,有办法吗?"歪头慌忙摇手,讪笑道:"我? 没有,我不行。"

大头领似乎颇感失望,他叹了一口气,目光继续在人群里瞄着。最后,他盯住了强壮男人:"你,想想办法!"声音不大,但语气坚定,不容拒绝。

强壮男人似乎并不感到意外。众目睽睽之下,他从人群里走了出来……

在所有人的注视下,强壮男人先是盯着大圆石左察右看。然后,他回过头,眼睛也在人群里寻觅起来。

人们以为他想找人推开巨石。高个子男人见有的男人像躲避大头领目光一样或低头或转脸,便毅然走出人群站到前面,歪头也走出来了,矮胖男人也跑到前面,转身朝人们嘿嘿地傻笑着。

强壮男人朝他们摇摇手,他指着几个人:"小个子、瘦子、光头、草根,还有你、你……都过来。"

被叫中的几个人不是矮小,就是瘦弱,其中两个还是半大少年。他们迟疑地走上前来,不解其意。众人也感到迷惑,身强力壮的人不要,偏叫这几个,他们能推动大石头吗? 什么意思?

强壮男人朝他们吩咐道:"你们几个从大石头上面的缝里钻出去,在外面拽起套着大石头的树藤子。我一喊号子,你们就死命地朝外拉,我们从里面往外推,内外一起使力。"

五、困于洞中

几个人狐疑地望着他,又看看大头领,见后者点头,才挨个地爬上大圆石,从狭窄缝隙处钻出洞穴。

强壮男人招呼高个子男人、黑皮、豹子头等多个壮汉到洞口巨石前,准备推石头,又喊了一些人负责推他们的后背。然后,他叫道:"外面的人,拽起树藤子了吗?"

"拽了。"外面的人答道。

强壮男人伸出双手抵住巨石,张开嗓门喊起号子:"一起使劲啦——嗨——一起使劲啦——嗨——"壮汉们跟着喊起了号子,从里往外使劲地推,外面的人则拼命地拉树藤。里应外合果然奏效,大圆石开始动了……

六、厄运又至

"动了、动了!"尖眼兴奋地叫了起来。推石头与拽树藤的人一听,劲头更大了,号子喊得震山响:"嗨……嗨……嗨……"见大圆石缓缓地朝外挪动,洞厅里人人脸上都绽开了笑容。

当大圆石重新移到洞外有点倾斜的坡上时,洞口完全敞开了。绝处逢生的人们欢呼着钻出洞,欣喜地望着山谷东边的朝阳,个个喜笑颜开。钻出洞穴的大头领手抚胸前银须,少有地开怀大笑:"哈哈哈……"

部落人第一次看见大头领如此大笑,也情不自禁地欢呼起来:"噢……噢……噢……"

大头领仰望着蓝天,朝天抱拳:"多谢老天!"接着,他又弯腰拜地:"多谢土地!"一旁的人精立即大声叫道:"大家跟着大头领一起,拜天拜地啰!"众人纷纷模仿着大头领的动作,朝天拜了几拜,接着又弯腰撅屁股拜土地……

看着人们各式各样的古怪拜法,大头领微笑着,朝强壮男人竖起大拇指:"你,不愧是……"他忽然不说了,将后半句咽了回去。

二头领感到奇怪,他纳闷地看着大头领:"不愧是什么?"大头领虽然老了,但说话从未中断过。

大头领看着强壮男人,脸上罕见地露出慈祥的微笑:"你应该叫智者才对。"

智者?脑子灵活的人精反应特别快:"对,智者。好,以后我们就喊他智者!"他手指着强壮男人大声喊道:"大家都听着:大头领给他起名字叫智者啦。"众人听后纷纷叫好,接着又七嘴八舌地喊道:"智者、智者……"

高个子男人提醒道:"智者,大头领起名,还不快谢谢!"

强壮男人连忙摊开两手,弯腰低头:"多谢大头领起名!"

大头领手抚着胸前银须开心地微笑着:"好,好,以后,你要多出好主意,多打猎物。"

"是!"强壮男人答道。

二头领在一旁皱了皱浓眉,心里不悦。跟着大头领一起过了这么多个春夏秋冬,还从未见他给谁起过名字。今天,他怎么随口就起了个这么好的名字?他隐约感到了某种威胁,于是凑上前岔开话题:"大头领,今天天好,要不要派人上山打猎?"

大头领脸上的微笑消失了,他忧虑地望着大山说:"昨夜里有大石头堵洞口,狼群才没进去。今天晚上,那群狼也许还会再来的。"

这时,人们看见豹子头带人将昨夜被蛇咬死的几个人抬出洞,朝断崖那边走去。大家一下子沉默了,默默地目送着他们。

歪头打破静寂:"大头领,你说的那群狼,还是山腰大狼洞里的灰狼吗?"

"是的。它一直是部落的死对头……"

大头领的话还没说完,就听见断崖那边有人大喊:"狼来啦!"

洞口的人一听都紧张起来,都知道灰狼极其凶悍,有人转身就朝洞里钻。

大头领似乎有些不相信:"大白天,狼不会来的啊。"他朝喊声那边望去。只见豹子头狂奔过来,上气不接下气地说:"大头领,死的人还没抛下去,就见树林里钻出几只灰狼,我们扭头就跑。回头一看只有三只,它们在崖边撕咬起死人。我们捡起石头就砸,没想到树林里又钻出一群狼。快进洞!"

人们纷纷往洞里钻,大头领仍旧没动:"一共多少只?"豹子头说没看清。当一群灰狼朝洞口靠近时,大头领才转身进洞:"不要怕,只有十几只狼。"大头领的话,让洞厅里的人松了一口气。

十多个壮汉手持棍棒和尖竹竿守在洞口。洞外的狼叫声此起彼伏。几只灰狼靠近洞口,试探性地往洞里冲,被一阵石块砸退到了洞外。

人兽对峙着。大头领盯着洞外的狼,感到纳闷:活了五十多个春夏秋冬,野兽来犯记不清有多少回了,但从未见过十几只狼敢在大白天袭击部落。想到这里,他心中有些窝火!

黑皮看出大头领的心思,满不在乎地说:"大头领、二头领,我带人冲出去打死它们,省得上山打猎。"智者忙说:"狼群敢在白天来,一定不少。"

大头领没吭气。他朝浓眉翁一招手,两人走到石壁旁悄声商议着。人们听不到他们在说什么,只看见大头领边说,两手还比画着,浓眉翁则不住地点头。

过了一会儿,二头领走到洞厅中央,大声喊道:"都听着,洞外来了十几只狼。大头领说了,上山打猎还经常找不到狼,现在它们送到洞口了,不能不要,部落里正缺吃的呢。大家一起冲出去打死它们,然后全部落人大吃一顿!好不好?"

"好哇……"众人七嘴八舌地叫了起来。智者皱起眉头,他觉得这样很冒险。

浓眉翁伸手指着一个个男人:"你、你、你,还有你……"当他停止点人时,有人还想往前上。浓眉翁一摆手:"二十个人足够了。其余的人留点儿力气,一会出去剥狼皮、烤肉。"众人脸上露出了笑容。

浓眉翁喊道:"我点到的人都拿起棍棒、石块。"

这时,智者走到大头领跟前,犹豫了一下,说:"大头领,我记得祖上传下来的规矩中有一条是:遇兽来犯,守洞不出……"

一旁的黑皮朝他瞪起眼:"你竟然敢不听大头领的号令?"本以为这样说会讨大头领欢心,没想到大头领却朝他摆摆手,然后紧抿着嘴瞅着洞外,胸前的银须微微抖动。智者看得出,大头领内心也在纠结是出击还是守洞不出。

这时，又一只灰狼出现在洞口，一闪就消失了。黑皮主动请战："大头领，白天狼怕人，我带人冲出去，再不打就打不到了。"

这话好像起了作用。大头领松开了紧抿的嘴唇："你探头看看。"

黑皮端着尖棍钻出洞，伸长脖子左右看看，退回来说："数了，洞外有十二只狼。"

大头领下了决心，他转身喊："洞外狼不多，冲出去，打死它们。"

"是啰！"被点到的男人们应着声。

大头领举起手中权杖："冲！"二十个男人端着尖棍、尖竹竿，抓着石块，从洞口拥出。

人们呐喊着，朝场地上十多只狼狂奔而去。在绝对优势面前，人人神情都显得轻松，似乎眼前的猎物唾手可得。然而，本以为狼会掉头逃跑，不料它们竟迎面冲过来，其中一只大灰狼仰天长嗥："呜——"

从一侧树林里又钻出了一大群狼，足有三四十只。大头领一看，知道判断失误，大喊："回洞内！"人们纷纷朝洞口退，但狼群已围了上来，人狼相搏开始了。

黑皮端着尖竹竿刺翻一只狼，快速退向洞口。豹子头被三只狼围住，他凭借强壮的身体挥舞着棍棒，一连打翻了几只狼。高个子男人的棍子打断后，一只狼前爪搭在他肩膀上，他掏出腰兜的短尖竹竿刺入狼腹。尖眼被两只狼扑倒在地，两只狼张口欲咬，智者的棍子贴着地面横扫过去，扫翻了两只狼。尖眼乘机爬起来，狂奔入洞。

众人边战边退。石头已砸光，棍子也挡不住，又有两人被狼咬倒，发出惨叫声。已退到洞口的大头领急了，冲上前救人，被两只狼扑倒了。智者不顾一切地冲过去，一尖棍捅入狼肚，一脚踹翻了另一只狼。豹子头拉着大头领的胳膊连拖带拽，把他拉进洞里。

人们退入洞内后，狼群尾随入洞，迎接它们的是尖棍和石块。前面的狼被刺中，后面的狼仍朝前蹿。在群狼前仆后继的攻击下，洞口的防线被

044　｜　有巢氏

冲破,一群灰狼进入洞厅。女人们慌忙往里洞钻。

胳膊受伤的大头领声嘶力竭地喊道:"叫里洞的男人都出来打,拼命地打呀!"他带伤冲向狼,一权杖打中了狼背,身边的大黄狗冲上去便咬。可又有三只狼扑来,大头领再次被扑倒。高个子男人冲上前来,一棍击中狼头,又抓住另一只狼的腿使劲往后拽。草根闻声过来了,一石斧砍向大头领身上的狼……

这是一场关乎部落生死存亡的人狼之战。洞厅里的男人拼死抵抗,里洞的男人不断地拥出,连老人也上阵了。棍棒打,尖竹竿刺,石头砸,拳头揍,牙齿咬……可是,这回狼实在太多,还有狼往洞里跑。

眼看抵挡不住了,智者忽然想起自己砸的红辣椒粉。他飞身攀上石坡,从小岔洞里取出大树叶包的辣椒粉,一包接一包地扔向狼。刺鼻的辣椒粉弥漫开来,群狼被呛得纷纷往洞外跑。

二头领见状大喜!喊道:"快守住洞口!"

一群男人奋不顾身地冲向洞口。失去外援的群狼仍在洞厅里作困兽之斗。在人们反击下,不断有狼被打死。幸存的狼扭头外逃,又遭到守在洞口的人的乱棍猛揍。只有几只狼逃出洞外。

众人来到洞口,忙不迭地用石头垒起"石墙"。二头领探头朝洞外看去,洞口已不见狼的踪影,也听不见狼叫声。他夸奖守在洞口的人:"打得不错!"高个子男人插嘴道:"智者扔辣椒粉起了大作用呢。"

"哦?那以后就多备些辣椒粉。"

有人叫道:"二头领,大头领受伤了。"

洞壁旁,围着一大群人。双目紧闭的大头领躺在泥地上,浑身是血。他的胳膊、胸口和腿都被狼咬伤了。二头领蹲下身子,轻声叫道:"大头领、大头领……"大头领昏迷不醒。

二头领小声地埋怨:"哎呀,你总是往前上,这么多人呢……"他叫来一个年轻女人,让她用手沾着嘴里的唾液,往大头领伤口处涂抹——这是祖上传下来的疗伤方法。

可是,大头领胸部的伤太重了,两根肋骨清晰可见。年轻女人的手不小心碰到肋骨,昏迷中的大头领痛得直咧嘴。二头领粗暴地一掌推开女人:"滚!"他抬头朝女人的头儿说:"换一个小女人。"然后又对智者说:"你照顾大头领。我到洞口看看。"

二头领来到洞口,人精向他报告说:"洞里洞外,一共打死十八只狼,死了五个男人,受伤的更多。"

二头领的浓眉舒展开来,部落里从未一次打死过这么多狼。这下子,山腰那个大狼窝里的狼少了一小半。但刚才的遭遇让二头领心有余悸。他小心翼翼地钻出洞,左右察看,又叫高个子男人带人到附近树林里搜索,看狼群是否真的走了。

过了一会儿,高个子男人回来说没有狼了,二头领才放心。他叫黑皮带人剥皮、分肉,说要兑现承诺,人人有份。大家忙碌起来。

浓眉翁再次走近大头领,注视昏迷中的他。智者敏锐地发现,二头领的眼神有些不对劲,他似乎若有所思……

刚与群狼恶战,人们不敢在场地上燃篝火烤狼肉了。洞厅里的火坑烧得很旺。人们围着火坑,用竹片戳着肉在火上烧烤。一会儿,洞厅里弥漫着诱人的肉香,也充斥着呛人的烟雾。多亏洞顶的那个小天洞,挟带着肉香味的烟雾袅袅升腾,从天洞散了出去。不久,洞厅里的烟雾便消失了。

天洞光线暗了下来,依稀可见星星闪烁,又一个夜晚来临了。

强劲的夜风里,高个子男人望着漆黑的崖下,不满地说:"哼,好事让黑皮做,危险的事就叫我们做。"智者制止:"别说了,这事总得有人干。回去。"

部落里的人吃过狼肉,纷纷倒地而眠。白天,所有的男人都你死我活地与狼群拼命,女人、孩子和老人也受到不小的惊吓。疲惫不堪的人们都睡得很沉,呼噜声此起彼伏。

智者和高个子男人持棍守着洞口。

智者探头朝漆黑的洞外望了望,又盯着半人高的石墙琢磨起来:若狼群再来袭,这石墙一撞就倒,根本挡不住。石壁旁靠着几十根一人多高的树棍,智者瞅着它们,灵机一动。他招呼高个子男人跟自己一起做个栅栏。

智者将树棍平放在地上,再用树藤绑扎。两人一边警惕地注视着洞外,一边忙碌着,不久,一排栅栏做成了。两人将栅栏竖起来时,洞口被完全挡住。高个子男人惊喜地说:"太好了!以前怎么没人想到这样干呢?"

智者微笑不语,他也为自己突如其来的奇思妙想感到满意!美中不足的是,栅栏的两边无法固定在石壁上。智者又动起脑筋。他让高个子男人跟自己一起,用力将粗树棍插在石壁旁的泥地里,用藤条将栅栏拴在粗棍上。这样一来,栅栏稳固多了。

高个子男人对智者钦佩不已,连声夸赞!

洞外景物逐渐朦胧起来,天要亮了。

先起身的老人们看到用树棍和藤条绑扎成的洞门,十分惊奇,纷纷称赞!说大头领名字起得真贴切,智者真的是智者呀。

更多的人起身了。面对奇特的洞门,无不啧啧称奇!就连一贯不喜欢智者的独眼老人也以赞许的眼光看着智者。

二头领从里洞走到洞厅,一见到洞口栅栏,也愣住了:"这东西是谁做的?"高个子男人说:"是智者发明的。"本以为他会赞扬,没想到他板起脸:"挡路,拿开,出去干活。"

智者没有吭声,默默地拿开了。二头领的态度让高个子男人感到失望,他知道二头领一直明里暗中排斥智者。

二头领正要出去,一个女人惊喜地叫道:"大头领醒了!"

七、危难重任

　　人们马上朝躺在石壁旁的大头领围拢过去。

　　二头领小声地叫道:"大头领,你好啦?"大头领半睁着眼望着众人,有气无力地问:"昨天怎样?"

　　浓眉翁忙答:"打死了十八只狼,所有人都吃了一顿。死了五个男人,受伤的不少。"

　　大头领听了,痛苦地闭上了双眼:"都怪我……"说罢,两行老泪无声地流下脸颊。豹子头见状,指责旁边的人精说:"人精,你不是说牛头骨能辟邪驱兽吗?"人精连忙说:"昨天是黑皮向大头领建议要带人冲出去的,怎能怪我?"黑皮一听怒目圆睁:"我没说。"人精道:"我听见了,别不承认。"

　　眼见几个人要吵架,二头领厉声喝道:"都别说了!"

　　这时,大头领慢慢地睁开泪眼,声音嘶哑地说:"把我扶到洞口去。"

　　智者马上朝高个子男人、黑皮、人精示意。几个人小心翼翼地将大头领抬出洞,慢慢地扶坐在石壁旁的方石头上。山谷尽头,东方天际出现了漫天的朝霞。

　　众人跟着簇拥过来。眼见大头领微微皱眉,二头领叫道:"都散开。"人们没有走,而是闪身立于大头领两侧。

　　大头领以往令人生畏的犀利目光不见了,一双失神的眼睛凝望着昨日激战过的场地,似乎在寻找什么。草地上,依稀可见几处暗红的血迹,应该是战死者留下的。大头领垂下了眼帘。

黑皮不知从哪里找来一块烤熟的狼肉,讨好地递到大头领面前。大头领瞅着,摇了摇头。女人的头儿端着热气腾腾的泥陶罐子过来了,一脸皱纹里挤出难看的笑容:"大头领,喝点汤。"大头领"嗯"了一声,问:"哪来的?"女人的头儿说:"是我采的。"她将热汤倒入葫芦瓢里,又吹了吹,递到大头领嘴边。

二头领见她青筋暴凸的老手颤抖着,对美人痣姑娘说:"你来喂。"美人痣姑娘马上接过葫芦瓢,小心地吹了又吹,才凑到大头领嘴边。

大头领喝完汤,脸色似乎好了些。他看着伫立在左右的人们,说:"昨天太危险了!部落又躲过一场灾难。可是,我还是担心啊……"他突然不说了。

担心什么?浓眉翁以为大头领要说什么重要的话,马上朝周围人挥手:"走,都离开!"

不料,大头领却说:"都别走,都过来,我有话想说。"

人们聚拢过来,一个个竖起了耳朵。

大头领缓缓地说:"在这大山上,要数人最弱小了。和兽比,人的牙齿比不过虎狼,腿脚跑不过兔子,双手难敌四爪。除此以外,人还要忍受狂风暴雨、冰雪严寒、酷热干渴、饥饿生病……人活着真不容易啊,但我们却一代一代地活到了今天。你们说,靠的是什么?啊?"说到这里,身子虚弱的大头领竟抬高了声音。

众人不解其意,无人敢应答。大头领自问自答:"全靠每一代人拼命。人和兽一样,要活命就要拼命啊。"

周围一片寂静。大头领接着说:"昨天,由于我的愚蠢,让部落人死伤不少。我老了,我该死,我不配……"说着,他举起无力的手欲打自己的脑门,被二头领手疾眼快地伸手挡住。

大头领垂下手臂,继续说:"女人生孩子慢,养孩子不容易,长成人更难。天热以来,每当看到有人饿死、病死、被兽咬死,我的心就像被石片划了一样痛,夜里老睡不着。以前不是这样子的。"他深深地叹了一口气,

"我们人太少了,自从九个冬天前遭到南山部落的人血洗后,部落的人数一直没超过一百。要是生的人没有死的人多,我们总有一天会衰败,甚至绝种!这也是我上次头一回违背祖规,放黑狗一条生路的原因。我老担心部落衰亡啊,唉……"他长长地叹了一口气。

如此凄惨的一声"唉",令所有人的心都一沉,人们脸色凝重起来。二头领浓眉翁也暗自吃惊:跟着大头领不知多少个春夏秋冬了,这些话他从未跟自己说过,今天怎么突然在众人面前讲?大头领变得跟以前不一样了。

"哇……"美人痣姑娘抑制不住伤感失声痛哭起来。她不顾别人劝阻,悲怆地哭喊道:"天哪,大山里哪有人的活路呀?"好几个女人也跟着哭起来。高个子男人瞪眼摆手,也没止住。

大头领伤感的话,让智者强烈地感受到了他长期以来内心所承受的压力。大头领经常想的,是整个部落生死存亡的大事。

眼见女人仍在哭泣,浓眉翁瞪着眼,朝那边扬起竹竿,女人们吓得不敢哭了。当人们安静下来后,大头领的目光慢慢地移动,环视着独眼老人、高个子男人、人精、尖眼、歪头……最后,他的目光落在智者脸上:"说不定哪天我就死了。活着不易,死了心也不安。若部落衰败,我有何脸面去见祖宗啊?!"

智者蹲下身来,安慰道:"大头领,你是部落里的主心骨,你不会死,也不能死。"大头领无声地一笑:"那要看老天留不留呀……我当大头领以来,心里就有一个愿望:率领全部落的人到一个不饿肚子的地方去过平安日子。不饿,安全,人就足够了。"

一直没有说话的独眼老人开腔了:"大头领,你是说率部落迁徙?可是,哪儿有既不饿,又安全的地方呢?"大头领痛苦地闭上眼睛:"我没找到,死也不甘心啊,唉……"他又重重地叹了一口气。

大头领悲伤的话语和叹息,令众人情绪更加低落,周围一片嘘唏和低声哭泣声,仿佛部落的末日就要来临似的。

大头领感觉到了众人的情绪,他突然睁开眼睛,说:"扶我起来。"在智者和人精的搀扶下,他顽强地站起身来,眼睛又变得像往常一样炯炯有神。他注视着智者说:"都听着,要是我死了,由智者接任大头领。"

智者一愣,浓眉翁脸上顿时出现失落的表情,黑皮的黑脸也阴沉了下来……

大头领左右看看,敏锐地察觉了。他定睛看着智者说:"从现在起,你就是部落的少头领。"

少头领?颇感意外的智者连忙推辞:"大头领,我、我不行,让……"他看了一眼二头领浓眉翁。

大头领以少有的声调厉声道:"怎么,忘记规矩了?"在部落里,谁都知道有一条规矩:不听大头领者,死。

智者沉默了,再次看了浓眉翁一眼。大头领注意到了:"二头领,我们都老了,手没劲,腿无力,跑不动,让他做少头领吧。"

浓眉翁勉强地点点头:"我听你的。"

大头领板起脸,以毋庸置疑的口气说:"你,现在把我的话传给大家!"

"是。"浓眉翁左右看看,部落里的人几乎都出洞了,聚集在大头领周围和场地上。他提高嗓门道:"都听着,大头领有令,从现在起,智者就是部落的少头领。"话音刚落,一阵强劲的山风猛烈地吹过。

部落的人们先是愕然,继而一阵骚动。每个人脸上都显露出不同的表情,有赞成的、羡慕的、茫然的、忌妒的,也有充满敌意的……

高个子男人情不自禁地脱口而出:"我拥护!"豹子头也说:"拥护!"矮胖男人连忙跟着叫道:"我也拥护!"在七嘴八舌的拥护声中,美姑娘更是激动不已!她深情地凝视着智者,美丽的眼睛里溢出晶莹的泪花。

在智者和人精的搀扶下,大头领重新坐在那块方石头上。他神情严肃地对浓眉翁和智者说:"倘若我死了,你俩一定要齐心,绝不能让部落衰败!答应我。"

七、危难重任 | 051

浓眉翁和智者连连点头称是。大头领听了,脸上露出了一丝欣慰的笑容。

浓眉翁说:"大头领,你身子弱,回里洞睡一会吧。"

"哈哈哈……"大头领突然发出令人惊异的笑声,"抬我?刚才,我不过提前说了几句,你们就以为我真要死了?我多次说过,我要再活十个冬天,当部落里最长寿的人。现在,我哪儿也不去,就在这儿晒太阳。"

说罢,他后背靠着石壁,仰起头来,眯眼凝望山谷上狭窄的天空,目光又有些失神了。

大头领痴痴地盯着天上的白云,恍然看见深邃的蓝天里闪出一个朦胧的人影——啊,是部落的前任大头领!他不是被我打死抛下断崖了吗?可前任大头领居高临下地冷笑着,熟悉的声音在他耳畔响起:"当初我对你那么好,你竟然仗着身子壮跟我决斗,现在知道大头领不好当了吧?"

大头领脸上露出惊骇的表情。他慌忙眨了眨眼睛——前任大头领消失了,流动的白云里又闪现出一位从未见过的银发长须白眉毛老人,他额头上凸起一个显眼的大疙瘩。大头领耳朵里随即响起陌生的声音:"我是部落的老祖宗,我亲手建起的部落让你搞成这般衰败模样,你死后有何脸面来见我?"

大头领顿时感到脑袋里轰的一声,整个身子顺着石壁朝一侧歪去。

众人大惊!浓眉翁和智者连忙扶住他,将其慢慢地放倒在地上。智者一迭声地叫着大头领,可躺着的大头领紧闭眼睛,一动也不动。

浓眉翁蹲下身子,将手指伸到大头领的鼻孔处,然后站起身来,对惊慌的众人说:"慌什么?大头领只是睡着了。"说罢,他有些不安地望了望附近树林,吩咐高个子男人:"大头领睡在洞外,你带人把场地周围搜索一遍,再安排两个人站岗。"

高个子男人迟疑了一下,看了一眼智者,身子没动。

浓眉翁顿时感到威严受到冒犯,抬手就揍了高个子男人一巴掌:"你敢不从?"

挨打的高个子男人转过身,一声不吭地走向场地。浓眉翁气得脸都涨红了。他看了一眼地上紧闭着眼睛的大头领,转身气呼呼地钻入洞内。

智者知道高个子男人心里恨二头领。他曾当着女人的面打过高个子男人。可大头领一任命自己为少头领,高个子男人就公然违抗二头领的命令,还是令他有些出乎意外。是男人都想当头儿,自己也想过。这突如其来的任命,令智者感到有些不适应。

大头领仍在昏睡,人们将目光移到了新任命的少头领身上。少头领就是将来的大头领呀。在部落里,大头领的位置至高无上,他要谁死,谁就得死;他要将谁赶出部落,谁就得滚出洞穴;部落里所有女人都是大头领的,只要他乐意,谁也不敢不从。

智者感觉到人们注视自己的目光与往日不同了,可以看到拥护、期待,也可以看到怀疑、反对。刚才大头领任命时,他瞥见了独眼老人一脸的不屑;黑皮的黑脸阴沉沉的;那个女人的头儿也轻蔑地撇了撇瘪嘴。自己将来能不能胜任大头领?能不能让部落人吃饱肚子活下去?当山上野兽来袭时能否保护好部落人?……他感到了无形的压力。必须有所作为。智者萌生了一个大胆的念头。

于是,他双手抱拳,朝大家晃了晃:"谢大头领之命,谢大家对我信任!眼下,不管是赞成还是反对我,都不重要。重要的是每天都要有吃的,更重要的是部落人的安全。"

他的话说到点子上了,人们静静地听着。智者话锋一转:"眼下,山腰的那个狼群是我们部落最大的威胁。与其防着,不如灭了它。"

灭它?众人面面相觑。部落人从来都是防,能守住洞口就算是万幸了。从来没有人想过主动进攻狼洞,太危险了!

智者继续说:"不是狼死,就是我们死。昨天,狼群袭击我们的部落。今天,我们去端掉它的老窝。大家说如何?"

"对,端掉它!""拼它个你死我活……"男人们七嘴八舌地应和着,群情激愤!

"好,我们说干就干。"智者伸手抓过靠在石壁上的一根棍棒,举过头顶,振臂喊道:"是男人的,跟我去捣狼窝!"

众人纷纷拿起棍棒、抓起尖石。

这时,浓眉翁从洞里钻了出来,看来,智者的话他全听见了。浓眉翁三步并作两步地来到智者面前,指着他的鼻子说:"狼群刚走,你怎敢再去惹它们?部落里男人越来越少了,要是再死人,女人、孩子,还有老人怎么活?部落会衰亡的啊!"

智者神情坚定地说:"眼下,山腰狼洞是我们最大的威胁。若不想死,就必须一拼。"

眼见阻止不行,浓眉翁在大头领身旁蹲下来,小声叫着:"大头领、大头领,智者……少头领要带人上山腰端狼窝。"见大头领仍旧闭目不醒,浓眉翁急了。他起身走到那群男人面前,像往常一样厉声喊道:"都听着,端狼窝是大事,必须等大头领醒了再说。"

黑皮跟着附和:"对,听二头领的,我不去。"尖眼也跟着嚷:"我也不去。"高个子男人喊道:"大头领睡着了,就得听少头领的。"有人发出了粗犷的呐喊声:"噢噢噢……"准备上山的男人们跟着叫了起来:"噢噢噢噢……"

面对群情激愤,浓眉翁仍试图制止:"少头领,端狼窝是送死。万一不成,可是死罪,你要对部落负责……"

智者坚定地回答:"我愿意以死承担责任。"说罢,他朝人们一扬手:"走,上山!"一大群手持棍棒的男人跟着少头领朝大山奔去。

这时,谁也没有注意到,躺在地上的大头领眼角溢出一滴泪水……

八、直捣狼窝

头顶乌云翻滚,眼前山高坡陡,一路上草深林密。几十个披头散发、半裸着身体的男人光着脚丫子,手持尖棍、尖竹竿、石斧等武器,爬陡坡、攀峭崖、钻密林,艰难地朝山腰而去。不久,缠在腰间遮羞的兽皮、大树叶被树枝挂掉了,人们全都赤身裸体了。

走在前面的少头领攀上一块大岩石,扭头喊道:"快到了,到了狼窝,大家一定要拼命!这回不是狼死,就是我们死。"众人纷纷应着声。高个子男人一边喘着气,一边粗声喊道:"哪个怕死,我先一棍子打死他。"

轰的一声,天空炸响一个惊雷。不一会儿,电闪雷鸣,风雨交加。雨从天而降,无情地冲刷着这群赤身裸体的人。眼见雨越下越大,人精有些害怕,他奋力赶上智者说:"少头领,老天又打雷又下雨的,是不祥之兆,是不是改天再来?"

智者头也没回:"老天是在帮忙,打雷下雨时,狼们肯定都躲在洞里,正好一窝端。"人精不吭气了。

当人们来到了山腰时,雷声消失了,雨也小了。人精双手合十,嘴里喃喃自语:"祈求老天保佑,我们能活着回去!"

密林里,智者边走边望,寻找狼洞。他跟大头领打猎途中曾见过那个狼洞。大头领以为只是个小狼洞,见洞口有只灰狼,便说干掉它。众人包抄上去。忽然,洞内钻出一群灰狼,吓得他们转过身往山下狂奔,狼群跟在他们屁股后面猛追。幸亏山下小河雨后涨水,他们跳进河水里,狼才止步。

这时,智者发现了那个狼洞,便摆手让同伴们停下。小雨中,三只小狼在洞口追逐着玩耍。智者悄声跟高个子男人说:"我带十个人进洞引狼出来,你带人在洞口等着。狼出洞时,见一只打一只。"

高个子男人会意。安排妥当后,智者一挥手,众人在丛林间慢慢地向狼洞逼近。

一场人兽大战就要开始,人人心情紧张到了极点!这次可是人"找上门"的,要么杀光狼,要么来送死。

正当众人走到丛林边缘时,从洞内钻出一只大灰狼,它张着嘴伸长舌头,不住地吸着鼻子,似乎闻到了人味。智者果断地一挥手,众人一跃而起冲了过去。大灰狼掉头钻入洞内并发出了异样的叫声。智者率同伴蜂拥而入。巧的是,洞内上方竟然有一条缝,借着一丝天光,他们看见了一群狼。

智者一棍子打中最近的狼,瘦子拿着尖竹竿刺入一只母狼圆鼓鼓的肚子。歪头歪着脑袋举棍打去,岂料棍子被洞顶石头挡住了,折成两截。一只狼扑向歪头,歪头脑袋一偏,被狼咬住了唯一的耳朵。歪头慌了,他急中生智,将半截棍子刺入狼嘴,直抵咽喉,狼倒地而亡。他手摸着仅存的一只耳朵大口地喘着气,好险!

狼洞深处拥出了更多的狼,智者喊:"快退!"众人迅速退出洞。群狼一只接一只地蹿出洞口,守候在洞口两旁的人们开始发力。有的狼脑袋中棍,有的被尖竹竿刺中肚子,有的狼脊梁骨被打断,瘫倒在地。在一连打翻了十只狼之后,洞口的"封锁线"被冲开了。狼群扑向众人。

高个子男人挥舞着尖棍左突右刺,刚刺死一只狼,另一只狼就迎面扑来,身后的狼也咬住他的脖子。高个子男人猛地一弯腰,将伏在后背上的狼摔向前面,然后双手攥住迎面扑上来的狼的一只前腿用力一折,咯吱一声,狼腿断了,瘫在地上哀嚎不已。

又有一只灰狼从洞口出来,它扑向瘦子,瘦子双手卡住狼脖子,狼被迫张开嘴,吐出难闻的气味。瘦子强忍着恶心,与狼对视,眼看着狼眼上翻、脑袋歪向一边才松开了手。这时,一只狼咬住了他的大腿,疼痛钻心。高个子男人暴怒起来,一弯腰双手抓住狼的双腿,直起身,将被迫松开嘴的狼高高地举过头顶,狠狠地往地上摔去,扑通一声,狼被摔死了。但另一只狼从背后咬住了他的脖子,在这危急时刻,长腿的尖竹竿刺入狼脖子并使劲地搅。高个子男人得救了。

豹子头被两只狼同时咬住了两条胳膊,身强力壮的他大吼一声,原地旋转一圈,甩开一只狼。然后,他脚踩狼腹,腾出来的手拔出尖竹竿,戳向另一只狼的眼睛。狼痛叫着松开口,掉头朝树林逃去。旁边的小个子被狼扑倒了,他机智地在地上接连打滚,令狼一时无法下嘴。豹子头上前一棍击中狼,可另一只狼从背后扑倒了豹子头,张口欲咬。关键时刻,矮胖男人一棍子打来,这回他打得很准,被打断脊梁骨的狼瘫在地上哀嗥着。

洞前、林里,打红了眼的人们与凶恶的狼相互追逐,撕咬与打斗交织,人叫、狼嗥,到处是狼尸与伤者,满地见血。一个浑身是血的人抱住撕咬他的狼一同滚落陡坡……

惊心动魄的近距离混战中,狼们渐渐败下阵来,幸存的狼逃向密林。一只断腿的狼爬了起来,撑着三条腿一瘸一拐地向林中逃去,恰巧被追狼返回的高个子男人遇上,石头准确地砸向狼头。

眼见狼逃跑了,精疲力竭的人们纷纷一屁股坐在地上,大口大口地喘着粗气,歪头干脆躺在地上四肢摊开,一动不动。人狼恶战中,人和狼的体力都超过了极限,但人顽强地支撑了下来。尖眼叫道:"渴死了。"智者马上说:"跟我去喝水。"刚才经过时,智者就留心了。大家爬起身来,跟着他钻入林中。不远处,果然有一条流水潺潺的小溪。他早先听大头领说过,狼窝边有水。这条小溪恐怕也是狼的饮水处。

众人喝过水,渐渐地回过劲来。大家开始收捡战果,一只只死狼横七竖八地摆在狼洞前。"啊呀,这么多呀!"人们疲惫的脸上露出了笑容。尖眼数过以后,向少头领报告:"打死了二十七只狼。"

智者抑制不住内心的喜悦,兴奋地举起沾血的棍棒,仰脸朝天喊道:

"报仇啦！哈哈哈……"众人也跟着举起棍棒叫起来："噢噢噢、噢噢噢噢……"粗犷的雄性声音在山谷间久久回荡，惊起森林里一群不知名的鸟儿。鸟儿腾空而起，飞向白云朵朵的蓝天。

高个子男人凑上前来："少头领，死了三个人，有一个人找不到，还有一个人伤得太重，爬不起来了。"

"在哪儿？"智者跟着高个子男人钻入树林，见那人躺在地上，浑身是血。他叫六子，智者仔细察看，六子的胸口、胳膊和腿都被咬伤了。倘若能回部落，应该还能活命。于是，他对高个子男人说："你和豹子头个子大、有力气，轮流着背他回去。"

地上的人听见智者的话，眼里涌出了泪水。

高个子男人感到有些惊诧！大头领曾规定：打猎重伤不能行走者一律丢弃。再说，这回自己也受伤了。山高坡陡，林密路远，也不好背啊。智者看出了高个子男人脸上的表情，说："那我来背。"

狼洞口，众人见少头领从树林里背出伤者，都感到意外。智者将六子放在地上，伸手抹了一把脸上的汗水："豹子头，带人到洞里再看一下。"

过了一会儿，豹子头等人拎出了几只小狼崽子。

附近草丛里，传来狼崽子的叫声。尖眼过去一看，原来是战前在洞口追逐玩耍的几只小狼，它们居然躲这儿来了。尖眼举起了棍子，小狼无知无畏，小眼睛好奇地盯着他。尖眼心有不忍，但想到它们长大后同样会咬人，棍子便落了下去。

智者想了想，说："高个子男人，带人搬些石头把狼洞堵死。小个子，你带人割些藤条拴狼，要快！"说完，他转身钻入林中，沿着那条小溪走到上游的石崖拐弯处，搬起几块大石头堵塞住小溪。看着溪水改道朝崖下飞泻，他感到很满意。狼应该和人一样，没有水就待不下去。

当智者返回狼洞口时，同伴们已经堵死了狼洞，地上的死狼也用藤条拴好了。他警惕地朝周围看了看，手一挥："回！"这时，高个子男人已抢先背起六子走在了前面。

次日上午,成功捣毁了山腰狼窝的人们回到部落附近。瘦子一眼望见洞穴,拔腿就往前跑。

"等一等!"智者叫住他,"就这样都光着屁股回去吗?歇一会再走。"赤裸着身体的男人们明白了,纷纷摘大树叶、扯茅草,熟练地编成简陋的草帘子,缠在腰间遮住裆部……

当上山的人们回到部落前场地时,部落人一窝蜂地拥上前来,担心化为喜笑颜开。人们兴奋地嚷嚷:"打死这么多只狼啊!"连很少说话的独眼老人也称赞道:"我的天,部落从未一次打死过这么多只狼。"

高兴中,饥肠辘辘的人们开始拉拽猎物了。智者张开粗壮的胳膊挡住:"不要抢,这回肉多,人人都有。"见高个子男人将六子放到地上,智者吩咐道:"你带人分肉,歪头燃火堆,尖眼带人拖十五只狼到仓库。"

安排完毕后,他对女人的头儿说:"叫人帮六子洗洗,待会喂他吃的。"女人的头儿连声应允。

这时,浓眉翁扶着大头领走出洞口。智者正要过去,被锗人拉住胳膊悄声道:"千万别去,大头领肯定会惩罚你。"智者朗声一笑:"哈,想躲是躲不掉的。"他径直走了过去。眼见智者过来了,浓眉翁脸上露出一丝难以察觉的阴笑。

智者唯恐大头领发怒,小声说:"大头领,昨天你睡着时,我带人上山把山腰那个大狼窝捣掉了。一共打死了二十七只大狼、八只小狼,大狼跑了八九只。临走时,我们用石块把狼洞封死了。我们的人死了三个,还有一个没找到,六子受重伤,高个子男人、豹子头轮流把他背了回来。"浓眉翁一听,立马瞪起眼,转身看着大头领。

没想到大头领脸上露出了欣慰的笑容:"捣得好!我们部落最大的威胁消除了。"

大头领没有一丝责怪,让二头领颇感意外。昨天,大头领苏醒后,听说智者擅自率人去捣狼窝,顿时擂胸顿足,胸前银须乱颤:"这回要是死伤

八、直捣狼窝 | 059

多,部落就没有几个男人了,部落也许要灭亡了!等他们回来再说……"

现在,他们回来了,可大头领不仅不怪,反而赞扬。看来,只要赢了,就什么事也没了。于是,浓眉翁也绽开了笑脸:"少头领,干得好!"

这时,黑皮在场地上朝这边叫道:"二头领。"浓眉翁说:"大头领,我去看看。"说罢,他心里很不悦地离开了。

大头领在洞旁那块方石上坐了下来。他对智者说:"少头领,你力气大,但心太善了,这不行。当头领就要心狠手辣,不然别人不怕你。记住,如果有人冒犯你,一定要严惩他,这也是让其他人看的。如果有人想取代你,一定要打死他不留后患。我的话你记住了吗?"

智者忙说:"我记住了。"大头领突然说出这一番话,令智者感到吃惊。同时,他也明白,大头领是在将当头领的窍门传授给自己。这时,他看见大头领眼里闪过一丝慈祥的目光,稍纵即逝。大头领为什么对自己这么好呢?

场地上燃起了一堆堆篝火,人们围聚在火堆旁,烤着分到的狼肉,阵阵肉香随风飘散开来。山腰上的大狼窝被捣掉了,令全部落的人都松了一口气。过去,不论是白天还是夜晚,采摘的人们常会遇到灰狼,女人们提心吊胆。现在好了,几个年轻女人吃完肉,兴高采烈地"依呀依呀"唱起来,几个男人应着女人哼唱,在场地上活蹦乱跳,引得众人一片叫好。

在那株苦楝树下,老人仍旧盘着腿坐在那里。望着欢乐的人们,他也张开嘴巴哼唱着谁也听不懂的调子。自从黑狗被逐出部落后,小个子主动地"接替"他,每天早上都将他从洞里背到树下,有吃的送给他;没吃的,老人也从不喊饿。有一回,一连三天都没吃的,他也没死,只是喝光了葫芦里的水。

浓眉翁将烤熟的狼肉撕成小块,小心翼翼地塞到大头领的嘴里。大头领一边嚼着肉,一边望着场地上围着火堆吃肉、欢笑的人们,手轻轻地捋着胸前长长的白胡须——这是他得意或者生气时特有的动作,此时显然属于前者。

浓眉翁忍不住地说:"大头领,少头领擅自带人上山捣狼窝,违反了祖规,冒犯了你……"不料大头领打断了他的话:"少头领一上任就解除了部落最大的威胁。这不是好事吗?"他的眼盯着二头领,"你说,是不是啊?"

浓眉翁立刻附和道:"是的,是好事! 不过,他能干也是跟大头领学的。再说,多亏大头领看中他啊。"

这时,少头领拿着一块烤肉走了过来。大头领说:"二头领已经拿来了。"

二头领说:"少头领,我陪大头领,你去吃点肉吧。"智者应道:"好的。"转身朝火堆走去。

黑皮和人精正在大口吃肉,见智者来了,人精讨好地说:"少头领真行,一次打死这么多狼!"智者无声地一笑:"老天帮忙,碰了运气。"他走开了。

人精盯着智者的背影撇了撇嘴,酸溜溜地说:"捣掉了狼窝,让人们吃了顿狼肉。这下子,全部落人都佩服他了。看来,他这个大头领是当定了。"

黑皮哼了一声:"没那么容易! 自古以来,谁的力气大谁就是大头领。"

人精赞成:"就是,靠拳头。我听你的。"

黑皮得意地大笑起来:"哈哈哈……"突然,他痛叫一声,"呀,我这肩膀头和脖子怎么这么痛? 哎哟!"

九、意乱情迷

人精慌忙道:"我帮你治。"说着,他伸手一按,黑皮又叫了起来:"哎哟……"

人精问:"哦,岔气了?"黑皮恍然大悟:"是自己哈哈大笑才岔气了。"人精说:"这边人多,太吵,走。"

两人离开人群,来到树林边的一棵树下。人精从腰间的兽皮兜里取出一块椭圆形扁石头。扁石一边厚一边薄,尖头圆润柔和,也不知道是祖上哪一代传下来的。人们都叫它神石,都相信神石能治病。部落人哪里不舒服,总想找人精给治治。但人精鬼精灵,看人治病,一般人找他经常推掉。但两位头领和部落里的几个"狠人",他从不敢怠慢。

这块光滑发亮的扁石十分奇特:一面是红、绿、蓝、紫、黄五色波纹,波纹上托着一轮像太阳一样的圆红斑;另一面纹路像五座山,山顶间托着一轮"月亮",煞是好看!

黑皮盯着扁石,疑惑地问:"这石头真的能治病?"

人精说:"灵着呢!专门驱病痛、捉病怪。"说着,人精的手在黑皮后颈和肩膀处按着,"哪儿痛?"

"往下一点,哎,就在那里,骨头缝里痛。上次灰狼进洞时,我一棍子扫空摔倒了,估计是那时扭伤的。"黑皮说着,眯着眼朝晒草籽的女人堆那边望去。

人精伸出舌头舔了舔扁石,开始为黑皮治疗。所谓治疗,就是用扁石尖头按压疼痛部位。

"哎哟,好疼!轻点。"黑皮一脸痛苦地叫道,但眼睛仍朝女人堆那边望。

人精朝那边扫了一眼,明知故问:"看谁呢?"

黑皮道:"我望着女人,颈子和肩膀的痛会轻些。"

"看谁呢?"

黑皮感慨道:"人精哪,同样是女人,怎么长得就大不一样呢?你看人家美姑娘,那脸、那身子,一颦一笑,能让男人掉魂啊。"

人精又瞄了那边一眼,嘴唇在扁石上舔了舔:"还真是的。"

"我昨夜做梦,我当上了大头领,部落里所有女人都从了我。"黑皮说着,一脸得意。

"哈,你别做梦啦。"

"你也想过她吗?"黑皮问。

"当然想,但人家看不上我。劝你也别想,她心里早有人啦。"

黑皮知道那个人是谁。他脸色阴沉了:"哼,有人也不行。"

这时,智者手里拿着那个牛头骨从洞里出来了,他径直走到平坦岩石旁。少头领的出现,吸引了正在晒草籽的女人们的目光。女人的头儿问:"少头领,你要做什么?"

"大头领说狼还是来,这牛头不挂了,要我磨几片割肉用的尖骨片。"智者说着,将牛头骨放在岩石上,用石头砸着。牛头骨太硬,他一次比一次狠地砸着,肩膀上大块肌肉随着动作而抖动着。女人们被他那隆起的肌肉块迷住了,全都直钩钩地盯着。

女人的头儿瞪起三角眼呵斥道:"看什么看?干活。"

女人们这才像惊醒似的重新忙碌起来,但美人痣姑娘仍旧痴迷地看着。女人的头儿伸手推了她一把:"干活!"猝不及防的美人痣姑娘脚下一滑,跌倒了,地上的石头刺破了她的腿,流血了。美人痣姑娘顿时怒了,她爬起来扑向女人的头儿,伸手就是一巴掌。

在场的女人们惊呆了!从来没有哪个女人敢打女人的头儿,这可是

九、意乱情迷 | 063

犯祖规的事呀。

女人的头儿出手也快，她伸出两条枯瘦的胳膊，抓住美人痣姑娘胸前丰满的乳房使劲地捏。

"哎哟……"美人痣姑娘扭动着身子试图挣脱，可挣不脱。她暴怒起来，拳打脚踢，女人的头儿被打得东倒西歪，可就是不松手。十根手指上尖利的指甲深深地嵌入嫩肉里，血流了出来。

好几个女人拥上前来试图拽开她俩，可是分不开。劝说声、哭闹声夹杂在一起，乱成了一团。场地上的男人们并不拉架，全都伸长脖子看热闹。部落里有一大恶习：喜欢看女人打架。树林边的黑皮和人精也津津有味地看着。黑皮仍不时地朝美姑娘那边瞟一眼。

智者过来了，他伸手抓住女人的头儿的手腕，后者尖叫一声，手松开了。智者斥责道："大头领最恨部落里打架，你俩不知道吗？"

女人的头儿哑着嗓子嚷道："是她先动手的。"说罢，她喘着气，狠狠地盯着美人痣姑娘，"哼，你违反祖规，我去告诉大头领，看他不打死你！"

美人痣姑娘再次扑向女人的头儿："那我就先打死你！"女人的头儿吓得连连后退。智者伸手挡住了美人痣姑娘。她央求道："少头领，哪个女人不恨她？反正我活不成了，让我打死她。"

"够了！"智者一声大吼，把美人痣姑娘镇住了，"我不知道你俩为何突然打起架来？"

女人的头儿双手叉着腰："你问她。"智者见美人痣姑娘不语，将目光移向旁边的女人，可周围一片沉默。

智者恼了："你们说啊！"一个快嘴女人忍不住脱口而出："她盯着你看，女人的头儿不让，就打架了。"一旁的美姑娘听了，似乎有些不悦。

智者这才明白了，他试图化解此事："算了，都去干活吧。"

余怒未消的女人的头儿转身就朝洞口走去。

美人痣姑娘仰起脸，目光热辣地盯着智者，声音变得温柔起来："少头领，我看你有什么不对吗？部落里最强壮的男人是你，我想……为你生几个孩子。"

女人们听了,吃惊又羞涩地低下头去。从未有哪个女人当众向心仪的男人如此直接地表白。旁边的美姑娘脸涨得通红,牙齿咬住下嘴唇……

山风吹拂,林涛阵阵。

"打你犯祖规,是哪个女人想死啊?"一个威严的声音传来。人们扭头望去,手持权杖的大头领在浓眉翁等人簇拥下,朝这边来了。女人的头儿一脸得意地跟在后面。

美人痣姑娘知道大难临头了,她伸手拢了拢脸庞两边凌乱的长发,静静地等待着厄运降临。几个心软的女人怜悯地看着美人痣姑娘,眼睛开始湿润。

大头领盯着美人痣姑娘冷冷地问:"刚才,是你打女人的头儿的?"

美人痣姑娘争辩道:"是她先把我推跌倒的。"大头领扭头问女人的头儿:"她做了什么错事?"

女人的头儿愣住了,脸上皱纹微微地抖动:"她老盯着男人看。"

"她看哪个男人?"

女人的头儿胆怯地看了智者一眼,小声说:"看少头领。"美人痣姑娘怒目圆睁:"女人看男人有什么错?喝溪水就能生孩子吗?"

大头领扫了少头领一眼,将权杖杵在草地上。

智者连忙说:"大头领,我在她们旁边用石头砸牛头骨,声音很大,这事怪我。"

大头领没有说话,看样子,他要做出处罚决定了。女人们全都低头盯着草地,耳朵却竖了起来。

山风吹来,大头领下巴上的长长胡须微微飘动着。他仰起脸,目光移向远处的山峦,一言不发。

浓眉翁看了大头领一眼,明白了。他厉声斥责美人痣姑娘:"以后再敢不听女人的头儿的话,把你扔下断崖!"然后,他转过脸讨好地说,"大

九、意乱情迷 | 065

头领,洞外风大,你身体又不好……"

大头领这才将目光从远处移向美人痣姑娘:"念你还小,想生孩子,这回饶了你。要生早生,我等着看孩子。"说罢,他提起权杖,转身朝洞口走去。

意外的结局,让人们目瞪口呆。望着大头领一行人的背影,众人缓过神来,女人们七嘴八舌道:"吓死我了!""大头领饶人是头一回。""你怎么不谢大头领?"……

女人的头儿失声哭了起来,转身朝树林跑去。女人们第一次发现,一贯凶悍的女人的头儿居然也会哭。

洞口,浓眉翁讨好地说:"大头领又开恩了。"大头领无声地苦笑着:"部落人日渐减少,我怎能让一个想生孩子、看男人的小女人死呢?她屁股大,至少能生六七个孩子……"

浓眉翁脸上挂着谄媚的笑容:"对、对,大头领总想部落里人多兴旺,一定会的。"

夜晚来临了,山谷里一片黑暗。

洞厅里,人们熟睡后,火坑的火也暗下来了。躺在钟乳石柱旁的黑皮扭动着脑袋左右看看,起身悄悄地朝里洞走去。

里洞一路上睡着人。黑皮七弯八拐,来到几个女人睡觉的凹壁旁,在黑暗中俯下身子一个个辨认,终于找到了美姑娘。自从上次狼群来袭,她再也不敢住在洞厅一侧的小岔洞里了。

美姑娘睡得正香,突然感到身子被压,她惊醒了,扭转着身子躲闪着:"你是谁?干吗?"

黑皮悄声道:"我是黑皮,你要是跟我好了,以后谁也不敢动你半个手指头。"

美姑娘奋力挣脱了他,站起身来,说:"我只愿跟能当大头领的人好,你走吧!"

黑皮讪笑着:"我就是能当大头领的男人。大头领已老,又受伤了,他一死,权杖就归我了,你不如现在就依了我。"说着,他张开胳膊欲搂住美姑娘。美姑娘闪身躲过:"等你当了大头领我再依你。"

"哼,到时候全部落女人都是我的了,你还是趁早吧。"说着,他强行搂住美姑娘。

"不……"美姑娘拼命挣扎着,尖叫起来。几个女人被惊醒了,起身嚷嚷:"谁呀?怎么不睡觉……"美姑娘见挣脱不了,急眼了,低头朝黑皮胳膊上咬了一口。

"哎哟!"趁黑皮松手的瞬间,美姑娘跑到几个女人中间。

"你敢咬我?"黑皮恼怒地揪住美姑娘的长头发就往旁边黝黑的岔洞里拖。

一个老女人上前阻拦:"放开她!"黑皮粗暴地一掌将她推倒:"滚开。"又一个妇人挡住他:"再这样,告诉大头领了。"黑皮一脚蹬倒妇人,威胁道:"谁再拦,等我当了大头领,将她赶出洞去喂狼。"

女人们一听都被吓住了。听老女人说过:十几个冬天前,老大头领死后,现在的大头领就将以前不依他的两个女人赶出洞。那天,洞外的雪好大,风也大。第二天,人们看见两个女人倒在雪地里,她俩紧紧地搂在一起,尸体冻得像石头,分也分不开……

哭叫声中,美姑娘被黑皮强拉硬拽到岔洞里。听着美姑娘哭喊,岔洞外的妇人一个个唉声叹气,束手无策。

黑暗中,女人们突然发现一个黑影冲进岔洞。一阵响动后,他拉着美姑娘跑出岔洞,往洞厅而去。一会儿,黑皮钻出岔洞,跌跌撞撞地追了过去。

洞厅里,矮胖男人指着石坡上美姑娘住过的小岔洞,示意美姑娘过去。

美姑娘刚钻进岔洞,黑皮就追到了洞厅,借着火坑里幽暗的火光,他东张西望,发现躺在地上的矮胖男人身子动了一下。黑皮上前察看,发现矮胖男人半睁着眼,便怒气冲冲地问:"刚才,是不是你推我的?"

九、意乱情迷 | 067

黑皮朝他扬起拳头,矮胖男人爬起来便跑,黑皮跟着就追。岂料矮胖男人也不傻,他迅速从火坑里抽出一根刚熄火的柴火转身对着黑皮。黑皮躲闪不及,胸口被烫,一连后退好几步,被睡地上的男人绊倒,沉重的身躯压到两个人。那两个人迷迷糊糊伸手就打。挨打的黑皮更生气了,对他们拳打脚踢,一脚踢歪了,旁边被踢的人痛叫一声起身,三对一打斗起来。

更多的人被惊醒了,起身拉架。混乱中有人被误打还手了,致使更多的人扭打在一起。人精连忙朝里洞跑去……

美姑娘从小岔洞里探出头,看到洞厅里男人乱成一团。

洞厅里的情景,睡在岩石上的少头领看得清楚。本想制止,但发现是黑皮在跟人打,便没过去。黑皮对自己没当少头领耿耿于怀,背后又有二头领撑腰,这架拉得不好会惹出麻烦的。

浓眉翁从里洞钻了出来,一看到混乱场面,厉声喊道:"不准打,都停下!"见打架的人没停手,他扬起竹竿,啪的一声,正在打斗的黑皮后脑勺上挨了一竹竿。打红了眼的他回腿朝后一脚,浓眉翁被踹倒在地。

人精连忙将浓眉翁扶了起来,嚷道:"黑皮,你把二头领踢倒了!"黑皮连忙转过身:"二头领,我真不知道是你。"

浓眉翁这一跤摔得不轻。他喘着粗气说:"黑皮,你想学黑狗吗?"黑皮慌忙说:"不想,不想。"有人乘机朝黑皮后背上打了一拳,他也不还手了。

浓眉翁手摸着胳膊说:"打吧,我不管了。黑皮,扶我去里洞。"

浓眉翁离开后,洞厅里殴斗规模小了些,但小打小骂仍在继续。

过了一会儿,大头领出现在里洞的出口处:"我看哪个还在打?"

人们一见大头领来了,马上停止了打斗,吵闹声也没了。洞厅里安静下来。

看火老人连忙往火坑里扔柴火,又用棍子翻着火,洞厅里亮了起来。

大头领威严的目光环视着众人,长胡须不住地抖动:"吃了肉,睡得好好的,怎么打架了?连二头领的话也不听了,这还得了!刚才,哪个人最先闹事的?有种的站出来!"

众人面面相觑,没人动弹,谁都知道最先闹事的人会受到严惩。去年冬天的一个晚上,两个男人为争一个女人打架。次日早上,大头领令全部落人到断崖边,叫黑皮和高个子男人将先动手的男人推下了山崖。

"谁知道,说出来,我奖励他半只狼。"大头领再次厉声道。

半只狼?这可是大奖啊,一个人起码能吃五天。人人睁大了眼睛,但还是一片寂静。被黑皮身体压到的那两个倒霉人不敢吭声。虽说是黑皮引起的,但他是部落里的狠人,说出来,狠人被处死还好,若不死,肯定会被报复的。

石坡上,少头领突然明白了:浓眉翁让黑皮扶着他进里洞,其实是要保护他。以前只是觉得二头领对黑皮好,看来不是一般的好。

大头领盯着他问:"矮胖男人,你看到哪个人最先闹事的?"

岔洞口,美姑娘紧张起来。他要是说出来,自己被牵连不说,事后黑皮会弄死矮胖男人的。

洞厅里的人们全都屏息注目。

这时,少头领想了想,走上前去说:"大头领,刚才火坑里没火了,大家可能都没看清。夜深了,你伤口未好,请回里洞睡吧。明天我来查,要是查清楚了就告诉你。"

智者恰到好处的话语,给了大头领收场的理由。他就势点了点头:"那好!"狼群入侵,人死过多,大头领内心一直自责,身子也虚弱。深夜发怒,他早已感到不适了。

见大头领钻进里洞,众人松了一口气。人人都知道,大头领只要气消了就好了,明天也不一定再提这事了。这一切,被美姑娘看在眼里。她望着少头领,由衷地敬佩他!

忽然,洞口的树栅栏一阵乱响。守门的人惊恐地叫道:"啊,老虎来啦……"

九、意乱情迷 | 069

十、头领失踪

众人大惊！朝洞口望去。只见树栅栏哗地被撞开，好几只老虎进了洞厅。少头领立即喊："抄棍子，打！"

处于清醒状态下的男人们反应极快，纷纷拿起棍棒、尖竹竿、石块，自动形成一排人墙朝洞口逼进，掩护身后的女人、孩子和老人进里洞躲避。在经历了多次野兽进洞的打斗后，人们已知道如何迅速应对了。

面对人墙，老虎愣住了，止步与人短暂对视后，它们张牙舞爪地扑了过来。棍棒在空中划着弧线，石头一块块飞向老虎。可是，大块头的老虎可不像狼，石头一时砸不死，打在虎背上的棍棒有的也折断了。好几个人被凶猛的老虎扑倒，尖爪利齿下，哀叫声不绝于耳，情形万分危急！

有人害怕了，扭头欲往里洞钻。闻讯从里洞出来的大头领厉声喊道："不要怕！打呀、快打呀！"他拖着伤冲到前面，用权杖狠击一只老虎。大头领的高声叫喊和奋不顾身的勇敢鼓舞了人们。歪头看见一只老虎扑向大头领，拿着尖竹竿刺中它的眼睛，老虎倒地嗥叫着。吓傻的矮胖男人呆呆地站在火坑旁看着人虎打斗，手里仍攥着那根有暗火的柴火。一只老虎朝他扑来，虎鼻子碰到柴火，被烫得缩回爪子，掉头就往洞外逃。

原本气势汹汹的猛虎在尖竹竿和燃烧的火棍面前畏缩起来，它们东奔西窜，又不断地往洞口退。人们信心大振！由守转攻。虎群掉头朝洞外逃去。男人们一拥而上，守护洞口。有人开始搬运石头在洞口码石墙了。

看到洞厅里没有老虎了，智者长嘘了一口气！他转身去找大头领。

地上躺着多个伤者。几个人围着一人不住地叫："大头领……"

啊！大头领受伤了?！智者上前一看，大头领的大腿被老虎咬伤了。旧伤未好，又添新伤，他怎么受得了？智者蹲下身来："大头领，老虎已被赶出洞，没事了，放心！"

大头领脸上露出一丝笑容："那就好，死伤几个人？"二头领答："两个人被咬死，五个人受伤。"

大头领听了，伤感地叹了一口气。

洞厅顶上的天洞出现微微白光。浓眉翁说："大头领，我们抬你回头领洞吧。"大头领弱声道："不必，今晚就在这里睡，早上还想出去晒太阳呢。"浓眉翁对高个子男人和黑皮说："听大头领的，你俩抱些草来。"

几捆干茅草摊开铺在地上。人们小心翼翼地将大头领抬起，轻轻地放到厚厚的茅草上，又往他身上盖了些草。浓眉翁叫黑皮、高个子男人与自己一起睡在大头领旁边。尽管少头领也站在旁边，他却没有安排。

智者明白浓眉翁有意不让自己接近大头领，默默地离开了。他四下里看了看，疲惫的人们已抱着棍子躺在地上睡了。智者也累了，但不敢睡。此时若老虎突然返回，同伴们还有力气打斗吗？

他持棍走到洞口，树栅栏又立了起来，人精和草根在站岗。他对人精说："去睡觉吧，我来替你。"

人精喜出望外："真的？谢啦！"他走到石壁旁就地一倒，一会儿就打起呼噜。

智者警惕地盯着洞外，想着心思：洞穴太不安全了。部落人整天担惊受怕，这样的日子哪一天才是头啊？大头领一再受伤，二头领和黑皮好像有些不对劲了……

洞外出现朦胧的晨光，天快亮了。智者估计老虎不会来了，便靠在洞壁上，迷迷糊糊地睡着了。直到看火老人添柴，他才惊醒了。一看对面，草根不知何时也躺在石壁旁睡着了。刚才洞口无人值守，好险！

天大亮了，洞厅里的人仍在睡觉，里洞也无人出来。人们被老虎折腾

十、头领失踪 | 071

了大半夜,太累了!智者独自一人钻出洞穴,左右看看,又朝远处张望,一切与平常没有两样。唉,要是野兽不来多好哇!

太阳快升到头顶时,洞里人才三三两两地钻出洞口。大头领在浓眉翁和黑皮的搀扶下也出了洞口。炽烈的阳光下,大头领眯着眼朝附近树林看了看,又仰首望着高耸入云的大山顶,接着,再朝山谷望去。阵阵山风吹拂着他虚弱的身子,胸前的银须微微地颤动。

智者突然发现大头领瘦多了,也老多了,满脸的病态与疲惫,往日的强悍与雄风几乎消失殆尽。是夜里与老虎搏斗的伤痛折磨的,还是对死伤多人的痛心?或者还在忧心部落的衰亡?昨夜,他肯定没睡好。

大头领收回目光:"今天的太阳多好哇!让我坐着晒晒。"浓眉翁和黑皮将他扶到洞口石壁旁,坐在那块方石头上。他见浓眉翁手按着额头,便问:"半夜没睡,头又痛了吧?快回里洞睡一会儿。人哪,只要睡好觉,什么病都能好。"

头晕脑涨的二头领谢过大头领,转身钻入里洞。

大头领对少头领说:"这么多人不能闲着,你去安排众人干活。"

智者得令,便去安排。场地上,他让高个子男人率人持石斧去树林里砍些小树,昨夜打虎,棍棒折断了不少;又让尖眼领着身子弱的男人用石片削尖树棍、尖竹竿;叫女人的头儿领着女人们去树林里采草籽、摘野果、挖根茎。在这方面,女人的头儿最懂行,她说采什么、挖什么,女人们就干什么。曾有一个饿极了的女人不听她的,擅自吃了不知名的菇子,先是呕吐不已,继而倒地打滚死了。

女人的头儿说:"女人不怕干活累,就怕在树林里遇到兽。请少头领安排人护着。"少头领马上叫黑皮和豹子头带几个强壮男人陪着女人们去。这时,人精跑过来说:"大头领叫你。"

智者来到洞口石壁旁,见大头领眯着眼注视着自己走近,目光似乎有些特别:"大头领,要我做什么?"

"你把人安排好没有?"听完智者的叙述,大头领似乎很满意,"好,做得不错。"听到大头领少有的赞许,智者感到有些意外:"多谢大头领的厚爱!"

大头领叹了一口气,说:"少头领,我接连被狼和老虎咬伤,不知还能活多久?"

智者连忙说:"大头领,你是部落的主心骨,你不会死的。"

"哈,我活过五十一个冬天,算是部落里最长寿的人了,能死啦。"大头领说着,收敛起笑容。他沉吟了一会儿,毅然决然地说:"少头领,你人高马大,要是我死了,你来当大头领。"

智者一惊:"大头领,我不行。还是按部落惯例,让二头领接替吧。另外,黑皮也想当。"

大头领神情严肃起来:"大头领不是谁想当就能当、谁当了就能当好的,这关乎部落的兴衰啊!二头领的心思我早就知道,但他不行,心狠、粗暴、私心重、遇事没主见、瞎指挥,部落里恨他的人也多。他要是当了大头领,部落非毁在他手里不可。至于黑皮,哼,做梦。当大头领要靠本事,光靠拳头是不行的。"

说到这里,大头领停顿了一下,继续说:"部落不能在我手里衰败,更不能在下一个大头领手里衰败。我思量再三,眼下,部落里能当大头领的人,只有你了……"

说罢,他叹了一口气,感慨道:"人要是不死该多好哇!我真想再活十个冬天!"说罢,他摊开两只手,用力按在泥地上。当抬起手时,泥地上清晰地出现十个指头的凹印。

智者盯着大头领沾着泥的双手,惊愕地发现他手上十根凸起的指骨在粗糙老皮包裹下清晰可见。这双手打死过不计其数的野兽,也打死了前任大头领,还揍过许多人,但却从未动过智者一根手指头。这让智者感到幸运,对严厉的大头领有一种莫名的亲近感。

智者说:"大头领,你身子骨强,一定能再活十个冬天的。一会儿我去寻蜂窝,采些蜂胶给你敷伤口。"

大头领无声地一笑:"但愿吧。"

这时,树林里传来女人毛骨悚然的惨叫:"不好啦……"

大头领和智者循声望去,只见豹子头拼命地跑过来,上气不接下气地喊道:"老虎又回来啦。"

场地上的人们惊慌失措,纷纷往洞里钻。智者正要扶大头领进洞,可眨眼间,一群老虎从树林里钻出,直朝洞口奔来。夜里来袭的老虎没走远。智者抓起靠在石壁上的棍棒上前拦截,只挡住了一只。他一棍击中虎头,却被另一只老虎扑倒。智者连忙在地上接连打滚,那老虎一时下不了口,掉头去袭击他人。

智者刚爬起身,又一只老虎扑来,两只前爪搭上他的肩膀,张开了血盆大口。智者第一次跟老虎这么近,闻到了老虎口里的怪味。他迅速拔出插在腰间兽皮上的短尖竹竿,朝虎眼戳去。被戳瞎眼的老虎松开前爪,嗥叫着扭头逃去。

这时,智者瞥见高个子男人被老虎扑倒,连忙上前用胳膊勒住老虎的脖子往后扳,另一只手将带血的尖竹竿戳入老虎脖子并不断地搅动。老虎哀叫着倒在地上。智者高声喊道:"洞里人都出来啊!带火棍子出来!"

洞厅里的男人回过神来,一会儿,人们挥舞着带火的树棍出来,冲向虎群。矮胖男人将一根着火的树棍戳向老虎,老虎被烫得嗥叫一声,掉头逃向树林。矮胖男人嘿嘿笑着,又烫了扑倒了瘦子的一只大老虎的屁股。被烫的老虎扭头将矮胖男人扑倒,张口咬住他大腿。矮胖男人狂叫起来:"啊哟!"

场地上只剩五只老虎了。数十个男人围住它们轮番进攻,一只老虎的皮毛被火烫得冒烟,又被草根的尖棍刺中,正在挣扎时被尖眼照头一石斧,老虎倒在了地上。另一只老虎被豹子头等人围在中间,你一棍、我一棍,打得老虎晕头转向,豹子头见状,勇敢扑上去骑在虎背上,用手臂勒住了老虎脖子。其余三只老虎突破了人们的重围,逃向树林。众人叫喊着钻入树林,追赶了好一会儿。

昨夜打虎后,谁也没有想到虎群没走远,还在大白天反扑回来。众人拼死相搏,才又一次战胜了猛兽。洞穴里的女人、孩子、病人和老人也钻出洞来,瞅着死了的老虎,人人脸上露出笑容。没牙老人看着地上死了的老虎,竟然激动得哭了起来。他说自古以来部落人最怕的就是老虎,一直都以为它是山中大王。没想到昨夜和今天不仅打跑了老虎,还打死了好几只。

死了几个男人,还有不少人受伤了。人们将浑身是血的重伤者抬到溪边洗伤口。伤者凄惨地叫着,声音令人心颤。头发凌乱的女人愁眉苦脸地看着所爱的男人受伤,束手无策,只能默默地流泪。孩子在一旁惊恐地哭叫着。

当智者提着带血的棍子从树林里返回时,发现崖壁旁的大头领不见了,只有他从不离手的那根权杖孤零零地靠在那里,跟他形影不离的大黄狗也不在。智者喊道:"大头领、大头领!"一头钻进洞里寻找。

好几个人奔到大头领坐的方石旁,盯着权杖和地上的血迹,失声叫道:"啊,大头领恐怕是被老虎叼走了。"人们四处张望,一声接一声地喊着:"大头领、大头领……"

智者钻出洞,顺着地上断断续续的血迹奔到树林边,钻入林中东张西望,声嘶力竭地喊:"大头领、大头领……"

一阵阵呼啸的山风吹过。

黄昏,残阳如血。

过了好久,智者才回到洞口。二头领迎上前来。智者心情沉重地说:"没找到大头领。"

二头领一挥手:"快,都去找。"

数十个男人拥入树林里、山谷中,分散开来边找边喊:"大头领、大头领……"大树后、草丛间、岩石缝、沟壑里……人们仔细地找,找了很远。几只獐子从眼前逃走,兔子从腿边跳过,人们也无心追打。

找了很久,仍没找到大头领。望着疲惫的人们,二头领心情复杂地看了看少头领,喊道:"天要黑了,今天不找了,回!"

人们回到部落时,天完全黑了。洞口外,几根燃烧的棍子映照着部落里的男男女女,一双双眼睛里饱含着期盼。听说没找到大头领,有人失声痛哭,接着哭泣声一片。不论是尊敬他的,还是憎恨他的;不论是得过他好处的,还是被他打过的人,此时都流下了眼泪。

一向粗暴的浓眉翁脸上也挂着泪水,大头领那根权杖已攥在他的手里。他说:"都别哭了,大头领只是一时失踪。外面风大,进洞。"一阵风吹来,火棍上的火被吹得忽东忽西。一旦火熄灭了,可是不祥之兆。智者连忙喊:"都进洞吧。"

话音刚落,远处传来"哇呜……"啊,是大黄!人们又惊又喜!

黑暗中,大黄狗从密林里钻了出来,跑到洞口旁。它见到独眼老人,像见到主人一样,身子挨着他低声哀鸣着,像是想表达什么,可惜它不会说话。火光映照下,人们看见它头上、身上有多处伤口,明显是被兽咬的。此时,人人都明白:大头领凶多吉少了。

独眼老人拍了拍大黄的脑袋,引它进了洞。二头领破例地拿来一块獐子肉喂它。大黄闻了闻,没吃。独眼老人从腰间兽皮兜里掏出一小块烤羊肉,饥饿的大黄狗马上吃了起来。这让二头领颇感沮丧,刚拿到了权杖的他想大黄狗跟着自己。没想到它除了听大头领的,就认独眼老人。

精疲力竭的人们纷纷倒地而睡,智者辗转反侧老是睡不着。于是,他起身钻出洞口,独自穿过黑暗来到断崖边。先是侧耳聆听崖下深涧淙淙流水声,接着又凝望着黢黑的山峦,感到脑子里很乱。

刚捣狼窝,又来猛虎,大头领也不见了。智者为自己没有保护好大头领而自责和悔恨,也为大头领在老虎到来前跟自己说的话而惊诧!莫非大头领早已有了预感?

唉,部落人住在这个洞穴里太不安全了,屡经灾难。那么,住到哪儿才安全呢?有没有别的活法呢?智者喃喃自语:"人哪,活着真不容易!"说着潸然泪下……

十一、不期而遇

"少头领,少头领!"智者忽然听见大头领熟悉的叫声。

啊!大头领在叫我?他还活着!智者又惊又喜,扭头四顾:"咦,你在哪儿?"

"抬起头来。我在这儿。"

智者仰起脸,吃惊地发现大头领竟然在月亮上朝自己招手呢。"啊呀,大头领,我们找你找得好苦哇!你怎么到月亮上去啦?"

大头领说:"一只老虎把我拖到森林里,当它张开嘴正要吃我时,突然不知从哪儿刮来一阵狂风,把老虎吹得连滚带爬,我的身子忽然变得轻飘飘的,随风飘了起来。先是飘到一片云彩上,那云彩载着我继续往上飘,一直把我送到了月亮上。"

智者急切地叫道:"大头领,你快回来吧。"

大头领答道:"我是想回部落。你,来接我。"

智者仰望着高不可攀的月亮,苦笑道:"可是,我没遇到那神奇的风和云,飘不起来啊。"大头领说:"打猎积攒了那么多野鸭、野鹅、大雁的羽毛,晒干了放在里洞仓库里过冬保暖用。你把它们绑裹在身上,鸟儿就是这么飞的。"

哦,对!智者跑到里洞的仓库。守仓库的一只手在洞口睡着了。他钻进洞,将两大捆羽毛拎到了场地上。在月光下,他用细藤条将羽毛绑在胳膊和腿上。哈,这下子胳膊和腿变成翅膀了。

智者张开胳膊轻轻地挥动了两下,没动静。他用力挥起胳膊,越挥越快。奇迹出现了:他感到身子飘了起来,接着双脚离地。哇,我成鸟人啦?天上的风真大,身子被吹得直往上飘。他高兴极了! 低头朝下看,脚下有好多大山,还有森林、河流……部落洞口小得像只蚂蚁,场地也只有乌龟那么大。做鸟儿真好,地上的一切尽收眼帘!

月亮在眼前渐渐变大。那么小的月亮怎能变得这么大呢?月亮上有野兽吗? 会吃人吗? 月亮上也有人吗? 他们也会为争夺地盘而打斗吗? ……智者越飘越高,越飞越快。风更大了,眼睛都被吹得睁不开。他起劲地挥动胳膊和腿,任凭风儿在耳边呼呼作响。

月亮越来越大了,看上去跟地上差不多。近处是一片莽原,远处好像也有山峦、森林、草地、溪流……

不久,智者感觉脚碰到了什么。噢,自己已落在了一片陌生的土地上。他明白了:整天忧心部落衰亡的大头领到月亮上来,是为全部落人寻找更安全的地方。他真是费尽了心思。可他在哪儿呢? 智者大声喊道:"大头领,你在哪儿?"

"我在这儿。"

智者大喜! 兴奋地叫道:"大头领,我来接你回部落。"他的目光在周围寻觅着,可不见人影。但大头领的声音仍旧传来:"我恐怕是回不去了。"

"啊!"智者的心顿时凉了半截,他茫然地望着旷野。

"你是少头领,叫你来,是想告诉你由你来接替我做部落大头领,我的权杖移交给你。"

"权杖已被二头领拿去了。"

"哼,他不配。回去后,叫他把权杖给你。"大头领的声音威严而坚定。

智者沉默了。

大头领又说:"少头领,我经常回想过去的一些事,心里憋得难受。你愿意听吗?"

"愿意听。"智者竖起耳,全神贯注地听着。

"二十多个冬天前,我仗着身体强壮,不断地招惹以前的大头领,最后找他决斗,把他打死了。我虽当上了大头领,但当得不光彩。其实,我根本打不过他。只是在决斗前一天,我悄悄地在他喝水的葫芦里放了一颗毒蛇牙……"

智者暗自吃惊!在自己心里如神一般的大头领竟然用了如此手段……

"我当上大头领后,做了些不好的事……当时,觉得做这一切都是为了部落兴旺,都是对的。如今我后悔了!耳边老是听见那些死去的人的咒骂和哭泣声。我内心不得安宁啊。"

智者听到这里,好言相劝道:"大头领,过去的事情已经过去了,别想了。我们一起回去吧,全部落人都在等你呢。"

大头领像没有听见似的:"少头领,我当大头领靠的是拳头。你当大头领以后,不光要靠拳头,更要靠本事,要让人口服、心服。记住,部落千万不能衰败啊!最后,还有一句话要告诉你:我先让你当少头领,现在又叫你做大头领,是因为你是……"

智者聚精会神地听着,可这时大头领突然没声音了。

"是因为什么?"智者急了,"大头领,你说啊,快说啊!"他东张西望,可旷野里仍没人影,死一般地寂静。

智者心急火燎,叫喊道:"大头领,你在哪儿?你快出来啊!"他猛地一跺脚!可意外发生了:地上被跺开了一个窟窿,他掉了下去,穿过窟窿后在空中往下坠。智者赶紧挥胳膊蹬腿,扇动翅膀,可腿上绑着羽毛的细藤条偏偏在这时松开了,洁白的羽毛纷纷扬扬地飘散开来,他的身子朝下快速坠去。

智者大惊!不过,腿上羽毛没了,胳膊上还有呢。他使劲地挥动胳膊,下坠的速度才减慢了。过了一会儿,胳膊没劲了,他的身子再次开始快速下坠。低头看去,又见到了隆起的高山、蜿蜒的河流、广袤的草地、大大小小的湖泊……

啊!下面是一座光秃秃的石峰,这要是坠下去,还不摔得粉碎?就是死,也要换个好一点的地方啊。他用力地挥动胳膊,乱蹬双脚,又闭上眼祈求老天保佑……再睁眼时,身子下出现一片湖水,万幸!偏偏这时一阵狂风吹来,自己像一片树叶子被吹得老远。再低头看,湖水不见了,下方又是山,啊,这山上有狼!

狼们一个个仰起脖子,望着从天而降的自己。太可怕了!他奋力挥动胳膊想离开这地方,可这时左胳膊上的细藤条又断了,羽毛飘飘洒洒地散向空中。急中生智的他用尽全身力气,翻了个跟头。再朝下看,还是山,这座山更恐怖,漫山遍野都是老虎。天哪,落到虎山上还不被咬得骨头渣子都没了?

智者一边奋力挥胳膊蹬腿,一边悲怆地想,自己才活了二十个冬天就要死了吗?人活着是多么好哇!他眼前闪现出昔日和同伴一起打猎、吃肉、玩耍,甚至吵架的情景,那些平常的日子多么值得留恋啊!他想起美姑娘——痴情的她和美人痣姑娘争相示爱,自己却一直冷落她们,太可惜了!他又想起了刚才大头领最后没说的半句话,看来,永远是个谜了……

低头再看,虎山越来越近,智者索性停止了挥胳膊蹬腿,绝望地闭上眼睛:永别了,部落!

砰的一声……

"啊!"伴着一声惊叫,智者惊醒了。他这才发现自己刚才是做了一个梦。一摸额头,尽是汗水。好几个人被他的叫声惊醒。高个子男人凑上前来问:"刚才你大叫一声,做噩梦了吧?"智者点头:"我梦见大头领了。"

"哦,大头领还活着吗?"几个人围上来要他说梦,智者推说记不清了。他心里明白,虽然大头领托梦让自己接任,但若说出来,谁都会认为是自己想当大头领才编的梦。大头领肯定死了……

大头领突然失踪，部落里"群龙无首"，人人心头都蒙上了一层阴影。

晚上，浓眉翁招呼黑皮、尖眼、人精等人到他的小山洞里嘀咕，谁也不知道他们在商量什么。过了一会儿，二头领浓眉翁手持大头领的权杖，在黑皮、尖眼、人精等人的前呼后拥下，从里洞走到洞厅，不断地训斥人们。人们对浓眉翁俨然以大头领自居感到不适应，甚至心生反感。他们一伙人刚转身，就有人在背后吐舌头。

独眼老人对浓眉翁的做法更是反感。他对众人说："大头领不在了，还有少头领呢。"独眼老人是部落里最受尊重的几位老人之一，大头领一直对他格外尊重。他的话很快被传到二头领耳朵里。

次日早上，在洞外场地上，浓眉翁安排黑皮率人上山打猎，少头领被晾在了一边。人精对智者说："二头领叫你留守洞口，防止野兽来袭。"接着，人精又走到独眼老人跟前，叫他上山打猎。

独眼老人颇感意外："叫我上山？谁让我去的？"人精沉默。独眼老人一再追问，他才说："二头领说谁敢不从，严惩。"

独眼老人的独眼瞪得圆圆的："我不去！"话音刚落，就听到浓眉翁的声音："是哪个人在说不去啊？"二头领在黑皮、尖眼等人的簇拥下走了过来。

独眼老人瞥了他一眼，没好气地说："我这么老了，爬不动山了。"浓眉翁一改往日对独眼老人的笑脸，冷着脸说："都不上山，这么多人吃什么？"

独眼老人明白二头领可能知道自己昨天说的话了，他的报复心极强。于是，独眼老人不紧不慢地说："就是大头领在，也不会让我打猎的。"

"大头领不在，他的权杖在。我叫谁去谁就得去，部落里可不养闲人。"脸色阴沉的浓眉翁挥了挥手里的权杖，话里有话。

独眼老人顿时大怒，高声叫道："大家都听着！大头领生前曾亲口跟我说过：万一他有不测，权杖必须移交给少头领……"

浓眉翁似乎对此早有准备，他立刻打断独眼老人的话："胡说！大头领只不过是一时失踪。大头领多次说过:部落不可一天无头。在他回来前,依照祖规,我二头领可行使大头领的权力。"

说到这里,浓眉翁朝周围看了看。见没人吭声,他的语气更严厉了:"你,上山打猎。"

独眼老人干脆把话挑明:"你的心思我知道,想让虎狼把我吃掉,是吧?"

"都像你这样想,还有哪个人愿意上山打猎?你若不去,这权杖可不认人。"说着,浓眉翁举起了权杖。

个性刚烈的独眼老人也不甘示弱,马上端起从不离身的尖棍对准了浓眉翁。两人四目相对,场地上的气氛顿时紧张起来……

与二头领发生激烈的冲突与对峙,在部落里还是第一次。要是大头领还在,一声大喝"都放下!",任何冲突都会瞬间化解。现在双方僵持不下,如何是好?众人一时不知所措。独眼老人身旁的大黄狗怒视着二头领,大叫一声。这狗已认独眼老人为新主人了。

这时,智者一个箭步上前站到他俩中间:"大头领说过:部落里打架要严惩,不拉架也要严惩。若大头领回来了,我不能跟着挨罚。请二老都放下棍子,有话好说。"

浓眉翁就势放下了权杖,独眼老人也缩回棍棒。余气未消的二头领心有不甘,第一次手持权杖用权就受到挑战,若就这么算了,日后会有人效仿的。他冷冷地问:"少头领,他不上山打猎怎么行?人不够啊。"

智者诚恳地说:"二头领,他老了,上了山也跑不动。我替他去。"

"不行,你负责守护部落。"二头领皱着眉。

"那……我找人替他去。"

二头领一愣,反问:"谁?"说罢,他一双凸起的牛眼恶狠狠地瞪着众人,左瞧右看。在凶狠的目光下,没人吭声。谁都知道,此时若挺身而出,日后肯定会受到报复。

见没有动静,浓眉翁有些得意,瞅着少头领。智者似乎胸有成竹,他扭头朝坐在大树下的矮胖男人喊道:"你过来。"

矮胖男人一骨碌爬起身,跑到智者跟前嘿嘿地问:"又、又给什么好、好吃的?"

智者指着独眼老人说:"你,代他上山打猎去!"矮胖男人点头傻笑道:"代他打猎?好好,我去。"

浓眉翁怒气冲冲地瞪了矮胖男人一眼,转身朝洞口走去。尖眼冲着他的背影问:"二头领,还去打猎吗?"没有回音。尖眼明白,今天上不了山了。

一场部落内斗危机被少头领化解了,人们朝他投来钦佩的目光。美姑娘更是深情地凝视着少头领。女人的头儿连喊几声"干活了、干活去",她也没听见。

智者转身朝山谷里走去。

山谷里,一条山溪欢快地奔腾着,淙淙流水轻盈地滑过卵石、挤出石缝,溅起阵阵雪白的浪花。智者伫立在溪边,盯着潺潺流水遁入绿林,陷入沉思。

过去,自己很少想部落里的事。细细一想,部落里的危机太多了,刚才的冲突仅仅是开始……

身后似乎有动静,智者警惕地扭过头,见密密匝匝的森林里钻出来一群猿猴。为首的老猴王看见智者,像遇见了老熟人一样友好地扬起前爪晃了晃,又咿呀地叫了几声。哦,这群猿猴曾经来过,自己还喂过它们几把橡栗呢。

智者走上前去,伸手握住老猴王探过来的一只爪子,像是自言自语:"嘿,你的同伴增加了,而我们部落人在减少啊!"

老猴王仍旧咿呀地叫着,旁边的群猴则蹦蹦跳跳。智者松开手,仰天长叹一声:"再这样下去,部落可能会衰亡的。"

老猴王又叫了几声,像是深表同情。接着,它纵身一跃,攀上一棵枝繁叶茂的大樟树。众猴紧跟其后,纷纷跃上树。顿时,枝摇叶颤,树上咿

十一、不期而遇 | 083

呀声一片。

　　智者羡慕地盯着猴们轻松地从这棵树跃到另一棵树,感慨地想:人要是像猴子一样会爬树该多好哇。

　　猴子们纷纷跳下树来,在老猴王的带领下离去。智者下意识地扬起手挥动着,目送猴群离去。他走近大樟树,目光顺着粗壮树干朝上看,仰起脖子凝视着巨大的树冠。

　　树上有一个大鸟窝。刚才被猴子惊飞的两只喜鹊又返回窝叽叽喳喳地叫着。鸟儿真好,白天在天上飞,夜晚栖息在树上。人要是像鸟儿就好了,那样兽们只能干瞪眼!智者久久地盯着鸟窝,眼睛突然一亮,紧皱的眉头随之舒展开来……

　　他转身往洞穴那边走。路过断崖时,意外地发现黑皮、尖眼、人精等七八个人站在那里,黑皮眼里闪烁着异样的目光。不远处,还有一群男人和女人在朝这边张望。

　　智者警惕地扫了他们一眼,问黑皮:"有事吗?"

　　"一直在等你,当然有事……"

十二、断崖决斗

黑皮冷冷地质问道："我问你,你力气没我大,打的猎物也没我多,凭什么当少头领?"

"噢!"智者解释道,"不是我要当,是大头领让我当的。"

"现在,大头领恐怕已经不在了,你还想当大头领吗?"

智者回答："当大头领要部落人公认才行。再说,现在不是还有二头领吗?"

黑皮突然咆哮起来："从古到今,哪个部落的大头领不是打出来的?不论是老大还是老二,都得按规矩,以决斗定胜负。胜者为王。"

面对突如其来的有意挑衅,智者沉默着。

"怎么,不敢了?"黑皮眼里露出轻蔑的目光,说道,"你这么胆小还想当大头领?还想让部落里的女人都跟你睡觉,再生一群胆小的孩子?哼……"

智者恼了,瞪了他一眼："眼下上百号人缺少吃的,虎狼也随时可能再来,难道此时我俩还要为争当大头领打一架吗?"

黑皮挥动着拳头："当然,只有决斗才公平,打出来的大头领才能服众。"他似乎胜券在握,指着人精和尖眼等人说："我叫他们几个来,就是当证人。"

智者明白了。看来,决斗早有预谋,背后也一定有人支持。想不到,忧心的事来得这么快。

见他不吭声,黑皮再次挑衅："害怕了? 也行。你现在就宣布:以后不当大头领了,不然,休想从这儿过去。"

智者十分愤怒,两只拳头攥紧了:"非得要跟我打?"

"是的。愿意?那好。"没等智者答应,他朝不远处的男人和女人招手,喊道,"你们都过来看着,少头领愿意跟我决斗。"人们一下子拥到了崖边。美姑娘也夹在围观者当中,神情紧张地看着少头领。

"我俩先向老天举誓。"黑皮不等智者搭话,就仰首朝天空拖长声调道,"老天在上,我俩以决斗定胜负,胜者当头领。输者要么服从,要么离开部落。违反规矩者,出洞遇虎、上山掉崖、过河淹死。人精作为决斗的中人,以三声噢、噢、噢定夺……"

太阳躲进厚厚的云层里,天色有些阴沉。部落里最有力气的两个强壮男人虎视眈眈地盯着对方。接着,打斗开始了。

黑皮率先进攻。他一个箭步上前,双手揪住智者的胳膊欲将其扳倒,但智者的身子纹丝不动,双脚像粘在地上似的。四只粗壮的胳膊缠在一起较劲,谁想扳倒对方都不容易。智者突然挣脱一只手,一弯腰将黑皮左腿提起,全身用力往侧面一扳,黑皮站立不稳跌倒在地。智者扑了上去,不料黑皮冷不丁地伸腿朝智者猛蹬一脚,智者被蹬翻在地,疼痛难忍。黑皮乘机压住了他。

在围观人们的惊叫声里,人精张开嘴喊了起来:"噢——噢——"

这时,智者猛然发力,一翻身掀开对手,顽强地站了起来。黑皮低头弓腰抱住智者双腿,头往前一拱,再次将智者拱倒并扑上去。倒地的智者迅速一滚,黑皮扑空跌倒了,智者顺势翻身骑在他后背上。黑皮几次企图挣脱,可动弹不得,泄气了。

在众人责备的目光里,迟迟不喊的人精只得喊起来:"噢——噢——噢——"智者喘着粗气松开手,站起来说:"你,输了。"

万万没料到黑皮一跃而起,抱住智者双腿再次一拱,将猝不及防的智者摔倒在地,然后骑在他身上狠卡其脖颈。"啊呀……"美姑娘失声惨叫。

十三、构木为巢

　　高个子男人领着两个男人拖着一个夜里死去的人从晒太阳的人们面前走过,朝石崖那边走去。众人默默地注视着死者,没人说话。谁也不知道哪天会轮到自己。

　　智者叹了一口气,走向场地。大树下,二头领浓眉翁与黑皮、尖眼等人在一起说话,见少头领过来了,突然都不说话了,这让智者颇感惊愕和警觉:"二头领,老虎肉快吃完了,要不要上山打猎?"

　　浓眉翁说:"是啊,剩的东西只够吃两天了,还要储备过冬吃的,要不,大雪封山时会饿死人的。"

　　智者提议:"我带人去打猎吧。"

　　"不。"浓眉翁脸上少有地挤出一丝笑容,"大头领的失踪提醒了我,上山打猎太危险。你现在是少头领了,今天还是我带人去吧,反正我死了还有你。"

　　智者沉默了。这话让他听了感到别扭,同时也感到二头领的心思很深。今天就去打猎,自己一点儿也不知道。

　　在部落人期待的目光里,二头领率领几十个男人上山去了。

　　望着他们消失在山谷里,智者心里掠过一丝前所未有的孤独。二头领这么做,表面上是保护自己的安全,实际上是不给自己任何机会。他想打猎获取更多的食物,好在部落里立威,以便当大头领。他的心思,几乎人人都明白。

　　智者想:"不让我去打猎,我就做自己一直想做而未做的事,说干就干!"智者反身从洞内取出一把短石斧,独自走进树林里砍小树……

"少头领,你这是做什么呀?"智者抬起头,发现尖眼不知何时钻进树林里来了。心想:咦,他怎么没去打猎?智者回答:"我想筑树巢。"

"筑树巢?"尖眼瞅着地上长短粗细不一的树棍和一堆藤条,又仰脸望着附近树上的大鸟巢,"哈,想帮鸟儿造窝?"

"不是造鸟巢,是造人巢。"

"人巢?"尖眼听了越发好奇,"少头领,你是想让人住在树上吗?"

"是的。"

"哦,是这样。"尖眼产生了兴趣,"要我帮……"他突然不说了——二头领上山前对自己耳语:留意少头领做过些什么,回来时告诉他。

智者见尖眼说话吞吞吐吐,便说:"不用。你回洞里看看,有人打架就告诉我。"

"好的。"尖眼走了。

智者背起两捆树棍走到洞前的场地上。他选定了一棵枝繁叶茂的大树,这棵树的树冠很大,在一人多高的地方分了六个树杈。他将树棍扔在树下,又去了树林里。

当砍好的树棍和藤条都运来后,智者将两大捆树棍绑在后背,然后手脚并用地爬上大树。

洞口的女人们见少头领爬树,感到奇怪。她们来到树下,望着树上的智者站在树杈上东张西望,两手比画着,嘴巴还自言自语。树下的人看得莫名其妙。女人的头儿问:"少头领,你在做什么?"

智者回答:"筑巢。"

"筑巢? 在树上筑什么巢啊?"

智者没有回答。女人的头儿的眼珠子滴溜乱转,小声嘀咕道:"少头领莫不是被上次的老虎吓傻了?"几个女人跟着附和:"就是,可能被吓傻了。"咧着嘴傻笑的矮胖男人摇晃着脑袋跟着叫道:"哈,吓傻了,吓傻了……"

正在忙碌的智者朝树下人瞅了一眼,仍旧不吭声。有人问:"少头领,要帮忙吗?"智者回答:"现在不用。"他用树棍在树杈上横七竖八地搭了起来,又用藤条将树棍与树杈绑在一起……树下的人们看不出什么名堂,渐渐地散开了。

黄昏,火红的夕阳留恋地挂在西天,绚丽多彩的晚霞在天边优雅地浮动着。

崇山峻岭,烈日炎炎。

二头领浓眉翁蹲在丛林中,探头朝前看。前面的灌木丛里有几只獐子。浓眉翁一挥手:"上!"

一群男人举着长短不一的棍棒从丛林里冲出,嗷嗷叫着扑向猎物。受惊的獐子四散逃命,人们随即分散开来狂追。不断有獐子被追上,棍棒抡起,乱石落下,獐子接二连三地倒下了。

过了一会儿,一只只死獐子被猎手们拎回山坡,扔到浓眉翁脚下。浓眉翁伸出手指,一只一只地数着:"一、二、三、四、五……好!"他咧开嘴笑了:"饿了,吃。"

人们从腰间拔出尖骨片,熟练地划开獐子皮,割下一块块带血的肉,坐在地上大口地吃着,弄得满嘴是血。

光头的肉吃完了,还想去割,被浓眉翁厉声阻止:"忘了洞里还有那么多张嘴吗?"黑皮问:"二头领,回去吗?"浓眉翁瞅了地上的獐子一眼:"这点东西只够部落人塞牙缝的。再打点。"人们背起猎物、提起棍棒,在齐腰深的草丛里边走边朝周围张望。

光头望着密林深处,有些恐惧:"但愿别遇到老虎啊。"话音刚落,就听见前面的歪头小声惊叫:"有动静!"男人们齐刷刷地蹲下身来。浓眉翁说:"你听听是什么兽?"歪头歪着脑袋,侧耳聆听——自从被狼咬掉一只耳朵后,歪头仅剩的一只耳朵听力特好,能听见很远地方的声音,并能大致辨别出是人还是兽,是一个还是一群。

"不像是野兽。"歪头说。

浓眉翁放心了。他探了探头,看见前面山溪旁有一群野鹿。

浓眉翁下令:"是鹿,快上!"人们扔下肩上的獐子,一跃而起冲上前去。正在饮水的鹿群受了惊,掉头逃窜,人们穷追不舍。

鹿群钻入一片荆棘丛中,人们毫不犹豫地跟着钻了进去。尖利的荆棘戳得人龇牙咧嘴,一会儿腰间遮羞的兽皮、树叶全被挂掉了,腿上、脚丫子流出殷红的血。但众人全然不顾,奋力追击。不久,鹿群也跑不动了,双方距离越来越近。气喘吁吁的浓眉翁实在跑不动了,踉踉跄跄地跟在后面。

鹿群钻出荆棘丛,朝山冈上跑去。山冈上耸立着一座圆柱状的黄色大岩石,像一个刺向天空的巨大竹笋。

鹿群跑上冈顶后,好几个人也追了上去,猎物似乎唾手可得。岂料,从黄色大岩石后面钻出一伙赤身裸体的男人。鹿群惊上加惊,从旁边夺路而逃。那些陌生人马上分出一部分人转身逐鹿,剩下的六七个人则张开双臂,拦住了追鹿人。

打猎的人愣住了,眼见猎物要到手了,却半路冒出打劫的。黑皮欲继续追赶,被一个生着络腮胡的人拦住。喘着粗气的黑皮怒视着他,质问道:"为何挡我们?"

络腮胡答:"这些鹿进了我们的地盘。"

人精叫道:"鹿是我们发现的。"络腮胡瞥了他一眼:"那又怎样?"

二头领浓眉翁喘着气走上前来,冷眼瞅着络腮胡:"你们是哪个部落的?"

络腮胡一脸傲慢:"南山部落的,怎么着?"

南山部落的?浓眉翁的脸随即涨得通红。他脑海里浮现出九个冬天前,也是因为猎场纠纷,他们被这个南山部落人突袭的情景——他们在半夜里杀入部落,睡在洞厅里的男人全被乱棍打死、捅死了,自己躲入石坡上的小岔洞才幸免遇难。大头领率里洞的人拼死反击,才保住了部落。

二头领压住性子说:"这一带是我们祖先留下的猎场。"

络腮胡冷笑一声:"你们的?没听说过。只知道这边是我们的。"

浓眉翁顿时气不打一处来:"我从小就在这儿打猎,那时,你还在女人肚子里呢!"

"哈哈哈……"追鹿的人们一阵哄笑。有人朝前走了几步。

络腮胡扬起两个拳头蛮横地说:"谁想过去,先问问它是否答应!"旁边的光头男人也凶神恶煞地嚷道:"谁敢跟我们抢食,我打碎他的头。"说罢,他抡起棍棒朝小树打去,咔嚓一声,小树被拦腰打断。

气氛紧张起来。两群虎视眈眈的男人各自攥紧了棍子,仇恨地瞪着对方,都没有退让的意思。一场血斗不可避免了。

浓眉翁怒火中烧。失踪的大头领一直念念不忘那场劫难,经常念叨着复仇!今天,报仇的机会来了。想到这里,二头领面露杀气,发出怪异的叫喊:"杀啊!"

听到打杀信号,众人旋即跟着发出呐喊:"杀啊……"疯狂地冲上前去。双方打斗起来,棍棒抡起、石块乱飞、拳脚相加。"啊哟!""啊呀!"痛苦的惨叫声不绝于耳。

尽管络腮胡一伙拼命抵抗,但寡不敌众,被打得皮开肉绽、浑身是血。那个光头血流满面,哀叫不已。有人已躺在地上不动了。

当胜负已定时,黑皮和络腮胡仍在搏斗,双方的块头都差不多、力气也相当。棍棒打折后,两人摔起跤来。先是一起倒地,在草丛里滚来滚去,继而又朝坡下滚去,落入水洼中。最终,黑皮将络腮胡按在水里喝了一肚子水。这时,浓眉翁喝住了黑皮:"留他一命。"

黑皮将半死不活的对手拖出水,大脚丫子踩着络腮胡说:"下次让我碰到,你必死!"浓眉翁厌恶地盯着络腮胡:"回去告诉当家的,你们部落在九个冬天前欠我们部落的几十条人命还没还,抢了我们十六个姑娘也没还!总有一天,我们要找你们报仇。滚!"

络腮胡从地上艰难地爬起身,一言未发,一瘸一拐地跟在几个同伴后面,朝竹笋状大岩石后走去。

浓眉翁瞅着地上被打死的两个南山部落人,内心隐约不安,下令:"回。"

众人找到追鹿群时扔下的獐子,背在肩膀上,踏上了归途。打了胜仗的人们兴高采烈!黑皮一边走一边还摇头晃脑地哼起来:"啊咿哟、啊咿哟、咿啊哟……"

路上,二头领回想刚才的恶战,有些后怕了。这回是出了一口恶气,可又结了新怨。南山部落人多,也强悍,会不会再来报复?要是他们再来,如何应对?大头领不在了,自己心里没底呀……

正当人们要钻入一片森林时,看到一大一小两只野山羊惊慌地钻出森林,迎面奔来。见到众人,野山羊并没有掉头,而是朝一侧山下逃窜。

心事重重的二头领一惊!是什么东西惊到了野山羊?他下令止步,让歪头听听。

歪头侧耳听了一会儿,说树林太茂密,没听到什么。于是,众人走进了遮天蔽日的树林。不久,人们发现树上有果子,纷纷伸手踮脚摘下果子塞入嘴里,有的还往腰间的兽皮兜里装。

突然,歪头的脸色变了:"不好,有大兽!"人们一听,全都藏身大树后。浓眉翁紧张地问:"什么大兽?"歪头说:"老虎,肯定是。"众人一听都傻眼了,他们遇到了打不赢的死敌。

浓眉翁问仍在侧耳倾听的歪头:"几只?"歪头说:"可能是一群。"黑皮有些惊慌,拔腿就要跑。浓眉翁一把拽住他:"你能跑过老虎吗?"他仰望着周围的大树,说:"上树,快!"众人扔下肩膀上的獐子、野山羊等猎物,纷纷往树上爬。

森林深处传来一阵低沉的虎叫声。居高临下的人们果然看见了一群老虎朝这边而来。显然,它们闻到了血腥味……

在树上人恐惧的目光里,虎群来到树下,竞相争抢毫不费力得到的意外之食,各自将獐子、野山羊拖到一边大口吃着。不时有老虎仰起脑袋,张开嘴朝树上嗥叫几声。

浓眉翁站在树杈上,习惯性地数着数:"……七、八、九。"虎群痛快地吃着,直到腹饱肚圆,才慢吞吞地离去。

眼见虎群离开,浓眉翁仍不放心,让歪头侧耳听了又听。确认虎群真的走远了,人们才下了树。

猎物没了,人们感到沮丧。长腿说:"这趟猎算白打了,部落里的人还眼巴巴地盼着我们带吃的回去呢。"黑皮发现草丛里有半只獐子:"哎,老虎还留了点。"

浓眉翁心有余悸地东瞅西瞧,干咳一声,说:"只要人都在就好,猎物没了再打就是。"这回上山,才知道自己真的跑不动了。他抬头看了看天色,说:"回部落吧。"歪头说:"我们不能空手回去啊。"

二头领叹了一口气:"都没力气了,图个平安吧。回。"

归途上,二头领厉声道:"都听着,跟南山部落人打斗的事,回去谁也不准说,谁说罚谁。"他担心部落人知道了会引起恐慌,更怕有人说他鲁莽行事,从而让少头领受益。

第二天早上,打猎的人们回到了部落。大老远,黑皮就发现了洞前有异常。他手指着那边叫道:"哎,大树上有一个怪物。"人们一个个伸长脖子望去……

当人精正要叫第三个"噢"时,智者用尽全力扳开黑皮的手,猛地将黑皮掀倒,爬起身来。两人又双臂相抵僵持了好一会儿,智者突然双臂朝后猛然一拽,黑皮身体前倾,腿却被智者伸出的脚绊住,他跌倒在地,被智者压住。

围观的人们欢呼起来。人精不情愿地喊了起来:"噢——噢——噢——"

智者松开手站了起来。恼羞成怒的黑皮起身后捡起石头朝智者砸去。智者一闪身,石头砸中旁边的高个子男人,愤怒的高个子男人欲上前讨说法,被尖眼死死地拦住。黑皮更加疯狂了,接连朝智者出拳。智者不想再战,连躲带闪朝后退,身子离断崖边越来越近,不料,脚绊在石头上,歪倒在崖旁。黑皮乘机扑过去压住他的智者,双手再次卡住他的脖子,智者的脸涨得通红。

美姑娘恐惧地尖叫起来!眼见情形危急,独眼老人大声指责黑皮:"决斗别往死里整啊。"

智者大张着嘴一连喘了几口粗气才缓过神来。他刚起身,黑皮又抱住他,两人在断崖边摔起跤来。

黑皮有心将智者推下崖去,一再发力,可推不动智者。渐渐地,黑皮开始气喘吁吁,但他还是用尽全力猛地一推。智者借助他的推力,突然一个转身,竟将黑皮倒背起来。在众人的惊叫声中,黑皮一眼瞥见崖下深渊,以为智者要将自己扔下去,顿时吓破了胆,惊叫道:"我输了!少头领,服你,服你……"

没想到智者却将他放下地,喘着粗气说:"回洞吧,活着都不容易。"

决斗结束,胜败分出。黑皮像一只斗败的公鸡,灰溜溜地穿过围观人群,匆匆朝洞穴走去。他明白智者是手下留情,要是自己,肯定将他抛下断崖。万没想到自己打不过他。

无故被砸的高个子男人余怒未消,冲着少头领嚷道:"你怎么不把他

十二、断崖决斗 | 087

扔下崖去？"

众人散开了，但智者没走。他久久地凝视着山谷尽头，那边烟雾蒙蒙、层峦叠嶂。为什么大头领刚"失踪"，黑皮就找茬跟自己决斗？这背后会不会有二头领的默许？

美姑娘边走边回头，频频朝伫立在崖边的智者望去。当她心事重重地走到洞口时，被美人痣姑娘挡住了。美姑娘看见她不怀好意，想绕过去，不料又被伸手拦住："怎么？看上我的男人了？"

"谁是你的男人？"美姑娘反问。美人痣姑娘指着断崖那边说："少头领是我的。"

美姑娘不甘示弱地说："凭什么他是你的？我还说他是我的呢。"

"哼，我早就知道你有这心思，那我俩也分个胜负。赢了，他归你；输了，你滚一边去。"说着，美人痣姑娘扬起手，朝毫无防备的美姑娘啪地打了一记耳光。不料美姑娘反应极快，甩手回了她一耳光。美人痣姑娘当胸一抓，美姑娘胸前出现了五道血印，溢出血来。美姑娘抬脚狠命地一蹬，将美人痣姑娘蹬翻在地，然后骑在她身上，气喘吁吁地问："你跟我抢他不？"

美人痣倔强地嚷道："就抢，就抢……"美姑娘伸手抓起来，一边抓，一边咬牙切齿地说："你敢，你敢……"

周围有许多男人，他们早已习惯了女人为争夺男人而打架，还特别喜欢看热闹。女人的头儿欲上前拉架，被尖眼推开。昨天，他背着黑皮向美人痣姑娘示好，遭到拒绝。眼下，正巴不得美姑娘打她一顿。女人的头儿气恼地说："大头领不在了，你们一个个都想翻天了。"

美人痣姑娘力气大，一翻身爬起身来。在男人们的哄笑和怪叫声中，两个女人扭打在一起。

断崖边的智者听到嘈杂声，扭头望见洞口乱成一团，便快步走来。眼见两个女人相互扯着对方头发厮打成一团，便怒斥围观的男人们："看看看，也不拉！"接着又训斥两女人："放开，都放开！"

两个女人听到少头领的声音,不约而同地松开了手,手忙脚乱地捡起落在地上的兽皮,系在腰上遮住小腹,然后才直起腰来。当她俩各自伸手将遮住脸的长头发分开时,智者才发现是美姑娘和美人痣姑娘:"好哇,男人们打猎拼死拼活,就是为了让你俩有劲打架吗?为何打架?"

两个人没有回答。少头领厉声问:"怎么都不说话?"旁边女人的头儿忍不住了:"少头领,她俩为了争夺你在决斗。我……拉不了啊。"她见尖眼在一边朝自己亮出拳头,便改了口。

智者顿时气不打一处来,刚刚被迫与黑皮决斗,又遇到两个女人为"争夺"自己而决斗。他斥责道:"部落里灾难一个接着一个,还嫌不够多?没给虎狼咬死,难道想相互打死吗?"

女人的头儿指着美人痣恨恨地说:"是她先动手的。"她想让少头领处罚美人痣姑娘,好解上次挨打之恨。智者打断了她的话:"别说了,都散开!"

所有的人都散开了,女人的头儿没走。她左右望望,讨好地说:"少头领,这两个小女人是部落里最美的,都发誓说只跟部落里最聪明、最强壮、能当大头领的男人好。你干脆都要了吧,让她们为你生一堆孩子。"

智者没理她,转身进了洞。女人的头儿自讨没趣,她望着少头领的背影嘟囔道:"真是个傻男人,这样的男人还能当大头领?哼!"

智者进了洞厅,见人们围成一圈。过去一看,地上有一只死狼、一只死野山羊、三只死兔子。高个子男人说:"少头领,这些是刚才从顶上的小天洞里掉下来的。"

智者仰首瞅着小天洞,百思不得其解。两个冬天前,他曾攀过洞穴上面的山顶,周围尽是悬崖峭壁,几乎直上直下,人都难上,况且兽类?为何现在时不时地掉下猎物呢?以前怎么就没有呢?

长腿纳闷地说:"太离奇了,肯定是老天的恩赐。"智者心想,也许是吧。于是,他虔诚地朝小天洞拱着手,连拜了三次。

这时,浓眉翁从里洞来了,见到智者,他板起了脸:"少头领,听说你和黑皮打架？你这样，让部落人心里怎么想？"

智者淡淡地说："人家非要找你打，你怎么办？"浓眉翁被他的反问问愣住了，一时语塞。恰好歪头跑了过来："二头领、少头领，里洞又有人打起来了。"浓眉翁转身离去："是哪个，想死吗？"

独眼老人坐在一旁冷眼看着、听着，忧心忡忡。自从大头领失踪后，部落里就混乱起来，不光有打架斗殴的，还有争抢食物的、擅自上山的。浓眉翁俨然以大头领自居，每天手持权杖处理各种纠纷，但他简单粗暴，人们怨气很大。独眼老人虽然只有一只眼，但看得清楚：二头领还拉拢黑皮、人精、尖眼、歪头等人，形成了一帮。可一旦有人跟他要吃的，他总是让其去找少头领。高个子男人对他们一伙极为反感，经常告诉少头领："刚才又看见二头领和黑皮、尖眼在一起嘀咕了……"

智者知道二头领一直对大头领让自己当少头领不服。可眼下部落里的困难和危险太多了。人们每天都要吃的，野兽随时会出现，还要提防南山部落人袭击。天渐渐冷了，仓库里过冬的食物少得可怜。这时候如果内部分裂，人心涣散，部落真的会衰败的。他耳边又响起大头领常说的话："部落不能衰败，不能绝种啊。"大头领当初的担忧不无道理。虽然现在有不少人恨浓眉翁，但他毕竟是二头领，而自己势单力薄，眼下只能选择忍让。

又一个早晨来临了。

当太阳从山谷东边升起的时候，智者钻出洞，见不少老弱病残的人靠在洞口两侧崖壁上晒太阳。他仔细地注视着他们：这是一群怎样的人呀——男人头发凌乱、胡子拉碴，女人目光暗淡、面黄肌瘦，孩子身上脏兮兮的，拖着鼻涕、光着屁股，老人愁眉苦脸、瘦得皮包骨头。人人神情疲惫不堪，眼里都露出了期待、迷茫、痛苦、无奈，甚至绝望的神情。这还不是全部，十多个伤者还躺在洞里痛苦地呻吟呢。近百人啊，每天早上一睁开眼就要吃的。仓库里的食物越来越少了，得上山打猎啊，可二头领一直没有安排。一想到这些，智者心里就万分焦急！

十四、仇敌来犯

众人惊讶地发现,场地的大树上出现一个老大的"鸟窝"。强烈的阳光透过树隙,照着"鸟窝"旁一个忙碌的身影——好像是少头领。树下围着不少老人、女人和孩子。

眼见打猎的人们回来了,部落人和往常一样拥上前来。可是,他们失望了。孩子们没看到吃的,嚷着肚子饿,哭闹了起来。

看着一双双失望的眼神,二头领心里也不是滋味。他高声解释道:"都听着,回来的路上遇到了一群老虎,把我们打的獐子和野山羊都吃了。我们要不是爬上树,连人都没了。"他小声吩咐黑皮:"到仓库去拿点吃的,每人分一点。"

说罢,二头领快步走到大树下,仰脸盯着树上的方形怪物,左看右瞧。胳膊般粗细的树棍横一根、竖一根地担在树杈上,树棍子上铺着厚厚的茅草,怪物四周是竖起来的树棍子夹着茅草。少头领看见浓眉翁,便打着招呼:"二头领回来啦。"

二头领没好气地问:"这是什么?你做它干什么?"

"树巢。我想让洞里的人搬到树上来住。"

浓眉翁冷笑一声:"哼,自古以来,我们祖祖辈辈都住在山洞里,人怎能像鸟儿那样住到树上呢?少头领,大家都叫你智者,你这可是在做蠢事啊。"歪头附和道:"是啊,人没长翅膀,怎能像鸟一样住在树上呢?"

面对嘲笑,智者咧了咧嘴,无声地一笑:"那古时候的人都光着屁股,今天的人为何要在腰间裹兽皮、围草帘子呢?"

歪头答:"那是因为古时候的人不知羞,现在的人有羞耻心了。"智者笑了:"是啊。人,不能老是重复祖先的生活,应该一代一代地寻找新的活法,对吧?"

粗鲁的浓眉翁一时找不到反驳智者的话,有些气恼:"住在洞里是祖上传下来的活法,你这是违背祖规,难道不怕天打雷劈吗?"

智者耐心地说:"二头领,虎狼时常偷袭我们,部落人越来越少了。死一个人容易,可女人生一个孩子好难,能活下来、长大更难。我想,人如果住到树上,兽就吃不到我们,这不是好事吗?"

浓眉翁再次语塞了。部落里的人确实在减少——饿死、病死、摔死、被兽咬死……大头领活着时最经常念叨的事,就是担忧部落衰亡、绝种。

黑皮过来了,他见二头领恼怒,便冲着树上嚷道:"少头领,别在树上搞什么新花样了。"自从跟智者决斗输掉后,黑皮就没再敢挑战过智者。现在,有二头领在场,树下人又多,他想借机再次与智者作对。

智者没理他,继续朝树下人说:"大家听着,我想尝试筑树巢,带大家换个新活法,住树上最安全了。"说罢,他和颜悦色地招呼众人,"愿意试的,今晚跟我在树上住一夜。愿意的,上来。"

人们先是面面相觑,接着又看着浓眉翁,没有人动。高个子男人左右看看,说:"我来。"他朝手掌心吐了口唾沫,就往树上爬。

黑皮望了浓眉翁一眼,见其皱眉,便嚷道:"谁也不准上!"伸手蛮横地拽住高个子男人胳膊使劲一拉,将其拽了下来。可是,他刚转身,高个子男人就敏捷地爬上树,钻入树巢。树下的人们七嘴八舌地议论起来。

高个子男人好奇地察看,厚厚的茅草盖在树巢顶上、缠在四周树棍上、铺在树巢里。他抓着树藤绑扎的树棍用力摇晃,很结实。树巢不大,可供五六个人睡觉。如果只坐着,可坐十个人。让他感兴趣的,是入口处挡着的树棍子"栅栏"。对呀,熊和豹子可都会爬树呢。

高个子男人从树巢里探出脑袋,高兴地对树下人说:"太好了,快上来看看吧。"

一个男人跃跃欲试,被黑皮粗暴地挡住。这时,美人痣姑娘上前就往树上爬。尖眼见黑皮没拦,伸手拽住美人痣姑娘的光脚丫子往下拉:"女人掺和什么啊?"美人痣姑娘挣了几下没挣脱,恼了,脚猛地一蹬,尖眼猝不及防地被蹬了个仰面朝天。在众人的哄笑声中,美人痣姑娘爬上了树。

尖眼从地上爬起来,跺着脚朝树上嚷道:"等你下来看我不揍死你!"黑皮沉下脸低声吼道:"你敢!"尖眼不吭声了。

树巢里,美人痣姑娘惊喜地东张西望,又纵身扑向草铺,一翻身又爬起身来:"太好了!夜里在树上睡觉,就什么也不怕了。"她冲动地抓住智者的胳膊,眼里闪着热辣辣的目光:"少头领,你真聪明。"然后,她从树巢口探出头说:"树巢上可好啦!"

智者乘机朝树下人喊道:"在树上筑巢,我是想了很久的。人住树巢上有三个好处:一是野兽来了咬不到,安全;二是白天明亮、通风,不像洞里黑暗、潮湿;三是能望远。我想在树巢上设个岗哨,发现远处有兽来了,马上叫喊。"

树下不少人点头称是。一个老人说他在洞里膝盖酸痛,也要往树上爬。当他吃力地爬到一半时,胳膊和腿没劲了,顺着树干滑了下去。

哄笑声中,黑皮借题发挥:"看见了吧?树上再好,只有身子壮的人才能爬上去。那么多老人、女人、孩子怎么上?再说,每天爬上爬下的,累不累人?"尖眼附和道:"还是住洞里好。"

二头领高声喊道:"让他们折腾去,我们还是依照祖宗的活法。"人们纷纷朝洞口走去。

二头领正要进洞,树巢里传来智者的喊声:"二头领,大山顶上有好多人过来了。"

浓眉翁一听,惊得手中的尖竹竿都落到地上,他最担心的事情要发生了。

他捡起尖竹竿,朝洞里喊:"黑皮,快把男人都喊到场地上。"

洞里人听到有敌情,纷纷提着棍棒朝场地上跑,几个姑娘也握着尖竹竿跟在后面。

场地上,歪头不满地嘟哝着:"早先大头领经常讲,遇到南山人要让,这下麻烦了。"浓眉翁恶狠狠地瞪他一眼:"再多嘴,我打死你!"说罢,他神情紧张地仰脸问少头领:"大概来了多少人?"

"估计有五六十人,都拿着棍子。"说罢,少头领下了树,"二头领,你们打猎时遇到外部落人了?"

大敌当前,情况危急,自己也没主意了,这时得依靠少头领了。于是,二头领将与南山部落人冲突的事简要地说了。

智者听了大为吃惊,周围的人也惊呆了!一个老人哀叫道:"难道我们部落真的要灭吗?"一个胆小的人转身就往树林跑,被高个子男人一个箭步上前抓了回来。二头领伸手啪地一耳光:"你就是死,也要战死在洞口。"

大头领不在了,部落人都等着二头领拿主意。浓眉翁心里慌乱,但强作镇静,喊道:"都听着:我们的仇敌——南山部落人又来了。只有跟他们死拼,才有活路!女人、孩子和老人快进洞,男人们准备打杀!"

眼瞅着人们往洞里钻,智者紧张地思索着:对方有备而来,硬拼恐怕拼不过。他抬头望了望树巢,脑海里闪现出一个大胆的念头。于是,他悄声跟二头领说了自己的想法。

浓眉翁一听连声说好,他对在场的人说:"现在,大家都听少头领指挥。"

智者马上对尖眼说:"快,叫洞里人都出来。女人的头儿,你带着女人、孩子和老人躲到那边树林里去。黑皮,高个子男人,你俩各带二十个男人分别躲在洞两边密林里,放那些人进洞。你们见我在树巢上一挥手,就冲出来堵住洞口。他们出洞就打,一个也不准逃出去。"

人们分头行动起来。

过了一会儿,一大群手持棍棒的陌生男人杀气腾腾地来到了洞口。他们四处张望,又望了望大树上从未见过的"大鸟窝",感到惊奇。

十四、仇敌来犯 | 101

智者从树巢缝隙里看到,一个魁梧汉子左右看看,恶狠狠地说:"男人全部杀死,老女人也不留,小女人跟上次一样带回部落,每人分一个。"说罢,他仰脸大笑:"哈……"众人跟着发出一阵狂笑。

魁梧汉手一挥,那群凶悍的男人便呐喊着拥入洞里。洞外,只剩下魁梧汉等五六个人。是时候了,智者朝密林使劲打着手势。

隐匿在密林里的人冲向洞口。那几个人连忙朝洞里大呼小叫,但已经迟了,洞口的人被一阵乱棍打倒。魁梧汉见势不妙钻入洞中。部落人旋即封锁了洞口。

外部落人闯入洞厅后,发现空无一人,又往里洞钻。听到魁梧汉子的叫喊声后,连忙返身往外冲,但人一出洞口就被乱棍打倒、尖竹竿刺中。一会儿工夫,洞口就躺下了五个人。洞里人停止了往外冲。

心情极度紧张的浓眉翁见状大喜,脸涨得通红的他扑通一声跪在场地上,仰首朝天、双手合掌:"苍天在上,祖宗保佑,终于给我们报仇的机会了。"说罢,他起身来到洞口,说:"新仇旧恨一起算,一个不留。"

他的话,也许让洞里人听见了。不久,洞里人发出一阵可怕的呐喊,不顾一切地拼命往外冲。可是,怎奈洞外防守严,冲出去的人不是被打死,就是被击伤,拖到一边被群殴而死。外部落人连忙退回洞里。

智者觉得洞口大了。他灵机一动,让众人一起推那块大圆石,再次堵住了洞口,一侧用大头领坐过的那块方石夹着,留下仅容一人通过的窄缝。洞外人大喜,朝洞内喊:"你们出不来啦。哈哈哈……"

洞里人发现洞口被堵得只剩下一条缝,顿时感到绝望。里面人声嘈杂,乱成一团。有人哭喊道:"大石头推不动啊。""回不去啦。""想不到这么窝囊地死……"

洞外人等着洞里人从窄缝往外冲,可老半天也没人出来,众人松了一口气。智者跟浓眉翁说:"二头领,我去树巢上瞭望一下。"

他一走,黑皮便说:"这回二头领指挥有方,我们赢定了。"人精跟着说:"二头领聪明!要是大头领在,还会是退到洞里打。"浓眉翁笑笑,并没制止他们的恭维。高个子男人不服气地撇了撇嘴:这次幸亏少头领造出树巢及时发现了来敌,并想出了放敌入洞再堵洞的计谋,凭什么功劳是二头领的?这两个家伙睁眼讲瞎话,无非是想讨好二头领。哼,事后,我非要让全部落的人都知道功劳归谁。

过了一会儿,智者来了,跟二头领说:"大山上没人来。我让光头守在树上。"

二头领说:"不知洞里的人是不是南山部落的?"

少头领朝洞内喊:"里面人听着,你们是哪个部落的?"

洞里先是没声音。过了一会儿才传出男人瓮声瓮气的吼声:"南山部落的,怎么样?"

果然是南山部落人。智者又问:"你们来想干什么?"

洞内没回音了。不久,又传来瓮声瓮气的声音:"你们放我们回去,从此两个部落永不为敌。"

二头领冲着洞里恨恨地喊道:"九个冬天前,就因为争抢一群野山羊,你们半夜来偷袭我们部落,打死我们几十个人!你们太残忍了!欠我们的血债这回必须还!"

洞内一点动静也没有,估计都在全神贯注地听着。

黑皮喊道:"当初你们抢走我们的十六个女人,现在怎样了?"

有人回应道:"她们都已生儿育女,活得好好的。只要放我们回去,就放她们回来。"

浓眉翁听了,先是无声地冷笑,继而绷起脸恶狠狠地说:"我们不会上当的,你们就等着死吧。"尖眼也咬牙切齿地喊:"把你们都杀死在洞里。"

人精心生一计,大声喊道:"都准备好了吗? 马上杀进去。"

洞内发出一阵异常动静,接着又没声音了。

沉默,有时孕育着可怕的爆发……

十四、仇敌来犯

十五、两难抉择

烈日划过头顶,慢慢地坠向地平线的尽头,夜幕降临了。月亮渐渐升起,月色让大山呈现出朦胧的轮廓。

场地上横七竖八地躺着男女老少,部落里上百号人只能露天而睡。

洞口,燃起了一堆火。多亏了看火坑的老人,他在离开洞穴时,也没忘记带上一根燃烧的火棍子。守在洞口的人们没有事,七嘴八舌地议论开来。黑皮说:"干掉他们,南山部落可能净剩下女人了。我去当她们的大头领,哈哈!"

二头领率人将几具南山人的尸体扔下断崖后,手攥权杖过来了。他厉声喝道:"守好洞口!"说罢,他身体忽然晃了一下,走路也有些不稳了。火光里,智者见他脸色暗红,额头上青筋暴凸,便劝他去睡觉。二头领同意了,他把黑皮、人精、尖眼和歪头等人叫到跟前,有气无力地说:"头痛得要死,胸口也堵得慌。现在,你们一切事情,都听少头领的。"

二头领的话,让他们感到吃惊!谁都知道他处处不想让少头领出风头。他恐怕病得不轻。

离开洞口前,二头领再次叮嘱:"出来一个杀一个。如果不出来,也别进洞,饿死他们。"智者点头应诺。

目送人精扶着二头领离去,智者感到肩膀上沉甸甸的。他选了八个身强力壮的男人封锁洞口,再三叮嘱严防洞里人夜里偷袭。接着,又派了两个人摸黑到大山顶上去站岗,一旦发现有人来,就火速报告。

布置妥当后,智者才抱着棍棒歪倒在筑有树巢的大树下。刚躺下,洞口那边就传来叫喊和打斗声,智者一跃而起奔了过去。火光里,洞内人正从狭窄的石缝里钻出来,与守洞人打斗。虽然洞外的人用乱棍打、尖竹竿刺、石块砸,但洞里的人仍在拼命往外钻。

智者想起了辣椒粉,他迅速从腰间兽皮兜里掏出一包朝他们撒去,顿时辣得南山人眼睛睁不开,呛得直咳嗽。一个南山人竟冲破封锁,朝黑暗的树林逃去,但场地上赶来增援的几个男人朝他追去,更多的男人拥向洞口。

钻出洞的人见洞外人太多,只得掉头回洞。一阵骚乱后,洞口又恢复了平静,有惊无险。地上躺着一个刚被打死的南山人,瘦子不住地用脚踢:"怎么不逃啦?"高个子男人说:"幸亏用大圆石挡住洞口,要不,很难挡住他们猛冲。"黑皮乘机邀功:"当初你们都说我用大圆石堵洞是馊主意,现在知道了吧?"

智者笑着点点头。他一再叮嘱同伴睁大眼睛,防止洞里人再冲。瘦子道:"少头领放心,现在他们还有点力气,不出三天全都会饿死。"

那个逃走的家伙被连推带搡地揪了过来,靠在石壁旁。智者接过火棍子凑近他察看。此人面黄肌瘦,但眼露凶光。

智者问:"你们来了多少人?"

此人没有回答。高个子男人踢他一脚:"问你呢。想死吗?"

"死就死!怕死就不来了。"那人干裂的嘴唇里蹦出的话像石头一样硬。

智者说:"可以不杀你,但你得回答问话。说,为什么来我们部落?"

"前几天,你们的人打死我们两个人,我们要复仇!"那人说着,眼里露出一丝杀气。

智者又问:"你们部落里还有多少男人?"那个人又不吭声了。高个子男人一脚将他踹倒,又一把拎了起来:"不说,宰了你。"

那人面无惧色:"告诉你们,我们部落还有一多半男人没来。我们死了,他们一定会来报仇的。"

十五、两难抉择 | 105

高个子男人挥拳欲打,被智者拦住:"绑在树上。"

夜深了。智者躺在大树下,尽管很累,但他仍睁着眼睛毫无睡意。智者凝视着夜空中的皎月和依稀闪烁的星星,陷入了沉思。

引敌入洞的计谋成功了,部落里无人伤亡,这是大好事!但是,下一步怎么处置洞里人呢?进洞杀死他们?不需要,只要封住洞口几天,就能饿死他们。不过,南山人也不是傻瓜,他们应当知道每个部落都会储备过冬食物。饿极了,他们肯定会在洞里到处乱窜找吃的。若发现了里洞的仓库,至少能撑十天。可洞外的上百人就惨了……

几天后,南山部落人见来的人未返,肯定会来找人。届时,他们内外夹攻,非常危险!即使他们不来寻人,洞内人也没找到仓库,全都饿死了,那南山部落人肯定会来复仇的!本部落人少力弱,不是他们的对手。到那时,部落再遭血洗,大头领经常担心的"部落衰亡"就会成真。不行,不能是这样的结局!那么,有没有别的法子呢?智者苦苦地思索着。

智者心中不断地闪现一个个念头,出现、消失、再出现……直到凌晨,一个全新的念头浮现在他脑海里……

清晨,智者来到洞口,见二头领已来了,便问他头痛好了没。

二头领说:"头不痛了。听说夜里南山人往外冲,我一点儿也没听到。"

智者朝一侧指了指,两人走了过去。"二头领,你打算怎么处置洞里的人?"智者问。

二头领咬牙切齿地说:"饿死他们!"

智者试探性地问:"有没有比这更好的处置办法?"

浓眉翁警觉地鼓起了牛眼,瞪着智者:"哼,这次南山人竟然又来袭击部落,饿死他们还算客气的。依我的脾气,非砍下他们的脑袋摆在祭祀台上,祭祀九个冬天前死去的那些人。大头领经常念叨的事,就是报仇、报仇!"

智者沉默了。

东方,一轮红日喷薄而出,万道霞光照耀着漫山遍野的树林,林间腾起的白色雾霭宛如一缕缕白烟。人们知道,待雾霭散去,又是一个大晴天。

二头领望着高耸入云的大山,心里发怵。这时候,不光要防止洞里人往外冲,还要防野兽突袭、防南山人增援。万一来了一群野兽,洞内人倒是安然无恙,洞外人就惨了;万一南山又来了几十人增援,与洞里人里应外合,部落将会遇灭顶之灾。想到这里,他命令每个男人都要随时做好打斗的准备,女人则到附近树林里去找吃的,又叫尖眼上树巢上瞭望。尽管如此,二头领心里仍忐忑不安。他叫人精做一场祀祭,求老天保佑。

在部落人围观下,人精双膝跪地,双手举起,仰面朝天,虔诚地闭上眼,口中念念有词:"老天保佑,老天保佑,千万别让猛兽来,千万别让南山人来……"一连说了九遍,接着弯腰撅屁股,不住地磕头,额头都磕破了,流出血来。

整整一天,洞里人没再朝外冲,也没有野兽来袭。二头领很高兴,连声夸赞人精祀祭做得好。人精扬扬得意:"我一拜就灵。唉,谁让我是个人精呢!"高个子男人听了,不满地撇了撇嘴。

歪头告诉两位头领:"下午,洞里人曾哀求我们给吃的、给水,但我们没给。这说明他们没发现里洞有仓库,也没发现泉水。"

二头领高兴地说:"好、好!"少头领则没有吭气。

傍晚,天空乌云密布,看样子要下雨了。二头领朝西望去,天地相连处出现一片血色云彩,这是不是不祥之兆啊!他忧心忡忡。要是下雨可就麻烦了。洞里人淋不到雨,洞外人要受大罪啊。部落里男女老少忍饥挨饿,露天睡觉,若再淋一场雨,生病的人会多起来。这、这可如何是好?无计可施的二头领心里一紧张,头又剧烈地痛起来。他只好再次让智者指挥众人,自己到大树下躺倒了。

人们见二头领头痛睡觉,不敢惊扰他,一有事就找少头领——洞口的事、吃的事、打架的事、上树瞭望的事、上山放哨的事。智者忙得不可开交,同时也感慨不已:过去,他也曾对大头领这事那事看不惯。如今自己做主了,才深感部落大头领不好当。

智者忙到半夜,才有空躺下。黑暗中,他仍久久睡不着,这两天,防洞里的人往外冲、防南山人来增援都想到了,就是没想到会下雨。如今只能顺其自然了。智者凝望着漆黑夜空里看不见的乌云,聆听狂风劲吹树林的哗哗声,细细地推敲着昨夜的想法……

一道闪电在大山顶上闪过,紧接着轰的一声炸雷,将睡在场地上的所有人都惊醒了,要下雨了。

先是大滴雨点落下,接着狂风呼啸、电闪雷鸣、暴雨倾盆。黑夜里,万千雨丝像无数条鞭子,无情地抽打着场地上无遮无拦的人们。众人纷纷起身挤到大树下躲雨。但雨实在太大了,不仅树下的人浑身是水,唯一的树巢里也到处漏水。听着狂风骤雨里女人和孩子的哭叫,智者心里难受。他担心洞口,见到高个子男人等人持棍警惕地看守,才放心了。那堆火仍在燃烧——几块大石片架在火堆上面挡住了风雨。

智者从火堆里抽出一根燃烧的树棍,拿起一块薄石片挡着雨,快步朝大树那边走去。借着被风吹得忽东忽西的火光,智者看见地上的积水已没过脚背,人们挤在几棵大树下,默默地承受着风雨的肆虐。

智者忧心如焚!经过一夜的风吹雨淋,明天肯定有人生病。可风雨会停吗?这么多人每天吃什么?洞内仓库里倒是有食物,可拿不到啊。引南山人入洞的计谋的成功,虽一时免除了血光之灾,可部落人日夜在露天里也受不了呀。万一洞里的人找到了仓库,外面人反而耗不过他们。想到这里,智者越发觉得这两天深思熟虑的念头是对的。

风更大了,雨更猛了,智者手里火棍子上的残火也熄灭了……

第三天早上,风雨停了,但天空仍旧乌云密布。洞口,高个子男人见智者来了,将他拉到一边悄声说:"少头领,昨夜我做了一个不好的梦。"

"哦？说说。"

"我梦见洞里南山的人找到了仓库和泉水，正在大吃大喝呢。他们的大头领得意地说：'哼，看谁能耗得过谁？让风刮死你们，雨淋死你们。'气得我举棍就打！可猛然惊醒了。少头领，我们杀进去吧，防止他们找到仓库。"

智者想了想，说："仓库在那个小石洞的里洞的最后面，岩坡那么陡，不容易被发现，泉水也是。从昨天逃到树林里被抓回的家伙瘪瘪的肚子和干裂的嘴唇看，两样他们都没发现。眼下，估计所有人都在洞厅里，因为他们也要防备我们突然杀进洞啊。"

高个子男人听了，点头称："有道理。只要他们三四天没吃没喝，离死就快了。"智者说："不可大意，防止他们拼死往外冲。"

这时，二头领过来了。智者问："二头领，头不痛了吧？"二头领答："好多了。"智者想了想，下定了决心，他郑重其事地说："二头领，我有一个想法，想跟你说。"

"哦，好哇。"二头领口吻少有地温和。这两天，他头痛得厉害，部落里诸多事幸亏有少头领顶着。

两人走到一边的崖壁旁，智者谨慎地说："二头领，我想把洞里人放了。"

"啊？"二头领惊讶地叫道……

十六、放虎归山

二头领凶狠地盯着智者,像不认识他似的:"你想放虎归山?难道你忘了部落与南山的深仇大恨吗?"

智者平静地说:"没忘。那时我人虽小,但也记得差一点被他们打死。现在,若将这几十个人困死在洞里,是报了仇,但后果严重……"

二头领粗暴地打断了他的话:"南山部落人生性凶悍。若放了他们,他们会以为我们胆怯,下次再杀过来,他们就不会中计了。"

"我就是不希望部落再有血光之灾才生出这个想法的,绑在树上的那家伙曾说,他们部落还有一半男人没来。"

浓眉翁哼了一声:"他骗你,你也信?"

"不。早先,我听大头领说过,南山部落有两百多人,男人应该有一半,这次只来了几十个。杀了他们,定有后患。赌一把,也许有胜算。"

"啊!你想用部落上百号人的性命来赌一把?"二头领怒视着智者,"万一赌输了,你对得起全部落人吗?对得起大头领吗?对得起列祖列宗吗?这个赌太危险了,我不同意!"

智者深深地吸了一口气:"再说,洞里洞外都是人、不是兽。人与兽斗已经够累的了,部落之间不能再互相残杀了。山上人少了,野兽就会增多,人活下去会更难。"

二头领不耐烦地说:"瞎说。山上人多了,猎物就减少,人活着不更难吗?哼,想不到你居然生出这么个主意。若大头领回来了,不敲碎你的脑袋才怪呢。"说罢,他顿了顿手中的权杖,扭头就走。

望着二头领的背影,智者知道,他的态度代表了多数人的想法。要说服大家,不容易!

智者觉得,虽然洞外人都认为洞里人饿得没劲了,但困兽往往会拼死一搏。晚上,他来到洞口,一再叮嘱黑皮等人不可大意。黑皮当面点头,智者一走,黑皮便朝他背后吐了一口唾沫,轻蔑地说:"哼,还真把自己当成大头领了?"见几个人不住地打哈欠,他便大大咧咧地说:"都打打瞌睡吧,我一人顶仨,保证连蚂蚁都爬不出洞。"他没想到,此时洞内有人正贴着大圆石偷听……

几个守洞人靠在洞口的石壁上打起瞌睡。不久,黑皮也犯困了。他望了一眼狭窄的洞口,迷迷糊糊地睡着了,还打起了呼噜。当呼噜声传到洞内时,南山人手持棍棒朝洞外摸来。

黑暗中的树林里,突然传来一声乌鸦的叫声,还没睡着的智者顿时一惊!夜里乌鸦叫是凶兆!他扭头朝火光微弱的洞口望去,吃惊地发现竟然没有一个走动的人。不好,他一跃而起,抓着棍子狂奔过去。这时,洞里钻出了几个人,其中一人抢起了棍棒。智者大叫:"不好啦!"

黑皮惊醒了,他感到头顶上一阵风袭来,本能地一歪头,棍子重重地落在肩膀上。"啊哟!"黑皮痛叫一声,随即飞起一脚将对方踢倒。打瞌睡的几个人都醒了,与偷袭者展开了激战。睡在场地上的男人们纷纷抓起棍子朝洞口跑。

这时,洞里传出一声响亮的口哨。钻出洞的人听到哨声,扭头就往洞里钻,眨眼间都不见了。当众人拥到洞口时,这里已恢复了平静。

二头领也跑来了,问明情况后,抬腿就朝黑皮狠踢一脚:"好险!守洞责任像天一样大,你竟敢叫他们睡觉,自己也睡?你这是死……"他咽回了后半句话。

智者及时岔开了话题:"高个子男人,马上换人。"智者的话让二头领下了台阶:"对,全换。"说着,他手摸着额头:"头又痛了。少头领,这里的事你管。黑皮,扶我去树下。"黑皮连忙扶着二头领离去。

十六、放虎归山 | 111

第四天早上,天仍然阴沉沉的。智者见浓眉翁朝洞口走来,迎了过去:"二头领,明后天,洞内恐怕就没几个活人了。"

"活该。"二头领头疼好了就恢复了本性。他扬起浓眉瞪起眼:"你还想放人?!你放他们走,他们一定会回来报复的。不能放!"

智者耐心地说:"不放人,部落肯定有大灾难。放了,也许他们懂得感恩。"

"感恩?你跟虎狼说感恩?笑话。"浓眉翁说罢,长叹了一口气,"大头领要是还在,你老说这些,他会把你扔下断崖的。"

洞口,高个子男人将耳朵贴在大圆石上,向两位头领连连招手。他俩快步走了过去。智者听见洞内传出哭泣声。一个男人唉声叹气道:"完了,回不去了,这回死定了……"

一个瓮声瓮气的粗嗓子训斥道:"哭什么哭?我们南山人勇猛善战,这次被堵洞里实属大意,但谁也不许怕死,更不准投降,要不然无脸见列祖列宗。"

一个沙哑的声音有气无力地说:"四天没吃没喝,就是打杀也没力气呀。"

瓮声瓮气的粗嗓子说:"只要还剩一口气,也要拼!他们杀进来时,要战死到最后一个人。"

洞内没声音了。

智者又把二头领拉到一边,将听到的话告诉他。浓眉翁先惊后喜:"啊!南山部落的大头领也在洞里?太好了!"他紧绷的脸上难得出现了一丝笑容:"杀进去?哼,当我们傻啊?不进去,饿死他们,过两天进去收尸。"

"饿死洞里这几十个人容易,与南山部落人结下的怨仇从此就解不开了。"

浓眉翁瞪大了眼睛:"我知道你又想讲什么,你还在做梦。"说到这里,他突然咆哮起来,"绝对不可能!"说罢,他的脸涨得通红,手也有些发抖了,"真没想到,大头领那么聪明,怎么看走了眼,选了你这个胆小的人当少头领?他们杀死我们那么多人,大头领天天念叨着报仇!如今机会来了,你居然还想放了他们?你安的是什么心?"

智者坚定地说:"这事,我反复斟酌过,只能这样处理。"

见少头领态度坚决,二头领强压火气:"好,现在你是少头领,我的话你也不听了,但事关重大,得听大家的……马上叫部落里的聪明人来商议。"说着,他朝身后的人精一抬下巴。人精立马转身朝场地上跑去。

好几个人朝这边走来,二头领脸上闪过一丝不易察觉的冷笑。他对商议有绝对的胜算。

黑皮、人精、歪头、尖眼、豹子头、瘦子、长腿、独眼老人等人到了崖壁旁。见独眼老人也来了,二头领面露愠色,板着脸说:"都知道,南山部落几十个人堵洞里好几天了,他们的大头领也在里面。"

啊!众人又惊又喜:"太好了,全杀掉。""南山部落没大头领,一定会内斗生乱……"听着众人的议论,二头领又说:"我和大家想法一样,但是……"说到这里,他停下了。众人纷纷催促:"二头领,你说啊。"

二头领阴沉着脸说:"少头领想放了他们。"

"什么,放人?"众人先是面面相觑,继而嚷起来,"不能放……"

二头领说:"要你们来,就是听听大家的想法。一个一个地说。"

黑皮率先说道:"南山部落欠了我们五十多条人命,血债血偿!"豹子头咬牙切齿:"对!听老人说,我们几辈子都受他们欺负!"尖眼叫道:"杀光以告慰大头领……"他发觉说漏了嘴,"哦,等失踪的大头领回来,好向他交代。"

浓眉翁目光移向了人精。人精不紧不慢地说:"孩子难活,长得又慢。杀掉这几十个男人,他们的男人就少了。"

浓眉翁忍不住夸道:"讲得好!"没想到人精话锋一转:"但是,少头领的话也有道理,他想得比我们都远……"见二头领瞪眼,他不说了。

瘦子说道:"把洞里的人杀死、饿死都不难,但他们是大部落,人多、剽悍,肯定会来报复。我倒赞成少头领的想法。"高个子男人的表态简短明了:"我也手痒想杀仇人,但我觉得少头领比我聪明!他说怎样我都赞成。"长腿直截了当:"我拥护少头领的想法……"

独眼老人静静地听着,一言未发。智者见二头领没有请他说,便问:"您老说说?"大头领在时,十分尊重独眼老人。

独眼老人这才开了口:"知道我为何只剩下一只眼吗?就是九个冬天前被南山人打瞎的。论仇论恨,我比你们哪个都深。依我的犟脾气,杀光他们!""说得对!"黑皮率先叫好。浓眉翁紧皱的眉头也舒展开来。

独眼老人接着说:"但是,我不能依脾气,我发现少头领做事比谁都聪明。比如:他把堵洞口的大圆石挪开了,他捣掉了山腰的大狼窝,他保住了黑狗的性命,他在洞口做了树栅栏,他砸辣椒粉辣兽眼,他上树筑巢。这次,就因为他筑了树巢,才望见了来敌,我们才做好了打杀准备。他设计谋将南山人堵在洞里更是高招!……所以,在是杀是放上,他一定想得比我们多、比我们远。我老了,活不了多久,但部落里还有上百条性命啊。"说着,独眼老人扫了二头领一眼,对智者说:"少头领,你就是将来的大头领,你说怎样,我都赞成。"

人人都表过态了。所有人的目光都聚焦到智者脸上。智者敏锐地察觉到二头领脸上闪过的不悦,但他依然坦陈自己的想法:"各位的心情我懂,但遇事不能图一时痛快,必须考虑长远。杀掉他们,部落人将日夜生活在被报复的恐惧中……"

听到这里,黑皮忍不住了:"放了他们,我们才会恐惧,天天要睁着眼睛睡觉。"尖眼也说:"是啊,不能放。"

智者火了,厉声道:"放了他们是换取长久平安。我反复地推敲过,放人,是最好的处置办法……"

二头领干咳一声:"大头领失踪没回,我是部落的二头领,部落里大事我说了算。洞里的仇人,非死不可!"

智者急了:"二头领,这事关乎部落的兴衰存亡,必须放人,否则,冤冤相报,部落必亡!"

"你敢?"浓眉翁龇牙咧嘴,大有一口吞掉少头领之势。见他抬起权杖,智者也下意识地攥紧了双拳……

十七、后会有期

高个子男人见势不妙,连忙站到两人中间:"两位头领,有话好说。"他扭头问:"哪个人还有什么好主意?"

"我有。"众人一看,是人精。

人精不紧不慢地说:"头领相吵,怎么得了?! 我看,不如设个祀祭台问天,让老天定夺,公平合理。"

二头领垂下权杖:"对,听老天的。"智者无奈地点了点头:"好吧。"

神情紧张的众人终于松了一口气,刚才,大家真怕两位头领打起架来。豹子头脸上露出一丝笑容:"人精真是人精。"

太阳从云层里钻了出来,天晴了。二头领觉得这是个好兆头。

高高的头领石旁,那块稍矮些的岩石上摆放了果子、根茎、竹笋……场地上的人们围拢了过来。在众人的注视下,庄严的祀祭活动开始了。

人精神情庄重地从腰间兽皮兜里取出那块彩色神石,将它的正面、反面让众人观看,以示公平。在强烈的阳光下,扁石一面五色波纹上的"太阳"和另一面五座山顶上的"弯月"分外醒目!

洞内的南山人对洞外庄严肃穆的祀祭仪式一无所知,饥渴难耐的他们根本不知道自己的性命竟维系在一片薄石头的正反面上。

所有人的目光都盯着那块神奇的扁石,此时,谁也没有二头领心情紧张。如"太阳"一面朝上,此乃天意,不仅可杀掉仇敌,而且可提高自己的威信,理直气壮地朝当大头领又近了一步……他的脸又开始发烫,脑袋也痛了起来。不好,头痛病要犯了,得忍住,忍住啊! 智者的心情也同样紧张,若是输了,洞内几十个南山人一死,那么不久部落必有血光之灾!

人精将神石攥在手心里,上下左右用力晃动。然后,他闭上眼,用尽全身力气将神石往天上猛地一抛。

石片在空中翻滚着上升,然后垂直落下,不偏不倚地落在头领石上——砰的一声蹦了起来、又划着弧线落到泥地上。

啊呀,摔碎了?众人呼啦一下全围了上去,几个人望着地上的神石,没碎。人精大声宣布:"'弯月'一面朝上,老天答应放人。"

智者脸上顿时露出笑容。看来,放人乃天意。二头领脸涨得更红了,他头痛欲裂,身子不由自主地歪倒在地。

众人一惊。黑皮扶起浓眉翁,急切地问:"二头领,你怎么啦?"浓眉翁双目紧闭,昏迷不醒。智者说:"快把二头领抬到树下休息。"

安顿好二头领后,智者将高个子男人和歪头等人叫到身边,嘱咐了几句,又叫人精和长腿招呼人们躲进树林——不能让南山人看见部落有多少人。

待场地空无一人以后,少头领走向洞口。

在洞口,他定了定神,朝洞里叫道:"喂,洞里人,谁是大头领?跟我说话。"

洞里没有回音。智者一连问了两遍,里面才传出一个声音:"你们想怎样?说。"听声音,说话的人有气无力了。

智者平静地说:"听着,我们放你们回南山部落。"

洞内先是死一般宁静,继而传出一阵嘈杂声。智者隐约听见那个沙哑声音道:"他们想引诱我们出去,再杀光,不要上当啊!"

智者笑了,继续喊道:"九个冬天前,你们南山部落的人杀死了我们五十多个男人,抢走了十六个女人。按理,这次我们要报仇雪恨。杀你们,没有必要引你们出洞。再过两天,你们都会饿死。是不是?"

洞里又没声音了。智者又说:"但是,放人是有条件的:只要你们保证

十七、后会有期 | 117

从此不再与我们为敌,两个部落友好相处,就放你们回去。"

洞内传出一阵交头接耳的议论声。不久,沙哑声音问:"此话当真?说话可算数?"

"当然当真,肯定算数。"智者一句一顿地回答。

洞里传来瓮声瓮气的声音:"外面说话的,是什么人?"智者愣了一下,回答:"我是本部落头领。你是什么人?"

那个瓮声瓮气的声音答道:"我是南山部落大头领。好,我同意你的条件,但出洞后,你们得守信,不能动武!"

智者朗声回答:"我保证。"

"好,我信你。"

智者说:"现在你们可以空手出来了,不准带棍子,要是玩花招,别怪我们不客气。"

"行。"瓮声瓮气的声音回答得也干脆。

过了一会儿,一个骨瘦如柴的家伙从洞里钻了出来。接着,又出来一个。洞口的人们紧握棍棒,好奇地盯着看。三个、四个……

钻出洞的人个个蓬头垢面、面黄肌瘦、嘴唇干裂、浑身肮脏不堪,有的身子虚弱得似乎一阵风都能吹倒。看来,他们连泉水都没发现,更不用说找到存放食物的仓库了。

这些人在黑暗潮湿的陌生洞穴内待了好几天,出洞后,被强烈阳光刺得眼睛都睁不开。一个个眯着眼睛恐惧地盯着虎视眈眈的男人和他们手上的棍棒,显得很紧张!

尖眼伸出手指,一个个地数着。当数到第三十一个人时,后面没人了。他问:"就这么多人?"

最先出洞的那个骨瘦如柴者沙哑着嗓子答非所问:"在洞里饿死了几个。"

一个家伙听见场地上传来流水声,舌头舔了舔干裂的嘴唇,迟疑地问:"能让喝水吗?"智者一摆手:"去。"顿时,那三十一个人疯了似的狂奔而去,或蹲或趴在小溪边,双手捧着水大口狂饮,直到肚子鼓了起来才停下来。然后垂手站在部落的人面前。智者的目光迅速地扫过,没发现大头领模样的人,怎么回事?他说:"每人吃点东西,然后回你们的部落。"

那些南山人听了颇感意外,有些发呆。智者伸手指着平坦的岩石,那里有獐子肉、狼肉,还有一堆野果子,这几天部落人上山打猎、采摘才弄来的。那些饥肠辘辘的南山人目不转睛地盯着食物,口水都从嘴角流了出来。

岩石旁,高个子男人朝他们招手:"都过来啊。"南山人半信半疑地走过去,每人分到了一片肉、三个野果。他们贪婪地吃起来。

智者说:"吃点东西,腿上才有劲,才能走回南山。要不,会累死在半路上。"南山人听了感动不已,好几个人深陷的眼窝里流出了泪水。吃罢,那个骨瘦如柴的人沙哑着嗓子问:"能让我们走了吗?"

智者又一摆手:"走吧!"

这些人沿着山谷走去。有的人边走边回头,唯恐遭到暗算。

当他看见同伴全都爬上山坡、钻入森林时,一转身钻入洞内。在众人惊愕的目光里,高个子男人恼了,问少头领:"我把他抓出来?"智者摆手制止。

一会儿,那个骨瘦如柴的人又出洞了,身后居然跟着一长串人。感到意外的人们握紧了棍棒,警惕地盯着他们。谁都没想到洞里还藏着这么多人!好险!尖眼又开始数数:……五、六、七……十七个,他们还抬出两个死的。

智者明白了:先出洞的人是试探真的放人还是有诈。那个骨瘦如柴的人等同伴们远离后,才进洞报告,于是,剩下的人才出洞。后面这些人身体明显壮些。看来,他们才是凶悍善战之人。智者敏锐地发现了一个身材魁梧的家伙一脸凶悍之气,一双凸出的鱼眼引人注目。他出洞后,左右察看才扔掉手里的棍棒。智者估计他就是大头领。

这群人一出洞,就径直奔到小溪边狂饮,然后,又是吃肉,又是吃果

十七、后会有期 | 119

子。黑皮也看出这个魁梧男人可能是南山部落大头领,特地递了一只烤狼腿给他。后者接过就啃,一句客气话也没有。

离开时,那个魁梧男人走在最后。末了,他转过身,粗着嗓子瓮声瓮气地丢下了一句话:"我,还会来的。"

豹子头一听,眼睛顿时瞪得老大,怒喝道:"不知好歹的东西,我们少头领好心好意地放人,换成你们能做到吗?还想来?想死我现在就给你一棍子!"说着,他举起了棍子。

面对头顶上的棍棒,魁梧男人毫无惧色。

智者喝道:"放下!"他对魁梧男人说,"欢迎你随时来。"魁梧男人一言不发地转过身,步履踉跄地走了。

歪头凑近智者:"这人肯定是大头领,干掉他以除后患!"

"不可以。"智者盯着他的背影,"正是听说南山大头领来了,才促使我下决心放人。"高个子男人忧心忡忡:"倘若他们不领情,哪一天又杀过来怎么办?"

少头领无语片刻,然后喃喃自语:"人在做,天在看。福祸难料,老天知道。"

当南山人全部消失在森林里以后,智者对高个子男人说:"挑几个得力的人,白天轮流上树巢瞭望,夜里到山顶上站岗。"

高个子男人会意:"好。"

树林里,男女老少见南山人走了,一下子拥到洞口。在场地上风餐露宿了好几日,忍受了风吹雨打,人人都有些吃不消了。智者拦住他们,大声说:"等一会儿,歪头,你带人进洞搜一遍,特别是岔洞……"

有人大声埋怨起来:"南山人欠我们血债,这回是多好的报仇机会。过两天,南山人都会饿死。唉,少头领的心太善了。"光头悄声跟黑皮说:"他这样的人哪能当大头领?以后,我只听二头领和你的……"

黑皮很高兴,伸手摸着光头的光脑袋说:"跟着我干,亏待不了你。"尖眼凑上前来,讨好地说:"我也只听你的。"黑皮更得意了:"我要是当了头领,你就是……"他卖起了关子。

洞里的污物需要清洗。可里洞的泉水流量小,也不好取水。高个子男人大声吆喝,要人们拿葫芦到外面装溪水。女人的头儿领着一群女人到树林里割来茅草,擦拭洞内的污物。人们一边擦洗、一边咒骂南山人。

睡在大树下的二头领被嘈杂声惊醒了。守在身旁的胖女人高兴地叫起来:"啊,你怎么一觉睡了这么久啊?"

周围没有一个人。二头领抓着胖女人的胖手,感动地说:"只有你陪着,你真是好女人。他们呢?"胖女人说:"南山人走了,都进洞了。"

二头领起身朝洞口走去。智者发现了,迎了过来。黑皮也跟着来了。

二头领手按着额头问:"南山人放走了?"智者答:"走了。"

黑皮从他身后闪出,愤愤不平地说:"二头领,那个南山的大头领临走时居然说他还会来的。"

"啊!"浓眉翁一惊,"放他们回去,还这么猖狂?为何不把他扣下来?"

见智者沉默,黑皮说:"豹子头本想打死他,可少头领死活不让。"智者瞪了他一眼。只要是关系到自己的事,到他嘴里都会变味。

"二头领,那家伙虽然面相凶残,但说还会来时,口气并不恶。我们小心防范就是……"少头领话没说完,黑皮又插嘴了:"饶他一命他还说狠话,这叫不恶吗?"

担心被南山人报复的恐惧涌上二头领的心头,他一跺脚:"少头领,南山大头领哪有好人?他临走扔下这句话,是话里有话啊。看来,往后部落随时可能遇大难!唉,都怪人精出了个扔神石的馊主意。"

围拢过来的人们听着二头领的话,神情沮丧起来。偏偏在这时,负责瞭望的尖眼忽然在树巢上大喊起来:"二头领,大山顶上有人来啦!"

人们全都大吃一惊!二头领失声道:"南山人这么快就杀回来啦?"

十八、猎分两路

智者仰首眯眼朝大山顶望去,又扭头朝树巢上喊:"尖眼,来了多少人?"

尖眼伸长脖子望了好一会儿,才恍然大悟:"哦,不是人,是一群猿猴。"

二头领气得一跺脚,骂道:"眼瞎啦?"

尖眼委屈地说:"猿猴和人长得差不多,这么远,哪看得清啊。"

二头领转身进洞,可洞内臭气熏得他受不了,只好又钻出洞,叫高个子男人带人抓紧清理洞内;又让黑皮领着人在场地上削树棍。该上山打猎了。吃,是部落里的头等大事。夏天一过便是秋天,树上黄叶子一掉,冬天就来了。仓库里食物储备太少了。这回,被堵洞内的南山人没找到仓库,真是万幸!

危机结束后,部落里又恢复了正常生活。令二头领感到难受的事是,对南山人的处置让少头领的威信提高了。人们回想南山人气势汹汹地杀来、步履踉跄地离去的全过程,由衷地钦佩少头领的智慧与胆识,明白他是想避免两部落今后的冲突。难怪大头领给他起名叫智者,并让他当少头领。

少头领也成了女人们经常议论的话题,有的女人毫不掩饰地说,想为少头领生个孩子。美姑娘和美人痣姑娘对他更是爱慕有加,她俩为了争夺他打过架,至今也互不理睬。可少头领对她俩都客客气气、不冷不热的,令两位姑娘很苦恼。

早晨,天气晴朗。黑皮把棍棒、尖竹竿、石斧、尖石块都准备好了,看样子是要上山打猎。打猎是部落里的大事,大头领不在,得二头领来定。可是到现在二头领也没露面,听说是头痛病犯了。少头领知道,即便如此,他也不会让自己率人上山。自从大头领失踪后,二头领没让智者率人打过一次猎。每次上山,哪些人去?何时去?都是智者看见人们准备上山了才知道。今天还不去?智者心里着急,便让高个子男人去问二头领。

高个子男人问过后,告诉智者:"二头领说,等他头痛病好了再去。"

少头领叹了一口气。他不知道的是:放人后的当天晚上,黑皮就把自己不仅放人,还让他们吃了东西再走的事告诉了二头领。浓眉翁气得连声大吼:"部落人在洞外饿着肚子才找了点吃的。他放人不说,还送吃的,不仅浪费食物,更是丢本部落人的脸。"

一连好几天,二头领心里都很恼火,一气头就痛,只好躺在茅草堆里,白天夜晚都睡不着,睁眼望着洞顶想心思。连他一向喜欢的胖女人来献媚,都被他一反常态地赶走了。

二头领病了,人们便天天找少头领要吃的。智者无奈,只好动用仓库里的那点食物。可是,这么多人不能老是闲着啊。既然不能打猎,那就筑树巢。这是智者内心一直想做的事。

于是,少头领讲了在树上筑巢住的好处,鼓动大家跟着他筑巢。再说,洞内臭气仍未散尽,许多人也想换个新住处。听说上树住,人们既感到新鲜,也来了兴趣。少头领就是未来的大头领,二头领病了,就得听少头领的。

几十个男人和女人跟着少头领开始筑巢了。茂盛的树林里,智者教人们用石斧砍倒小树,削枝去叶,截成粗细不一的树棍。让女人的头儿带着女人割茅草、藤条,采干树叶,再用藤条将其打成捆,运到指定的大树旁。

智者平时就经常在树林里转悠,早就看好了能筑巢的大树。树下,他详细地教人们如何筑巢。在他指点下,一些人爬上大树,开始筑巢。

十八、猎分两路 | 123

眼见智者率人筑巢,黑皮马上去里洞向二头领报告。病中的二头领让黑皮传话:停工,准备打猎。但又没说哪天上山。

智者听了,既不吭气,也不停工。于是,情况又传到二头领耳朵里,但他一直没有出洞阻止。看来头痛病很严重。部落里人听说后,胆子大了,参加筑巢的人越来越多。

为了加快进度,智者把男人分成三群,让高个子男人、豹子头和瘦子各领着一群人干。女人的头儿一直对智者心存感激。上次跟美人痣姑娘打架,其他人都在旁边看热闹,当自己快要撑不住时,多亏了智者来解围。她内心赞成在树上筑巢,女人和孩子最需要的就是食物和安全。但她又怕二头领看见了斥责自己,说不定不让自己当女人的头儿了。思前想后,女人的头儿说:"老女人们没力气,我带着她们去采蘑菇。"本以为少头领会生气,没想到他爽快地答应了,女人的头儿如释重负!

其实,智者清楚女人的头儿的心思。她走后,他让美姑娘和美人痣姑娘分别率领一群女人干活。她俩虽是死对头,但对少头领吩咐的事说一不二,甚至暗地里比着谁干的活多。

女人们积极参加,男人们干劲更大了。树林里热火朝天,笑语喧哗。在少头领的指点下,不到三天就搭了六个大小不一的树巢。有的树巢搭在一棵大树上,有的搭在两棵、三棵树之间。树巢距地面有近两人高,野兽跳起来也够不着。

第三天傍晚,二头领才出了洞。看到他朝树林走来,一个男人发出惊呼。好几个人吓得往树林深处跑。智者厉声喝道:"跑什么?有事我顶着。"

二头领仰起脑袋朝树巢瞅瞅,板起脸皱起了眉:"好哇,趁着我头痛,一下子造了这么多古怪东西?要是把这些劲用在打猎上,够全部落人吃好几天的了。"

对二头领,智者早已想好了"以静制暴"的对策。他平静地说:"二头领,本来我是想带人打猎的。听高个子男人说,你讲等头痛病好了再说。

没有你的许可,我们怎能擅自上山?"

二头领一时语塞,自己是这么说的。他转移了话题:"我问你,住跟吃比哪样重要?"

智者回答:"安全跟吃一样重要。"

"难道你想废弃祖宗开辟的洞穴,让人都变成猴子吗?"

"我没这个想法,住洞穴居树巢,各人自愿。"

二头领厉声道:"这些东西没有用。"

智者答:"没用,我会造它们吗?"二头领额头上的青筋暴起,他扬起权杖:"虽然大头领让你当了少头领,但我是二头领,部落里我说了算,你休想乱做主……"刚说到这里,二头领感觉脑袋一阵疼痛,握着权杖的手也微微颤抖。他知道这是犯病的前兆,慌忙转身朝洞口走去。

人们见二头领突然离开了,都开心地笑了。智者没有笑,望着浓眉翁离去的背影,智者心里隐约感到不安。

二头领回到里洞,让人精给自己按揉。人精刚把那块"神石"拿出来,二头领就像看见鬼似的摆手:"收起来!我不想看到它。"

人精明白了。他收起扁石,小心翼翼地替二头领按揉着——头顶、头两侧、后脑勺……二头领一直不语,人精不敢停,继续按揉着,累得气喘吁吁,浑身是汗。他哪里知道,头痛缓解了的二头领正在想心思——

本来,各部落的惯例是:若大头领遇难,由二头领接任。可大头领偏偏设了个"少头领",这说明他不信任自己。他肯定被老虎吃了,之所以说他失踪,就是不想让少头领接位。现在,他还"嫩"了点、没提当大头领的事,对自己也还尊重。但是,他的身体会越来越壮,威信一天天增强,胆子也越来越大。他连部落的世仇都敢放,趁自己头痛筑了那么多树巢。要是当了大头领,还有什么事不敢干?而自己日渐衰老,再不当大头领,也许就没机会了。二头领冥思苦想,渐渐地,一个念头浮上心头……

次日清晨,东方天际霞光万里。

二头领早早地起身了,他让黑皮把上山的男人叫出洞外。人们明白,要上山打猎了。许多女人和老人也出来了,依依不舍地围着打猎人。

场地上,二头领对智者说:"少头领,今天上山打猎,你也去。"

智者虽感到有些意外,但一口答应:"我去。"

"这回,人分两路,你带一路,我带一路。"二头领一句一顿,冷冰冰的口气毋庸置疑。

智者一惊,心想:大头领在时,说打猎人多力量大,历来是一起上山。现在二头领却把人分成两路,每路人少了,遇到兽群就危险了!再说,昨晚应该跟我先说一下吧?想到这里,智者心里感到莫名的压抑。

这时,站在旁边的没牙老人急了:"二头领,打猎人不能分开,遇到大兽群危险!"

浓眉翁皱着眉头瞪着眼:"这儿轮不到你插嘴,回洞里去?"他接着说,"人分两路,才能打到更多的猎物。"

人们目光齐刷刷地望着少头领。都以为少头领会反对,两位头领要吵起来了。没想到少头领异常得平静:"行。"

"好,分人。"二头领说,"我叫一个,你叫一个。"说罢,不等少头领表态,他就叫了黑皮。

智者愣了一下,叫了高个子男人。二头领叫了尖眼,智者叫了歪头……

一会儿,两路人分好了,每路都是十六人。少头领那路的豹子头被二头领留下了,说让他领着人守洞。

智者心里不悦,但没吭声,毕竟部落也要人守护。他问二头领:"这回去哪里打猎?"

二头领答:"一路上东山,一路上北山。"

北山?过去大头领从不让人去那里。听说那边山高崖峭猛兽多,除了二头领等老人,多数人都没去过那里。智者明白,自己这路人肯定会被安排去北山。

果然,二头领说:"少头领,部落里数你的力气最大,连黑皮都打不过你。你带人上北山,我带人上东山。"说毕,他瞪着智者。

那个没牙老人又叫了起来:"我去过北山,那里虎多熊多,去就是送死啊!"二头领怒了,指着没牙老人的鼻子骂道:"你再多嘴,打死你!"说着,他举起从不离身的权杖。

智者爽快地点着头:"行,我们去北山。"说罢,他朝高个子男人一抬下巴。高个子男人伸手将没牙老人往洞里拉,他依然声嘶力竭地叫道:"千万别去北山,去是送死!……"

东方,一轮红日冉冉升起。两队打猎人朝着不同的方向出发了。

智者爬到大山顶,以手遮阳朝远处望去。灿烂的阳光普照着群山,远处北山那边却烟雾蒙蒙、层峦叠嶂。他扭头望了同伴们一眼,大家也在凝望着北山那边,没有人说话。

智者明白,此行凶险,包括自己在内的十六个人不知道谁会死在那里,谁能活着回来?他暗自在心里起誓:保护好每一个人,争取都能活着回来!

走了两天,智者一队人才来到北山。果真如老人们所说的那样,北山峰高林密,崖峭坡险。直刺云端的主峰在缭绕的白云中若隐若现,灰黑相间的悬崖峭壁上有不少洞穴。幽深的山谷里填满了葱郁的绿色,隐约可听见淙淙的流水声。

手握棍棒的人们一边走、一边警觉地注视着周围。一向大大咧咧的胖子边走边吃着东西。离开部落前,与他相好的瘦女人跑到跟前,朝他腰间兽皮兜里塞了两把刚摘的野果,叮嘱道:"胖子,一定要活着回来。"说罢,泪水便流了出来。她知道,男人上山打猎,每次都可能是永别。

胖子朝她嘿嘿一笑,拉着她的瘦手说:"放心,老天保佑,你的胖子死不了。"这倒也是。十多年来,上山打猎的男人不知道死了多少,但胖子每回都能平安地返回部落。

瘦女人用手背擦着眼泪道:"我会天天朝山口望,等着你回来。"说着,又朝他嘴里塞了一个果子。胖子脸上露出憨厚的笑容,他一边嚼,一边伸手把自己的胖肚皮拍得啪啪响:"老虎也打不过我。"其实,胖子的胆子特别小。

山谷里,一条奔腾的小河拦住了十六个男人。智者让高个子男人下水试探。水流虽急,但河中央的水也只齐肩深。众人过了河,来到了雄伟陡峭的北山脚下。

迎面是一片近乎垂直的陡峭石崖。智者左右看去,长长的斜石崖一眼望不到边。仰首望去,斜崖足有二十个人连起来么宽。人们从未见过如此大的斜崖,个个啧啧称奇。斜崖上面是一片茂盛的草地。不远处便是山腰茂密的树林,林子里应该有猎物。

此时,有两种选择:要么顺着石崖边走,寻找容易上山的地方越过斜崖;要么从这里踩着石缝往上攀。最好能在夜晚前到达山腰的树林,若下雨了还有地方躲。当然,也许还能找到吃的。最好能打到山羊、鹿、獐子、兔子。于是,智者选择直接攀斜崖。

他在陡峭的斜崖上寻找落脚的石缝或凸起处,一步一步地朝上攀。同伴们一个跟着一个往上攀。智者气喘吁吁地爬上斜崖,汗流浃背。不久,同伴们都攀上了斜崖。见大家累了,智者便让大家歇一会儿。

一路上绷着脸很少说话的歪头一屁股坐在地上,他一直在心里埋怨少头领点了他。要是跟二头领去东山,那边路好走,人也安全得多。

胆小的胖子扭头盯着山腰森林,脑子里闪现出虎豹熊狼。也许它们早就发现了众人,只等其走近,然后突然从林子里跃出,一阵撕咬和惨叫后,自己和同伴就进了它们的肚子……想到这里,胖子预感到不祥,浑身一抖。他战战兢兢地对智者说:"少头领,这北山恐怕真的危险哎,一路到现在连只兔子都没看到,也许被猛兽吓跑了。它们跑,我们来,这……"

瘦子没好气地说:"二头领说他跟大头领来过。明知这儿危险,为何要我们来?他自己怎么不来这边?"

高个子男人粗声道:"我看,这回他没安好心。"

听着同伴们的议论,智者没吭声,他心里很明白。他去过东山,那边山好爬,山羊、獐子和兔子也比较多。二头领想躲避危险、小劳多获。这边若遇到虎群和熊群,这么少的人必死无疑;若空手而返,则说明自己无能,黑皮等人也会贬低自己——这样的人哪能当少头领呀?要是来北山的这一路人都死了,那就正中二头领下怀,他会理直气壮地做大头领。二头领想当大头领之心人人皆知。至于黑皮,有可能让其当二头领,但黑皮不会满足,二头领仍会提防他,一直看不惯二头领的独眼老人、没牙老人一定会跟他斗。斗可能会死,不斗也会被整死。也就是说,不论自己来北山是死是活,部落内斗都在所难免,前景堪忧!

想到这些,智者心情很沉重。他朝山腰森林望去,林中缕缕白雾袅袅升腾。他感到纳闷:森林里早晨这样"冒烟"常见,怎么下午也这样?这时,森林里飞出一群鸟,掠过人们的头顶朝山下飞去。智者心里闪过一丝不安:什么东西惊动了鸟儿?林里会不会有猛兽?他使劲地摇了摇头,试图将这一可怕的念头摇去。歪头察觉了:"少头领,你老是摇头干什么?"智者笑了:"脖子扭了。"

一路上,胆小的胖子神情紧张地东张西望,惊恐不安。过去打猎他可不是这样子的。"胖子,别怕。"智者安慰道。他瞅了瞅同伴们,这十多人都是部落里的强壮男人。若回不去,相好的女人们会哭得死去活来,性格刚烈的女人会从此拒绝其他男人,有的甚至会跳崖……想到这里,他再次感到了肩膀上的压力,在心里打定主意:明天,只要打到十只猎物,就回部落。

众人继续朝山腰前进,穿过一片足有半人高的茂盛草地,树林近在眼前了。智者让听觉灵敏的歪头和力气大的高个子男人跟自己一起走在前面。

紧握棍棒的人们小心翼翼地朝前走,不仅要寻找猎物、防备猛兽,还要低头看地,要是一脚踩上了蛇,性命难保。忽然,胖子一脚踩空,摔倒在一个半人深的凹坑里。众人连忙将他拉起来。瘦子埋怨:"吓我一跳。"

胖子嘟囔道:"地上全是树叶,看不出来有坑啊。"他看着周围,恐惧地说:"我们这哪是来打猎的,弄不好是送给兽吃的。"

"别说话!"前面的歪头忽然举起手,后面人马上蹲下。歪头脸色变了,小声道:"有兽,是大兽。"

人们紧张起来!错人转身想跑,被智者拉住:"你跑不过兽的。"他知道猛兽嗅觉比人灵敏得多,可能已经被它们发现了。他问歪头:"大概是什么兽?多少只?"

"好像是熊,一群。"

智者也紧张起来。他扭头朝周围看去,发现岩崖中间有个石缝。他手一指:"快,躲石缝去!"众人钻入石缝里。石缝口仅容一人穿过,里面倒挺大的。大家暗自庆幸:老天保佑!

过了一会儿,石缝外有了动静。智者悄悄探头一看,果真是一群熊。一只大熊朝石缝走来,智者连忙缩回脑袋。熊先张嘴低吼一声,石缝里的人清楚地看到它有两排锋利的牙齿。熊群聚拢了过来。

洞内竟然找不到一块石头,只能靠棍棒了。石缝里的人万分紧张!他们屏住呼吸,等待熊的进攻。那只大熊又吼了一声,率先钻进石缝。几根尖棍同时戳向熊。那熊可能从没遇过如此的对手和武器,门牙瞬间被捣掉两颗,肥大的舌头也被刺穿。它长吼一声朝后退去,满嘴流血。

又有几只熊一起冲向石缝。可石缝狭窄,一次只能进来一只。前面的熊被高个子男人刺中脖子,朝后退去。高个子男人探出石缝,继续狠刺。岂料旁边一只熊伸掌抓向他裸露的胸膛。

智者连忙将胸口流血的高个子男人拽进石缝,那熊跟着窜入石缝,张嘴就咬。瘦子拔出腰间尖竹竿刺入熊脖子,熊扭头咬住了他的腰。千钧一发之际,智者将一包辣椒粉撒向它,熊眼被辣、咽喉被呛,只得松开嘴,接连打着喷嚏。高个子男人一棍子捣进熊嘴并不断地搅动,熊卡在石缝里惨叫着垂死挣扎。后面的熊见状,吓得畏缩不前。

智者松了一口气,但又觉得石缝处仍然危险。他说:"我到里面看看。"转身朝黑漆漆的洞里摸去。一连拐了两个弯以后,眼前出现亮光。咦,还有后洞口?他钻出洞四处张望。熊群还没发现这里。若两头夹攻,石缝里的人肯定顶不住。

怎么办?上天无路,入地无门啊。智者忧心如焚!

十九、虎口脱险

智者抬起头来,发现周围尽是参天大树。他联想起树巢,灵机一动:上树。

当他摸回石缝口时,又一只熊钻了进来。高个子男人和瘦子连吼带捅,再次吓退了它。智者忙说:"后面有洞口,快出去爬上大树。"

人们迅速地撤离,胖子一出后洞口就往林子里跑,智者压低声音道:"你跑不过熊的,快上树!"这些不知名的大树在一人多高的地方分出多根树杈。十六个人分散在五棵大树上。

一会儿,熊一只接一只地从后洞口钻出来,一共七只。它们先是朝周围张望,但很快就闻到了人的气味,抬起脑袋瞅着树上的人,发出低沉的吼声。一只熊两条前腿扶着树干站立起来,试图往树上爬。怎奈树干太粗,它没爬几步就重重地摔下地,发出痛苦的叫声。

瘦子居高临下地盯着熊,兴奋地叫道:"少头领,还是树上安全,怪不得你要筑树巢。"紧张的神情稍一松弛,肚子就咕咕叫了。爬山、钻林、斗熊,人们早就饿了。大家意外地发现树上结着许多奇异的小果子,不知道能不能吃?时常有饥饿的人误吃有毒果子,轻则拉稀屎,重则丢性命。智者见同伴犹豫,便率先尝了一个,酸甜酸甜的。记得大头领说过:凡是甜的果子一般都没毒,于是说:"果子能吃。"

众人纷纷摘着果子吃起来。一会儿工夫,树上果子就被吃光了。歪头见附近一棵大树上的果子特别多,便像猴子一样沿着枝干攀到那棵树上吃起来。这下可馋坏了胖子:"扔些给我。"歪头一边吃,一边连枝带果地折断扔给同伴们。

熊群仰着脖子望着树上的人类,没有离开的迹象。智者想,这下麻烦了!可能遇到了一群饿熊。可是,树上的野果只能暂时填饱肚子。明天吃什么?要是熊不走,人们夜里睡着了,不小心掉下树怎么办?

面对种种可能的危险,智者苦苦地思索着。高个子男人搂着树干悄声说:"少头领,我总算想明白了,这回,二头领是故意让你来北山的。"

智者答:"讲这些干吗?再说,开辟新猎场也是需要的。"高个子男人听了不爽,冲动起来:"你没说心里话,都死到临头了,我什么都不怕了!"他抬高了声音,"大家都听着:二头领想当大头领,可少头领碍了他的事。所以他叫少头领来北山,想让他被兽咬死!好当大头领。"

人们听了,七嘴八舌起来:"哦,原来是这样啊!""二头领的心真狠!""要是能活着回去,谁也不要听二头领的。""对!听少头领的。"

智者厉声道:"别说这些了,眼下还是想想怎么脱身吧。"人们低头看着树下的熊群,都沉默了。

夜幕要降临了,但熊群丝毫没有离去的迹象。好不容易遇到"猎物",怎会轻易地走呢?那只最大的熊摊开四肢趴在地上,其他熊也跟着趴下了。看样子,它们也饿得没劲了,只等树上猎物掉下来饱餐一顿。

借着暮色中一丝微弱的光亮,智者发现胖子所在的老树上爬满了树藤,老树被缠得快要死了。他喊道:"胖子,用石片割藤条,给每人都割一根。把自己绑在树干上。要不,夜里掉下去就麻烦了。"

胖子割了树藤,用棍棒挑着给邻近树上的人们,再相互传递。歪头用藤条将自己绑在树干上,难得地露出笑容,对树下的熊喊道:"我们睡觉了,你们今晚就别想啦。"说罢,他闭眼打起瞌睡。一会儿,同伴们就听到了呼噜声。

夜里,智者听见响雷,仿佛在树梢上炸响,甚至骇人!接着,又听见急促的雨点打在树叶上的沙沙声。听起来雨很大,可身上却没落雨,怎么回事?

十九、虎口脱险

他双手搂着树干,发现雨水正顺着树干汩汩地流淌。这才恍然大悟:树多林密,枝繁叶茂的树冠将雨水遮挡了,雨水只能顺着树干流下地。黑暗中,人们张嘴伸舌,贴在树皮上喝水。渴死了,这天赐之水太及时了。

暴雨下了一夜,智者也一夜没睡,一直在苦苦思索着脱身之策——能不能像猴子那样从一棵树攀到另一棵树逃走呢?不行,人在树上远不如猴子灵活。即便下了树,熊也会很快发觉并追上的。看来,只剩下与熊拼命这一招了。但熊不是狼,十六个人打不过七只熊。看来,只能一起突然跳下树,四散开来跑,能逃几个算几个。

密密的叶隙中露出微弱的光亮,天快亮了。知者低头看去,熊群仍伏在地上睡觉。那只大熊仿佛猜透了智者的心思,睁开眼仰起脑袋盯着他。智者顿时感到沮丧,他又想起没牙老人声嘶力竭的呼喊:去北山是送死啊!

歪头一声惊呼:"不好,又有野兽来啦!"所有人都大吃一惊!树下的熊已够多的了。瘦子紧张地东张西望:"歪头,新来的野兽在哪儿?"歪头肯定地说:"又来了一群野兽。"胖子带着哭腔叫道:"天哪,这回我们死定了!"他又加上一根树藤,将自己跟树干绑在一起。昨晚,他已经绑了两根。众人瞅着胖子又在缠树藤,心生绝望。没有人说话,人们在惊恐不安中等待新兽群的到来。

正当树上人忧心忡忡之际,地上的熊纷纷站了起来,躁动不安。智者感到纳闷:熊也感到了威胁?兽的嗅觉比人强多了。

果然,森林里有了动静。歪头朝那边望去,发现一只老虎。他连忙喊:"是老虎!"树上人扭头望去,果然是老虎。歪头习惯性地数着:"一、二、三、四、五、六、七,啊呀,老虎也是七只。"

智者听了,心想完了,本想一起跳下树分散跑,能活几个是几个,没想到又来了七只老虎,看来真要死在北山了。如果真像高个子男人说的那样,二头领欲借北山猛兽弄死自己,让这么多的同伴陪着自己一起死也太残忍了。自己真对不住他们。想到这里,智者的眼睛有些湿润。

这时，树下传来一声老虎吼叫声。智者定睛望去，虎群走近了。也许，它们是路过这里，若看见熊群，它们会走开的。这时，树下的大熊吼叫起来，其他熊也跟着吼叫。智者盯着熊暗自揣摩：也许，熊群认为老虎想争夺它们的猎物，冒犯了它们。

虎群听到熊群吼声，并没走开，这些"山中大王"径直走了过来。那只大熊似乎怒不可遏，朝虎群吼叫着，可老虎丝毫没有退缩的意思。走在前面的老虎一声吼叫，虎群一起冲了过来，张开血盆大口与熊撕咬，顿时，树下乱成一团。两群猛兽爆发激烈冲突，令树上的人目瞪口呆。人们从未见过这么多的熊和虎搏斗撕咬。

渐渐地，熊敌不过虎，它们掉头朝森林深处逃去，老虎穷追不舍。一会儿，树下的虎和熊全不见了。这一结局令人喜出望外，老虎居然帮树上人赶走了熊。

智者脑子里突然灵光一现，大喊："快，都下树，朝来时的路上跑！"

同伴们这才反应过来，纷纷解开藤条，溜下树撒腿就跑。胖子身上缠了三根树藤，打的又是死结，一时解不开，急得大叫："哪个上来帮我解树藤呀？"可这时谁还能帮他呢？智者边跑边扭头喊："胖子，用石片割。"胖子连忙拔出石片。待割断藤条下了树，同伴们已不见踪影。他拔腿朝来时的路上跑去。

获胜的虎群又返回大树下，发现树上已空无一人，它们敏锐的嗅觉很快就闻到了血腥味，找到石缝里的那只死熊。石缝口太窄，只能容一只老虎探头吃熊肉。当虎王吃肉时，其他老虎不甘心一无所获，在周围乱窜。它们闻到了刚逃走的胖子的汗味，尾随追去。

众人逃出密林看见天了。空中乌云翻滚，又要下雨了。胖子没来，智者焦急地扭头朝森林望去。他的藤条要是没割开，就死定了。高个子男人喘着气问："要不要等胖子？"智者果断地说："不等，老虎追来就全完了，快跑！"

众人从那片茂盛的草丛中朝山下狂奔。智者边跑边扭头回望，惊喜地看到胖子钻出树林,跟着跑来,手里还拿着棍棒。智者大喜!步子也缓了下来。这时,他听到胖子上气不接下气地喊:"老虎来啦!快跑啊!"

果然,森林里蹿出六只老虎,它们一见众人,竟撇开胖子,径直朝这边追来。智者边跑边喊:"快跑啊!"只要跑到陡峭的斜石崖边就好办了。再回头时,智者吃惊地看到难以置信的一幕:一向胆小的胖子竟举棍朝跑到他前面的老虎打去。显然,他想挡住老虎,掩护同伴逃离。

那只老虎掉头朝胖子扑去,胖子居然闪身躲过,又一棍打向第二只老虎。虎群被他激怒了,围住他,瞬间就将他扑倒在草丛里……

智者边跑边哭喊道:"胖子,别怪我救不了你……"他再次回头时,那几只老虎又追了过来。此时,狂奔的十五个人力气几乎用尽了,全都跑得踉踉跄跄。若老虎追上来,人人都无还手之力。智者声嘶力竭地喊道:"快,拼死命地跑啊!"

众人终于逃到了斜石崖边,那几只老虎也近了。智者叫道:"抱住头往下滑!"歪头率先将棍棒朝斜崖一扔,然后双手抱着歪脑袋倒地、不顾一切地骨碌骨碌滚了下去,很快就滚到山脚下。其他人也纷纷双手抱头往斜崖下滚。

智者站在崖边没动。他目睹胖子被老虎扑倒,心里腾起仇恨的怒火!盯着近在咫尺的老虎,他心里闪过一个大胆的念头……

追在最前面的老虎伸出两只前爪扑向崖边猎物。岂料智者伸手抓住它的一只前爪,借着老虎的扑劲,整个身体朝斜崖倒去,硬是拽着老虎双双滚下斜崖。途中,智者的手松开了。老虎比人重,先滚落到山脚下,重重地摔在地上。紧接着,智者也滑了下来,叫道:"打呀!快打!"

智者抬头朝斜崖上望去,见五只老虎沿着崖边走来走去,不时探着脑袋望着崖下。崖下人一个个紧张地握着棍棒,生怕老虎下来。过了一会儿,崖上的老虎都不见了。

智者想,它们恐怕是吃胖子去了。他眼前又闪现出胖子挥棍打虎的壮烈情景。胆小的胖子在危急时掩护同伴的勇敢举动,令他感动不已。

这也是智者在崖上冒死也要拼一把的原因,总算为胖子报了仇。

智者要大家都动手,用石片剔骨留肉,分成十五块,每人带一块。他说这样带肉不累。人们有的将虎肉搭在肩膀上,有的用尖棍戳着,有的干脆拎在手里。大家都明白:不仅路上要吃,还要省些带回去,部落里的人都眼巴巴地等着打猎的人归来呢。

天色越来越暗,翻滚着的乌云笼罩着高耸的北山主峰。一阵雷声后,滂沱大雨自天而降,如注的雨丝无情地抽打着近乎赤裸的人们。智者决定回部落,大家都赞成。不到一天的北山之行有惊有险,侥幸逃生。人们真的害怕了。

大雨中,十五个疲惫不堪的男人朝来时的方向走去。

走到山下那条河边时,人们惊呆了:河水暴涨,河又宽又深,水流湍急。怎么过得去呢？智者对高个子男人说:"你下去探探水深。"高个子男人刚下河,便被一股暗流冲到了河中央,随即被冲向下游。众人沿着岸边一边跟着跑,一边叫喊着。智者望着在水里挣扎的高个子男人,心如刀绞！刚失去胖子,不能再死人了。他边跑边喊:"用手划、划呀！"透过雨丝,智者看见上游漂下来一截枯树干,连忙喊:"高个子,快抓住那树干。"

高个子男人听到喊声,立刻挥胳膊、蹬腿朝那边划,终于抓住了树干。然后他一手抱着它,一手往岸边划,在河流拐弯处,终于划到岸边。几个人合力将他拉上岸时,意外地发现他手里还抓着一条活鱼。

面对受惊的同伴,高个子男人试图开个玩笑:"我想洗澡捉鱼,没想到吓着你们啦。"见没人笑,他自己先笑了,然后说,"少头领,脚探不到底,水里有旋涡。"

智者拍着他的肩膀说:"没事就好。快坐下歇歇,商量一下。"

众人在河边坐了下来。智者望着河中翻涌的波浪,说:"现在,有两条路:一是在这里等河水下降了再过河,但不知道老天让不让雨停;二是沿着河边走,找浅的地方蹚水过去。都说说。"

歪头歪着脑袋望了望浓云笼罩的北山,说:"不能等,若大雨不停、河水不降,就白等了。再说,那些老虎绕路过来了咋办?"他的话引起了共鸣。刚逃出虎口,人人心有余悸。

智者说:"那就沿河找路吧。"停顿了一下,又说,"往上游走,河可能会窄些,但水流会更湍急。往下游走,河面可能宽些,但水流也许缓些,可能有浅的地方。"大家点头称是。少头领的话有道理。可是,到底是往上游,还是往下游走呢? 意见不一。最后,大家的目光一齐望着少头领。

智者朝河的上下游看了看,毅然决然地说:"往下游走。"

人们沿着河边朝下游走去。雨渐小,风却渐大,人人都感到身上发冷。一路上,人们不时地发现从水中跃上岸的鱼,便抓起来吃。看来,激流中的鱼也被冲得晕头转向了。瘦子边吃边说:"鱼肉比虎肉好吃多了。"

一路上,高个子男人好几次拽着同伴的长棍子,试着下水,但河水太深、水流湍急,只能继续往前走。

雨依旧下着,夜晚降临了。黑暗里,河边,雨中,一群男人怀抱着棍棒倒地而睡。从河面吹过来的阵阵凉风和天上的雨水一起,无情地肆虐着。疲惫不堪、困乏的人们全然不知,呼呼大睡。智者好久也没睡着,他心里想着如何过河,要是雨老下、水仍深,还得走下去呀。真希望明天就能过河……

二十、东山惊魂

二头领率领的一路人到达东山后,已经转悠两天了。

这里多座雄峰拔地而起,悬崖峭壁如刀削斧劈一般,嶙峋怪石狰狞恐怖。最令人称奇的是,十多根几乎直上直下的巨大石笋直刺入蓝天。石笋周围的石壁上,扎根于石缝里的松树和灌木顽强地生长着;石笋的顶端树木茂盛、野花盛开,煞是好看。群峰间的深谷被绿色填满了。人在山谷里,可闻到野花香气,听见林中的淙淙流水声。

人们被美妙绝伦的景色迷住了,兴高采烈地看着、议论着,一时似乎忘记了打猎的事。二头领可没心思看,他曾多次来过这里,记得原先这里的獐子、山羊、鹿、兔子很多,偶尔还能遇到一头牛,但很少有猛兽。可是,走到现在,一只兔子也没见着,他有些泄气。

幽谷里,一条弯弯的小河流向远方,河中布满了大小鹅卵石。奔腾的河水翻涌着旋涡,在大石头上溅起一片片浪花。

以前来这儿经常遇到来饮水的野山羊、獐子。二头领把人分成两拨,在河边丛林里隐蔽起来,等待猎物到来。

树上,一只知了不知疲倦地鸣叫着,从上午叫到下午。太阳慢慢地从树梢上划过,钻入西天的云层,天色暗了下来。大半天过去了,除了哗哗的流水声,没有任何动静。人们有些不耐烦了,有的凑一起小声闲聊,有的上树摘果子吃,有的躺在草丛里闭目养神。

往日那些猎物都跑哪儿去了?二头领感到纳闷。最近是否有人来这里打过猎?或者来了凶猛的野兽,把山羊等猎物都吓跑了?

人精说:"二头领,死守会守死,边走边找吧。"二头领朝周围看看:"天快黑了,歇一夜再说吧。"

夜幕降临了,黝黑的山谷里一片寂静。二头领心里有些发怵,脑袋隐隐痛了起来。他叮嘱站岗的尖眼:"所有人的性命都交给你了,夜里不光要睁大眼睛,更要竖起耳朵。"

尖眼拍着胸脯说:"二头领放心。"

夜里,尖眼听到丛林深处传来异样的声音,连忙叫醒了二头领。二头领侧耳一听,说:"快把人都叫醒!"

人们迅速爬起身来。人精过来了。二头领紧张地盯着树林说:"有野兽来了,你听听。"人精侧耳一听:"动静蛮大的,像是大兽。"

"人精,我老了,黑夜里分不清方向。你看往哪边跑?"

人精说:"不管是虎是熊,我们都跑不过。上山吧。"

"好。"

一群人摸黑蹚过齐腰深的水,朝着崎岖的山坡爬去。东方天际露出微白。尖眼边爬坡边回头,发现河那边出现了几只兽,分不清是什么兽。人们脚下的步子加快了。

山高坡陡,林密草深。众人喘着粗气艰难地朝上攀爬。二头领累得气喘吁吁,他真切地感到身子大不如以前。他打定主意:翻过这座山,就绕个圈子回部落,保老命要紧,以后再也不打猎了。

天蒙蒙亮。尖眼再次朝山下望去,然后叫道:"二头领,是黑熊,有十多只,它们过河追上来啦。"人们攀爬得更快了。二头领落在了后面,尖眼和人精合力拽着他往上爬,三人落在了后面。不久,二头领的脸变白了,他喘着粗气:"记、记得过去东山没大兽啊,离山顶还、还有多远?"尖眼说快了。他又问:"黑、黑皮哪儿去了?"人精说:"他快到山顶了。"语气里明显有不满。

黑熊爬山的速度比人快多了。尖眼见二头领上气不接下气,明白他

140 | 有巢氏

是真的走不动了。迎面来了一只熊,情形十分危急!看来只有自己豁出去了。于是,尖眼对神色慌张的人精说:"你扶二头领上,我来挡。"说罢,他闪身到大岩石后面,搬起一块大石头。

那只黑熊从大岩石旁走过时,尖眼双手举起石头狠狠地砸向熊头。黑熊翻倒了,顺着陡峭的山坡往下滚,跟在它后面的两只熊猝不及防,接连被撞倒,也朝山下滚去。后面的熊不知所措,纷纷扭头往回跑。

趁着熊群一时混乱,尖眼和人精连拖带拽地把二头领往山顶上拉。人精发现左边有条干涸的山沟,连忙说:"从沟里走。"三人弓着腰,从半人深的沟里往山上爬。尖眼眼尖,发现沟边有一根长长的藤条,三人抓着藤条往上攀,省劲多了。不久,已经爬到山顶的草头和光头迎了下来,四人合力将二头领拉上了山顶。

东方,朝霞满天。黑皮哭丧着脸迎了过来:"二头领,完了,后面是悬崖。"

"啊!"二头领大吃一惊!在人精的搀扶下,他紧走几步,果然发现是悬崖。他倒吸了一口凉气:"这、这如何是好?"看来,只有打跑黑熊,否则无路可逃。于是,他一屁股坐在地上,朝同伴喊道:"快捡石头,跟熊死拼!"他知道,猛兽和人一样,是不会轻易地放弃猎物的。这一带没有其他兽,这些熊肯定也饿极了。这时,二头领感到头一阵眩晕……

熊群朝山顶上跑来,前面几只熊接近时,一阵乱石飞去,一只熊哀叫着滚下山坡。其余的熊也纷纷中石,掉头往后跑。人们松了口气,人精朝山脊左边跑去,寻找逃生之路,但没有找到。他又往右边跑,可同样失望了。

人精跑到二头领跟前,发现他闭着眼躺在地上一动不动。

"啊!二头领叫不醒啦!"同伴们拥上来,一声接一声地叫着二头领,没有反应。人精独自来到山顶最高处,双膝一弯跪在地上,仰首抱拳朝苍天祈祷:"老天啊,前有熊、后无路,你怎么让我们遇如此绝境啊?大头领哪,你要是还活着,就救救我们吧。"说罢,他嗷嗷地哭起来,男人的哭声难听极了。

人精的悲观情绪影响到其他人,好几个人跟着哭起来。绝望的情绪一时笼罩了整个山脊。

这时,尖眼叫道:"二头领醒啦。"人精立马止哭,跑了过去。二头领在尖眼和黑皮的搀扶下坐了起来。看到黑皮,二头领将他的手推开,沉下了脸。黑皮明白了,解释道:"我先上山,是想带人捡石头守山顶。你看,熊群被打下去了。"

秋日炽烈的阳光映照着一张张神色紧张的脸,人精焦急地说:"熊群一会儿又要上来了,可是,无路可逃啊。"

二头领瞪眼:"怕什么?我们来打猎,不就是为了跟兽拼命吗?大不了跟熊死拼一场!"说着,他转过脑袋,盯着坡下的熊群,内心暗自后悔:唉,不该到东山的,少头领他们去北山肯定比这里好。

二头领让人精陪着他,沿着长长的山脊边走边看。山上没泉,只有几棵老树。即便熊群不攻,人们连饿带渴,也撑不了多久。拼体力,人哪里是熊的对手啊?二头领探头俯视崖底,足有十二三个人叠起来那么深,跳下去必死无疑。怎么办?他心急如焚,环顾四周,发现东边有一棵朝崖下歪着长的老树,他前去一看,歪脖子老树一半根部裸露着朝崖下拖着长短不一的根须,其中一根须至少有四个人长。他遗憾地说:"根须太短了。"

"熊又上来啦!"听到尖眼的喊声,他俩连忙跑过去。陡峭的山坡上,十多只黑熊又朝山顶逼近。它们走得很慢,看来是被石头砸怕了。二头领喊:"放近点再砸。"他明白,只能拼死一搏了。

越接近山顶坡越陡,黑熊拥了上来,往陡坡上攀。二头领大喊:"砸!"众人扔出石块。熊群接连中石,有的滚下山坡,也有几只冲了上来,一只凶悍的黑熊扑向草头。旁边的光头举起大石头砸中熊头,熊滚下了陡坡。

一会儿工夫,石块就扔完了,只有用棍子了。小个子端着尖棍戳中熊肚子。熊哀号着,扭头往坡下跑,肚子上仍插着那根尖棍。没跑多远,棍子绊上岩石,熊滚下山坡。一只熊扑倒了尖眼,人精一棍子击中熊背,棍子断成两截。那熊掉头扑来,人精拔腿就跑,被咬中后颈。危急时刻,黑皮一棍将熊打得松开了嘴。紧接着,他棍子横扫,将熊的前腿打断了一只。断腿的熊嚎叫着,撑着三只腿爬下陡坡。后面的熊见势不妙,慌忙后退。

被咬中后颈子的人精昏迷了。二头领叫不醒他,便要人们赶紧再找石头。在这儿对付熊,石头比棍子更管用。可是,山顶上石头也少,人们只好用手在泥地里挖石头。

山坡上,群熊围着几只受伤的同伴,与山顶上的人对峙。山坡上,除了岩石,就是灌木丛。人们以为熊群不久就会离开的。

空中,炽烈的太阳缓慢地划过山脊,朝西坠去。熊群丝毫没有离开的迹象。山顶上的人早上攀山时汗流浃背,又被太阳晒得头晕眼花,人人又饥又渴。可是,光秃秃的山顶上哪有水呢?人们用石片到处挖,也没见着一点水。

二头领担心起来:这熊群会不会等天黑了再上来?夜晚若没月亮,人什么也看不见啊。黑皮又哭丧着脸过来了:"二头领,我渴得要死。看来,我们不被熊咬死,也会渴死、饿死的。"

二头领冲他瞪起眼:"怕死了吗?告诉你,上山打猎就得准备死。"黑皮不吭气了。

二头领感到无计可施了。怎么办呢?他想让人精想想办法,他点子多,可人精昏迷没醒。黑皮建议:"看来,唯一的活路就是趁身上还有点力气,突然一起冲下山,能逃走几个是几个,总比困在山顶上饿死、渴死、被熊咬死要好。"

二头领没有表态。要是这样,对黑皮等身强力壮的人有利,有气无力的人包括自己则死定了,还想当什么大头领啊?凭经验,他觉得去北山的少头领他们肯定凶多吉少。要是他和自己都死了,大头领就是黑皮的了。

二头领扫了黑皮一眼,没有吭声。

见二头领不语,尖眼说:"要冲就分两批。先派几个力气大的人冲下山,把熊引走。然后,其他人分散跑。"二头领依然沉默着。这个点子比黑皮的点子好些。可自己跑不动,还是死路一条啊。

那边,光头惊喜地叫道:"人精醒了。"二头领连忙过去,语气急促地说了目前的险情,然后说:"人精,你是部落里的聪明人,快想个办法吧。"面对二头领罕见的恳求和同伴们期待的目光,人精坐了起来,他前后左右地望望,然后,眼睛死死地盯着一个地方。人们顺着他的目光看去,看到那条干涸的山沟。

"二头领,我有办法了!"人精激动地说。"快说!"二头领迫不及待地催他。人精指着沟边那条长藤条说:"趁熊还没上山,把这条长藤条拽上来。然后将它跟那歪脖子老树下最长的根须连起来,差不多能拖到崖下,我们顺着藤条滑下去。"

二头领兴奋地以拳击掌:"好!"尖眼又说:"上山时我发现这藤条有根须,拉不动的。"人精说:"用石片割,但动作要快。"

黑皮见好几个人将目光投向自己,唯恐二头领派自己去。他抢先说:"最好让从沟里上来的人去割,他们知道哪里生着根须。"说罢,他看着尖眼。尖眼坦然地说:"我去。"

"好样的!"二头领赞许道。他从怀里掏出一块薄石片递给尖眼:"这石片非常锋利。"然后又对黑皮说,"趁天没黑,你去歪脖子老树那里,把最长的根须拉上来。"

天色暗了下来。

在同伴们的注视下,尖眼猫着腰、顺着山沟往下摸,遇到藤条扎在泥中的根须就割断,一连割了好几处,然后拽了拽藤条,又朝下摸去……他与熊群的位置越来越近了,山上的人紧张到极点!都知道猛兽的嗅觉灵敏。望着尖眼猫着腰走走停停,人精心里焦急:这藤条怎么这么多根须啊!转念一想,这山上存不住雨水,老藤根须多才能吸到更多的水啊。

二头领知道,所有人的性命就系在藤条上了。他叫几个壮汉一起抓着藤条,随时准备往上拉。这时,危险出现了。

　　苍茫暮色里,一只熊发现了尖眼,朝他走去。尖眼像没看见似的,继续猫着腰快速朝下走。山顶上的人焦急万分、忧心如焚!当熊离尖眼只有三个人长短的距离时,尖眼突然蹲下了。那熊感到吃惊,本能地朝后退去,似乎在观察眼前的猎物要干什么。

　　尖眼将藤条最后一处根须割断了,转身就从沟里往山上跑。熊扑了过来,一口咬向尖眼的胳膊,他奋力躲开,又拼命往上跑。熊再次扑向了尖眼。人精大喊:"快抱住藤条。"尖眼听见了,大口喘气的他双手刚抓住藤条,熊便咬住了他的小腿。

　　二头领大叫:"快拽!"几个壮汉使劲地拽起长藤条。命悬一线的尖眼跟着粗藤移动了,任由身子在泥地上滑行,但熊并没有松口。忽然,壮汉们感到藤条好重,拉不动了!又有几个人连忙帮着拽。紧接着,藤条突然轻了不少,拽的速度加快了。

　　二头领大惊:"尖眼松手了?"

二十一、化险为夷

正在拽藤条的黑皮说:"不像。"众人更起劲地拽了起来。黑暗中,尖眼终于被拽上来了。所有人都松了一口气。黑皮迫不及待地问:"你怎么先重后轻呀?"尖眼回答:"我的腿被熊咬住了,后来熊被沟两边的大石头卡住了。"

原来如此。二头领伸手摸他后背,血肉模糊。尖眼痛叫起来:"啊哟!"二头领一把抱住尖眼,竟失声痛哭。

人们从未见二头领哭过,一时不知如何是好。黑皮提醒道:"二头领,熊随时会上来,快下崖呀!"二头领止住哭,对草头说:"你跟光头盯着熊,一有动静马上喊。其他人,拖藤条。"

长藤条被拖到歪脖子老树跟前,与拉上来的长树根拴在一起,又往崖下放去。二头领压低声音说:"黑皮,你先下,然后张开手托上面人的脚。"

"是。"黑皮应道。他双手攥住长树根,犹豫了一下,毅然往崖下溜去,旋即消失在黑暗中。二头领扭头朝山坡那边看着,神情紧张。片刻后,他听到崖下微弱的扑通声,马上说:"下。"又一个人抓着长树根溜了下去。再次听到扑通声后,第三个跟着下去。这回,没等听见扑通声,二头领就说:"再下!"

黑暗中,人精跑了过来:"不好啦,草头说山坡上有动静,恐怕是熊上来了。"二头领立即说:"快!一个跟着一个往下滑。"原先他担心长树根和藤条承受不住,现在顾不了那么多了。

果然,草头在那边叫道:"熊上来啦!"紧接着就听见打斗和撕咬声,夹杂着光头的痛叫声。当树下只剩人精和二头领时,二头领命令:"你下!"人精抓住藤条滑下去的瞬间,看到黑暗里几只熊追着一个人来到树下。二头领闻到了熊身上的怪味。这时,草头想抓长树根,但扑空了,幸亏一手搂住了歪脖子老树的树干——长树根被二头领抓住了,当一只熊扑咬二头领的瞬间,他整个身子朝崖下歪去。

树根和藤条不够长,二头领滑至藤尾,脚还是够不着地。他不顾一切地松开了手,旋即被黑皮等人托住了。崖上,传来草头撕心裂肺的惨叫声。

夜空闪过一道耀眼的闪电,崖下的人望见两只熊正撕咬着草头,他死死地抱着那棵歪脖子老树不放……

人精大叫:"草头往下跳。"崖下所有人都举起双手欲接他。空中又一道闪电。人们看到草头身子倒挂在崖边,但一条腿却被熊咬住往上拖去。崖上,站着好几只熊。

在闪电和雷声中,崖下人听着草头绝望的惨叫,个个心如刀绞,又无可奈何,纷纷从地上摸起石块朝崖上砸,边砸边喊:"草头、光头……"

暴雨自天而降。心有余悸的二头领默默地流泪了,刚才在树下好险啊!没有第二个人知道当时的情形……

狂风大作,大雨滂沱,万千雨丝无情地抽打着崖下痛不欲生的人们,但他们仍然不住地朝崖上砸石块。二头领喊道:"走吧。"

人们这才丢掉石头,止住哭泣,默默地离去……

风雨中,折腾了一天一夜的人们沿着山崖往下走着。

天渐渐亮了,他们这才发现走在一条深深的山谷里。二头领朝两边高山望了望,再瞅瞅身边十多个精疲力竭的人,心想,若再遇猛兽,恐怕连还手之力都没了。他发现前面的池塘对面有个山洞,该歇歇脚了。

洞口挺大,但里面很浅,众人一进洞就瘫倒在地。有的一会儿就打起呼噜,有的唉声叹气睡不着。二头领瞅了瞅黑皮,黑皮歪在石壁旁像睡着了,他只好叫尖眼站岗。眼见疲惫不堪的尖眼答应了,二头领再次被感动。这次在东山,尖眼勇敢地下沟截藤须,救了众人的命。

两天后,二头领一行人回到了部落。饥饿的男女老少像往常一样拥上前去,但失望了:只有几十根不知名的根茎。

一个矮女人东张西望,焦急地叫着:"光头呢?"没人吭声。一个麻脸女人带着哭腔问:"草头呢?"依然没人回答。

两个女人似乎明白了,哭了起来。

二头领有些恼,冲着矮女人道:"哭什么哭?你们女人只知道在部落里等着吃东西,哪知道男人在山上的苦难?上山打猎就会死人。别哭了。"

矮女人不敢哭了,但麻脸女人仍在哭。二头领火了:"哼,你跟哪个男人好,哪个男人就死,都死了三个了吧?"

二头领对场地上的人说:"部落里的人,不论男女,从今以后一律自己找吃的。"

众人听了一片沉默。自己找吃的?老人、病人怎么办?只有等死啊。女人抹起了眼泪,孩子仰起小脸望着母亲啼哭起来。年迈的老男人低下头唉声叹气。身子壮实的男人则开始想去哪儿找吃的——找到东西不光自己吃,还要给相好的女人,可她们还有不止一个孩子。

这时,一个女人在断崖那边尖叫起来。几个男人连忙跑过去。那个矮女人哭着说:"麻脸跳崖了,我没敢跳……"

一晃几天过去了,去北山打猎的人还没有回来。部落里的人有了不祥的预感,心生种种猜测:莫不是都被猛兽吃了?或者全饿死了?

新的一天又来临了。二头领把黑皮叫到自己的洞里,说:"去北山的人至今没回,会不会被野兽吃了?"黑皮盯着燃烧着的火把说:"肯定都死了,要不然,起码应回来一两个人啊。"

二头领不说话了,盯着黑皮。黑皮感到有些不大对劲,迟疑地问:"二头领,要我做什么?"

对于黑皮迟钝的反应,二头领似乎有些不高兴。看来,只有直说了:"黑皮,部落不能老是这个样子,哪个部落没有大头领?"

黑皮这才反应过来:"二头领,部落里人人都知道大头领早死了,去北山的少头领可能也死了。你该当大头领了。"

这话才中二头领的心思。他抚摸着那根从不离手的权杖,言不由衷地说:"我老了,还是你来当大头领吧。"黑皮先是一喜,当他看到二头领眼里透出的杀气时,又慌忙说:"我哪行?镇不住啊。大头领非你不可,我听你的。"

二头领说:"黑皮,要是我做了大头领,过些天就让你当二头领。"黑皮兴奋地说:"谢大头领!你怎么说,我就怎么做。"

二头领说:"好,说干就干。你去跟人精和尖眼讲一下,再把部落人都叫到场地上,说有重要的事。"

在黑皮等人的吆喝下,男女老少陆续钻出洞穴,来到场地上。有几个人躺在洞里没力气走路,也被硬拉了出来。大多数人都不知道为什么要出来。

洞外,晴空万里,艳阳高照。手持权杖的二头领径直登上了头领石。众人一惊:头领石只有大头领才能上去啊。有的人立刻明白了。

二头领站在头领石上,居高临下地看着面黄肌瘦、愁眉苦脸的人们,威严地咳嗽一声,开腔了:"都听着,大头领失踪已久,可能已死了。去北山打猎的人这么多天一个也没回。但部落不可一日无头儿。这几天,不断有人向我提出,要我接任大头领。"说罢,他环视着众人。

场地上一片寂静。人群里有的漠然,有的观望,有的皱眉露出不屑一顾的表情,只有黑皮一连叫了好几声:"拥护新大头领!"可无人附和。就连事先说好的尖眼和人精也没敢出声。

面对冷场,二头领感到有些尴尬。自己打人、骂人过多,不少人恨自己。他眼珠子转了转,心生一计:"各个部落二头领接任大头领,是情理之中的事。只是我们部落情况有些特别,多了个少头领。这样吧,在少头领返回部落前,我就当个代理大头领吧。"

代理大头领?众人面面相觑。黑皮又喊了起来:"拥护二头领当代理大头领!"尖眼和人精等几个人这时才跟着附和:"拥护!""赞成!"……

"哇……"一个孩子突然哭起来。哭声让二头领感到扫兴,他不说话了,牛眼凶狠地瞪着那边。见女人捂住孩子的嘴,他脸上才挤出一丝笑容,干咳一声,说:"眼下,我这个代理大头领不好当啊。这么多人,每天一睁眼就要吃的。打猎吧,山上来了许多猛兽,上山等于送死。看来,大家只能在附近了……我还是那句话:各人自己找吃的。"

人们听了无不感到失望,几个女人低声哭泣起来。独眼老人怒视着二头领,心里异常气愤。他是个什么样的人,独眼老人一清二楚。看来,部落要毁在他手里了。独眼老人非常焦急:少头领,你怎么还不回来啊?

二十二、一望无际

一连下了好几天的雨终于停了,早上,太阳出来了。少头领和同伴们沿着奔腾的小河边往前走着。一路上,他仔细寻找能过河的地方,都没找到。今天,河这边仍然山高林密,但河那边已看不到山了。隔河望去,对岸的地势微微起伏,依稀可见远处有几座隆起的山丘。

智者边走边朝一侧的大山上瞭望,他的心一直悬着。昨夜还听到狼叫,万一被山上的猛兽发现了,退无可退,只能背水一战,结局不是被兽咬死,就是被淹死,真恨不得一脚跨过河。

隔河可望得很远,这条河却望不到尽头。不久,河那边又有一条小河汇流到这条河里。两河交汇,使河面更宽了。精疲力竭的人们开始失望了。一路上很少说话的错人嘀咕道:"早知这样,还不如往上游走。"但人人都明白,此时回头为时已晚,唯一的希望是找到能过河的地方。歪头的话也少了,他越想越后悔:来北山差点儿让熊和虎吃了,现在又过不了河。唉,当初真该要求跟二头领去东山的,那边猛兽肯定比北山少,他们可能早已回部落了。

傍晚,河中央出现一个狭长的小岛,水流加快,但河面窄了。智者让高个子男人下水探了一下,发现水很深。他稍加思索后,想了个主意:到山坡上割些藤条结成长藤条,一头拴在腰上,另一头拴着人下水。若水深,就深吸一口气憋着,从河底走上岛;万一老不露头,赶紧往回拽。只要有一个人上了岛,将藤条拴在那棵小树上,其他人便可抓着藤条过河了。

大家分头从山坡上、丛林里割来了藤条,连接成一根长长的藤条。

智者问:"谁先下水?"歪头说:"我下。""轮不到你,我的个子最高。"高个子男人说罢,将藤条的一头拴在腰上,下了水。河水渐渐地淹没了他的腰、肩膀、脖子,水面只剩下了一颗脑袋。他张嘴吸气,然后脑袋没入水中。

所有人都紧张地盯着水面,期盼高个子男人冒出头来。几个人拽着藤条的另一头,慢慢地放着。一会儿,长藤条快放完了,水面还是没有动静。智者的心跳加快了。瘦子慌了,问少头领:"要不要往回拽?"智者也有些沉不住气了,正要说"拽",高个子男人突然从水里冒出脑袋。岸上人不约而同地欢呼起来。瘦子更是放开了大嗓门,长长地吼叫了一声:"噢噢噢……"

高个子男人在水里继续往前移动,终于上了小岛。他回过头来,正要兴奋地朝对岸的同伴挥手,突然,手在空中僵住,失声道:"山上有兽下来啦!"

众人大惊,回头朝山上望去,果然有一群野兽正越过光秃秃的山脊,往山下而来。智者立即喊:"快过河!"说着,他抓过长藤条的一头,绕在自己的腰上并打了结,又朝后退了几步。沉在水里的藤条被拉直了,露出河面。见对面高个子男人已将藤条拴在小树上,智者命令:"歪头,抓着藤条下河!其余人随后。"人们下水了,一个跟着一个。

智者再次扭头望去,兽群已下到山腰了。瘦子内疚地说:"少头领,都怪我,刚才不该喊,让兽听见了。"智者催促道:"快下水!"眼见歪头被激流冲得东倒西歪,他叫道:"快!两只脚使劲地蹬水。"

下水的人加速朝前移,智者腰间的藤条越绷越紧。他站不住了,跟跟跄跄地被藤条拉向河边。一眼看到岸边有块凸起的岩石,他连忙一屁股坐下,双手抱住岩石,这才稳住了。好险!

藤条上,一串人在湍急的流水里沉浮着,他们两手抓住藤条,两腿在水中乱蹬,慢慢地朝前移动。高个子男人见对岸山上的兽群越来越近,便喊道:"是豹子,豹子来啦。大家快点啊!"少头领腰间的藤条更紧了,后腰被勒得生疼,但他咬牙坚持着。再扭头,盯着渐渐靠近的豹子,他额头上冒出了汗珠。

歪头率先上了岛。他转身朝对岸一瞅,连忙喊:"少头领,豹子快到你跟前啦!"边喊边和高个子男人一起,将水里的同伴一个个地往岸上拽。

几只满身斑点的豹子率先走到河边,发现了智者。眼瞅着坐在地上抱着岩石一动不动的人,它们慢慢地围拢过来。智者第一次清晰地看见了豹子黄色的眼睛。其中一只豹子张开了口,露出两排利齿。

就在这万分危急的关头,他听见歪头的叫声:"都上岛啦,快跳河!"智者立即松开手,身子旋即被拉力强大的藤条拉向河边。那只豹子猛扑了来,但迟了一点点,智者扑通一声落入水里。岛上的人拽着藤条,将急流中的智者拉向小岛。

众豹子拥到河边嗷呜嗷呜地叫着。当少头领被拽上小岛后,人们迅速地穿过丛林、蹚过杂草,走到了小岛的另一边。这边的河面更窄些,水流也缓些。人们按同样的方法过了河,上了岸。

终于过河了!所有人都开心地笑了,又情不自禁地发出了一阵欢呼声:"噢噢噢……"

这些天人们一直提心吊胆的,过河前差一点被豹子吃掉。现在,对岸的豹子也不见了,所有的担心、恐惧都烟消云散,人们兴奋不已!

心情一放松,肚子就开始咕咕叫了。歪头见树上有从未见过的红果子,摘着就吃,挺甜的。高个子男人看到草丛结满了穗子,摘下穗子在手里揉散草籽,一把塞入嘴里:"唔,这草籽挺好吃的。"智者嚼着草籽,心想:山里没这种草,带些草籽回去,撒到场地边的泥土里,一定会发芽、结穗的。于是,他说:"大家多摘些果子、多采点草籽带回去。"

河这边的原野一望无际,一直延展到天地尽头。高个子男人问:"少头领,怎么走?"智者左右看了看,说:"本应沿着河边往回走。但这些天我们在对岸,沿着河绕了一个老大的弯子。要想早点回去,只有抄近路。"他指着远处的山峦说,"直接往大山走。山到了,部落就快到了。"

二十二、一望无际 | 153

平原上到处是松软的泥地和草丛,人们光脚丫子踩在泥土上,比踩在山里的石头上舒服多了。山里人第一次来到平原,看什么都新鲜,显得格外兴奋!大家边走边议论着。

错人纳闷地说:"平原上没山,野兽住哪儿呢?"歪头说:"没山就没洞,没洞就没兽。"瘦子赞同:"兽和人一样也要避风躲雨。再说,这条河也把山上的兽挡住了。"

大家听了,觉得有道理。只要没猛兽,大家便可放心了。

智者听着同伴们的议论,眼睛却警惕地四处张望。平原是陌生之地,现在说没猛兽还为时过早。

穿过茂密的树林,前面有热气袅袅升腾。怎么回事?走近一看,原来是一条小河,河面有好几处泉水冒着气泡往上翻涌。智者将手伸进河水中,是热水。他高兴地说:"这河水跟洞里的汤水一样,是热水。身上太脏了,都下河洗个热水澡吧。"

人们感到惊奇:平原上居然还有温泉河?大家纷纷下了河。清澈的河水齐腰深,几条小鱼游了过来。咦,热水里还有鱼,鱼还不怕人?高个子男人伸手抓了一条,往岸上扔去,鱼在地上活蹦乱跳。错人抓着一条小鱼,低头便吃。瘦子笑着说:"没打到猎物,抓些鱼带回部落也好啊。"智者说:"不必。还有几天才能到部落,鱼会烂掉的,带几条路上吃就行了。"

洗了澡,吃了鱼,又上岸歇了一会儿,人们感觉好多了,继续向前走去。人们走过一片片草地,钻过众多的树林,绕过大大小小的池塘,还涉水过了好几条河,大山越来越近了。

一路上,没遇到一个人,也没遇到一只猛兽,但多次与山羊、獐子和兔子相遇,还遇到一头野牛。恢复了元气的众人使出在山上打猎的劲头,一次次地穷追猛打。生长在平原上的山羊、獐子和牛哪里是勇猛人类的对手?仅三天,人们就打死一头牛,几十只山羊、鹿和獐子,还有不少兔子。有了这么多猎物,智者心里踏实多了。部落人眼巴巴地期待着,无论如何也不能空手回去。

穿过齐腰深的草地,越过树林茂密的山冈,眼前豁然开朗:好大一片水呀!阳光下,辽阔的湖面泛起金色的波浪,起伏的浪涛一波波地拍打着岸边,溅起阵阵雪白的浪花。

只见过山溪、河流的山里人再次惊呆了,想不到平原上还有如此大的湖。见大家都被大湖的美景迷住了,智者说:"歇一会儿吧。"

众人放下猎物,坐在湖边的草地上,出神地望着一眼望不到边的大湖。哪来这么多的水啊?

面对同伴们的疑问,少头领眯着眼,眺望着水天相连处,稍加思索后说:"这儿原先可能是个大洼地,水往低处淌。大山里那么多溪水和河水流到这里,加上老天下的雨,洼地不就成了湖吗?"

大家听了,都觉得有道理。掠水而来的风儿吹拂着人们粗糙的脸颊和乱糟糟的头发,舒服极了!歪头感叹道:"这么大的湖,水里该有多少鱼啊!"瘦子接着说:"我们部落要是住在这儿,就不需要打猎了。与兽拼命,容易丢命。守着一湖鱼,够吃一辈子。我真不想走了。"

歪头打趣道:"那你就留在这儿吧,在山冈上的树林里搭个树巢,带几个女人跟你生孩子。孩子生得多了,立个小部落,当个头领!"众人听了,哈哈地笑起来。瘦子说:"我可不想当头领,也不敢想。祖规上说:背叛部落,乱石砸死。"

人心思归,人们又起身。他们沿着大湖走了小半天,才得以继续朝大山那边走去。天快黑时,大山近在眼前,一条河拦在前面。智者左右看看,一侧是辽阔的平原,一侧是巍峨的山峦。他说:"今晚就在河边睡觉。"

歪头不解:"过了河再睡不好吗?"智者无声地一笑:"明早下河抓些鱼再走,让部落人吃顿烤鱼。"还是少头领想得周到。

入夜,一轮明月高悬在夜空。河边,同伴们的呼噜声此起彼伏,但智者辗转反侧,很久没有睡着。经历了多天的磨难,明天就要回部落了,他

二十二、一望无际 | 155

感到格外兴奋。

次日早上，人们先是扛着、举着猎物过河，扔下猎物再反身下河，在齐腰深的水里摸起鱼来。与前几天的河不同了，这条河里的鱼精着呢，不好抓。过了好一会儿，高个子男人才快活地叫起来："看哪！"他双手将一条大鱼举过头顶。好家伙，足有胳膊长。不久，又有人举起一条大鱼叫了起来。看来，这条河里大鱼多着呢。

人们抓到鱼就往岸上扔，大小鱼儿在地上蹦着、跳着。智者见鱼不少了，便叫大家上岸。人们割来藤条，将鱼穿成一串串的，背在身上。

进山了。智者回过头，留恋地望着河那边一路走来的平原，自言自语地感慨道："平原真是风水宝地啊！"他看着同伴们，无声地笑了——一个个肩膀上搭着藤条拴着的獐子、山羊和兔子，前胸后背挂着一串串鱼，两只手也提着猎物或鱼。瘦子背不动，就和歪头用棍棒抬着走。智者知道，尽管东西多，山路难走，但每个人都会咬牙坚持的，因为部落就在前方……

人们先是沿着山谷往前走。歪头歪着脖子东瞅西望，说只要翻过这座大山就到部落了，建议抄近路。智者左右看看，采纳了。于是，众人开始往山上爬。

草地、灌木、山坡、丛林……眼看就要进森林了，歪头说前面有动静，众人立即扔掉猎物蹲下了。智者也警惕起来，大山可不像平原，随时会遇到猛兽的。他拨开树叶，探头看去——

丛林里，一只大肚子山羊正在产崽。它用尽全身力气后，一个伴着血水的肉团团从屁股后落到草地上，山羊转过身子低下头，用鼻子亲昵地闻着刚出世的小羊。突然，它抬头竖耳，发现了危险，旋即本能地纵身一跃，放开四腿疾驰而逃。

怎么回事？正当众人诧异时，森林里钻出一只硕大的灰熊，它走到小羊旁边，注视着它。小羊先是竭力支起两条细细的前腿，继而又试图撑起两条后腿,但摔倒了。它挣扎着再次起身,反复三次,才撑起四肢站立起来。小羊将小脑袋伸向了大灰熊,似乎在闻其味道,继而张开小嘴伸出小舌头,亲昵地舔舐熊嘴——它误将天敌当母亲了。

大灰熊瞪眼张嘴,露出锋利的牙齿,小羊敏锐地发现不对劲,扭头欲跑,被大灰熊一口咬住细嫩的脖子。智者起身持棍跃上前去,人们跟着冲了过去。大灰熊松开嘴转身就跑,钻进密林消失了。

可怜的小羊被咬死了。错人说:"少头领,小羊肉嫩,吃了吧。"

"滚!"智者突如其来的吼叫,让众人都愣住了。他弯下腰,双手捧起小羊,像捧着婴儿一样,一步步地走向一侧的山崖。

崖边,智者凝视着这只刚出世又离去的小羊,沉默着。在同伴们的注视下,他平伸胳膊松开了手。在强劲的山风里,小山羊宛如一片树叶,轻飘飘地坠向深谷。俯视着它消失在谷底丛林后,智者才转过身,一言不发地背起猎物,继续朝山上攀去。

众人默默地跟在少头领身后,艰难地往山上爬。瘦子感慨:"人活着不易,山羊更难!它唯一的本事就是跑,只有跑得快才能活下来。"

众人穿过森林,气喘吁吁地攀到了山腰,有人开始骂歪头,说要是走错了,非打死他不可。歪头歪着脑袋朝周围瞅了又瞅,说:"这山像是部落后边的山。"

部落后的山?大家都没爬过,难以确认。错人则一个劲地摇头,说部落后面的山尽是悬崖峭壁,不像。歪头则说没错,他说道:"快走呀,部落里的女人、孩子都等着我们呢。"瘦子笑他:"歪头,想女人想疯了吧?"歪头反问:"男人想女人有什么不对吗?"人们不吭声了,继续奋力朝山顶攀去。

高耸的山峰刺入蓝天,一只矫健的苍鹰在一碧如洗的空中翱翔。忽然,它箭一般地俯冲下来,叼起山坡上的一条蛇,然后从众人头顶上掠过,欲展翅跃上云霄。这时,人们望见扭曲的长蛇昂起头来咬住了鹰腿。随着一声哀鸣,翱翔的苍鹰一头栽下山谷……

目睹此景,智者心生感慨:岂止天上的鸟儿、地上的蛇虫、兽类,即便同为人类,为了生存,各部落不也时常你死我活地拼命吗?在大山里,谁活着都不容易呀!

山顶快要到了。智者仰首朝山脊望去,山那边,会是朝思暮想的部落吗?

二十三、绝处逢生

自从浓眉翁当了代理大头领以后,部落里的情况越来越差了,最主要的还是缺吃的,饥饿成了人们最大的威胁。代理大头领每天让人从仓库取出仅剩的一点草籽,给每人分一小把。这点儿吃的,只够填牙齿缝的。老人一看到自己的腿脚肿了就流泪,明白自己离被扔下断崖为期不远了。一个刚生下婴儿的女人没奶水,婴儿饿得日夜啼哭。母亲焦急万分,她不顾一切地往树林深处去寻吃的,可再也没回来。次日,婴儿也死了……

极度饥饿容易令人丧失理智。部落里的人动辄争吵,一旦发现谁有食物,都上前抢夺,甚至打得头破血流。面对乱象,浓眉翁再凶也控制不住,只能束手无策。人精发现,二头领自从东山回来后,性格变得有些古怪……他这么急着当大头领,说明早有此念头。不过,他还算有点自知之明,只任"代理"大头领。可是,不论是代理的还是正式的,既然是当了家、做了主,就得会理家啊。可是,面对饥饿,他一筹莫展,老是叫人自己想办法。对生病的老人,他格外冷酷,令人心寒。

看到代理大头领没有治理部落的本事却为所欲为、残忍至极,许多人眼里喷出了怒火,人人自危,说不定哪天厄运就会落到自己头上。然而,自古以来部落的规矩是:大头领的权威不容挑战。原先的大头领不在了,少头领至今未归,可能也死了,黑皮、豹子头等人又是代理大头领的打手,有什么办法呢?再说,天天缺吃的,即使有人想反抗,身上也没有多少力气了。

部落人身体虚弱、情绪绝望,代理大头领心知肚明。不要说上山打猎与猛兽搏斗了,就是夜晚兽类再来袭,洞里人恐怕也难以抵挡。前一段时间,夜里来过两次兽:一次是狼群,狼接二连三地撞击,差点将树栅栏冲开;另一次是会爬栅栏的豹群,巧的是,幸亏那天人们用石块在栅栏后堆了一道石墙,留了多个通气孔,豹子一爬墙,就被从孔里伸出的尖棍捣了下去。

昨天有人发现附近来了熊。夜里,浓眉翁老担心熊进洞。结果熊没来,却发生了罕见的偷仓库的事——一个叫"树根"的男人偷草籽吃,被看守的人一只手抓住了。代理大头领大怒,下令乱石砸死。

第二天上午,在洞外场地上,树根和当初的黑狗一样被绑在大树下。然而,代理大头领下令后,却没有人捡石头砸他。浓眉翁心里发虚,厉声道:"黑皮,把他扔下断崖!"黑皮解开树藤,将树根往断崖那边拖。树根一边挣扎,一边直着脖子嚷道:"草籽是我们一粒粒地采的,为什么只让代理大头领吃,不许我吃?"

代理大头领的脸涨红了,他眼睛瞪得圆圆的,举起带刺的权杖朝他没头没脑地打去。乱棍下,倔强的树根先是一动不动,身上多处流血。突然,令人意想不到的情况发生了:他猛地挣脱黑皮,扑向代理大头领。浓眉翁猝不及防被他扑倒在地。树根挥拳便打,边打边喊:"自封大头领,不知羞耻,没人承认你。"

面临死亡的树根已不再恐惧,他挥拳痛打代理大头领,令在场的其他所有人目瞪口呆。当黑皮费劲地将他拉开时,浓眉翁已挨了好几记重拳。他的手摸到鼻血,暴躁如雷地狂叫:"快!扔下崖!"

场地上沉默得可怕。人们默默地望着黑皮将树根拖往断崖。树根在众目睽睽下反抗和死去,令众人感到恐怖和愤怒。黑皮回来时,看见许多人仇恨地怒视着自己,顿时感到自己犯了众怒,心生恐惧。

这时,独眼老人说话了:"代理大头领,部落里的人越来越少了,不能再杀人了,不然,部落恐怕真的要亡了,我们有何脸面去见大头领?有何脸面去见列祖列宗?"

刚被树根痛打,又遭独眼老人当众指责,余怒未消的代理大头领的火气又上来了。但独眼老人在部落里威望高,也了解他。小时候他饿得哭时,独眼老人曾常给他东西吃。再说,大黄狗正伸着舌头怒视着他。虽说它也瘦得皮包骨头,若他跟独眼老人闹翻,它也会咬人的。

黑皮见情形不对,连忙说:"代理大头领,散了吧。"浓眉翁顺势摆了摆手:"都散了。"

人群散开了。但好几个人扑通跪在地上,不住地朝天磕头,拜苍天、拜祖宗……代理大头领明白:这是他们对现状不满。他心里冒火,可又不便阻止,头又痛了起来。

里洞的食物终于吃光了,饥饿和疾病,使躺在洞穴里的人越来越多,好几个人已奄奄一息。看不到希望的人们开始绝望了。

早晨,代理大头领让黑皮把洞口的石头墙扒开,吆喝人们出去找吃的。可是,没人出去,去了也没用。近处没吃的,往远处去,有气无力的人遇到野兽等于送给它们吃。

昨天,几个上山的人遇到一伙外部落人,被蛮横地挡住,只好回来了。代理大头领问是哪个部落的,去的人说不知道。浓眉翁估计:要么是南山部落人,要么是西山部落人,不大会是西南部落人,太远了。随着猎物减少、人口增多,各部落都开始争抢地盘,有地盘就有猎场。唉,部落生存越来越难了。

没有人去背断腿老人到洞外大树下了。洞厅里,老人目睹惨象,嘴唇不住地颤抖。昨天,一个孩子在树林里找吃的,不幸被树枝戳瞎了一只眼。昨晚,他跟老人说:"我梦见少头领他们回来了,带回好多好吃的东西。"断腿老人抚摸着他的小脑袋说:"好好睡觉,明天就有吃的了。"孩子伏在老人身旁睡着了。早上,孩子再也没有醒来,断腿老人痛不欲生。看来,部落真的要衰亡了。他流着泪喃喃地念叨着:"快回来吧,快回来吧。"极度的饥饿使他也昏迷了过去。

经过艰辛的攀爬,智者一行人终于登上了山顶。高个子男人迫不及待地朝山下望去,一眼就看见了熟悉的场地和树巢。他兴奋地大叫:"到部落啦!"后面的人也狂喜起来:"啊哈,终于到啦!哈哈哈……"

所有人都开心地笑着,经历一路的磨难才回到部落,怎不欣喜万分呢?智者一挥手:"下山!"

下了山,便是山谷。人们兴冲冲地走近部落时,忽然感到了异常:阳光灿烂,风和日丽,场地上却没有一个人。智者心生不祥:莫非猛兽入侵或者外部落人袭击,部落惨遭大难?他立刻叫道:"有些不对劲,准备打斗!"人们立即扔掉猎物,放慢脚步,握紧棍棒朝洞口走去。

智者使劲地推开洞口的树栅栏,借着火坑里的残光,吃惊地发现人们横七竖八地躺在地上。他叫道:"喂,大白天怎么还在睡觉啊?"昏睡中的人精扭头睁眼,惊叫起来:"啊,少头领回来啦!"

人们纷纷吃力地爬了起来:"少头领,你们回来啦!""都快饿死了。""带回吃的了吗?"智者说:"带了,在洞外。"人们一听,纷纷往洞外钻。看见带回的食物,人们禁不住喜极而泣:"我们有救啦!"

智者也钻出洞来,对高个子男人说:"快,分头引火,分肉分鱼。"他又叮嘱,"人饿极了不能多吃,会撑死的。每人只分一点点。"高个子男人应道:"明白。"

智者问人精:"怎么回事?"人精讲起了部落里的情况……

这时,那个瘦女人四处张望,没看见胖子,便焦急地问瘦子:"胖子呢?"瘦子垂下眼皮:"他被熊咬死了。"话音刚落,只见瘦女人昏倒在地,三个孩子扑到母亲身上哇哇大哭。

眼见部落人极度虚弱,打猎归来的人们点燃多个火堆,用竹尖挑着一块块鱼和肉放在火上烤,或用泥陶罐子煮,然后逐一分给骨瘦如柴的人们。饿极了的人们迫不及待地张嘴就咬。有人捧起煮鱼的泥陶罐子仰脖就喝,嘴巴都烫红了。

眼见代理大头领没有出洞,人精便想去报告,刚跑到里洞的洞口,岂料黑皮已先一步来了。他低声阻止:"胖女人在里面。"人精果然听见洞里传来喘息与呻吟声,便扭头离开了。

洞外,火堆旁,人们一边吃鱼、吃肉,一边跟从北山回来的人说着感激的话。这让人精感到,从此以后,少头领的威信一定会超过二头领的。

过了好一会儿,二头领才钻出洞来。他扫了喜笑颜开的众人一眼,故作惊讶地叫道:"啊呀,少头领,你们怎么到现在才回来啊?"

"我们遇到熊群和虎群,差一点被吃了。回来的路上又遇河里涨水,绕了一个老大的圈子才回来。"

黑皮纠正道:"二头领现在已是部落的代理大头领了。"

眼见少头领一愣,浓眉翁对黑皮说:"不要再叫我代理大头领了。"他扭头朝众人高声道,"都听着,我在当代理大头领时曾说过:只要少头领回来,我还当二头领。往后,大家和以前一样仍叫我二头领。"

没有人吭声。独眼老人撇了撇嘴:二头领虽说不当代理大头领了,但还和以前一样行使着大头领的权力。两位头领迟早会出现冲突的。

黑皮万没想到,代理大头领居然主动退回到原来的位置,这让自己当二头领的希望落空了。早知如此,不会帮他做那些让人憎恨的事。虽心里不爽,但又觉得二头领掌握着大头领的权力,总比少头领上台要好。

尽管部落人面黄肌瘦、有气无力,但吃过东西后,脸上的气色就不一样了,久违的笑容又出现了。女人们更是高兴!好几对男女已经悄悄地钻入树林。饿得皮包骨头的大黄狗多日未叫了,吃了独眼老人喂的一小块肉后,又哇呜哇呜地叫了起来。智者拿着一块烤肉来到洞厅,送给断腿老人。老人见到少头领,两颗豆大泪水从深陷的眼眶里流了出来:"少头领,都说你们死了。你回来,部落不会亡了!"

"你往哪儿跑?"美人痣姑娘一声尖叫,让场地上的人们循声望去。那个苏醒过来的瘦女人正朝断崖那边跑,三个孩子跟在后面哭着、追着。

女人的头儿忙喊:"快挡住她!"好几个女人追了过去。可迟了,瘦女人跑到断崖边,毫不犹豫地纵身跳了下去……

高个子男人想起死去的胖子,心里难受。他破了规矩,切下三片烤羊肉递给孩子。智者对洞口不放心,他让高个子男人带人去砍树棍和藤条,加固洞口的栅栏。

黄昏来临了,天空乌云密布,要下雨了。场地上,智者朝暮色笼罩的大山上望了望,脑海里闪现出在北山的遭遇。于是,他朝人们喊道:"今天晚上,哪些人愿意跟我到树巢上去住?"去北山前,他带着部落人已经在树林里筑好了六个树巢。

多数人仍旧朝洞穴走去。二头领暗自冷笑:哼,以为带回来一点吃的,大家就听你的?智者有些急了,他快步来到洞口,劝人们跟他上树巢。二头领瞪起眼:"少头领,我早说过,祖祖辈辈都住洞里,你干吗非叫人学猴子上树住呢?"

智者耐心地解释说:"住在树巢上安全啊。这次在北山……"二头领打断他的话:"要去你去,我们不去。走,进洞。"

众人拥进洞去,但场地上还有近二十个人。他们说:"少头领,我们都愿意跟你上树。"智者十分高兴:"好。"

树林里,智者给大家分配树巢。男人住四个,女人住两个。美姑娘和美人痣姑娘不愿住一起,分开了。头一回住树巢的人们十分好奇,他们探出脑袋,兴奋地喊着邻近树巢上的人。住在树巢里有点挤,但大家很开心。今晚,能睡个安稳觉了。

深夜,在树巢里熟睡的人被洞穴那边传来的叫声惊醒了。他们从树巢口探头,朝洞穴那边望。夜黑得伸手不见五指,什么也看不见。侧耳倾听,洞口传来的响声像是野兽在撞栅栏。高个子男人信心满满地说:"栅栏结实,狼撞不开的。"

智者自言自语地说:"不知道来的是什么兽。"北山之行,让智者对猛兽有了深刻的印象。曾留守在部落的豹子头说:"以前夜里野兽少,自从二头领回来以后,夜里来过熊、狼和豹子,白天有时在树林里也能看到。有人怀疑它们是闻着打猎人的气味从东山尾随而来的;也有人估计它们来自远方,那边没食物了。不管怎么说,山上的野兽比以前多了。"

高个子男人问少头领:"要不要下去看看?"

"好。"

高个子男人得令,跳下树巢,朝洞口摸去。

厚厚的云隙露出残月一角。借着微弱的月光,高个子男人望见在洞口乱窜的像是狼,估计有六七十只。反身回到了树巢上。

"这么多狼?"智者听后,立刻朝周围树巢上的人悄声喊道,"喂,都听着,不准下树。"

洞口那边不断传来栅栏被撞击的声音。过了一会儿,树上人隐约听见洞内惊恐万状的惨叫:"啊哟!⋯⋯"

啊,树栅栏被狼撞开了?

树上的人焦急万分!不知道是不是少头领的喊声惊动了狼,十几只狼朝树林这边来了。它们在树下转了几圈,抬头朝树上张望,然后又返回洞口。洞口那边,时断时续地传来异样的声音,估计洞里的人正在与群狼打斗。树巢里的人个个急得长吁短叹,又无可奈何。

二十四、树巢避难

当狼群来袭时,二头领正在洞厅里。听见树栅栏乱响,他以为是猛兽。一看是狼,他不惊反喜:东山之行空手而返,令部落人失望,也让他耿耿于怀。现在,狼找上门来了,这回得赚点。他让女人带着孩子进里洞,叫男人们准备打斗。

树栅栏很结实,狼撞不开。二头领从栅栏缝隙里向外察看后,命令守洞口的人拉开树栅栏一角,放几只狼进洞来打。守洞人惊恐地说:"二头领,狼太多,不能这样的。"二头领瞪眼:"叫你打开你就打开。"

树栅栏一角被打开了,几只狼嗥叫着冲进洞内。二头领连忙喊:"关上、关上。"令他没想到的是,几只狼首先扑倒了两个守洞人。在惨叫声中,洞外的狼群蜂拥而入。洞口失守了。

这么多狼!二头领傻眼了,他自知指挥失误,慌忙下令所有人撤入里洞,里洞口有一道垒起的石墙。群狼开始轮番撞击石墙,石墙一角被撞倒了,一只狼跃过石墙,被棍子打倒。后面的狼接二连三地冲了进来。不久,石墙全被撞倒,成群的狼窜了进来,人们用棍棒、尖竹竿、石块与之展开激战。有的狼被尖棍刺中,有的被石头砸中。一时间,狼叫和人叫声交织在一起。

好在里洞狭窄,面对棍棒、尖竹竿和石块,群狼难以深入。许多狼在里洞口团团打转,到处乱窜。不久,一只肥硕的狼发出一声嗥叫,进攻里洞的狼纷纷掉头,窜出洞外。

过了一会儿,里洞人见洞厅里没狼了,一个个握紧棍棒、战战兢兢地来到洞口。人们快速用树藤修补栅栏。看火老人连忙往火坑里添柴火。

朦胧的月光下,树巢上的人见狼群钻出洞朝黑暗的大山而去,都松了一口气。歪头问少头领:"我下树去洞里看看?"智者没有吱声。他听大头领讲过:狼聪明着呢,部落里曾吃过几次狼群"去而复返"的亏。

果然,一会儿树上人就听见树林里又传来动静。啊,狼群回来了?高个子男人朝树下仔细一瞅,原来是一群豹子。它们似乎没在意树上的人,而是旋风般地朝洞口奔去。高个子男人连忙朝洞口大喊:"洞里人小心,豹子来啦!"

洞里人没料到狼去豹来。二头领慌忙喊:"豹子来啦,准备打!"

豹子会爬树,爬栅栏更是不在话下。几只浑身斑点的豹子翻越栅栏进了洞厅。火光中,人们仓促应战。二头领声嘶力竭地喊道:"挡住,打呀!"他率先上前,一权杖击中豹子脑袋,豹子倒地打滚。二头领转身欲打另一只,没想到倒地的豹子一跃而起扑倒了他,张嘴就咬。千钧一发之际,黑皮用尖竹竿从豹子的牙齿间刺入,直捣其咽喉。

花豹的个头虽比虎熊小,但凶猛异常。身体虚弱的男人们刚才抵抗狼群时用尽了力气,惊魂未定,又遇到豹群,明显力不从心了。二头领让人往里洞撤,但多人被豹子缠住,脱不了身。眼见豹子不断地越过洞口的栅栏,他横下心来喊道:"里洞的男人都出来,拼命啦!"这时,一只豹子扑向他,二头领在躲闪中跌倒了。豹子正欲撕咬,被豹子头一棍子打断脊梁骨,豹子瘫倒在地。豹子头连拽带拖才将二头领拉入里洞。

里洞的男人不断拥到洞厅。棍棒起落,石块乱飞。不时有豹子被击中,被咬的人的惨叫声不绝于耳。混战中,人精猛然想起上次矮胖男人拿柴火吓退了老虎,于是不顾一切地奔向火坑,抽出一根燃烧着的柴火,转身对尾随他的豹子迎面烫去,豹子被柴火灼到鼻子,烫得直晃脑袋,哀叫着掉头朝洞口逃去。

人们意识到豹子和老虎一样也怕火,争相从火坑里取出燃烧的柴火挥舞着,一起朝豹群逼近。此招颇灵。面对火光,花豹们畏惧地往洞口

二十四、树巢避难

退。不久,火坑里的柴火被拿光了,通红的木炭也被人不怕烫地抓起来扔向豹子,洞厅里散发着豹子毛皮被灼焦的难闻味道。

这时,洞口的栅栏倒了。洞外的七八只豹子蜂拥进洞,一起扑过来。人们抵挡不住了,边战边朝里洞退。可是,人们被豹子缠住了……

听着洞口传来声声惨叫,智者明白洞里人恐怕没力气了,情形肯定万分危急!他喊道:"各树巢的男人听着:下树、进洞,打!"

十几个憋足了劲的男人顺着树干溜下地,手持棍棒、尖竹竿、石斧直奔洞穴。一阵乱棍将洞口的两只豹子打倒,接着又冲进洞内。

火坑的残光里,与群豹拼命的洞里人见洞外冲进人,知道树巢上的人增援来了,信心大增,马上转入反攻。豹群遭遇前后夹击,惊慌乱窜。智者将辣椒粉一包接一包地扔向花豹,好几只豹子眼睛被辣得睁不开,张着的嘴也被呛得接连咳嗽,直朝洞口退。人们乘胜进攻,豹群支撑不住了,争先恐后地朝洞外逃去。守候在洞外的几个人一阵乱棍,将先逃出洞的两只豹子打倒。

当最后一只豹子消失在黑暗的森林中后,洞内外安静下来。

智者拉着人精、黑皮、歪头一起到里洞,向受伤的二头领报告:"一共打死了六只豹子,四个人死了,多人被咬伤。伤得最重的是六子,脖子被咬……"

惊魂未定的浓眉翁感动地说:"幸亏你们及时来了。"他按着脑门,"我养伤这几天,部落里的事由少头领负责。山上兽多,暂不打猎了。"说罢,便闭上了眼睛。他那一跤跌得不轻,腰痛、腿肿、胳膊上流血。

洞外,东方隐约现出天光,天又要亮了。

与狼、豹打斗一夜的人们钻出洞口,见住在树巢上的几个女人来了,个个安然无恙。一个受伤的人开始后悔了:"昨晚要是上树就好了!"又有人说:"就那几个树巢,也不够部落人住啊……"

这些话被智者听到了,但现在不是筑树巢的时候,当务之急是给众人分吃的,补充体力,防备野兽再袭。同时让人通知场地上树巢里的瞭望哨注意观察,一旦发现有野兽来了,就大声喊叫。山上猛兽明显增多,肯定是从远处来的。兽与人一样饿不得。

洞口,歪头看着被自己刺死的豹子,心里高兴!原先,他心里一直向着二头领。但北山之行,智者令他钦佩不已!这次,少头领下树的时机也把握得好——先避过了大狼群。然后,在洞里人与豹群激战的关键时刻,冲进去增援……

场地上弥漫着阵阵肉香,人们围着一堆堆篝火吃着烤肉。身上有了力气,话也多了起来。黑皮听歪头在夸少头领,很恼火!这个歪头,去了趟北山,怎么就变了呢?刚才,二头领没分给黑皮什么事,他心里也不爽,感觉自己距离头领的位置越来越远了。

洞口传来几个女人的哭泣声,高个子男人带人正在将夜里被兽咬死的人拖向断崖。场地上的人们见了,都沉默了。少头领朝高个子男人喊:"停下。"他上前看着三位死者,昨天都还活蹦乱跳的,现在永远地闭上了眼。面对围拢过来的人们,智者悲伤地说:"他们三人是为部落而死的,大家都动手,挖三个土坑,把他们埋了吧。"

断崖边,坡地上,人们用骨片、石片、尖棍和尖竹竿挖了三个土坑。高个子男人和豹子头逐一抬起死者放入坑内。在女人的哭声里,人精望着死者说:"你们见到列祖列宗和大……就说部落里的人活得好好的,请他们放心。"

土坑被填埋了,多出的泥土堆起三个土堆。众人伫立在土堆周围,沉默着。

几个女人扑到土堆上放声大哭。伏在羊尾土堆上的女人悲痛欲绝;竹根的土堆上,两个女人哭得死去活来;而石头的土堆上则伏着四个各自哭泣、互不理睬的女人……

待哭声小了,智者说:"都听着,死去的人死了,活着的人还要活下去。最近山上猛兽多,二头领说暂不打猎了,这几天夜晚难说兽群不会再来,

二十四、树巢避难 | 169

最好的办法是让兽咬不到。趁着空闲,大家都跟我去筑树巢。待树巢筑好后,都住到树上去。"

筑树巢?人们面面相觑:二头领知道吗?他会同意吗?高个子男人明白大家的顾虑,说:"昨夜我们在树上非常安全。现在二头领摔伤了,他要我们听少头领的安排。歪头,你在场,是不是啊?"歪头点头:"是的。"众人又将目光移向黑皮,黑皮没吭气。

谁都知道黑皮是二头领的心腹,他不作声,意味着二头领是这么说的。于是,人们纷纷说:"少头领,你说怎么干,我们就怎么干。"

智者说:"好,我们说干就干。"

他领着众人钻入场地一侧的密林,让高个子男人、黑皮、豹子头、歪头各领一队人干。黑皮虽不情愿,但此时也不得不干了。女人的头儿听说二头领摔伤,要少头领负责一切事,胆子大了起来,大呼小叫地领着女人们去干活。

智者来到场地,仔细地端详每一棵大树。除了自己最先筑巢的那棵大树外,有三棵大树离洞穴更近,树冠都挤一块儿了。他灵机一动:就在这三棵树之间搭个大树巢。

真是人多力量大。树林里、场地上,在指定的大树下堆满了树干、树棍、藤条、茅草和干树叶。见东西都已备得差不多了,智者将各队头儿叫到场地上,教大家如何筑树巢……他再三叮嘱:一定要用藤条绑紧树棍,最好绑上两道。好在一些人上次跟少头领在树林里筑过六个树巢,省了他不少口舌。

末了,少头领许诺:三个队,谁筑的树巢大、筑得快、筑得结实,就奖励一只狼。大家一听来劲了。歪头先夸下海口:"那只狼肯定是我们的啦。"

筑树巢了。树下人用棍棒挑着扎成捆的树棍和茅草,递给爬上树的人。运草的女人们来往于密林与场地之间。每当漂亮的女人背着草捆子,气喘吁吁地过来时,总能引起男人们的一阵叫好声和笑声。女人们参加筑树巢,让刚恢复了元气的男人们干劲足多了,人人都卖力地干着活。

最忙、最累的要数少头领了。他跑前忙后,嗓子都喊得有些哑了。早上,断脚老人被光头背到大树下——这是少头领安排的。老人看着忙碌的人们,欣慰地喃喃自语:"部落有救了……"

说来也怪,在筑树巢的三天里,不论白天还是黑夜,都没来一只猛兽。第三天,太阳落山前,各树巢完工了。树林里新筑了七个;场地上交错地搭建了四个,距洞口较近的树巢最大——多根长树干横架在三棵树杈上,筑成一个足以容纳十个人的大树巢。树巢的顶部、四壁都夹着厚厚的茅草,里面铺着厚草。出口处的小栅栏上,挂着草编的帘子。

人精跟少头领说:"我数过了,新筑了十一个,加上以前在树林里筑的六个和你最早在场地上筑的一个,共十八个树巢。"智者很高兴!趁夕阳没落山,他领着三个队的人,分别爬上高低、大小不同的新树巢,逐一检查比较,果然是歪头他们筑的树巢最好。

奖励当场兑现。在众人羡慕的目光里,一只剥了皮的狼给了歪头那队人。原先,众人都以为少头领是说着玩的。让高个子男人、黑皮和豹子头喜出望外的是,他们也各得到一只剥了皮的狼,只是比歪头的狼稍小些。

目睹眼前的一切,独眼老人微笑着频频点头。少头领指挥有方,说话算数,看来,他比原先的大头领还有本事。

智者估计树巢数量够了。他把黑皮、高个子男人、人精、尖眼、歪头和女人的头儿喊到了一块,给女人分了六个,老人分了两个。这些树巢都位于树林和场地的中间。分给男人的十个则分布在外围。

分完后,智者让人进洞里把愿意住到树巢上的人都叫到场地上。没想到的是,几乎所有人都愿上树巢住。血淋淋的教训,让原先坚持住在洞里的人改变了想法。再说,多数人上树了,夜里洞内再来猛兽怎么办?想想都让人不寒而栗!

少头领让大家以五到八人为单位自愿结伙。每伙人中再推选一个脑子活、力气大的人当"巢长",负责本树巢的人上下树等事宜。老人树巢里的巢长则直接指派。

听说住树巢还要推选巢长,人们感到新奇,悄声议论起来:"听说巢长能管本树巢的所有人呢。""巢长只比二头领和少头领小一点点吧?""我想当。""我也想……"

暮色将至,高个子男人喊道:"少头领有令,上树巢了。男人们先帮女人、孩子和老人上树。"男人们将石块垒在树下,帮着女人踩着石块往树上爬,树下的人使劲地推,树上的人伸手拉。待女人和孩子们上树巢后,人们用藤条拴住老人的腰,树上人再往上拽。智者心细,又往两个老人的树巢里各配了两个壮汉。

看火老人也来了,他背着一捆干柴,双手捧着那只唯一的石头火盆,盆里的柴火仍在燃烧。智者盯着小石盆——不知是哪一代的老祖宗用硬石一点一点地砸出来的,太珍贵了!他叮嘱老人:人要是都上树了,洞里的火坑没人添柴会熄灭的。这盆火可能就是唯一的火种了,一定要看管好。既要防止火熄灭,又要防止把树巢烧了。

看火老人连连点头:"少头领放心,我一定照看好。"智者叫来瘦子,指着一个小树巢说:"你跟他住到那上面去,再找几个人。"看火老人连忙说:"还有一个老女人,一块儿行不?"智者点头。

天黑前,部落里的男女老幼都上了树巢。有的树巢小,人躺不下,只好坐着、靠着。这不要紧,只要安全,人们就知足了。

二头领仍在洞内。智者叫上黑皮、歪头、人精和高个子男人,一起去请他上树。

二头领孤零零地躺在里洞的小洞里。傍晚,他一连喊了好几次,没一人应声。他怒气冲冲地想:这个少头领,给他一点权,就忘记了我。听说他要全部落的人都上树巢,恐怕都上树了吧?这么说,今夜就自己一个人住在洞里了?想到这里,一股莫名的恐慌自黑暗里向他袭来,二头领顿时感到了前所未有的孤独与恐惧,头痛又开始了。

唉,这个不争气的头啊!老是痛,有时候痛得要死,真想往石壁上撞。

黑暗里传来了一阵嘈杂的脚步声,二头领紧张起来,握紧了手中的权杖,紧盯着小洞口。

智者手持燃烧的火把,在小洞门口说:"二头领,今天实在太忙,到现在才来。"

二头领没好气地说:"还记得我这个二头领呀?整整一下午都没人来。都进来吧。"

人们进了二头领住的小洞。智者解释道:"这几天太忙,从早到晚都在筑巢,筑了十八个。"

二头领问:"现在,部落的人都在哪儿?"

智者答:"全上树巢了。我们是来接你的。"

二头领恼了:"好啊,不跟我商量,就叫部落人都上了树。我不去!"

黑皮担忧地说:"二头领,要是不上树,今晚洞里就你一人了。"歪头劝道:"去吧,请你住在最大、最好、离洞口最近的树巢里。"

二头领仍不作声。人精说:"今晚要是来了猛兽,我们救你也来不及呀。"这话点到了二头领的痛处——受伤的腰、腿、胳膊还在痛呢。他嚷道:"我老了,爬不上去。"

人精听出了意思:"尽管放心,我们保证把你托上树。"

二头领的身体动了动。人精明白了,上前扶起他,同时朝同伴一晃脑袋。在人精和黑皮的搀扶下,二头领一瘸一拐地走到场地上。天已黑了,瞅着黑沉沉的树林,回想前几天夜里的磨难,浓眉翁一句话也不说了,任由人们用藤条拴住腰,将他拉上大树巢。在铺着厚厚茅草和干树叶的树巢里,他疲惫地躺下了……

一轮皓月钻出云层,月光笼罩着大山里的一切——森林、山崖、岩石、草地、洞口、树巢……山风习习,枝摇叶晃,万籁俱寂。部落里的男女老少第一次全都住在了树巢里,这是他们睡得最安心的一个夜晚。

下半夜,一群老虎从黑漆漆的森林里钻了出来,直扑洞穴。在树巢上站岗的瘦子发现了,发出一声雁叫。大树巢里的少头领醒了,从缝隙里朝洞口望去。借着幽暗的月光,看见洞口有一群老虎。尽管高个子男人最后离洞时用藤条拴紧了树栅栏,但仍被老虎撞开了。

虎群钻入洞厅,窜到里洞,凭嗅觉找到了储存食物的仓库,但小洞口被石头堵死了。一无所获的虎群反身出洞,在场地上、树林里到处乱窜。灵敏的嗅觉使它们发现树上有人,于是围着一棵棵筑树巢的树转悠着,不时仰起脖子张开嘴,发出令人毛骨悚然的嗥叫。

盯着树下的老虎,人们暗自庆幸!幸亏今晚上了树巢,要不,部落人会死伤惨重的。长期饥饿和多次与野兽鏖战,让身子虚弱的人们已经没有多少力气再与虎群恶战了。

起先,众人凝神屏息,从树巢缝隙里窥视在树下乱窜的老虎。有人钻出树巢,站在树杈上居高临下地俯视着虎群,伸手指指点点:"……九、十、十一……"

瘦子也钻出树巢,朝树下的老虎挥舞着干瘦的胳膊和拳头,出恶气似的吼道:"我要把你们都打死、吃掉!"歪头则从树巢里往下砸石头,石头歪打正着落在一只虎头上。那老虎一跳老高,一次次地往树上扑,树冠被撞得枝叶乱晃,树巢亦随之晃动。但歪头仍往下砸石头,接连"中弹"的老虎只得落荒而逃。

长腿在另一个树巢上朝下投尖竹竿,竟然刺中一只老虎,那老虎朝树林狂奔而去。黑皮钻出树巢,索性站在树杈上撒起尿来。热尿落到树下一只老虎张开的嘴里,老虎愤怒地仰脖长嗥:"嗷……"月光下,树巢里的人哈哈大笑!人们从来没有这么痛快地对猛兽发泄心中的怒火。

当东方天空出现鱼肚白时,虎群才悻悻地离去,消失在密林里。此时,仍没人敢下树。直到天亮,毫发无损的男人们才下到地面。他们先是跑到洞里察看,接着又钻出洞,开心地笑着。在男人们的帮助下,女人们下树了。她们来到场地上,又哭又笑,庆幸自己躲过了一劫。

歪头兴奋地叫道:"少头领发明了树巢,让部落人避了难、消了灾,值得庆幸啊!来呀,快活快活吧。"说罢,他歪着脑袋夸张地扭动着腰,双手在空中乱挥,脚丫子在草地上乱跺,又喊起了号子,"嗨哟、嗨哟、嗨嗨哟……"

兴奋的人们围拢过来,看着歪头滑稽的表演,一个个喜笑颜开,连声叫好:"好!""好极了……"

豹子头想在女人们面前露一手,他走到人群中央,先是朝周围摆摆手,然后纵身一跃,翻了一个漂亮的空心筋斗。众人喝彩:"再来一个!"豹子头又翻了一个。见女人们尖叫起来,黑皮也忍不住了。他弯腰捡起一块石头走到中央,当众一拳砸下去,石块碎了,赢得一片赞叹声:"真有劲!""厉害!"

部落里从未有过如此热烈的喜庆气氛。性格泼辣的美人痣姑娘挤到中间,随即扭起来。随着腰身扭动,两条柔臂在空中挥展着,肥硕的屁股夸张地颤动,双脚丫子雨点般地乱跺,胸前一对丰满的乳房也上下乱颤……优美诱人的大幅度动作立刻吸引了众多男人贪婪的目光,叫好声不绝于耳。

精彩的表演感染了更多人的情绪,许多男人和女人也在场地上乱蹦乱跳起来,嘴里还"啊呀呀、啊呀呀……"地哼着、唱着。孩子们在兴高采烈的人群里乱钻,笑着、叫着,场面越来越热闹。

高个子男人不由分说地把智者拉到场地中央,高声道:"少头领,你带我们筑树巢消了灾,也来几下子吧。大家快看呀!"面对期待的目光,身不由己的智者只得随心所欲地双手乱挥、双脚乱跺起来。这时,美姑娘情不自禁地从人群里走出,迎着智者对跳。她晃动着脑袋,漂亮的脸蛋在秀美的头发中时隐时现。随着两条手臂优雅自如地舒展,纤细的蜂腰如蛇一般扭动着。智者来了劲,两人配合默契,边跳边转起了圈子。

美人痣姑娘见此情形,后悔自己没等到少头领上场时才跳。她怨恨地瞪着美姑娘,唉,又让她占了上风……

二十四、树巢避难 | 175

在一片叫好声中,智者张开粗犷的嗓门喊起雄壮的号子:"嗨哟,嗨嗨哟……"

男人们先是一愣,继而全都跟着喊了起来:"嗨哟,嗨嗨哟!嗨哟,嗨嗨哟……"几十个雄性嗓门的巨大吼声,让女人们格外振奋!几个老女人竟喜极而泣。前些天,部落人还饿得奄奄一息。如今,场地上成了尽情欢乐的地方。人们几乎忘记了二头领。此时,他正透过大树巢草壁的缝隙,瞅着场地上的一切……

正当人们尽情地狂欢时,负责瞭望的长腿在树巢上发出一声惊呼:"不好啦,山上有一群熊来啦……"

二十五、火种熄灭

正在欢乐的人们大惊失色。智者马上喊:"快上树!"

众人散开了,争先恐后地往各自树巢跑。年轻人手脚利索地爬上了树,老人、妇女和孩子就困难了。老人爬树慢,有的爬了一半又滑下地来,树上放下的藤条一次只能拽一人。很多人挤在树下,女人、孩子又怕又急,哭叫声一片。

智者一边推人上树,一边望着各树巢下拥挤的场景,喊道:"不要慌,熊还有一会儿才能到这里。男人蹲下,让老人和女人踩着肩膀上树,树上的人使劲拽。"

慌乱的人们听到少头领的喊声,稍微安静了些。看到大多数人都上了树,智者又喊道:"都听着,熊和豹子一样会爬树,若它们上树,用尖棍、尖竹竿往下刺。"各树巢上的人纷纷应声。

天空乌云密布。高个子男人在场地上的大树巢里朝远处张望。熊快要到了。

果然,树林里出现了棕熊。一只、两只……这时,一棵树下还有几个老人没爬上树巢。智者飞奔过去,蹲下身,让老人踩着肩膀,然后站起身来,让树上人拉着老人的手往上拽。棕熊见树下有人,旋即奔来。

高个子男人急切地叫道:"少头领,快上树!"智者临危不惧,双手托起最后一位老人的两脚,奋力将其托上树后,才往树上爬。几只棕熊窜到树下,抬头朝爬树的智者嗥叫着。

过去,人人惧怕虎熊,现在居高临下,不怕了。尖眼想戏弄这些猛兽,便冲着棕熊做鬼脸、吹口哨、怪叫、扔石头。熊被激怒了。一只熊搂着树干往上爬。尖眼等它快到树杈时,才一棍子捣过去。笨重的棕熊跌下树去。又一只熊往女人们住的树上爬。女人们恐惧地尖叫起来。智者连忙喊:"拿棍子戳呀!"树巢里的女人们回过神来,美姑娘抓起一根尖竹竿,对着已爬到树杈的棕熊猛戳。熊为了躲避,蹄子没站稳掉了下去,扑通一声,重重地摔在地上。

初战胜利,让附近几个树巢里的男人们看到了希望,他们个个摩拳擦掌。一只熊爬上了树,一口咬住豹子头的尖棍不放。豹子头先是使劲地拽着棍子与熊较劲。后来,他灵机一动,手一松,失去重心的棕熊咬着棍子坠落树下。豹子头哈哈大笑。

智者环视周围的树巢,突然发现一只熊已爬上树。部落里唯一的火盆就在那个小树巢里啊。瘦子怎么还没发现?智者心急如焚!正要朝那边喊,只见小树巢里扔出一把燃烧的茅草。正在咬栅栏的熊嘴被火烫着,慌忙抱着树干往下溜。见危机解除,智者才松了一口气。

轰隆一声,天空响起惊雷,要下雨了。面对棍棒、尖竹竿、石块和火,熊群放弃了上树的念头。在轰隆隆的雷声里,一只大熊接连吼叫着。不久,熊群消失在森林深处。

部落人又一次依靠树巢战胜了猛兽,人人喜上眉梢,敞开嗓门痛快地放声大叫:"噢噢噢、噢噢噢……"一阵阵粗犷的男声和尖利的女声从各个树巢里传出,遥相呼应、此起彼伏。

狂风怒号,电闪雷鸣,大雨滂沱。天仿佛漏了,一股脑儿朝山里倒水。山坡、深谷、森林、树巢……全都笼罩在暴风雨中。

尽管每个树巢都加厚了顶部和四壁的茅草,仍挡不住暴雨。智者心里惦记着火种,冒着倾盆大雨下了树,又爬上小树巢。小树巢里,三男两女全都弯着腰紧紧地围在一起,为看火老人怀里的火盆挡雨。在雷声、雨声里,竟没察觉到有人上树来了。智者问:"火种还在吧?"他们这才发现少头领来了。看火老人道:"少头领放心,只要我不死,火就不会灭。"

智者放心了。他溜下树,又爬上另一个树巢。这里住着五个人,长腿是巢长。

雨水从树巢顶上的茅草缝隙汩汩流下,淋到人们头上和身上。老人裹着透湿的茅草瑟瑟发抖,妇人搂着哭叫的孩子哄着,默默忍受着暴风骤雨的肆虐。智者看了心酸,树巢上虽然安全,但遇大雨无法与洞穴比,还需改进啊。

滂沱大雨下了一夜,直到次日凌晨才停。天晴了。

树巢里的人迫不及待地溜下树。黑皮等人用藤条拴着二头领的腰,将他慢慢地放下地。二头领腰痛、腿痛、胳膊痛,特别是头痛,折磨得他日夜难眠。树巢上是安全些,但它到处漏水,让人浑身难受极了!哪里有洞穴好啊?唉,都是少头领蛊惑的。

二头领越想越心烦,一下树便大声吆喝:"少头领、黑皮、人精、尖眼、歪头、豹子头、长腿,你们都到我这儿来。"被叫的人围拢了过来。

二头领气呼呼地说:"我一直反对筑树巢,可你们不听。我住了一夜才知道,树巢哪是人住的地方啊?淋雨、透风、又湿又冷,所有的人,全都回洞里住。"

智者反问:"要是夜里再来猛兽怎么办?"

二头领额头上的青筋暴起。他瞪大牛眼正要发作,瘦子慌慌张张地跑过来:"不好啦!"

二头领紧张地问:"又有兽来了?"

"不是,是火种被雨淋灭了。"

"啊?"众人大惊,看火老人捧着石盆走来,嘴唇嗫嚅着,说不出话。

智者沉下脸:"昨天我专门叮嘱你看好火。"

老人低着脑袋:"我一直将火盆抱在怀里。可是,昨夜大雨下个不停,树巢里到处漏雨,柴火湿了燃不着,实在没法子呀。"

二头领大怒,举起权杖朝老人打去:"火种是祖宗传下来的,传到我手里却熄灭了,你、你犯死罪了。"老人也不躲闪,放声痛哭。

这可怎么办?部落里烤肉、煮肉、取暖、照明、烘干、吓阻野兽……哪一样都缺不了火。没有火,到下雪天会冻死人的。想到这些,智者焦急万分!

黑皮在一旁说:"要是住洞里,火种哪会熄呀?"高个子男人瞪他一眼:"昨晚要是住洞里,你早就被棕熊吃了。"

二头领吼道:"别吵了!还是想想怎么办吧?"

智者紧抿着嘴想了想说:"看来,只好去南山部落借火了。"

"不行。"二头领一口否决,"虽说上次放了他们,可也打死他们不少人,南山人一定恨我们。去借火,不仅凶多吉少,反而会提醒他们。现在部落人身子虚弱,他们若乘机杀过来,部落就真的要亡了。"

尖眼建议:"向西山部落人借火。"二头领又厉声斥责:"西山部落人生性野蛮,一直往我们这边扩展地盘,巴不得我们都死光呢。要是知道我们没有火,他们说不定会袭击我们。"

众人听了,都发愁了。那怎么办呢?

人精想了想,说:"以前我听大头领说,有个西南山部落,比西山还远,去找他们借?"

二头领一听:"远一点不要紧,能安全地来回就行。少头领,你看如何?"智者思忖了片刻:"南山拿不准,西山不能去,只有找西南山部落借火了。不知谁认识路?"

二头领向围拢来的众人喊道:"谁去过西南山部落那边?啊?"一连问了三遍,没人应答。

看火老人央求道:"二头领,火种是在我手里熄灭的,我去借。"二头领斜眼瞅了他一眼,不屑地说:"你这把老骨头,还没走到地方恐怕就被兽吃了。"说罢,他看着少头领。

智者明白了:"我去。"二头领马上同意:"好,路上小心点。"

这时,谁也没想到,美人痣姑娘从人群里冲了出来:"少头领,我陪你去。"这次让她抢了先。美姑娘也走出人群:"少头领,我跟你去。"

两位漂亮小女人的真情流露令智者很感动。他说:"山高、路远、兽多,女人不行。"

美姑娘说:"跟着你,我死也不怕。"美人痣姑娘挑衅般地扫了对手一眼:"我也不怕死。"

两个姑娘的大胆表白,令在场的男人们羡慕不已!奇怪的是,没有人看到少头领跟她俩任何一个相好过。

智者再次拒绝了:"借火是男人的事。"说着,他接过石盆。不料,石盆被高个子男人一把夺了过去:"谁去都行,少头领不能去,部落离不开他。我去!"他早就看出了二头领不怀好意。

二头领厉声喝道:"这不是你的事,你负责陪女人们采摘。"

高个子男人的阻拦让瘦子也明白了,他站了出来:"我是存放火种树巢的巢长。火种灭了,我有责任。我去。"

二头领打量着瘦子,迟疑地问:"你,行吗?"

"我人瘦身子轻,跑得快。三个冬天前,我跟大头领打猎,去过西南山那边。"

"去过那边?当然好。"少头领想了想,"但你一个人不行。"这时,长腿走上前来:"我跟他一道去。部落里论跑,恐怕就是我和他跑得最快了。"

二头领瞅了瞅他:"也行。"说罢,他转向少头领,"你看呢?"

智者心里明白:高个子男人、瘦子和长腿都是不想让自己去。他们担心遇到大事,二头领处理不了。这也是自己所担心的,于是说,"你俩做个伴也好,借到火早回来。"说着,少头领伸手在两人肩膀上各拍了一下。

少有的拍肩动作,让瘦子和长腿感到了分量。瘦子说:"放心,拿不到火种,我就不回来了。"几个女人走上前来,分别拉着瘦子和长腿的胳膊抽泣起来。她们明白,上山打猎都充满危险,何况去遥远、陌生的地方。

次日,阳光普照,万里无云,二头领早早地下了树。昨夜,他噩梦不断,梦见断崖下死去的人拉住他的胳膊不放。一个被他下令推下崖的人拿着尖石片朝他脖子上狠狠一划……还有一个竟然爬上树来索要他的命……他被吓醒了好几次。

二头领拄着权杖围着场地走了一大圈,头脑才清醒了。他定了定神,以少有的温和口气对智者说:"少头领,天凉了,过冬食物还差很多,会饿死人的。我受了伤,跑不动了,上山找吃的事,就交给你了——树上结的、地上跑的、天上飞的、水里游的、泥里钻的……都行。"

智者感到有些意外:"二头领,你说,怎么干?"

二头领凸出的大眼珠在眼眶里转了转:"这样,黑皮带人守部落,女人的头儿负责女人们采摘果子,你带人上山打猎。"

"行。"少头领答应得很干脆。虽说二头领心思复杂,打猎又危险,但部落的处境明摆着,非上山狩猎不可。黑皮力气大,但有勇无谋,好几次带人上山打猎都空手而归。

二头领停顿了一下,又说:"北山、东山、南山都不能去。眼下能去的,只有西南方向了。你们正好迎一迎瘦子和长腿,遇到了,就一道回来。"他手指着西边说,"西山部落人太野蛮,你们离远点,免得起纠纷。记着,把砸碎的辣椒粉都带着。"

听着二头领叮嘱,智者觉得有些诧异:二头领今天怎么和先前不大一样了?人心真是猜不透呀。

当男人们集中到场地上时,部落人就知道又要打猎了。女人和老人们围拢了过来。

"豹子头、歪头、错人、六子……"少头领挑选了二十一个男人。上回豹子进洞,六子受伤。大家都以为他要死了,没想到他命大,竟然活过来了。只是脖子上留了个老大的疤。

见少头领没叫自己,高个子男人感到意外:"我呢?"智者说:"你负责保护女人采摘。"他留下高个子男人,是担心黑皮误事。

二头领开始向打猎的人训话:"都听着,打猎是男人的责任,也是为了部落人在冬天能活下去。上山后,都要拼命。怕死的,回来按祖规,处死!"

场地上静寂一片,打猎人的脸上呈现出悲壮的神情。就在他们准备出发时,在树巢上放哨的尖眼喊了起来:"不好啦,大山那边来了不少人!"

场地上的人们有些惊慌。二头领厉声道:"慌什么,都不要动。"他仰起脸问,"来了多少人?"尖眼以手遮阳,望了又望:"好几十人,都钻进树林了。"

二头领紧张地说:"肯定是上回放走的南山人来复仇了。"

啊!人们惊呆了。独眼老人失声叫道:"这下子如何是好啊?"

二十六、化戈为帛

二头领怒气冲冲地对少头领说:"上次我说饿死他们,你偏要放人。放虎归山,留下祸患。人家来复仇了,怎么办?"说罢,他身子踉跄了一下,靠在大树干上,两手按住了额头。

二头领的态度和虚弱的身子让人们越发惊慌起来。黑皮的心也揪紧了。上回,对方有三个人死在自己手里,这回对方来算账,不会放过自己的。他也埋怨少头领:"上回我反对放人,你不听。这下子部落要遭殃了。"

面对多人责备,智者紧抿着嘴没有吱声。

人精建议:"少头领,还像上次那样的打法……"智者说:"他们不会再上当了。"人精听了,扑通一声跪了下来,合起双手闭上眼,默默祈祷。

"起来!事到眼前,只能靠自己。"少头领扭头对众人喊道,"都不要慌,听我指挥。女人的头儿,你带着女人、孩子和老人躲到洞里去。黑皮,你扶二头领进洞,带十个人死守洞口。高个子男人,你带二十个人藏在森林里。豹子头,到时候你带十个人上场地上的大树巢,听我口令行事。"

人精迟疑地问:"少头领,你在哪儿呢?"

少头领说:"我等他们来。如果他们不对我动手,你们也不动;如果动手,就是来复仇的。黑皮、高个子男人、豹子头,你们一起冲出来跟他们拼,誓死保住部落。"

这时,靠在大树旁的二头领有气无力地说:"少头领,别做梦了,人家都杀来了,还是进洞为好。"

"洞里有你和黑皮在就行了。"少头领对众人说,"都愣着干什么?行动吧!"

过了一会儿,场地上只剩下智者一个人了。

等了好一会儿,也没人来。智者感到纳闷:男人下山猛如虎,该到部落了,为何走得这么慢?他咬住下嘴唇,认真地想了想,然后将从不离手的棍棒靠在石壁旁,毅然决然地朝山谷走去。那边,是南山人来部落的必经之路。

森林里,高个子男人看到少头领赤手空拳地朝山谷走去,感到困惑不解。想迎上去讲道理?恐怕白费口舌。遇到南山人还有命吗?他喊道:"少头领,不要去。"

智者朝森林摆了摆手,依然朝前走去。高个子男人在森林里急得直跺脚:"少头领犯傻了,羊入虎口……"

山谷里的风很大,两侧山坡上树木茂密。智者边走边望着森林,那里面可能隐藏着南山来的几十人。当初,自己力排众议放人,是为了避免日后的冲突,没想到他们还是来了。他们有备而来,论打论杀,本部落均不是他们的对手——前一段时间饥饿,男人们的元气尚未恢复。即使拼死抵抗,死伤也会比九个冬天前更惨!若如此,作为少头领,自己不仅愧对部落人,更愧对大头领和列祖列宗!

若南山人不懂得感恩,自己主动迎上来有用吗?说不定没讲两句话,对方就一棒打来,然后,踩着自己的尸体杀向洞口。所有的男人、孩子和大部分女人被杀死,姑娘们又被他们抢到南山,山中部落从此灭亡。

想到这里,智者浑身打了个寒战,下意识地攥紧了拳头……

又走了一截路,智者停下步子,正当他感到焦急时,森林里有了动静。一个满脸胡子的人从大树后探出头,盯着两手空空的智者,又左右张望。然后,他钻出森林朝智者走来,身后跟着两个持棍的人。

智者紧张起来,攥紧了拳头,随即又松开了。

大胡子走近智者,又警惕地左右望望,然后问:"你来这儿干什么?"

"我来迎接你们啊。"智者答。

大胡子气势汹汹地质问道:"迎接?哼,那么多的人拿着棍棒藏在森林里,也是迎接吗?还想让我们像上次那样上你们的当?"

智者一惊,他们是南山部落人无疑了。刚才,他们一定派人悄悄地去打探过了。于是,他解释说:"我们发现山上有很多人来了,不知道是哪个部落的人,也不知是凶是吉,所以,须做些防范。但我认为,来者是友好之人,所以来迎接。"

大胡子瞅着他,轻蔑地问:"你是部落什么人?"

智者答:"我是少头领。"

大胡子感到惊讶:"少头领?你们部落没有大头领?"

智者回答:"部落大头领上山打猎去了,现在部落里我说了算。"大胡子的脸色缓和下来,对身边壮汉说:"去。"一个人朝林中飞奔而去。

大胡子又说:"我们走了两天才到这里。大头领听说你们在森林里埋伏,下令返回,都快到山顶了,他回头一看,发现山谷里来了个人,便改变主意又下山了。"

智者问:"你们来,有什么事吗?"

"马上你就知道了。"这时,森林里拥出许多人,他们有的用棍棒抬着猎物,有的肩膀上扛着鼓鼓的草袋,还有十多个女人,都是些小姑娘。智者感到惊讶:他们在干什么?

走在前面的人身材魁梧,一脸络腮胡子,面露凶悍之气。智者一眼就认出他是上次放走的那个大头领。他好像也认出了智者,粗着嗓子瓮声瓮气地问:"你是部落的少头领?"

智者答:"是的。"

"上回临走时,我说我还会来。这回是兑现诺言,来表达谢意的。"

智者一直紧张的心顿时松弛下来:"不必谢,我们虽是不同部落,但同为人,应当友好相处。"

"你说得好,做得也好。"南山大头领说,"回去后我想了好久,不杀之恩终生难忘。若是我,想不到也做不到。"

两人说着话,顺着山谷朝部落走去。

森林里,严阵以待的人们见少头领神情坦然地引着外部落人过来了,不知何意。走到洞前的场地上,少头领喊道:"都出来吧,南山部落人是来致谢的。"高个子男人仍有些半信半疑,但他看到对方不足四十人,其中十几个还是女人,男人们抬着猎物、背着草袋,不像是来打杀的。再说,就是打,这点人也能对付。他心里有了底气,率众出了森林。洞里人也拥了出来。

面对手持棍棒、尖竹竿和石块围拢过来的人,对方似乎感到紧张,纷纷把肩膀上的东西丢在地上,手攥紧了棍棒。

见本部落人虎视眈眈,智者喝道:"都别动,棍棒头触地。"——这是部落之间打斗时和解的通常做法。对方见状,也把棍棒一头触地。

魁梧男人瓮声瓮气地说:"我是南山部落大头领。上次被困洞里,本以为必死无疑,没想到你们少头领不仅放了我们,临走时还让我们吃喝,使我们有力气走回南山。我虽是粗鲁之人,但讲义气,难忘免死之恩。今天特来谢不杀之恩。"

说罢,他一摆手。南山人将放在地上的东西挪到场地中间,在众人面前摆成一排,獐子、山羊、狼各十只。

智者脸上露出了笑容:"好。我们收下。"

南山大头领又瓮声瓮气地说:"还有,我们曾经对你们有过伤害,虽然前任大头领已死,但我仍要代南山部落向你们道歉!"说到这里,他稍微弯了一下腰。

谁也没料到,那个没牙老人突然瘪着嘴巴喊叫道:"你们还抢走了我们部落十六个女人。"

南山大头领歉意地望了老人一眼,说:"她们在南山部落活得很好,都生儿育女了,最多的一个生了八个孩子,个个都很聪明。"

南山大头领没注意到智者脸上思索的表情,继续说:"我本想把她们还给你们。可是,我一个个地问了,她们说是想回,可又舍不得孩子,都说不回了……"

独眼老人打断了他的话:"那我们少了十六个女人,怎么办?"

"我们不想欠你们的。"南山大头领说,"这次专门挑了十六个小女人赔给你们。"

人们全愣住了。万没想到这些女人竟是南山部落赔的,更没想到这个面相凶悍的南山大头领能讲出如此友善的话。真的是少头领的放人之举感动了人家啊!众人再次将钦佩的目光投向少头领。

智者再次左右看看,没见着二头领。于是他说:"愿我们两部落从今以后和睦共处。"

南山大头领点头:"一定。"他扭头朝那些女人喊道,"都到前面来。"

躲在对方男人后面的小姑娘们低着头怯生生地走了出来。哟,个个相貌姣好。部落的男人眼睛有些发直了,目不转睛地盯着她们,眼睛里露出原始的渴望,而本部落女人们的目光里则显出妒忌与敌意。

"都听着,从今以后,这儿就是你们的家,哪个要是跑回南山,处死。"南山大头领说罢,手指着大树上问,"那是什么?"他对树巢产生了兴趣。

智者答:"是树巢,筑在树上的巢,人住在里面。"

"人为何要像鸟儿那样住在树上呢?住洞里不好吗?"南山大头领不理解。智者解释道:"住在树上安全,野兽咬不到。树巢里明亮、通风、干燥,还可以发现远处的野兽。"

"哦,这么多好处,那我们回去也筑几个。"南山大头领说,"还有一事忘了。我们把那片猎场还给你们,就是有竹笋一样黄色大岩石的那座山。"

智者大喜!部落之间打斗,大多为了争夺地盘。地盘越大,猎物越多,退还地盘可不是件容易的事。他说:"我相信你的诚意,从今以后,两部落不再续仇,和平共处。"

"是的。那我们回了。"南山大头领说罢,双手抱拳。

"慢!"

南山大头领一惊,眼里露出警惕的目光。

智者说:"你们送来这么多东西,不能让你们空手而返呀。高个子男人,去拿……"南山大头领打断了他的话:"不必、不必,我们回南山还得走两天路,空着手不累。"

这时,黑皮上前殷勤地说:"我送你们。"他突如其来的"越位",令众人吃惊。南山大头领也感到有些意外,看着他说:"不用了。"高个子男人轻蔑地扫了黑皮一眼,小声说:"丢脸!"

在十六个女人的哭泣声中,南山人走向山谷。

盯着南山人离去的背影,人精悄声说:"少头领,是否派人去跟他们借个火?"

一句话提醒了智者。他正要上前,没想到二头领从其身后闪出:"不必。再说,瘦子和长腿也快回来了。"智者这才发现,二头领居然就站在自己身后,还以为他在洞里呢。

二头领责备道:"少头领,你又想做好人?仓库里就剩下那点吃的了。幸亏人家不要。若真拿,你送什么呀?"智者有些尴尬地笑了笑。他本想送两小袋在平原上采的草籽,它与山里的草籽不一样。

当南山人消失在森林里时,人们的目光再次转向十六个陌生的姑娘,从脸蛋看到脚丫子。面对男人们火热的目光,小姑娘们面露惊恐,有的身子瑟瑟发抖。当几个男人走到跟前时,她们吓得脸都变色了。

黑皮伸手捏住一个漂亮姑娘的脸蛋,眼里露出贪婪的欲望。姑娘恐惧地尖叫起来。美人痣姑娘看到黑皮放肆的动作,顿时沉下了脸。黑皮转身对二头领说:"每个树巢分一两个吧。"二头领盯着漂亮的姑娘,眼睛也有些发直。黑皮的话让他回过神来。在男人们嘻嘻哈哈的笑声里,他板着脸说:"都别动!她们刚来,胆子小,等熟悉了再说吧。"他叫来女人的头儿,要她将这些女人安排到女人住的树巢里……

眼见姑娘们离开了,人们朝少头领围拢过来,要他把去山谷迎南山人

二十六、化戈为帛 | 189

的情形说说。智者简要地说了以后,众人无不交口称赞。高个子男人说:"少头领,你胆子真大! 要是不去迎,他们就回去了。"歪头道:"那样的话,南山人会对我们产生敌意。而部落人又不知他们的来意,也会不得安宁呀。"豹子头则兴奋地说:"有了这十六个姑娘,过冬以后会添很多孩子,哈哈哈……"

听着众人热议,二头领心里不是个滋味。这事让少头领的威望又提高了。不过,部落人对南山部落的担心可以暂时放一下了。

天越来越冷了。

又一个早晨来临。与往常一样,智者总是先下树,在大小树巢之间察看、琢磨。长腿和瘦子去借火都七天了,怎么还没回来? 西南山部落人不会连火都不借吧? 两人路上会不会出事? 不会是走错路了吧? ……

七天里,虽然来过狼群和虎群,但部落人住在树巢里,没有危险。有的人一觉睡到天亮,连夜里野兽来过都不知道。智者想:天晴时,暖和时,遇到危险时,人住在树巢上是好。但是,人上下树太慢,雨天树巢漏水,下雪天如果树巢避风御寒不好,还得回洞穴住。但遇到猛兽,洞口难守。

智者边走边思索着改进办法。他盯着洞口,突然想起胖子在北山一脚踩空跌入坑里的情景,脑子里一亮:在洞口挖个深坑,上面搭两棵树干走人。狼能通过,却不容易撞开栅栏;而体大身重的老虎、熊肯定过不去。

说干就干。趁二头领带着黑皮去树林里巡视,他带人用骨片、石斧、尖棍在洞口挖了起来。半天不到,就挖出一人多深的大坑。内壁削得直上直下,人掉下去都不易上来。人们又从树林里拖来两棵树干搭在大坑上。

部落里的人感到新奇,争相小心翼翼地从树干上进洞出洞。还行!

二头领回来后,一见到大坑,连忙问道:"少头领,你又在搞什么新花样? 从古到今,还没人在洞口挖坑的。"

智者不慌不忙地说:"你先走走看。"随着威信上升,他的底气足了,胆子也大了。

眼见二头领没从树干上走,独眼老人从树干上摇摇晃晃地走了两趟,说:"这比大石头堵洞口要好。我怕冷,今晚,我就住洞里了。"说罢,他对浓眉翁说,"二头领,我俩一起做个伴,如何?"二头领转身离开了。

当晚,独眼老人果真独自一人带着大黄狗住进了洞穴。

深夜,大树巢里的智者被一阵狗叫声惊醒。侧耳倾听,洞口处有狼嚎,但从未听过这么凄惨的狼叫声,像是哀号,又像是求救。他透过缝隙望去。幽暗的月光下,一群狼在洞口乱窜。

树巢里的人对夜里来兽已经习惯了,但智者心里忐忑不安:洞里只有独眼老人。洞口虽有大坑,但横搭在上面的两根树干,狼还是能过去的。虽说洞口还有栅栏,但多次被野兽突破过。他不会有危险吧?

智者心里惦记独眼老人,他辗转反侧,迷迷糊糊地到了天亮。

黎明时分,洞口的狼群已不见踪影。智者手持棍棒溜下树,借着微弱的天光走近洞口。突然,一声狼嚎吓了他一跳!他紧张地转身,朝前后左右望去,没发现危险。

那么,刚才的狼嚎从哪来的呢?

二十七、引虎归林

　　智者迟疑地朝洞口走去,又听见一声狼嚎。哦,是坑里。他紧走几步一看,坑内有一只狼,肯定是夜里从树干上掉下去的。坑上只横放着一根树干——还有一根掉进洞里了?智者心里一喜:挖坑能捕兽。

　　独眼老人出现在洞内,他兴奋地说:"少头领,这大坑挖得太好啦!昨晚,我抽掉了一根树干,夜里这狼掉下去了,估计在一根树干上走不稳。"说着,他将另一根树干重新搭在大坑上。

　　独眼老人真聪明!智者笑了。

　　天亮后,树巢上的人听说大坑里掉进一只狼,纷纷来看,喜笑颜开,人们称赞少头领又想出了好点子。人精感慨道:"在洞口挖坑,既挡兽,又陷兽……"见二头领来了,他立马住口。二头领盯着坑里的狼说:"杀了它,吃狼肉。"两根尖棍刺向坑里,狼左躲右闪,还是被刺中。

　　一只狼的肉不够分,二头领又让人从仓库里取出一些食物。没有火,只能吃生肉了。不少人不约而同地朝西南方向望去。瘦子和长腿怎么还不回来呀?

　　众人在场地上吃东西,智者却蹲在大坑前琢磨着。既然在洞口挖坑可防兽陷兽那么,上山挖陷坑不也可以陷到兽吗?如果成功,比打猎省力又省事。于是,智者兴冲冲地率领一群人上山挖陷坑。人们在有野兽粪便的地方挖了四个陷坑。智者让人在坑上搭些树枝,树枝上再铺树叶——在北山,胖子就是走在厚厚的树叶上掉入坑里的。

　　洞口有了深坑,部落人胆子大了起来,有人回洞里住了,但二头领没有。这让许多人颇感意外。二头领的性格有些变了,连自以为了解二头领的人精也觉得他难以捉摸了。

部落里上百人,从洞口的两根树干上进进出出,难免出事。一个老人、一个妇人和一个孩子不慎掉了下去。老人摔得鼻青脸肿;妇人的腿不能动弹了;那小孩倒没事,一上坑又乐颠颠地跑出去玩了。

晚上,上山挖坑回来的少头领听说有人掉下了坑,深感内疚。他对守在洞口的人说:"老人、女人和孩子进出,必须有人扶着。"接着,他又盯着大坑琢磨起来。

次日,智者用三根细一点的树干换掉了两根粗树干,又在洞壁上拉一根长树藤,让人手抓树藤、脚踩树干进出,果然安全多了。有人担心地问,三根树干太宽了,猛兽也能过。智者说:"守洞人遇见猛兽就抽掉树干。"众人听了,无不折服。

二头领从里洞过来了。听着人们叽叽喳喳的议论,他从三根树干上来回走了两趟,没有说话。看来,他是满意的。人人都知道,二头领遇事要是不说话了,就是赞成。

第二天夜里,树巢上人和洞里人又听见了兽叫。早上,洞里的人吃惊地发现洞外有一群老虎。二头领在场地上的大树巢里数了,一共九只。他再次感到树巢上的安全。要是像以往那样都住洞里,洞口没有大坑,一定会有一场人兽大战的。

可是,从早上到下午,那群虎都没有离开的意思,人们感到焦虑。

不久,虎群开始扩大活动范围。它们在洞口、场地上、树林里窜来窜去,不时抬起头来望着树巢上的人,看样子是饿了。树上的人不断地朝树下的老虎喊叫、扔石块、撒尿,想赶走它们,但无济于事。

树巢上人多,他们朝场地上的大树巢喊道:"二头领、少头领,老虎不走,下不去,怎么办啊?""这样下去,不饿死也会渴死啊。""快想个办法吧。"清澈的溪水就在场地上汩汩地流淌着,可树巢上的人就是喝不到。

听着喊声,二头领开始责怪少头领了:"你在洞口挖坑,把人摔了也就算了。可这老虎要是老不走,树上人会渴死、饿死的。等老虎走了,你把大坑给填了。"

智者盯着树下的老虎说:"再等一夜吧。"

又是一夜过去了。清晨,智者迫不及待地朝洞口望去,那些老虎伏在地上睡觉,仍旧没走。怎么办呢?智者苦苦地思索起来。

老虎比人更扛得了饿,如果不把老虎引开,下树的人必死无疑,而且老虎吃了人仍会返回的。智者盯着洞口,幡然醒悟:坑底肯定是虎王。只有它上来,虎群才会走。可怎样才能把虎王弄上来呢?他又苦思冥想起来……当太阳升起之时,智者终于想出了一个办法:往坑里填石头,帮助虎王出坑。

当他把这一想法说出来时,人精问:"虎王出了坑,虎群还不走怎么办?"智者想了想说:"不会,老虎们已饿了两天,会走的。"

二头领开腔了:"既然没别的法子,就试试这个吧。"

智者知道,洞里积攒了太多的石头。可是,洞里人怎么知道这一招呢?喊,太远了,他们能不能听见?试试看。于是,智者大着嗓门喊起来:"洞里人听着,往坑里丢石头,让虎王出来……"他一遍又一遍地喊着,可洞口好像没什么动静。

二头领说:"别喊了,这么远,听不见的。"智者沉默了一会儿,说:"那只有一个办法了。"二头领忙问:"什么办法?"

"需要一个人下树朝洞口边跑边喊,洞里人会看见他,并听见该怎样做。当老虎追来时,人马上往回跑,爬上树。"

"啊!"高个子男人失声叫道,"这太危险了!"人精吃惊地说:"二头领,这是送给饿虎吃啊。"智者问他们:"除此以外,还有别的办法吗?"

大树巢里没有声音了。人们都明白了一件事:谁下树去?

沉默了一会儿,智者毅然决然地说:"我下去。"高个子男人连忙阻止:"少头领不能去,我去。"每次遇到危险的事,他总想替少头领挡着。智者感激地看了他一眼:"我嗓门大,力气大,跑得快,爬树也快,这四样你都比不过我。还是我去。"

二头领开腔了："看来,也只有少头领下去了。"高个子男人怨恨地瞪了二头领一眼。他一直觉得,二头领对少头领总是没安好心。

智者朝洞口虎群看了一眼,悄悄地溜下树,勇敢地朝洞口飞跑过去。附近树巢上的人发现了,发出低声惊叫："啊呀!"人们不知道少头领为何忽然下树往洞口跑,这不是送死吗?原先的大头领曾说过:饿虎扑食,十扑九死。

当智者跑到离洞口还有一半的距离时,他大着嗓门喊道："洞里人听着,往坑里丢石头,帮虎王爬出坑,虎群就会离开的。"

洞口周围的老虎看着迎面跑来大喊大叫的人,一时愣住了。当智者又大声重复了一遍时,两只老虎朝他走来,智者转身就跑,老虎追了上来。

洞内,独眼老人虽然眼睛瞎了一只,但听觉格外敏锐。他听了智者的喊话,顿时明白了。这时有人惊叫起来："老虎在追少头领啦!"

两只老虎一前一后地追智者。智者拼命地奔向大树巢,但人跑不过老虎,前面的老虎快要追上了。洞内的大黄狗狂叫着,高个子男人急了,持棍就要往树下跳,被人精死死地拉住。

歪头砸出的石头准确地击中前面老虎的头,那只老虎被突如其来的石头砸蒙了,停了下来,智者乘机往树上爬。但第二只老虎也追了上来,立起身子扑在树干上,一口咬住了智者的脚。万分危急之际,高个子男人拿长棍直捣虎口,老虎松开嘴在树下哀嗥着。智者被迅速拉上了树。草地上,有一颗带血的老虎门牙,好大、好尖!

眼见少头领虎口脱险,树巢上人和洞里人都松了一口气!洞内,独眼老人跟黑皮说："刚才少头领冒死告诉我们坑里的虎是虎王,要我们往坑里扔石头,让虎王爬上来,不然这虎群不会走的。"

黑皮不解地问："他怎么知道坑里是虎王?让它上来,往洞里来怎么办?"

"你真傻,朝坑的外侧扔石头啊,快扔吧。"独眼老人说。

二十七、引虎归林 | 195

洞里人纷纷搬起石块往大坑的外侧丢。一开始老虎还躲闪着、吼叫着,洞外的老虎也朝洞里怒吼。一会儿,坑里外侧的石头越堆越高,老虎不叫也不躲了。它迫不及待地踩着石头往坑上爬,但沉重的身躯将一堆石头踩塌了。老虎再次跟着吼叫。

独眼老人盯着坑内,对黑皮说:"丢些大石块。"黑皮担忧地说:"再增高,洞外老虎会到洞里来的。"独眼老人说:"把栅栏准备好,老虎若进洞就拉栅栏挡。所有的人,备好棍棒。"

洞里人将一块块大石头扔下大坑。老虎再次踩着不断增高的石头往上爬,两条前腿扒上了大坑边沿。坑边的两只老虎分别咬住它的两条前腿往上拽。老虎劲真大,坑内老虎被拉上来半截时,又有两只老虎凑过来,用嘴抵住其半截身子。坑里的老虎两只后爪猛蹬坑壁往上蹿,终于出了坑。老虎拔腿朝森林那边跑去,虎群紧跟其后,不久便消失在密林之中。看样子,确实是虎王。

树巢上的人看虎群离开了部落,高兴得又叫又笑。高个子男人下树后,钻入树林里搜寻了一番。确认没有老虎后,他回到场地上挥着双手喊:"可以下树啦。"

树巢上的人下树后的第一件事,就是跑到溪边饮水。更多的人则奔向洞口。

洞里的人把三根树干搭在大坑上,钻出洞来。人们聚集在了一起。大家听说少头领冒险下树,告诉洞里人驱虎的方法,再次朝少头领投去了钦佩的目光。美姑娘兴奋得脸都涨红了,仿佛众人夸奖自己一样高兴。

虎群离开后,部落躲过一劫。两夜一天都没吃东西了,二头领令人从仓库取吃的。潮湿的草籽、干瘪的野果、沾着泥巴的根茎、有异味的兽肉,部落每人都分了一点。没有火,仍要吃生的。没牙的老人难以下咽,只能将就着和水一起吞下肚子。

少头领掰着手指一算,长腿和瘦子去借火已九天了。他心生种种猜测,不安地沿着场地边走着,想着心思。一阵冷风吹来,身上有些冷。火没借到,过冬的食物也没储备好,这都是部落里最重要的事呀。

走到山溪上游的拐弯处,他惊喜地发现泥里长出了不少青芽——从北山回来路上采的草籽这么快就生芽了?天冷,它们长不大,更不会结穗了。仓库里还有,等春天来了再种。女人们采草籽不易,还提心吊胆的。在附近种些草籽,也许是个办法。

智者想起在山上挖的陷坑,便率人去察看。没想到挖的四个陷坑里三个有猎物:一只狼、一只兔子、一头鹿。众人喜出望外,用尖棍将猎物戳死,弄了上来。

挖陷坑、捕猎物,这比打猎安全多了。人们深受鼓舞和启发,再次夸少头领。谁也没想到的是,从南山部落来的一个叫"枫叶"的漂亮姑娘听人常夸少头领,又见智者生得高大威猛,竟大着胆子找到他,红着脸说愿意为他生孩子。

在男人们善意的笑声里,枫叶姑娘的脸更红了。美姑娘和美人痣姑娘听到这事后,都不高兴了……

二十八、觅火艰辛

群山逶迤，旷野茫茫。

山坡上到处是茂盛的野草、荆棘和丛林。瘦子和长腿用棍子拨开草丛和灌木，艰难地往前走，真是披荆斩棘。

翻过了一座山，又一座山峰横亘在面前。瘦子朝山上望去，对长腿说："翻了四座大山了，估计快要到了。"两人加快了步子，爬上了第五座山。

山顶上弥漫着大团乌云，仿佛伸手就能抓一把。瘦子透过云隙朝山下望去，说："西南山部落大概就在山下。"长腿听了嘘了一口气："但愿一下山就能借到火。唉，肚子好饿。"

瘦子说："那就先找点东西吃。不能一去就向人家要吃的。"两人下到山腰，在树林里转悠起来。瘦子发现树上结着许多野果子，纵身上树，摘下果子塞入嘴里嚼了嚼："好甜。"长腿跟着爬上树。两人骑在树杈上，吃到肚子发胀才下了树。

人吃饱了，身上就有了力气。他俩从山坡上连走带滑，很快下了山。

山谷里是湍急的山溪，几个赤裸着身体的女人正在水里洗澡。翻了多座荒无人烟的大山后，终于见到人了！瘦子和长腿快步向溪边走去。

一个女人发现了陌生人，尖叫起来。她们惊慌失措地上了岸，朝对面山坡上奔去。瘦子顺着女人离去的方向望去，发现高耸的悬崖下有个大石洞，女人们钻入洞里。

两人蹚水过了山溪。那个洞里出来三个男人，径直朝他俩走来。接着,洞口又出现一群赤身裸体的男女,一个个兴奋地朝这边张望。瘦子隐约听见有人叫道:"又有好吃的啦!"他心里一惊,警觉起来,小声提醒长腿:"要当心。"

两人小心翼翼地迎着三个男人走去。走近时,看到其中一个男人头发乱七八糟,半张脸都生着胡子,鹰钩鼻子格外地引人注目。他手里握一根长骨头,边走边啃上面的肉。

鹰钩鼻子厉声问:"哪里人?来干什么?"

瘦子赔着笑说:"我们是山中部落人,火种被雨浇灭了,来借个火。"

"哦!你们部落火种熄灭了?"鹰钩鼻子脸上闪过一丝稍纵即逝的得意,他朝两个陌生人来的山上望了望,又咬了一口骨头上的肉,"你们部落有多少人?"

一见面问这个干吗?长腿感到有些不对劲。他生怕瘦子讲真话,抢先夸张地回答:"四百多人。"

"瞎说吧?"鹰钩鼻子怀疑地盯着长腿,"山上猛兽都没吃的,到处乱窜,你们部落还有这么多人?要是有,当初你们部落大头领会送给我们一座山?"

瘦子一惊:这里不是西南山?他听原先的大头领说过西山人野蛮,更早先的大头领为了部落不受西山人侵犯,以"赠送"的名义忍痛放弃了部落西边的一座大山。难道这里是西山?

他再次朝洞口看去,那里已点燃了一堆篝火。瘦子越发警觉起来:外部落来人,点火堆干吗?这种"欢迎"法从未听说过。他握紧了手中的棍棒。

鹰钩鼻子大口地嚼着肉,说:"走累了,饿了吗?"他一歪脑袋,"走,我们西山部落最好客,你们去吃点东西,再取火种回去。"

这时,瘦子敏锐地注意到另一个男人脸上闪过不易察觉的阴笑。于是,他请求道:"我们的大头领不允许看外部落的裸体女人,我们不敢违反部落规矩。能否请人送一根火棍子过来?我们就返回了。"

二十八、觅火艰辛

鹰钩鼻子听了不悦:"哼,既然来讨火,自己不去取,还要人送来?你们以为自己是谁呀?"一个男人凑近他耳语:"动手吧。"声音虽小,耳朵特别好的瘦子却听见了。他见势不妙,连忙说:"不讨火了,我们回了。"说罢,他朝长腿一使眼色,两人转身就走。

鹰钩鼻子哈哈一笑:"正想换口味,没想到你俩送上门来了。"他朝两个男人一抬下巴,"拿下。"

瘦子和长腿拔腿就跑,两个男人紧追不舍。

蹚山溪、越沟壑、上陡坡、钻密林、攀岩崖,那两个人跑不过瘦子和长腿,只好停下来大口地喘着气,看着他俩上了山顶。

山顶上,瘦子见两个男人往回走了,便一屁股坐在岩石上,呼哧地喘着粗气。

长腿埋怨道:"你不是说去过西南山那边吗?怎么到西山来了?"

瘦子沮丧地说:"谁会想到迷路了?"

山顶上没有一棵树。疲惫不堪的两人倒在地上,四肢摊开,又渴又饿。长腿说:"到哪儿找火呢?"

瘦子坐起身来,环视着层层叠叠的山峦,沉默了片刻,然后神情坚毅地说:"我说过,找不到火就不回去。你先回吧,我去找西南山部落。"

"你把我当什么人了?一块儿来,一起回。"长腿生气地说。

瘦子伸手一拍长腿的肩膀:"那好,走!"

下山、上山、过河、再上山……几天过去了,西南山部落在哪里呢?再次攀上山顶时,长腿喘着粗气问:"我们一共爬了多少座山了?"瘦子答:"这应该是第九座了。"

天阴沉沉的,强劲的山风呼啸着:"呜……"看样子,要下雨了。愁眉不展的长腿仰望着头顶上翻滚的乌云,竟跪了下来,双手抱拳仰面朝天,喊道:"老天呀,我们不要雨,赐一点火吧。"说罢,他伏下身子,在地上重重地磕头。额头磕破了,一丝鲜血流了出来,他仍不停地喊着、磕着……

看着长腿跪求老天,瘦子深陷的眼窝里流下了泪水。

天空划过闪电,紧接着响起雷声,天色更暗了。忽然,对面山脊上闪过一道明亮的闪电,随即轰隆一声炸雷。那棵大树像被闪电击中了,冒起烟来。瘦子失声叫道:"对面的大树烧着了,有火啦!"俩人拔腿朝山下跑去,消失在山谷浓云里……

电闪雷鸣中,风雨交加。长腿和瘦子连跑带滑地下到山脚,蹚水过河,又奋力往山上攀去。陡峭的山坡上,长腿喘着气说:"老天呀,千万别让雨灭了火啊!"说着,他脚下一滑摔倒了。瘦子伸手去拉,可身单力薄,跟着跌倒了。两人顺着陡坡一起朝下滑去……

不知道过了多久,长腿苏醒过来。此时,风雨停了。身边的小树那边就是水流湍急的小河。好险,要不是被树挡住就淹死了!瞅瞅身上,多处是伤,到处疼痛。

瘦子呢?长腿东张西望。山谷里死一般寂静。啊,只剩下我一个人了?强烈的孤独感涌上心头。怎么办?猛然想起山上着火的大树,他决定先取火,再找瘦子。

长腿转身向山上爬去。刚才走的是左边,坡陡崖峭,这回走右边吧。山坡上树木密密匝匝,长腿在林子里走了很久,快到山顶了吧?倘若遇到猛兽就完了。

长腿的担心马上应验了。大树后钻出一只豹子,与他对视。长腿吓得浑身一哆嗦,转身狂奔。他连滚带爬地下到山脚,又连蹦带跳地蹚过小河。这时他实在跑不动了,便躲到一块大岩石后面,喘着气从石缝里朝河对面望去。

尾随的豹子来到河边,低头饮水,长腿松了口气。豹子抬起头来,鼻子不住地抽动,像闻到了他的气息。正凝神屏气的长腿看见豹眼对准了石缝,吓得缩回脑袋,伏在大岩石下一动也不动。

过了一会儿,没有动静,估计豹子走远了,他起身探头欲朝河那边看。这一看不要紧,他与站在大岩石上的豹子撞了个面对面。豹子俯身咬住他的肩膀,长腿大惊,拼命地挣扎,可豹子咬紧不放。"啊哟……"狭窄的山谷里回荡着长腿撕心裂肺的惨叫。

也许窝里还有饥饿的小豹子,这只豹子并未吃已无反抗之力的猎物,而是拖着他过了河,朝山坡蹿去。长腿赤裸的身子与草丛、泥土和石头摩擦,旧伤又添新痕。渐渐地,他进入迷迷糊糊的状态。这回死定了……

忽然,砰的一声。豹子松开口,咕咚一声倒在草丛里,滚了几滚,不动了。长腿一下从昏迷中清醒了。瘦子从岩石旁闪身出来。

长腿定睛一看,高兴极了:"你、你没死啊?"

瘦子一咧嘴:"没找到火,我哪敢死啊?"

"我还以为你滚到河里被水冲走了呢。"

瘦子说:"我被树挡住了,先去找火盆,然后到处找你。听到你叫喊,就跑来了,正遇豹子拖着你来了,我就躲在岩石后面等着……"

"多亏你了!火盆呢?"

瘦子转过身,火盆被他用藤条缠在后背了。

长腿肚子咕咕叫起来,他盯着死豹子说:"好多天没吃肉了。吃点补力气吧。"瘦子拔出尖骨片,手脚麻利地割下肉。两人吃了起来。瘦子一边狼吞虎咽,一边说:"这豹子本想吃你,眨眼间却被我俩吃了。"

吃了豹子肉,两个人又分别割了一大块肉,用藤条拴在身上,然后朝山上攀去。

空气中夹杂着焦煳味,越接近山顶,焦煳味越浓。

长腿说:"肯定有火!"他眼前闪现出部落里男女老少看见火种的笑脸,脚步加快了。

两人终于攀上了山顶。那棵大树被雷电拦腰劈成两段,巨大的树冠被烧光了,剩下半截烧焦的树干仍冒着一丝烟。他俩飞奔过去,围着焦树干察看,曾经燃烧的树被大雨浇灭了,没有火了。两人木桩似的站住了。

过了好一会儿,长腿才打破沉寂:"唉,要不是我摔那一跤……"瘦子说:"我们再找吧。"眼见长腿神情有些沮丧,又劝道,"你伤得比我重,你回部落吧。"

长腿说:"要回一起回。"

"不,没火我不回去,就是死,也要死在找火的路上。"瘦子神情坚毅。

长腿说:"我还是那句话:一道来,一道回。"

两人又开始了跋涉——上山、下山、再攀山……长腿朝山顶上望去:"咦,我怎么觉得这座山有些眼熟?"瘦子手一拍大腿:"啊呀,这座山我俩爬过。"长腿听了,又有些泄气:"难道我们一直在山里兜圈子? 看来,西南山部落还远着呢。"瘦子安慰说:"到山顶上我们就睡觉。"

天黑后,他俩终于爬上山顶。在朦胧的月光里,两个人吃了豹子肉和野果子,倒在树下睡去了。

当瘦子睁开眼时,天已大亮了。尽管阴云密布,成群的鸟儿仍在空中忽东忽西地飞翔着。他揉了揉眼睛,习惯地东张西望。咦,斜对面那座山怎么光秃秃的? 它在林木葱郁的群山之间显得有些异样。啊,秃山顶上好像有烟雾在袅袅升腾。

瘦子眼睛瞪圆了。他盯了好一会儿,才伸手推了推长腿:"快起来,那里在冒烟。"长腿迷迷糊糊地睁开眼:"哪儿呀?"他眯眼望去,一骨碌爬了起来,激动得声音都有些异样了:"真的呢。有烟就有火,快去。"

两人往山下狂奔而去,过了山谷,又朝尽是岩石的秃山上攀。

石山难攀极了。两人手脚并用,抠石缝、爬石坡、攀岩崖。离山顶越近,炽热的烟味越浓。忽然,几近垂直的山顶上发出可怕的隆隆声,接着腾起一股巨大烟尘,直冲云霄。

瘦子和长腿惊呆了。他俩看见一股暗红色的"火水"从山顶顺着一侧陡坡缓慢地往下淌。这从未见过的可怕景象令两人呆若木鸡。

片刻后,瘦子反应过来:"这是地火,我们去,引了火就跑。"长腿这才回过神来,他抽出后背上的长棍子,弓着腰,一步一步地往上走。阵阵热浪迎面扑来,灼得他浑身滚烫,被迫止步。瘦子不顾高温灼烤,勇敢地上前,将棍子的一头伸到仍在流淌的"火水"里。瞬间棍子着火了,他往后退去。在引燃了长腿的棍子后,两人快速朝山下退去。

山顶上又发出隆隆的响声,同时朝空中喷出更大的烟雾。接着,大小石块从高空落下,砰砰地砸在山坡上。

瘦子的脸颊被烤得通红。他心有余悸地说:"好险!先前喷烟时还没落石头。快跑!跑慢了,会被天上坠下的火石砸死烫死的。"长腿一边跑,一边纳闷地说:"真怪!这秃山能冒烟、淌'火水'。要是部落旁边有一座这样的喷火山,就不怕火种熄灭了。"瘦子连忙摆手:"别瞎说,'火水'淌到洞口可不得了。"

下了山。瘦子取下身后的火盆,寻来枯树枝折成小截,燃着,放入火盆里,盖上盖子。然后,他双手虔诚地捧着火盆,走一会儿就打开看看,用嘴巴吹一吹,唯恐里面的火熄灭。

过了山谷,他俩拢起一堆枯枝、茅草。篝火熊熊地燃烧起来。两人看着火,开心地笑了。吃过烤豹子肉,又喝了点山溪水,长腿感到身子有了劲,伤口好像也不太痛了。

该返程了。

瘦子左右望了又望,确定了返回部落的方向。然后,他们沿着山谷,快步朝前走去。长腿手里拿着仍在燃烧的火棍子,说火可防兽。瘦子明白,他是担心火盆里的火熄灭。

每走一截路,瘦子就打开盖子看看,鼓起腮帮吹一吹。这火太难保管了。当走到一片空旷的草地时,山风渐大,天上飘来大片乌云,看样子要下雨了。瘦子四下里察看,没有可避风躲雨的地方。两人朝一侧的山坡上跑去。

没跑多远就下起大雨来,浇灭了长腿手里的火棍。他俩连忙挤在一起,弓着腰护着火盆。可是,两山之间的狭窄天空像一条决了堤的河,雨水实在太大了!狂风呼啸着,斜飘的雨丝落向火盆。瘦子轻轻掀开火盆盖子一角,噘着嘴吹了吹。啊,只剩下一点点暗火了。他焦急万分,恨不能将火盆塞进肚子里。过了一会儿,他掀开盖子,鼓起嘴巴猛吹,可里面已没有一点火星了。瘦子顿时痛苦万分:"这可怎么得了啊!"

滂沱大雨中,两个男人号啕大哭。过了好久,瘦子抹去脸上的雨水和泪水,神情坚毅地说:"再去石头山!"……

二十九、长腿归来

秋日,漫山遍野的森林颜色一天天地变化着——绿中透黄、黄中泛红。一阵阵寒风吹来,红黄叶子纷纷扬扬地随风飘零,铺在地上,煞是好看。

瘦子和长腿还没回来。少头领日夜牵挂,忧心忡忡!每天清晨,他都朝西南方向眺望。

"哇……"树巢里一声响亮的婴儿啼哭声打破了黎明的平静。人们知道,部落又添人进口了。才多长时间呀,树巢里就出生了六个婴儿。自从离开洞穴住上树巢后,人们有了安全感,怀孕的女人也多了起来。夜晚,男女同住树巢;白天,下了树就是树林,相好的人往林子里一钻就不见影子了。

朝阳冉冉地升了起来。树巢里的人下树后,三个一群、五个一伙地在场地上闲聊。刚出生的婴儿被递下树来,肉嘟嘟的小东西紧闭着眼仍在啼哭。女人的头儿向二头领报告说:"是个男孩。"二头领眉头舒展开来:"好,男孩越多越好。大头领要是知道了,一定很高兴!"直到现在,他仍不说大头领已经死了。人人心里都明白他的用意。大头领要是还活着,添人进口,他当然高兴!他一直希望部落超过一百人,可那时人数不增反降,他忧心忡忡,老是担心部落会衰亡。

女人的头儿又说:"从南山部落来的十六个女人,有十三个怀上孩子了。"二头领听了,感叹地说:"部落兴旺啊!只是人多嘴多,缺吃的。"

他这倒说了实话。每天早上人们一睁开眼,就想着如何填饱肚子。一天一次分的那点东西根本不够吃。男人更加卖力地找吃的,因为除了自己吃,还要给相好的女人及她们的孩子吃。要不,女人就可能因为你养不活她和孩子而跟别的男人好了。身体壮、脑子灵活、能弄到食物的男人拥有的女人就多,体弱多病、生性愚钝的男人则很少有异性相好,甚至沾不到女人的边。六子好不容易打到一只兔子,兴冲冲地给槐花送去。她只收食物,不理人。六子伸手想摸摸她的脸,槐花扭头就跑。眼见六子失望地站在那里,几个老人既同情,又感叹。唉,自古以来,女人都爱壮实、聪明的男人……

二头领手持权杖,在各个树巢之间的林地上转悠。看到人们自发地往树巢的顶上、四壁添树棍、树枝和茅草,再用藤条缠紧,他便仰着脸问:"下雨时,树巢上漏不漏水啊?"树上人答:"小雨不漏,大雨漏。"

一阵风吹来,二头领感到寒意。虽说这些天一直住在树巢上,也感受到树巢的安全,但他仍认为冬天不能住树巢,否则会被冻死的,洞内可避风雨、御严寒。况且洞口已挖了大坑,比以前安全多了,所有人必须回洞。

得知二头领又要人回洞穴里住,很多人不愿意。人们说树巢上安全,夜晚能放心地睡觉;睡在铺着厚草的树巢里要比洞里舒服。一些老人和妇女说,自从住上树巢后,膝盖痛和手指肿痛明显减轻,甚至不痛了,他们不愿回阴暗、潮湿的洞穴里。还有,南山部落人被堵在洞里时,到处撒尿拉屎,至今洞内仍能闻到臭气。又听说昨夜在洞内发现了蛇,人们更不愿回洞了。

但二头领固执地坚持要人们回洞穴住。面对他的变化无常,人们猜不透。前一段他先是要人们回洞穴住,可转眼又不提了,自己也住树巢上,连独眼老人请他进洞做伴,他都不愿。现在又怎么啦,他们哪里知道,除了洞内避风雨、御严寒外,二头领还有一个深藏不露的心思:如果多数人长住树巢,自然跟少头领更亲近。自己不要说当大头领了,就是二头领恐怕也当不长了……

尽管二头领一再吆喝,但威信今非昔比。回洞穴里住的人寥寥无几,有的人白天去了,夜晚又回到树巢。有人甚至放言:下雪天也不回洞。

人们对可能的无火过冬更是忧心忡忡。唉,瘦子和长腿怎么还不回来？这么长时间未归,吉凶难料啊!

自从二头领让少头领率人上山打猎,这些天收获颇丰。

智者又挖了不少陷坑。陷坑里不仅有獐子、山羊、鹿、兔子,还有狼和一只棕熊。挖坑陷兽,既能捕到猎物,又不伤人性命,太好了!全新的狩猎方法再次让人们对少头领称赞不已。有了吃的,部落人脸上的气色好多了。

下午,少头领跟二头领商量:近来山上猛兽增多,明天得多带些人。上山不仅要查陷坑,还想再挖些坑。山上的果子熟透了,草穗子也饱满,需要人手采摘。二头领同意了。

早晨,二头领瞅着场地上舞棍弄棒的男人,忧心忡忡地对少头领说:"这三十多个男人是部落里的命根子,全交给你了,但愿别遇到猛兽。"

少头领说:"二头领放心,这么多人在一起,不怕。再说,还有这个呢。"他从腰间掏出几个辣椒粉包。以前在洞里打退猛兽,它们都起过作用。

二头领点点头。

这时,从树巢里传来一声惊呼:"山上有人来啦!"

众人一惊,纷纷朝山上张望。少头领问:"来了多少人?"

"只看到一个,进山腰森林里了。"

少头领惊中一喜:莫不是瘦子和长腿回来了?他跟二头领说:"我带人去迎。"

"好,快。"日日盼火,人人盼焦了心,浓眉翁也急不可耐了。

森林里,浑身是伤的长腿双手捧着火盆,眯着肿眼深一脚、浅一脚地走着。两只脚丫裂开了多道血迹斑斑的口子,每走一步都揪心地痛!尽管长途跋涉已使他精疲力竭,但送火回部落的信念顽强地支撑着他。昨天,在穿过灌木丛时碰到了马蜂窝,尽管他拼命地跑,仍被蜂群追着叮了多处。最要命的是眼被叮了,肿得只剩下两条缝。

　　走出森林又是生满了丛林和灌木的山坡。长腿察觉到山下有动静,顿时紧张起来。他努力睁大眼睛。啊!好像有人来了,哪个部落的?是不是自己又走错方向了?他掀开火盆盖子,小心地吹了吹,盆内暗火一闪一闪的。他将火盆放在树后草丛里,手握棍子朝岩石缝里钻去。

　　万万没想到石缝里躺着一只酣睡的棕熊,吓得他连忙后退,不慎跌倒了,棕熊被惊醒了。长腿慌忙抱起火盆就朝山下跑。那棕熊先是懒洋洋地起身,朝逃走的人望了望,随即清醒了,撒开四爪朝猎物追了过去。

　　少头领率人往山上爬,忽然发现有人跟跟跄跄地朝山下跑,身后跟着一只棕熊。他一挥手:"快!"几个持棍男人拼命往坡上爬。但棕熊先到了一步,一口咬住长腿的腿。长腿喘着粗气力挣不脱,声嘶力竭朝来人喊道:"救命呀!"

　　少头领一听声音大喊:"是长腿,快!"几个人冲上前去,一阵乱棍打得棕熊松开口转身就逃。可到嘴边的猎物怎能让它溜了?高个子男人的尖棍刺入棕熊屁股。棕熊转身反扑,尖眼又一棍击中脑袋,棍子断成两截。几根棍子连打带刺,棕熊歪倒了。

　　惊魂未定的长腿使劲睁大红肿的眼睛:"啊!是少头领!"顿时,他像个受委屈的孩子哇地哭起来。少头领赶紧搂住他:"没事了,没事了。你们俩让我们想得好苦啊!瘦子呢?"

　　哭泣中的长腿没回答,他捧着火盆说:"这是火种!快点火堆。"他唯恐火种熄灭。少头领接过火盆,高个子男人就地拢起一堆枯草和树叶。长腿一屁股坐在地上,将一撮枯草插入火盆,鼓起腮帮小心地吹着。

　　枯草冒出烟来,火着了,草叶堆被引燃了。人们开心地笑了,长腿如释重负!他身子一歪,倒在地上,闭上了肿眼睛。高个子叫着:"瘦子呢?你快说啊……"可长腿像睡着了一样。高个子男人心有不甘,放开喉咙朝山顶上喊:"瘦子、瘦子——"回应他的,唯有呼啸的山风……

　　少头领说:"别喊了,背他回部落。"众人抬起棕熊,一起朝山下走去。

洞前的场地上,等待已久的人们望见远处燃烧着的棍子,个个喜笑颜开。火终于借来了!

高个子男人将长腿轻轻放在地上,人们围了一圈。二头领蹲下身,粗声叫道:"长腿、长腿。"长腿仍昏迷不醒。一个与长腿相好的女人扑了上来,搂住他又哭又笑,痛得长腿失声叫了一声。二头领这才发现他浑身是伤,皱起浓眉朝女人喝道:"滚开!"

二头领问少头领:"瘦子呢?"

"只看到他一个人。"

那女人又尖声叫道:"他醒了!"果然,长腿红肿的眼皮动了一下,慢慢地睁开眼,干裂的嘴唇动了动。少头领连忙接过美姑娘手里的水葫芦,给他喝水。

二头领瞪起牛眼问:"瘦子呢?"长腿脸上露出了痛苦的表情:"他……死了!"说罢,长腿号啕大哭起来。男人伤心的哭声令人格外心颤!

二头领斥责道:"哭什么?快说啊。"

长腿嘴唇微微地抖动,继而说了起来——

"我和瘦子去西南山部落借火,没想到迷路了,走到了西山部落。要不是瘦子察觉,我俩跑得快,早被西山人抓住了。我俩到处找西南山部落。转了多天后,发现一座石头山上冒烟、有地火。我们取了火往回走,半路上大雨把火淋灭了。"

周围一片寂静,人们静静地听着。

"我俩只好又返回石头山取火。瘦子用树藤缠住火盆,挂在脖子上,走一会儿看一次,不断地往里添枯枝,唯恐火熄灭。可是我们再次迷了路,两次遇狼、一次遇熊,都逃脱了。昨天下午,瘦子说周围的山有些眼熟,恐怕快到部落了。万没想到,傍晚时遇到两只老虎。我们逃到一棵大树前,一只老虎追到跟前。瘦子把系着火盆的藤条往我脖子上一挂,让我快爬上树,他转身举起棍子跟老虎打起来。老虎把瘦子扑倒了,后面那只鼓着大肚子的母老虎上来了。我在树上亲眼看见瘦子被两只老虎咬死……"

"哇……"几个女人听到这里失声痛哭,跟瘦子相好的那个女人更是哭得撕心裂肺。二头领瞪眼摆手,几个女人马上吓得不敢哭了。

长腿泣不成声地说:"当时,我的心都碎了!真想跳下去算了。但一想到火种,只能眼睁睁地……"他说不下去了。

盯着长腿一双肿着的手,智者眼里涌出泪水:"长腿,你和瘦子取回火,为部落立了大功!"说罢,他又把火盆郑重地交给老泪纵横的看火老人:"这火是瘦子和长腿拿命换来的。这回,你一定要保管好。多燃几个火盆,分散保存。"

看火老人连连点头,二头领朝他板起了脸:"把洞厅里的火坑也点燃,再把火弄灭了,要你的命!"老人连声称是,捧着火盆朝洞穴走去。

场地上又燃起了一堆堆篝火。部落人盯着熊熊燃烧的火,高兴得嗷嗷叫!即将上山的打猎人分到了刚剥皮的棕熊肉,快活地用棍子挑着在火上烤着肉,香味弥漫开来。女人、孩子和老人们在一旁眼巴巴地看着,不住地咽着口水。

当肉被烤得七八成熟时,人们就迫不及待地吃了。除了吧唧吧唧的咀嚼声,还能听到七嘴八舌的感叹声:"还是熟肉好吃啊。""火真是好东西……"

人精嘴里嚼着肉、眼睛盯着篝火,突发奇想:"倘若人需要火时,火就点着;不需要时,火就熄灭,该多好呀。"尖眼笑道:"部落又要出一位智者了。"人精摇着脑袋说:"我没少头领的本事,这事太难!"

少头领听见了他俩对话,说:"我发明不了火,但一定会有人发明的。"矮胖男人跟着傻笑道:"会有人发明的,会有人发明的,嘻嘻……"

少头领率三十多个男人上山了。望着他们离去的背影,一些女人又抹起眼泪。人人都知道山上猛兽比以前多了。上回上山,有人死了。这次,会不会又有人回不来了呢?

二十九、长腿归来 | 211

三十、引兽入坑

少头领率领着一大群男人翻过大山，向山坡走去。

自从山上老虎、熊、豹子等猛兽多了，獐子和山羊就少了，连狼也不多见，估计它们要么被猛兽吃了，要么逃走了。

每次挖坑、查坑，高个子男人都参加了。他记性好，熟悉每个坑所在的位置。少头领要人们跟在他的身后，以免不小心踩到陷坑。

陷坑查完了，结果出乎人们意料：只有一个陷坑里有一只兔子，其他几个坑明显被野兽踩陷了，但坑内却空空如也。智者琢磨后，觉得有的陷坑挖浅了，有的坑上铺的树棍粗了。可有的陷坑很深，野兽是怎么爬上来的呢？感到蹊跷的人们议论纷纷。

瞎猜无济于事，还是干活吧。智者把人分成两拨：黑皮带十六个人去采摘野果；自己和高个子男人带十八个人寻找野兽的粪便，确定兽们经常走的路以后，着手挖陷坑。

夕阳西下，智者领着人新挖了四个陷坑，但最大的坑尚未挖好。黑皮带着采摘的人过来了："少头领，没找到几棵果树，草籽也少。"智者皱起眉来："陷坑里没猎物，采摘收获少，这么多人上山，要是空手而归太说不过去了。"冬天快到了，可过冬的食物储备远远不够。想到这里，他心情沉重起来。

人精心细："咦，你们去采摘的有十六个人，怎么只有十五个了？"人们面面相觑。还是尖眼眼尖："三子呢？"众人这才发现三子不见了。智者说："快去找。"

采摘的人们又回到树林里、草地上寻找:"三子、三子……"可是,只有风吹树林沙沙响的声音。

错人说:"他可能独自回去了。来的路上,我听他唠唠叨叨地说采摘野果是女人的事。"歪头歪着脑袋想了想:"一人回去,遇到野兽就死定了。三子胆小,他不敢。"

正当人们失望时,有人在叫:"三子在这儿……"众人围拢过去。见三子直挺挺地躺在灌木丛旁,嘴角红红的,青紫色的脸庞胀变了形。

智者蹲下身来:"三子、三子。"没有动静。他盯着灌木上挂着的红果子:"大头领说过,这种小红果有毒,三子中毒了。"人精伸出手指,放在三子鼻子下试了试,说:"没气了。"没有人吱声,人们早已看惯了死亡。

智者站起身来:"把他抬到那个最小的陷坑里埋了。"

歪头不太情愿地说:"我们用石片、石斧和尖棍挖了半天,才挖了四个陷坑……"

少头领少有地生气了:"三子是部落人,我们怎忍心让他被兽吃掉?少一个陷坑,再挖就是。"

三子被抬起,放入小陷坑里,众人掩土埋了。

夕阳悬挂在西天上,温和的光芒斜斜地射过来,洒在忙碌的人们身上。人多力量大,最大的长陷坑终于挖好了,足有四个人长,一人宽,一人多深,内壁直上直下。

智者纵身跳入坑内,让坑上的人递下短尖竹竿。这种短尖竹竿人人腰上都插着好几根,在与野兽近距离搏斗时很管用。智者将其尖头朝上插在坑内。这一做法令众人感到新奇,但没人提出异议。少头领的脑子里常有奇思妙想,事后都证明很管用。

智者拽着高个子男人垂下的树藤上了坑,指挥众人用树棍、树枝、树叶和青草铺在坑上,末了还撒了一层薄薄的泥土。高个子男人高兴地说:"这个陷坑做得最好,不注意都看不出来。过几天来查,肯定有收获。"智者满意地搓了搓双手上的泥巴:"回吧。"

众人正要走时,歪头突然叫道:"有兽来。"人们一惊!东张西望。暮色苍茫,没发现什么。有人嘲笑歪头:"你剩下一只耳朵啦,听不准了。"智者却说:"你再听听。"北山之行,让他对歪头敏锐的听觉深信不疑。

歪头侧耳倾听:"真的,是一群大兽。"啊!众人惊慌起来,有人转身要跑。智者道:"你跑得过大兽吗?"他朝四周看了看,周围尽是大树,枝干也多。

"都上树,快!"几十人忙往树上爬。歪头上树后,借着朦胧的暮色朝远处望去:"是一群老虎,上坡来了。"

正要上树的智者一听,站住了。高个子男人见他站在树下,急切地叫道:"想什么啊,快上树!"智者对他说:"我想把老虎引到大陷坑这边来。"啊!树上的人听了,都感到吃惊,这可是一件玩儿命的事。

高个子男人知道,少头领跟老虎玩儿命已不是头一回了。在北山斜崖边,他"玩"死过一只老虎;在部落,他冒险下树向洞内人喊话让老虎爬上坑,自己差点被老虎咬死。现在,他又想跟老虎玩命了?高个子男人说:"少头领你上来,我下去引老虎。"智者神情镇定地说:"不!你和歪头准备好,我跑过来时,你俩拽我上树。"

说完,他转身朝大坑那边走去。过了一会儿,虎群过来了,四只大老虎、两只小老虎。前面的大老虎发现了智者。

树上人心都提到了嗓子眼儿:饿虎马上就要扑食了!

果然,两只大老虎朝智者走来,智者仍然一动不动。这似乎更加激起了它们的食欲,两口大老虎同时一跃而起扑了过来。前面老虎的前爪踩空,一头栽进大坑;后面的大老虎连忙想止步,但前爪踩塌了陷坑边沿,硕大身躯的冲劲使它也滑入坑里。

啊!树上的人看呆了!这时,另外两只大老虎从一侧朝智者冲去,智者转身就跑。在同伴的惊叫声中,智者跑到树下举起双手,树杈上的高个子男人和歪头同时伸出手,使出全力将他拽上了树。两只老虎追到树下只差一步,好险!

两只老虎抬头瞪眼,张开满是利齿的大嘴愤怒地朝树上嗥叫着。它俩先是围着大树转圈子,接着又试图用身躯撞树。这时,陷坑里传来老虎的哀叫,树下两只老虎扭头跑到陷坑边,探头朝坑底叫着。两只小老虎也跑到坑边哀叫。

树上所有人都为少头领刚才的勇敢而感叹:"少头领胆子真大!"黑皮虽没吱声,但也很佩服智者。

各树上传来叫声、笑声,但智者没笑,他担心老虎不走。大小四只老虎在陷坑旁转了好一会儿,直到天黑才朝山下走去。树上人松了一口气,准备等它们一走就下树,刺死坑内的老虎,回部落去。

陷坑内的两只老虎意识到同伴要放弃自己,一声接一声地哀嗥起来。这时,已经离开的大小老虎又折头回来了,重新在大陷坑边转着、叫着,最后干脆坐了下来,好像不走了。

树上的人们小声议论着:"上回一只老虎掉入洞口大坑里,一群老虎都不走,这次会不会跟那回一样?""老虎要是老不走怎么办?"……

人们担心的,也是智者早就忧虑的。盯着月光下的老虎,他在心里琢磨起来。去而复返,看来它们一时是不会离开了。这里树上没藤条,几十个人困极了打起瞌睡,难免有人会掉下树去。若拖到明天,万一老虎唤来更多的同伴怎么办?届时,树上人又渴又饿没力气了,后果不堪设想。不如……

又一个大胆的念头在他心里形成了:几十个人同时下树,就当是一次围猎。至于那两只小老虎,恐怕牙齿还没长全呢。我们有取胜的把握!

智者把想法跟同一棵树上的高个子男人和歪头等人说了,获得一致赞成。歪头说:"即便死个把人也值得。"

于是,智者高声喊了起来:"各树上的人都听着,准备好棍棒、石块,我一喊,大家同时溜下树,朝我这边聚集,然后一起冲过去,把两只大老虎打死。有没有胆子啊?"

正在发愁的人们听了少头领的话,顿时来了精神:"有!""听你的。"

"谁怕死,按规矩来。"

智者喊道:"好。都下树!"众人纷纷溜下树,朝智者这边跑。陷坑旁的两只老虎察觉到树林里有动静,扭头朝这边张望。

"冲!"少头领一声令下,几十个男人一起冲出树林,转眼间就到了坑边。两老虎迎面扑来,被一阵乱棍打得接连后退。众人分别围住了这两只老虎。黑皮拿着长竹竿刺入一只老虎的肚子,疼痛难忍的老虎痛苦地吼叫着,扭过脑袋咬住长竹竿,但剧痛使它无法动弹。另一只老虎咬住了人精的腿,被高个子男人一棍击中虎背,脊梁骨被打断,老虎松开口瘫倒在地。在一大群人的攻击下,两只老虎很快就死了。

紧接着,尖棍和石块又戳向、砸向坑内的老虎。一只被刺死,另一只被石头砸死。

自众人进攻起,从熟睡中惊醒的两只小老虎就在旁边呆呆地看着,不时发出哀鸣声。这时,歪头朝它俩举起了棍子,又于心不忍,棍子迟迟没落下。黑皮说:"你不吃它,以后它就会吃你。"说着上前,两棍就将小老虎打死了。人精赞成:"明天,它俩要是引虎群到部落去怎么办?再说,没有大老虎,小老虎也活不下去。与其给别的兽吃,还不如我们吃。"

智者说:"下几个人到坑里去,注意,坑底插有尖竹竿。"

跳下去的人发现插在坑底的尖竹竿刺入虎身,怪不得两只老虎老是哀吼呢。刚才人们刺它、砸它,它们是无法动弹。

人们上下合力,终于把死虎拽了上去。月光下,瞅着猎物,人人脸上露出了笑容。刚才困在树上,还为怎样逃走而发愁呢。转眼间,老虎就被打死了,简直像做梦一样,

智者吩咐人们用树枝和草叶把大陷坑上面重新铺好,去树林里割来藤条,拦腰拴住老虎。少头领手一挥:"回!"

在朦胧的月光里,一大群男人抬着老虎,兴高采烈地往部落走去……

自从发明了陷坑后,猎物明显比以前多了。以前打猎,人与兽拼命。

现在挖陷坑,避免了以人命换猎物的危险。有了肉吃,人们的力气大了。每次上山都是一大群人,即使遇到几个猛兽也不怕了。

智者原先以为天冷后,人们还是愿意回洞里住。洞内虽然阴暗潮湿、烟火味呛人,但总比树巢上暖和。洞口挖了大坑后,也安全了不少。没想到,尽管二头领多次让人回洞去,许多人还是愿住树巢。在树巢上能过冬吗?

清晨,智者又早早地溜下树,在树巢间转悠着、琢磨着。天越来越冷,风冷飕飕的,树上黄叶纷纷下落,地面铺满了金黄色叶子。智者踩着厚厚的树叶往前走,思绪如同飘飞的黄叶一样,在脑子里飞舞着——

场地上和树林里搭建的树巢下雨天漏水;有的树巢藤条绑松了,不太结实;有的树巢筑高了,狂风一吹晃悠悠的,挺吓人;有的树巢太小了,人挤在里面难受;还有的树巢四壁的茅草薄了,抵不了风寒。到冬天,若仍想住在树巢上,就必须筑更大、更结实、更暖和、不漏雨的新树巢。还有个重要的事:上树太困难了,尤其是女人、孩子和老人。得想个容易上树的办法。为了这些事,这些天晚上智者很久都睡不着……

此时,智者又仰起脸,盯着树巢琢磨起来。

东方云层中,太阳露出脸来了。树巢里的人陆续下了树,来到场地上,等待一天中唯一的一次分食。这是人们最快乐的时候,场地上的人也最多,可分到的也不过是一把草籽、几个干瘪的果子、一小块兽肉。吃完后,再到山溪边喝点水。要是肚子还饿,老人只能忍着,女人会牵着孩子找相好的男人要,男人就必须想法子了。

二位头领禁止私自上山,悄悄地去寻吃的可不是容易的事。不光要瞒着头领,而且胆子要大,身体要壮,眼睛要尖,跑得要快。时常有人感叹:做男人不易啊!

二头领的头痛病越来越严重,人们遇到事自然就去找少头领了。大家发现少头领挺会管事的,他把处理吵架的事让高个子男人管,自己只负责吃的,每隔几天就组织人上山打猎、采摘、查陷坑、挖陷坑。部落里好久

三十、引兽入坑 | 217

没饿死人了。

不上山时,部落人就聚集在场地上,说着、笑着、玩着。高兴起来,年轻的男女还乱蹦乱跳。不会跳的,也来点踢腿弹脚什么的。围观的人们笑着、叫着,好不热闹。对上眼的男女则悄悄地钻入树林深处。人们发现:从南山部落来的十六个女人的肚子全都鼓起来了。独眼老人说:"到天热时,会生出一堆孩子……"

智者把高个子男人、黑皮、歪头、豹子头、人精等叫到一边,说了想率众筑新树巢的事。黑皮马上反对:"这么大的事,得二头领同意才行。"

少头领说:"二头领头痛犯了,让我做主。上次筑树巢,不知是谁报告了二头领?"黑皮脸上闪过了一丝尴尬,人精也垂下了眼帘。智者看在眼里,斩钉截铁地说:"就这么定了!"

待人们吃过东西,智者喊道:"都听着,我有话要说。"场地上安静下来。智者说:"我想趁着天还不是太冷,带大家一起筑更大、更结实、更暖和又不漏水的新树巢。"

有人惊讶地问:"冬天还住树上啊?回洞里住不好吗?"

"问得好。"智者说,"在洞里时,很多人一到冬天腿和手上的骨头就痛,住树巢后就不痛了。不断有人跟我说:冬天也要住树巢上。但以前建造的树巢不挡雨水、难抵风寒,有的已被风吹出窟窿了。筑新巢,就是让愿意住树巢上的人能过冬。筑好后,是住巢还是住洞,完全自愿。"

错人问:"那这些树巢都不要啦?"智者答:"好的留着加固,不好的拆掉。"

错人又问:"新树巢真的下雨不漏水?下雪天能抵风寒吗?"

智者说:"我已经想好了办法,试试看吧。"

"怎么试啊?"

智者笑答:"我跟巢长们讲,大家跟着干就行了。"高个子男人立即喊道:"我愿跟少头领筑新树巢,他想出的都是好点子。"歪头跟着喊:"赞成。"豹子头也举起双手:"我参加!"人们的情绪被鼓舞了起来。是啊,部落情形日趋好转,少头领功不可没,威信也高了起来,信任他的人也越来越多。再说,以前筑过两次树巢了,许多人对筑巢的活儿并不陌生。

这时,智者见黑皮钻出洞快步走来,马上喊:"说干就干,现在就干……"

黑皮连忙大叫:"二头领有令:不准参加筑巢,违者严惩!"

三十一、重筑新巢

高个子男人质问:"为什么?"黑皮瞥了他一眼:"二头领让大家不要白费力气,冬天住树巢上会冻死人的。"

高个子男人说:"别听他的,这些天来,住树巢上的好处人人知道。听少头领的,不会错。"有人叫了起来:"对,听少头领的。""筑树巢!"……

黑皮把火发到结怨已久的高个子男人身上:"你敢违背二头领命令?想死吗?"

高个子男人蔑视地盯着黑皮:"我不怕你恐吓。"他转向众人,"大家想想,筑树巢、挖陷坑,哪一样不是少头领出的好点子? 都去筑新巢吧!"

黑皮气急败坏地叫道:"别以为二头领生病你就可以放肆,再违抗命令,迟早会收拾你。"

这话惹恼了高个子男人:"告诉你,少头领是大头领指定的,少头领就是部落未来的大头领,再阻挡你就死定了。"高个子男人当众警告,让黑皮感到颜面扫地。他眼露凶光,指着高个子男人鼻子说:"你想造反了?"

生性耿直的高个子男人豁出去了:"我看是你想造反了。大头领至今未归,说明早死了,可有人总说大头领失踪,什么意思谁不知道? 我们在北山没回来时,部落搞成了什么样子? 至于你想当头领,别再做梦了。"

后面一句话戳到黑皮的敏感处,他怒不可遏地冲上前来:"我揍死你!"赤手空拳的高个子男人闪身躲过劈头一棍,抱住黑皮摔起跤来。

场地上的人们惊呆了。自古至今,部落里拳头决定地位。人人都尊敬打架厉害的男人,女人们也爱慕身强力壮的男人。现在,部落里公认少头领、黑皮、高个子男人、豹子头四个人最有力气。上次,黑皮和智者在断崖边决斗,输了。这次,他和高个子男人又打起来了。其他人不得阻拦,否则会犯众怒。喜欢看决斗,是代代相传的陋习。

智者见势不对,欲上前阻拦,被独眼老人伸手挡住:"这好像是决斗。"

黑皮和高个子男人力气相当,都扳不倒对方。双方僵持了好一会儿,黑皮忽然别腿、凭蛮力将高个子男人摔倒,骑在他身上挥拳就打。

高个子男人奋力摆脱黑皮爬了起来,两人摔起跤来。

看着两位同伴拳脚相加、你死我活地真打,智者担心起来:这样打下去,必有一死或重伤。可独眼老人又不让拉,怎么办呢?他犯难了。

这时,高个子男人转过身,黑皮中计扑上前去,不料胸口挨对手重重一脚。高个子男人迅速转身,两人又抱在一起摔起跤来,又倒在地上滚来滚去,浑身是泥。黑皮力气渐显不足,高个子男人开始占上风。果然,高个子男人将他扳倒了,翻身压住,挥拳就打。黑皮头上、脸上接连中拳……

眼看要出人命,少头领顾不上规矩了,上前一把抓住高个子男人胳膊:"别打了,都住手!"高个子男人松开手、起身。黑皮爬起来还要打,被尖眼、人精等人拽住。人群里,有人叫道:"少头领违反规矩。"

智者朝那边呵斥道:"同一部落的人怎能往死里打?从今以后,谁再决斗,严惩!"这时,场地上的人谁也没注意到,一直在朝这边观望的二头领缩回了脑袋……

这回,黑皮本想狠揍高个子男人给少头领一点颜色,也提高自己在众人心目中的威信。万没想到,居然打不过他。神情沮丧的黑皮在人精的搀扶下,一瘸一拐地朝洞口走去。

望着黑皮离去的背影,智者知道,他进洞后肯定又会向二头领报告,得抓紧筑树巢,于是说:"好了,这事到此结束。现在,各巢长跟我到树林里去。其他人等着。"精疲力尽的高个子男人推开劝他休息的歪头:"我

三十一、重筑新巢 | 221

是巢长,我要去。"

树林里,智者要两个树巢上的人共筑一个新树巢。跟前两次不同,这次筑巢要求高:在三棵树甚至四棵树之间筑大树巢,至少一人多高,可容六到十人;树棍与树杈、树棍之间用藤条绑三道,确保树巢牢固;让人感到新鲜的是:少头领要求在树巢顶部横担一根树干,再朝两边斜斜地绑两排树棍子,斜铺上厚厚的茅草,用细藤条扎紧。

有人不解:"以前树顶上的茅草平着铺,这次为何要斜着铺呢?"

少头领说:"我琢磨了很久,雨水会顺着斜铺的茅草往下淌,树巢里也许就不会漏水了。"他要求在树巢四壁绑双层树棍,中间夹塞厚厚的茅草;在树巢内,也要多铺草;树巢出口处既要绑栅栏,又要挂上厚草帘子以挡风御寒。

听完少头领讲解后,巢长们回到场地,吆喝着各自的人干起活来。女人们则分成了三群,女人的头儿、美姑娘和美人痣姑娘各领着一群人做事。

部落人忙碌起来后,智者朝洞口望去。他担心的事并没发生:二头领没出洞,估计头痛病很严重。他要是出来阻止,可就不好办了,不少人惧怕他。智者抬头看天,乱云飞涌,但一滴雨也没下,这让他感到高兴,先后三次筑树巢,每回都没下雨。

智者整天在树林里、场地上指导人们筑巢,哪儿遇到难处就去哪儿,几乎每个树巢他都爬上去指导过。

黑皮打输后,钻入二头领的小山洞里,本想诉说一番以获得安慰,没想到被浓眉翁大骂了一顿:"在全部落人面前,你连高个子男人都打不过,以后还怎么当二头领?"黑皮遭训斥后,心情坏极了!他垂头丧气地钻入一个小山洞里,用茅草蒙着头睡去,恨恨地想着心思:本想在众目睽睽之下狠揍高个子男人一顿,万没想到输给了他,这脸实在没处搁,得找机会弄死他。

智者叫尖眼提着半只烤熟的兔子去看黑皮,并捎话说,出去晒晒太阳。但黑皮推说腰痛不肯出去,在洞内睡了一天后,他发现自己已住不惯黑暗、潮湿、不通风的洞穴了。老是在黑暗中睡觉让他感觉孤独和恐惧。洞里好像仍飘着淡淡的臭味——那些该死的南山人。

到了第三天,黑皮实在忍不住了,钻出洞来。一阵冷风吹得他打了个寒战!放眼望去,场地上、树林里出现了尚未完工的树巢,比以前的大多了。人精迎面走来,关心地问他腰痛怎样了,这回黑皮回答得相当不错:"我是巢长,没好也要干活啊。"

智者的嗓门又喊哑了,但树巢也筑得差不多了。因各树枝干粗细、树杈高低和树与树之间距离不同,树巢的形状、大小、高低差异较大,有长方形的、三角形的,还有圆形。原来的树巢只保留、改造了三个……

望着新筑的树巢,智者疲惫的脸上露出了笑容。只要愿意,今晚就可以上树巢住了。他安排了各树巢上的人,跟上次一样,女人、孩子和老人的树巢在中间,男人们住的树巢围着他们……

下午,云层厚了,天阴沉沉的。在树巢上瞭望的人大喊:"不好啦,豹子来啦……"

智者仰脸问:"多少?在哪?"

"大概几十只,已翻过山脊,钻入山腰的树林里。"

人们慌了,纷纷往树巢上爬。智者哑着嗓子喊:"不要乱,豹子到这里还早。大家各上各筑的树巢,先把女人、孩子和老人弄上树。"他让错人通知洞里人,抽掉洞口大坑上的树干,并报告二头领。

当三十多只豹子来到洞前时,树下已空无一人。豹子们有的隔着大坑朝洞里望,有的在场地上、树林里乱窜,有的朝树上吼叫。树上的人已不再害怕了,他们从树巢里探出脑袋,面无惧色地朝树下的豹子指指点点,有的冲着豹子挥舞拳头,有的朝树下扮鬼脸、吐唾沫。

树上人的行为激怒了一只满身花斑的大豹子,它叫了一声,豹子们像是听到命令似的纷纷朝有树巢的树上爬,动作极为敏捷。树上人早有准备。上了树的豹子被树巢入口处的栅栏挡住了,迎接它们的,是从缝隙里伸出的尖棍、尖竹竿。不时有被刺中的豹子摔下地。

经过几次与会爬树的熊和豹子较量,人们发现了一个诀窍:在它们四肢抱着树干往上爬时,树上的人同时伸出两根尖竹竿或棍子,猛捣其前肢。被捣痛的兽本能地缩回前爪,沉重的身子会失去平衡、摔下树去,此法屡试屡灵。

那只满身花斑的大豹子来到场地大树巢下,仰起了头。尖眼居高临下地将手里的尖棍投下去,准确地刺中了豹子眼睛。豹子一声哀叫,掉头朝山谷狂奔而去。惊慌失措的豹群跟着离去。

树巢上的人传出了阵阵笑声。尖眼得意忘形,钻出树巢,站在树丫上嗷嗷乱叫。不料乐极生悲,他踩断了树枝掉下树来,摔得不轻。正朝山谷狂奔的豹子听见异常响声,止步扭头,好几只豹子掉头奔来。大树巢里,狂叫的大黄狗被独眼老人按住,它一下树就会被群豹咬死的。

受伤的尖眼手忙脚乱地搂着粗树干往上爬,不料一脚蹬空滑下地来。再次爬树时,惊慌失措的他明显没劲了。万分危急之际,附近树巢上的智者跳下树飞奔过来,双手托起尖眼的脚奋力往上推。大树巢里伸出好几只手,将其拉了上去。

这时,那几只豹子也快要到树下了。树上人急喊:"少头领快上!"智者奋力爬树,爬到一人多高时,率先赶到的豹子纵身一跃爬上树干,一口咬住他裹着兽皮的左脚不放。"啊哟……"智者疼痛难忍。在人们的惊呼声中,高个子男人从大树巢入口处探下半截身子,抓住智者的右手往上拽,可是拉不动。歪头连忙抱着高个子男人的腰往后拽,可他个子矮力气小,根本拽不动。身后的扁头抱住歪头的腰,人精又抱住了扁头的腰,一齐发力往大树巢里拉。

树干上的豹子咬着智者的脚往下拖,另一只豹子也爬上树干,一口咬住智者的胳膊往下拉,智者再次痛叫起来。探出半截身子的高个子男人既不能放手,也无力回缩。他有些吃不消了,情况万分危急!

大树巢里,黑皮坐在一角不动弹,他内心巴不得少头领和高个子男人都摔下树去。这时,独眼老人朝他瞪眼,厉声道:"你还不快去拉?"黑皮这才极不情愿地走上前。当黑皮伸手欲拉时,看见相邻树巢的美姑娘痛不欲生地尖叫,他又缩回了手。人精急喊:"快拉啊!"独眼老人更是怒不可遏:"再不拉我叫大黄咬死你!"大黄狗伸出长舌头,凶狠地冲黑皮哇呜一声。

黑皮这才从树巢口探出头,一手抵着树干,一手揽住高个子男人的腰,奋力往回扳。众人合力,高个子男人半截身子被拽回树巢,智者也被拽上来一截,但咬住他的两只豹子仍没松口。这时,尖棍、尖竹竿够得着了。咬住智者胳膊的豹子被人精用尖竹竿刺中,松开口跳下树,但咬住脚的豹子仍不松口。随着智者身子上移,它在躲闪中竟四肢腾空了。

于是,罕见的一幕出现了:大树巢下是一群豹子吼叫着,它们接连地跃起爬上树干,又被尖竹竿、尖棍棒刺下树;智者右手被高个子男人往上拽,右腿弯曲着,左脚上竟然坠着一只沉重的豹子。

附近树巢上人焦急万分,有的大声吼叫,有的用棍棒敲击树干,可这豹子就是不松口!

人精从树巢壁上抽出一根长竹竿,从缝隙里朝智者脚下的豹子狠狠捣去。豹子的牙齿被捣掉好几颗,被迫松开口,扑通一声重重地坠落在地上,智者这才被拽进大树巢。坠地的豹子和同伴一起,朝山谷里狂奔而去。

各树巢上的人发出阵阵欢呼声:"噢噢噢……"

大树巢里,智者对黑皮说:"这回多亏了你!"黑皮其实内心非常后悔。刚才要不是独眼老人死逼,黑皮是不会出手相救,这两个跟自己决斗过的对手说不定都会掉下去被豹子咬死的。届时,二头领升任大头领,腾出的位置非己莫属。可是,当时若不救,独眼老人真的会叫大黄狗咬死自己的。

一道闪电后,雷在山顶上空炸响。不久,夜幕中下起了瓢泼大雨。智

三十一、重筑新巢 | 225

者听着越来越大的雨声,不时伸手抚摸树巢的顶部,看铺的草是否湿了。过了好久,树巢内仍没有漏雨。他从树巢口冒雨探头,望着树巢的斜顶,在闪电的一刹那,看见雨水顺着斜铺的茅草朝两边流,水淋到地上,这才放心了。他心里充满了成功的喜悦,这次,所有新旧树巢顶部都是斜顶,茅草都是斜着铺的。这个树巢不漏水,其他的应该也不会漏。

　　天黑了下来,伸手不见五指。人们在树巢里干爽的茅草上安然入睡,只有看火老人的树巢里透出一丝微弱的火光。智者不再担心看火老人的火熄灭了,洞内的火坑已重新燃着,有人日夜看守。

　　风雨肆虐了一夜,直到早上才停。智者下了树,逐个树巢询问,除了一个旧树巢有点漏雨外,其他的都不漏。他高兴地笑了,这几天运气真好,新树巢筑好后才下雨、豹群才来。

　　山上的猛兽随时还会来,树巢筑得虽不算高,但上树难啊。若再来猛兽,发现迟了或者没发现,没上树的人依旧非常危险,昨天就是教训。想到这里,智者苦苦思索起来,他在树林里转了几圈,发现两棵挺拔的小树并排而立,他皱眉沉思……

三十二、争抢地盘

次日清晨,智者率领男人们上山了。独眼老人也来了,大黄狗很久没到野外了,它跟在老人的身后,摇着尾巴,跑得格外欢。昨晚,独眼老人要求上山,说以后也许爬不动了,最后再打猎一次。智者同意了。长腿也参加打猎,自取火归来后,他的身体恢复得很快。

高个子男人仍然走在最前面,沿着挖陷坑的路线一个一个地查看。因筑树巢,人们很多天没上山了。新挖的几个陷坑一个不空,獐子、兔子,还有一只少见的狐狸。看到坑内的猎物,人们很开心,用尖棍、尖竹竿将其戳死,弄上来背着。又用树枝、茅草和树叶子把陷坑重新铺好。

翻过山脊下山谷,涉水过河再爬山。山坡上,汗流浃背的人们发现了异常:一个陷坑边沿崩塌了,有沉重的东西被拖上来的痕迹。插在坑底的尖竹竿歪了,尖竹竿上血迹斑斑。人们感到诧异。错人说:"坑挖浅了,兽爬上来跑了。"高个子男人瞪他一眼:"你这错人,没说过一次对话。坑这么深还插有尖竹竿,就是老虎也难逃。"

智者没有说话,人们继续朝山上攀去。令人吃惊的是,好几个陷坑都被踩塌了,坑内都是空空如也。人们明白了:有其他部落的人捣乱。大家骂骂咧咧的,智者也很恼火。

高个子男人说山那边还有陷坑。人们翻过山顶,老远就看见坡地上敞开口的陷坑。走近一看,同样是空的。智者盯着坑底,这个坑底的尖竹竿是自己插的,插了十根,怎么只剩下九根了?情况越来越清楚:有人抢先把陷坑里的猎物拿走了。

周围静悄悄的,没有一丝风。气愤的人们朝第三座山攀去……

在这座山上挖了十个陷坑,有七个坑被踩塌了,但却是空的。大家个个怒气冲冲、义愤填膺!挖陷坑好累呀!用骨片、石片、尖棍、竹片辛辛苦苦地挖,半天才能挖成一个。如今坑里的猎物却被偷走了,是哪个部落的人干的坏事?

错人说:"少头领,肯定是南山部落的人干的。我跟大头领来这边打过猎,他说再往南走一天就到南山了。"智者用手擦着额头上的汗,说:"没看到人,不能瞎猜。"他心里暗自思量:不太像是南山部落的人干的,他们的大头领虽粗野,却是义气之人。他能出人意料地来部落谢"不杀之恩"、赔十六个姑娘,还了这片地盘,说明他有和好的诚意。那么,是西山部落人干的?不大会。他们离这儿更远,不会把手伸到这里来吧?那么,到底是谁干的呢?查出来非杀了他们不可!

看着不多的猎物,智者颇感失望。筑新树巢后首次上山,几十个男人就带这点儿猎物回去,太说不过去了。这时,独眼老人手指着西南边一座白云缭绕的高山说:"少头领,到那座山上去,它也是我们部落的猎场。"

"哦?我还一直以为是西南山部落的呢。"智者喜出望外。

独眼老人说:"上个冬天,我跟大头领上过这座山。獐子、山羊很多,人走近都不跑,每回都能扛七八只回部落。大头领说,这座山是'救命山',不到万不得已不要来。"

"如今到了救命的时候了。"少头领手一挥,"走,上。"

众人攀上了险峻的"救命山",虽然都累得气喘吁吁,却仍然在不住地骂偷猎物的山贼。独眼老人一边喘气,一边张望。山还是那么高,林还是那么密,可就是没见猎物。他有些着急:"少头领,把人分成两拨,到山顶上会合,这样容易发现猎物。"智者没采纳。惊险的北山打猎给他留下了深刻的印象。人多力大,几十人在一起对付几只豹子、熊和老虎,不在话下,若分开就危险了。

山高林密、灌木丛生。走在前面的智者用棍子拨开草丛、灌木,既是开路,也是打草惊蛇。果然,草丛里横亘着一条大蟒蛇。智者盯着它说:"绕过去。"光着脚丫的人们小心翼翼地从它旁边绕过,钻入竹林。刚松了一口气,就听到惊叫:"啊哟!"

智者急忙过去一看,矮胖男人脖子上流着血。他的头上方,毛竹上倒悬着一条蛇。

智者举棍打去,那条蛇连同毛竹一起被拦腰打断,掉下地的半截蛇仍在泥地里爬行。黑皮捡起石头将蛇头砸得稀巴烂,突然黑皮发现又有一条蛇爬过来,吓得他蹦到一边,岂料,脚一歪摔倒了。尖眼手快,用石头砸死了地上的蛇。

这时,矮胖男人脸上露出痛苦的表情:"我好难受。"说着,他从腰间兽皮兜里掏出一把磨好的有孔骨片,递给歪头:"你帮我把它给南山部落来的槐花姑娘。"说着,脸色发青的矮胖男人竟然傻笑起来。

矮胖男人此举令所有人感到意外,谁也想不到,傻乎乎的他居然对漂亮的槐花姑娘有心思。不过也能理解:矮胖男人虽傻,也是男人……

歪头盯着骨片,说:"你最好自己给她。来,我帮你吸毒。"独眼老人拦住他:"这蛇毒性大!"果然,矮胖男人脸色由青变紫、由紫渐黑,身子歪倒在地上,死了。一双惊恐的眼睛直直地望着竹梢。

智者难过地说:"本该挖个坑掩埋,但若一耽误太阳就落山了,快走吧。"

人们更加小心了。不光要寻猎物,还要防蛇——脚下的草丛、头顶的树枝、身边的毛竹……遮天蔽日的森林密密匝匝,快到山顶了吧?周围仍静悄悄的,不像有猎物。一路翻山越岭地查陷坑,又劳累又生气,智者感觉大家都累了。便说:"看样子这座山没猎物,回吧。"

喘着粗气的独眼老人听了,像做错了什么事似的垂下了脑袋。是自己建议来这座山的,不料矮胖男人被蛇咬死,若再空手而返,岂不是会被部落人责怪?

人们正要离开时,歪头听见树林里传来微弱的声音,他压低声音:"有兽。"静谧的森林里，一点儿动静都逃不过歪头那灵敏的耳朵。人们全蹲了下来，攥紧了手中棍棒。独眼老人的眉头舒展开来，不管怎么说，这山上有猎物了。

歪头叫道："可能是狼。"智者一挥手，众人猫着腰朝前走去。稠密的灌木丛在晃动，果然是黄狼。众人端起棍棒冲了过去。狼群看到这么多人，转身逃窜，大约八九只。

智者喊："丢下东西，追。"人们穷追不舍。那群黄狼翻过山脊往山下逃去。几十个男人跟着爬上山顶，忽然看见山背面的山坡上有一群赤身露体的人，他们抬着猎物、背朝着山顶正往西边走。

山顶上的人们愣住了。喘着气的智者一摆手，众人止步。人精说："这些山贼，陷坑的猎物肯定是他们偷的。"众人一听，眼睛都红了，个个义愤填膺："这帮家伙太欺负人！""咱们这么多人，还怕这么几个？"……

那群黄狼从那些人身旁窜过时，他们反应极快，其中一半人立刻挥舞着棍棒，朝逃往树林的黄狼追去。高个子男人说："少头领，我们下去把东西夺回来！"

智者没吱声，他皱起眉头。高个子男人注意到这一表情，只有在难以决断时，少头领才会咬嘴唇、皱眉头。

黑皮见群情激愤，又看智者犹豫不决，觉得他临阵软弱。此时，正是自己出头的好机会。于是，他振臂喊道："下去，杀啊！"说罢，带头往下冲去。人们的满腔怒火旋即被点燃，跟着冲了下去。智者忙喊："回来，都回来！"但喊声被众人的噢噢叫声盖住了。

山坡上的人见这么多人突然冲下来，一阵慌乱。接着，他们扔下猎物、持棍迎战。一个面目可憎的家伙虚张声势地喊道："哪个部落的？想干什么？"

智者一眼就看见地上黑熊的肚子上露出一截尖竹竿，这无疑是从陷坑里偷的猎物了。他说："这些猎物是从哪儿来的？"

那家伙凶狠地瞪着眼："我们打的，关你们什么事？"

智者又问:"你们人少力量大,本事不小。是哪个部落的啊?"

"西山的,怎么着?"

长腿一听,两只拳头攥紧了。高个子男人道:"你们十几个人能打到这么多兽? 了不得啊。"

"哼,我们西山人一向勇猛,这点猎物算什么?"那家伙得意地吹嘘起来。

智者又问:"你们哪位是头领啊?"那家伙警惕地看着他:"我就是,怎么着?"智者看了长腿一眼,见后者摇头,便说:"这儿是我们的打猎地方。"

"你们的? 你们是南山部落人,还是山中部落人?"

智者沉默了。若避而不答,西山人以为是南山部落人,万一去找他们麻烦,会让南山人产生新的误会,刚缓和的关系会重新恶化。于是,他坦然答道:"我们是山中部落人。"

"哦,山中部落的。"那家伙一脸的蔑视,"这山上,哪里有你们的记号?"

"陷坑就是记号。"黑皮阴沉着脸说,"陷坑是我们挖的,这些猎物是从陷坑里拿的吧? 还给我们。"

"还? 笑话。"那家伙又瞪圆了眼睛,"西山人从来没还过谁东西。走。"那些人又抬起了猎物,被拦住。高个子男人说:"放下东西再走。"

"想来狠的? 看来,上次南山部落人心善,没把你们杀绝。我警告你们,西山人从没怕过谁。想动我们东西者,死。"说着,他扭头朝追狼的方向张望,看样子是希望同伴们早点返回。

智者看在眼里,觉得此事得速战速决。于是,他厉声道:"把猎物还我们,然后各走各的路,不然,别怪我们不客气。"几十个人举起了棍棒,大黄狗也冲他们凶狠地狂吠一声。

面目可憎的家伙左右望望,见双方人数悬殊太大,只得认怂:"好,算你们狠。"他朝手下人摆了摆手,"不要了,走。"同伙放下了猎物。

三十二、争抢地盘 | 231

智者说:"记住,以后不准再来偷陷坑里的猎物。"黑皮觉得少头领说话太温和,狠狠地说:"再来,要你们的命。"

看得出那家伙一脸不服气,但面对强敌无可奈何,只得悻悻地走开了。走了一截路后,他扭头喊道:"以后让你们用命偿还。"几个人持棍棒欲追,被少头领喝住:"打住吧。"

人们抬起猎物上山了。

山顶上,智者扭头回望,见那些追狼人背着三只狼回到了山坡。刚才那伙人不时朝山顶指指点点。人精有些担心:"少头领,我听大头领说西山部落人强悍、野蛮、不服输。也许,他们会追来。"

然而,那些西山人却往西走去。歪头笑道:"哈,他们怕了。"引起一片笑声。但少头领没笑,他叫大家歇一会儿,然后说:"都听着,陷坑里的猎物被偷,大家都很气愤!我也是。刚才,我们夺回了东西是出了气,但可能要到遇大危险。"说罢,他看了黑皮一眼。黑皮侧过脸去,他知道少头领在责怪自己不该擅自冲下山,但有二头领撑腰,谅他也不敢怎样。

众人脸上的笑容消失了,聚精会神地望着少头领。智者又说:"发现猎物被抢,若眼睁睁地看着西山人抬走了,不夺回,咽不下这口气。但夺回了,西山人决不会罢休,一定会报复。"

错人神情紧张地问:"那怎么办?"

智者说:"现在,部落里能打猎也能打架的人几乎都在这里,巢长们也在。有几句话在这里说,比在部落说要好。"人们全神贯注地听着。

"九个冬天前,我虽小,但亲眼看见南山部落人血洗我们部落的惨状。他们突然袭击,杀死了我们几十人。后来,西山部落人也来挑衅,大头领为了让部落人得到活命和安宁,被迫让出一座山,有人责怪他软弱。其实,当时人少力量弱,迫不得已啊。如今,我们虽然与南山人和好了,但又与西山人结了怨。要避免惨状重现,就得日夜提防。"

智者停顿了一下,又说:"回部落后,不管是白天还是夜晚,大家都要棍棒随身,防备西山人的突袭。要安排人上树巢轮流站岗。万一西山人找来,大家不要惊慌,不要硬拼。记住了吗?"

见人们纷纷应着声,智者说:"回吧。"

人们抬着猎物朝山下走去。行至山腰,又把追黄狼前扔下的猎物捡了起来。回部落的路上,很少有人说话。大家知道,少头领是聪明人,或许,真像他说的那样,部落正面临一场生死存亡之战。

三十三、智战来敌

当夜,树巢上的人和洞穴里的人都睡得很沉。黎明将至,在洞口站岗的尖眼实在困极了,靠着洞壁打起了瞌睡。睡梦中,他突然看见一群狼出现在洞口,惊醒了。这时,他听见洞外隐约传来异样的声音,警觉起来,立即走出洞外。黑暗中,目光敏锐的尖眼看见西边森林里窜出几十个人影,直朝洞口而来。他立刻大叫:"不好啦,西边来了好多人。"

在寂静的凌晨,喊声格外响亮。

尖眼赶紧退回洞内,将横担在大坑上的树干抽回,那些人就拥到洞口。冲在最前面的人一脚踩空,扑通、扑通接二连三地掉入深坑,被坑底的尖竹竿戳得惨叫。同伙们挤在洞口坑边不知咋办,一时乱成一团。

尖眼借着火坑的光,看到洞外人一个个披头散发、赤身裸体,便和同伴搬起早已备好的石头往坑内丢。坑对面的人朝洞内伸出棍棒、尖竹竿、长柄石锤,可是都太短了,戳不到人,便往洞里砸石头。洞内外乱石对飞,有的石头落入坑里,坑内的人鬼哭狼嚎。

听到尖眼的喊声,各树巢的男人抓起棍棒和石块,只等听到少头领的喊声,就下树打杀。女人树巢上的孩子惊醒了,哭了起来。大树巢里,独眼老人手按住大黄狗的嘴,不让它叫唤,自己喃喃地说:"人跟兽斗,还要跟人斗……"

孩子的哭声引起洞口人的注意。他们发现了场地上和树林里的树巢,转身而来。

东方天色渐白。场地上的大树巢里,智者透过草壁缝隙,借着朦胧的天光观察外面,估计对方来了八十到九十人,他们跟长腿描述过的西山人差不多。若像以前那样都住在洞内,根本不是这么多人的对手。等他们分散开来再打。事先,智者跟高个子男人耳语过一个计谋……

果然,这些外部落人分散开来,朝各个有树巢的大树而去。树巢里的人眼见有人朝自己树下走来,紧张万分!

西山人来到场地,仰头望着大树上从未见过的"怪物",一时不知道咋办。他们仰起脸朝上面叫骂:"树上人,滚下来!"见没动静,便开始爬树。眼看就要上树了,黑皮从草帘子后面探出头,一棍捣向爬树人,那人大叫一声跌下树。树下人大声怒吼,一时又无可奈何。

另一伙人来到人精所在的树巢下,先用石头往树巢上砸,石头被树巢壁的双层树棍和夹层里的厚草挡住了。他们又改用尖棍从树巢底部往上捅,尖棍穿过厚厚的铺草,戳中了一个人的脚,被刺的人痛叫一声,让树下人兴奋起来!更多的尖棍、尖竹竿朝树巢捣去。树巢里的人只得双手抓着巢顶的粗树干,双脚蹬在四壁树棍子上,整个身子悬空起来。六子坚持了一会儿,感到累了,便松开手,一屁股坐在铺草上,这时,一根棍子穿透铺草戳到他屁股。六子痛叫一声,伸手去摸屁股,没破,这棍不尖?他不顾一切地伸手抓住棍子头,双手猛地往上一拽,竟将棍子拽上了树巢。

树下顿时怒吼声一片。更多的尖棍和尖竹竿刺向树巢,铺草纷纷掉下,树巢被捣出了一个窟窿。树下人竞相蹦跳着用尖棍子往窟窿里戳,又有人被戳中,惨叫起来。一个人不慎掉下树去了,旋即被乱棍打死。

天已微亮。智者见附近树巢下都聚集着一群人,又听见多个树巢上人的求救声,觉得刻不容缓了。他朝树林深处大喊:"高个子男人,打!"

高个子男人和二十个男人早已下树聚集在一起,听到少头领的喊声,迅猛地扑向附近树巢下的一伙人。一顿乱棒将猝不及防的六个人全打倒了。接着,他们又旋风般地冲到第二个树巢下,又打死了五个人。

这一计谋,是少头领事先策划好的,他跟高个子男人说:"不论是西山人还是哪个部落人,一旦来夜袭,你就召集附近树巢里的男人悄悄地下

三十三、智战来敌 | 235

树,聚在一起。听到我的喊声,就冲向对方,以多胜少地干掉几个。如果对方增援,你们就假装害怕往后撤,将他们引到树林中间的那个大陷坑前,引诱他们掉下去几个。然后,再和全部落人一起拼命。"

一会儿工夫,就干掉了对方十一个人,令高个子男人喜出望外。这时,外部落人发现了他们,呼喊着蜂拥而至。高个子男人佯装害怕,率人往后退去。绕了个大弯子,退到了大陷坑对面停了下来,端起棍棒作迎战状。

那些外部落人不知是计,挥舞着棍棒、尖竹竿、长柄石斧、石锤,呐喊着疯狂地冲了过来。前面的几个人接连踩中大陷坑,扑通、扑通掉了下去,紧接着惨叫起来!坑底插了几十根尖竹竿。

这时,高个子男人看到一个身材魁梧的家伙连声喊停,对方人在大陷坑前止了步。那家伙头戴一圈骨片、还插着一根长羽毛,好像是头领。他率众绕过大陷坑。高个子男人连忙和同伴后撤,退到了第二个陷坑后面。

吃了亏的对方学乖了,用棍子戳地探路,慢慢地往前走。不久,又有人掉下陷坑,被尖竹竿戳得动弹不得,大声求救。对方人朝前冲去,迎面砸来一阵乱石,正在闪躲时,两侧树上也飞下石头。多人头破血流,有的倒在地上。

四面受敌,令对方的头领疯狂了,他大叫一声:"冲呀——"那些人不顾一切地冲上前去,与高个子男人等人展开恶斗。场地这边,早已下树的智者一挥手,聚集在他身边的十几个男人一声不吭地冲到了对方身后,棍棒起落、尖竹竿猛刺、石块乱飞。外部落人突然两面遇敌,显得惊慌失措。但凭借人多,很快就稳住了阵脚。

那个魁梧家伙正是西山大头领,他本以为率百人夜袭,获胜十拿九稳,万没有想到,山中部落人的抵抗如此顽强。他们有古怪的大坑、陷坑、树上的大窝,还有不同的打斗方法,这是从没遇见过的。听二头领说已死了十多个人了,他怒火中烧!可是,不知道地上还有多少陷坑。

正当双方人在树林里打得难解难分时,仍堵在洞口的那伙人朝洞内叫道:"别躲在洞里呀,有本事出来打!"有人挺起小腹朝洞内方向撒起尿来——这是污辱对方的极端方式。

尖眼气得冒火!他想起少头领告诉他的计谋:若外部落人来袭,待其走到坑上树干的一半时,猛然抽掉树干。可是,树干早已被抽掉了呀。尖眼的眼珠子一转,心生一计。在跟同伴耳语后,他朝洞外喊:"出去打就出去打,你们等着。"说罢,三个人将三根树干朝洞外伸去,搭在大坑对面的边沿上。这时,尖眼感到心在剧烈地跳着,成败在此一举。

洞外人一个接一个地踩着横担在坑上的长树干,鱼贯而过。待他们走到一半时,尖眼等三人猛然发力,将长树干抽回。走在树干上的几个人身体失去平衡,扑通、扑通掉入深坑,旋即被尖竹竿刺中、惨叫起来。三根树干迅速被收回,洞内人哈哈大笑。洞外人则气得大骂。

天大亮了,部落里能打斗的四十多个男人全都下树了。智者发现对方还有六十多人。对方不仅人多,而且凶猛异常,狂叫声如野兽一般。部落的好几个同伴被对方的长柄石锤砸死、尖竹竿刺死了。若不是对方要躲避附近树巢里的女人扔石头,打杀力还要强些。

眼看力压不住,激战中的智者想起了辣椒粉,大喊:"扔包!"高个子男人迅速掏出腰间兽皮兜里的辣椒粉,往对手脸上撒去。对方被辣得睁不开眼、呛得直咳嗽。高个子男人乘机一尖棍刺中他。

其他人也纷纷朝对手扔辣椒粉。眼睛被辣、口鼻被呛的西山人不住地咳嗽,用手揉眼,可越揉越痛。有的人眼睛睁不开,无法打斗了。西山人被迫由攻转守。前后两边的本部落人乘机进攻。

西山大头领见势不妙,连忙喊:"退。"几十个人边战边朝西退去。当他们经过两个树巢之间时,树上再次扔下雨点般的石头。有的人脑袋被砸中,像木桩一样倒下了;有的人头破血流,哭叫着慌忙狂跑。他们冲出树林,从场地上穿过。

场地上的大树巢里,独眼老人一手按着大黄,独眼从缝隙里朝外望。见许多陌生人朝这边跑来,知道对方要撤退了,便松开手:"大黄,咬!"

早已按捺不住的大黄狗听到主人的指令,纵身一跃下了树。这时,那个身体魁梧的西山大头领正从树下经过。大黄一口咬住他大腿上肥嘟嘟的肉。两手空空的他啊哟、啊哟地痛叫,他的头领棍先前被树巢上的六子拽上去了。

旁边人的尖棍刺向大黄狗,万没想到,大黄松开嘴闪身躲过,尖棍刺中大头领的大腿,他再次号叫起来。那人吓得丢掉了尖棍,但反被扑上来的大黄狗咬住手,咯吱一声,手骨断了。西山人拥了上来护住大头领。机灵的大黄狗在混乱中逃向树林,一眨眼就不见了。

一个身子壮实的西山人背起受伤的大头领,在众人簇拥下慌忙往西边森林逃去。

智者喊:"追!"几十个男人穿过场地,钻入树林紧追不舍。只追了一会儿,双方距离就拉开了。智者没想到,打斗了好久的西山人仍然跑得飞快,而本部落人则喘着粗气。也难怪,对方有备而来,来之前肯定吃得饱饱的。而部落人一天只吃一顿还吃不饱,而且是昨天早上吃的,能打到现在已经是咬牙拼命了,哪里还有追的力气?

于是,智者下令停止追击,回部落。出树林前,豹子头意外地发现一个西山人躲在大树后面,他肚子受伤、小腿被刺、脚丫子也在流血,便将他拖出森林。

部落里的女人、孩子和老人仍没下树,在各自树巢上惊恐地望着返回场地上的男人们。几天前她们就被告知:一旦外族人来袭,没得到命令不准下树。

智者开始审问西山的伤者:"你是哪个部落的?一共来了多少人?"虽然他估计是西山人来袭,但仍须明确。对方昂着脑袋没有回答。豹子头火了,一棍捣向他流血的脚,痛得他大叫:"啊哟!"豹子头说:"不说,再捣。"

那个伤者说:"哼,你们上树、挖坑、扔呛人粉,算什么本事?有种的,面对面地拼一场。"豹子头的棍子又捣向他小腿:"再不说,把你扔下崖。"

"扔吧,反正我也不想活了。"然后,任凭怎么问,他都不吭声。

智者朝豹子头一摆手,转身离开了。豹子头一棍子打向伤者的脑袋……

尖眼从洞口那边跑来了,兴奋地对少头领说:"洞口有五个人掉下坑,都被砸死了。"接着,他又补充说,"刚才看见豹子头打死了一个。"人精也跑过来报告:"场地上和树林里一共打死对方十八个,还有一个没死。"

智者满意地说:"连同洞口,一共打死二十四个。"他叫尖眼和人精赶快安排人点火,烤吃的。万一对方反身杀回,部落人真的没力气打了。然后,智者对高个子男人说:"去看看那个活的。"

树林里,泥地上坐着一个受伤的外部落人,他的大腿被刺得血肉模糊。

高个子男人厉声问:"想死还是想活?"伤者喘着气说:"想活。"高个子男人一把将他拉坐了起来:"你是哪个部落的?"

伤者答:"西山部落人。"这在智者意料中。在山上冲突没几天,他们就来了,看来,西山人报复心极强。这时,六子兴冲冲地拿着那根刻有花纹的棍子跑过来了。

高个子男人又问:"你叫什么?"

"我叫狗头。"说罢,他的眼睛直愣愣地盯着六子手里的棍子。高个子男人见他目光异样,喝问:"看什么看?"狗头有些迟疑地说:"这棍子好像是我们大头领的。"

智者听了颇感意外,他瞅着六子手里的头领棍,对狗头说:"如果你想活命,就跟我说实话。不然,我们就用这根棍子打死你。"

狗头慌忙道:"我一定说实话。"

"这次来了多少人?"

"七十多人。"

高个子男人诈道:"假话,想死吗?"

狗头恐惧地盯着六子手里的头领棍,说:"不敢讲假话,我想活命。"

三十三、智战来敌 | 239

智者又问:"除了这七十多人,部落里还有多少能打的男人?"

"留了三十人守部落。"

智者暗自吃惊!逃回去五十多人,加上留守的,一共还有八十多人。西山人仍有足够的力量来复仇。他又问:"部落里有多少女人?"

"两百多。"高个子男人举起棍棒:"胡说!哪来这么多女人?"见高个子男人举棍,六子也举起了那根花纹棍。

狗头惊恐地转动着脖子,左右盯着两根棍棒,唯恐其落下来:"我说的全是实话。上个冬天,我们去打远山那边的部落,把九十多个女人带回西山了。大头领说女人有用,能生孩子,部落人越多越兴旺。"

高个子男人问:"这回打我们,是不是也打算这么干?"

狗头低下头:"大头领是这么讲的。"

智者又问狗头:"你们西山部落一共打过几个外部落?"

"我只知道打过四个部落,最远的一个翻了九座山。"

"我们部落跟西山只隔了几座山,为何到现在才打呢?"

"我们大头领说了,近处部落在嘴边,留着,实在没吃的再打。这回,你们抢我们的猎物,惹恼了大头领,才提前打的。"

这家伙有问必答,说话速度也快,不像是假话。于是,智者又问:"听说有一个西南部落,为什么不打他们?"

"那是因为他们常给我们送吃的,有时还出人、出力。上次,我们打远山那边的部落,大头领叫他们出二十个男人,让他们冲杀在最前面,结果死掉十六个。他们大头领一声都不敢吭。"

智者继续问:"你们为什么不打南山部落呢?"

"南山大头领每个冬天都给我们送十只狼、十只獐子、十只山羊、几个小女人,大头领才暂时没打他们。其实,那些小女人也是他们从别的部落抢来的。"

智者再次被震惊了:一直以为南山部落人勇敢凶猛、人多势众,周边的部落都怕他们。没想到在更强大的部落面前,他们竟然也低三下四!

自古以来,只有力气大的男人才能当大头领。看来部落也一样,只有凶悍善战的部落才能生存。

智者忽然感到有些窝心——九个冬天前被抢走的十六个姑娘,其中会不会有人被南山人送到了西山?他不想再问了,扭头喊来叫树头的人,让他和六子看住俘虏。然后对高个子男人说:"到那边看看。"

眼见智者要走,狗头哀求道:"两位头领,我说的全是实话,放我一命吧。"看来,他也会认人。

三十四、众望所归

高个子男人咬牙切齿地说:"少头领,西山人简直就是人面兽心,这回杀少了。"

智者说:"是杀少了,所以部落还有危险。"他凝望着西边,"这个叫狗头的告诉我们不少情况,我想放了他。"

高个子男人一听急了:"啊,你又要放人?西山人跟南山人可不一样。你放了他,他会把这边的情况告诉他们大头领。下次他们来复仇,这个家伙可能就是带路的。"

智者忧虑地说:"这次,尽管西山人败了,但人仍比我们多。"他看着高个子男人,"我想了一个点子。我再去审问狗头,你把男人都集中起来,带着棍棒从我旁边经过,说上山打猎去。然后,你不要来了,让尖眼带着他们绕个弯子,再从场地那边过来。这个家伙回西山后,就会报告说,他亲眼看见我们部落有七八十个男人。这样,西山大头领就轻易不敢来犯了。"

高个子男人明白了:"我这就去。"

过了一会儿,智者又来到狗头面前。狗头低着脑袋,情绪十分低落。刚才,他被六子打了一棍,幸亏头躲得快。见审问过自己的头领模样的人又来了,他绝望的眼神里又升起希望,讨好地朝智者挤出一丝笑容。

智者问他:"西山部落的地盘有多大?"

狗头答:"一共有十三座山。"

正当少头领问话时,高个子男人率领四十多个手持棍棒、扛着石斧的男人走了过来。他朝智者喊道:"大头领,我们上山打猎去啦。"智者威严地一摆手:"早去早回。"

啊,审问自己的真是头领?！狗头吃惊之余,更加毕恭毕敬,有问必答。过了一会儿,又有一大群人从场地那边过来了。尖眼上前请示:"大头领,我带人去摘果子、采草籽。"

智者板起脸,威严地问:"守部落的人留了吗?"

尖眼答:"留了二十五人。"智者一摆手:"去吧。"

当众人远离后,智者对狗头说:"看你愿回答我的问话,我便兑现承诺放了你。"

狗头喜出望外,喜极而泣:"多谢大头领不杀之恩!"他不顾伤痛,一条腿跪地。

智者说:"树头,把他送到西边去。"

树头一把将狗头拉了起来。狗头突然又说:"大头领,我不知怎么谢你,只想告诉你一句话:我们大头领肯定还会来的,我了解他的脾气。"说完,他一瘸一拐地跟着树头走了。

盯着狗头的背影,智者思索着他说的话的真假。过了一会儿,树头回来报告:"那个西山人进树林后,先朝北走,转了一个大弯子,不断地回头张望,最后还是朝西走了。"

智者赞许地说:"盯得好。"

自从与西山部落人发生恶战后,部落里很少有纠纷,人们比以前更加齐心,少头领的威望也更高了。令人奇怪的是,那场恶战后,二头领的头痛病就好了。他手握权杖走出洞来,又到处发号施令,有些少头领安排好的事,他给叫停了,让做事的人无所适从。不少人都希望少头领能早日担任大头领,不断有人跟德高望重的独眼老人说这事,希望他能出头主持。

独眼老人也觉得,是时候了。他比谁都清楚二头领的心思。为此,独眼老人找了少头领,但少头领推辞说,让二头领干吧。独眼老人说:"我还不了解他？上次你们去北山后，他代理过大头领，差一点让部落灭亡了。再让他干，部落就完了。有人跟我说了，要是二头领当大头领，就投奔外部落去。"

"这事还是以后再说吧。"少头领说，"西山人随时会再来复仇。"独眼老人板起脸正色道："正因为如此，所以不能再迟了。倘若部落没有大头领，内外有事时容易产生混乱。现在，部落大头领已经不是你想不想当的事了，而是一定当、必须当。至于二头领那里，我去说。"

独眼老人真的去找二头领说了。二头领脸色难看极了："别人不清楚，你应当清楚祖规，大头领理应由二头领接任，各部落都是这样的。"

独眼老人反驳道："当初，大头领指定智者当少头领，就是要他接替大头领，你我都在场的。"

二头领瞪起了牛眼："少头领太嫩了，镇不住人。再说，部落人也不会都赞成的。"

独眼老人顺着他的话说："如果大家不赞成他当，那是天意，就是我也要拥护你。"

"那好。"二头领爽快起来，"明早召集全部落人到场地上定夺。"他似乎信心满满。

二头领把黑皮、尖眼、人精、豹子头等人分别叫到自己的小山洞里"打招呼"，他们均表示支持他接任大头领。根据以往的经验，部落人聚集时，只要有几个人先喊出来，其他人一般都会随大流的。

傍晚，二头领出人意料地让黑皮从仓库里拿出储存的肉，给全部落人每人分了一块。一天一顿变成两餐，这可是部落里没有过的事儿。许多人感动地向二头领谢恩！

独眼老人看在眼里，去仓库问看守的一只手："过冬的食物还差多少？"看守的人说："堆满洞就行。"独眼老人进去看了，洞里空荡荡的，这怎么行？

原先的大头领曾授权一只手：可打死偷食物的任何人。自从偷吃的树根被二头领下令扔下断崖后,人们就再没听说过谁偷仓库里的东西了——一只手再也不愿朝夕相处的同伴为此丢了性命,他抓归抓,训斥后又放了。凭什么二头领能擅自到仓库里拿吃的?不光他吃,还给那胖女人吃。黑皮有时也来拿,不让拿,他就亮拳头……

次日清晨,东方天际泛起一片鱼肚白,继而越来越亮。两山之间罕见地出现了一道彩虹,煞是好看。不久,彩虹淡去,朝霞满天,一轮朝阳冉冉升起,群山沐浴着金色的光芒。成群的鸟儿围着一个个树巢飞翔着,似乎感到好奇。

部落人集中到场地上。人们身体似乎比以前好些,精气神也足了不少。自从打猎由过去的肉搏改为坑陷野兽后,人的伤亡小多了。虽然每天只吃一顿,但时常有肉吃。

人到齐后,大家看到二头领径直登上了头领石,立刻意识到又有什么大事了。

二头领手持权杖,居高临下地左右看看,威风凛凛地开腔了:"都听着,大头领失踪已久,肯定已经死了。但是,部落里不能没有大头领。谁接任最合适?大家说说。"他目光炯炯地环视着人们。

黑皮率先喊道:"拥护二头领接任大头领!"二头领脸上露出了笑容。可是,没人响应。面对寂静的场面,二头领瞪着牛眼盯着人精。人精左右看看,低下了脑袋。二头领又看着尖眼、豹子头等人,他们同样低着头。二头领急了:"哪个再说说啊?"还是没动静。

集体沉默是很可怕的。

这时,独眼老人打破寂静:"我来说说。"人们目光齐刷刷地朝他望去。二头领的脸色难看了,他有些惧怕个性刚强的独眼老人。

独眼老人一只发亮的眼睛瞪得滚圆:"我先后见过三任大头领。通常,二头领是部落里最有资格当大头领的人。"这时,他停下了。

二头领心里一喜:"你说下去啊。"他没想到独眼老人在重要时刻会帮着自己说话。

"可是,二头领自己怎么好说呢?因此,就得有人出面。我已活过五十个冬天,我来做主。二头领,你看如何?"独眼老人问。

二头领连忙说:"行,好啊。你是部落里受尊敬的长者,最适合做主了。"

"那好,既然二头领同意,我就做主了。"全部落的人都望着他。独眼老人继续说:"这次,是部落里在不到一百天里第二次争夺大头领。刚才,既然没人吭声,说明大家不好当面说。那就换一种办法。"说到这里,他又停住了,望着众人。

人群里传来了声音:"换什么办法?""你快说呀!"……二头领有些不耐烦了:"别绕弯子了,有话直说。"

"那好,既然大家赞成,我就说了。办法是:除去孩子,大概有七十多个男人和女人。每人发一块石头,赞成二头领当大头领的,把石头丢进头领石后面的泥陶罐子里。只要罐子里有二十块石头,二头领就当大头领。谁敢反对,扔下断崖!"

人们惊讶地睁大了眼睛。丢石头定夺大头领?这可是部落里前所未有的新鲜事啊!女人们激动不已。部落里的大小事情从来都是男人决定,女人只能服从。

二头领暗自掂量:二十块石头,不就是二十个人吗?这就是说,只要一小部分人赞成,自己就是大头领了。做二头领已十多个冬天了,部落里有多少人得过我的好处?就是跟自己相好过的女人也不少于二十个啊。自己有把握!

想到这里,二头领喊道:"这个主意好,就按他说的办。"说罢,他问,"到哪儿去找石头呢?"

独眼老人举起手中的一个草包:"我已准备好了。"

"那还得找个泥陶罐子。"

独眼老人又从草包里拿出一只泥陶罐子:"也准备好啦。"这泥陶罐子是装水用的,罐口小,肚子大。

人群中发出一阵啧啧称赞声,没想到独眼老人准备得如此周详。

二头领隐约感到有些不对劲,但他仍和颜悦色地说:"好,黑皮,你把泥陶罐子放到头领石后面。其他人,排队领石头,一人一块。"说罢,他从头领石上一跃而下,走向人群。

黑皮放好泥陶罐子,欲上前接草包。独眼老人却把它交给了高个子男人:"你来分石头。黑皮、尖眼、人精、歪头,你们四个人盯着他分。大家投完石头后,你们一起去看泥陶罐子。人精数石头,公布有多少个。"

全部落人都被这种新玩法吸引了。男女们各排成了一队。独眼老人又说:"二头领先领、先投,少头领随后。"头领先投,是地位和权力的象征。

众目睽睽之下,二头领绕到头领石后,将石头丢进泥陶罐子。他发现头领石挡住了所有人的视线,心里不悦,冷着脸走回场地。黑皮为了显示自己的地位与众不同,第三个去投石头。丢下石头后,他将眼睛凑近罐口,发现里面有三块石头。这让他大感意外:原以为少头领绝不会赞成二头领当大头领的。

场地上,二头领虎视眈眈地盯着每一个走向头领石后面的男人,眼睛里时不时闪烁着令人畏惧的凶光。人们绕了一圈后又返回场地。二头领看到他们手里都没有石头了,满意地咧开了嘴。

轮到女人了。二头领又站到高个子男人身旁,一双牛眼盯着低头垂目地从面前走过的女人。看到模样好的,他毫不避讳地露出色眯眯的目光:不久,你们就全都是我的女人了……

高个子男人是最后投石头的。二头领见他也空着手返回场地,再次咧开嘴无声地笑了:现在才巴结?迟了。看我以后怎么收拾你。

"高个子男人、黑皮、人精、歪头,你们一起去把泥陶罐子拿过来,数石头。"独眼老人说。

几个人迫不及待地跑到头领石后面,争相探头朝罐里看,无不大吃一

三十四、众望所归 | 247

惊:只有六块石头。精明的人精立即猜出石头是谁投的——二头领、黑皮、胖女人、尖眼,还有自己,另一个不知是谁丢的。他扭头朝草地上看去,许多石头被扔在那里。

几个人从头领石后走出,人精抱着泥陶罐子,宣布了石头数。

二头领大惊!他疾步走上前,低头朝泥陶罐子里一看,旋即恼怒地一掌将罐子打落,怒气冲冲地朝洞里钻去。人们紧张起来,担心要出事。

这时,独眼老人喊了起来:"所有人都听着,部落里这么多人,难道连一个大头领都选不出来吗?再选,今天非要选出大头领来。高个子男人,把泥陶罐子重新放好。我提议少头领接任大头领。如果泥陶罐子里的石头仍然不到二十个,我再提议第三个、第四个人,直到选出来为止。选不出来,我就从断崖上跳下去。"

话音刚落,场地上的人们便活跃起来,许多人绽开了笑脸。人们再次排着队走向头领石后面。黑皮发现,少头领从头领石后转过来时,手里仍拿着石头。他没投自己?

泥陶罐子又被人精抱过来了。歪头飞快地将一块草帘子铺在地上,泥陶罐子里的石头被倒了出来,好几十个。人精数后,高声报数:"五十六个。"黑皮阴着脸,闪到了一边。

独眼老人高兴地说:"天意呀,大头领之意!"他咳嗽一声,庄重地宣布,"都听着,从现在起,少头领接任山中部落大头领。"

智者摇手婉拒:"各位,作为少头领,我已知足。大头领,我实在不敢当。"

一个无牙老人瘪着嘴说:"大头领不是谁想当就能当的,应该由部落里最聪明、最强壮、最勇敢的男人当。少头领,这些你都具备。这么多石头表明了大家对你的信任,不要推辞了。"

"少头领,大头领非你莫属。""少头领,不,大头领,拥护你!"……众人嚷着,纷纷将双手朝前平举,掌心朝上——这是服从的象征。

少头领似乎有些不适应,这有些突然。面对众人,他说:"既然大家信任我,我就当吧。"

"噢……"场地上的人们又欢呼起来,随后有节奏地喊道,"大头领、大头领、大头领……"

独眼老人高声道:"马上举行大头领就任仪式。"

黑皮一听,赶紧往洞内跑去。

此刻,二头领正在自己的小山洞里生闷气呢。他万没想到自己只有六个石头,其中一个还是自己丢的。当了二头领以后,自己为部落做了多少事啊,又给过多少人好处。可是,人嘴两张皮,当面背后不一样。唉!不该同意丢石头的。这个可恶的独眼。

黑皮来了。听说少头领得的石头多出五十个,马上就要举行就任大头领仪式了,二头领气得捶胸顿足、咬牙切齿:"我上了独眼的当了……"可是,事已如此,若出去制止,会犯众怒的。手摸着难舍的权杖,二头领陷入前所未有的痛苦中。忽然,脑子里轰的一声,头剧烈地痛起来。他连忙在干草上躺下,有气无力地朝黑皮摆了摆手。

黑皮回到场地上时,独眼老人正在说话:"……地不能没有天,山不能没有树,部落不能没有大头领。眼下,部落里困难太多了,西山人还会来复仇,急需一位大头领领着我们战胜灾难,继续活下去。"

说到这里,独眼老人话锋一转:"所幸的是,原先的大头领指定了少头领。他聪明、勇敢,率人上山打猎,每趟都满载而归;他发明了树巢,让部落人走出黑暗、潮湿、肮脏的洞穴,住到了安全、明亮、通风,能及早发现野兽和外族人的树巢上他实行土葬,让死者都体面地睡进土里,方便去阴间拜见祖宗他发明的陷坑,避免了人兽相搏,肉食多了,死人少了他改进的新树巢更牢固、更暖和,还不漏雨水南山人入侵,他先堵后放,化解了两个部落的世仇,这回,他又率领部落人以少胜多,打败了入侵的西山人。他凭本事赢得部落人的钦佩和崇敬。他是部落里公认的英雄,大家说,是不是啊?"

三十四、众望所归 | 249

"是！""讲得好！"独眼老人一番慷慨激昂的话语,引起了众人的共鸣。

独眼老人神情庄重地说:"现在,我建议,请新任大头领登上头领石。""噢——"在人们的欢呼声中,智者健步登上了头领石,又弯下腰,朝全部落人拱手致谢。

独眼老人高声道:"鉴于新任大头领发明了树巢,引领人们走出了山洞,我建议尊称他为'有巢氏'。"

场地上的人们再次欢呼起来:"有巢氏、有巢氏……"独眼老人又喊道:"下面,大家跟着我,向大头领有巢氏拜三拜!"

众人虔诚地朝头领石上的新任大头领拱手、弯腰、起身,再拱手、弯腰、起身……一连拜了三拜!智者以过人的智慧、勇敢和胆识,赢得了全部落人的心。

参拜结束后,全部落人再一次叫了起来:"大头领有巢氏,大头领有巢氏……噢噢噢……"上百男女喉咙里发出的欢呼声,在狭窄的山谷里久久回荡。

当大头领有巢氏跳下头领石时,美姑娘再也遏制不住内心的激动,她勇敢地冲上前去,情不自禁地张开胳膊,紧紧抱住了大头领的脖子,将脸贴在他厚实的胸膛上,脖颈上佩戴的一串兽骨片也随之乱晃。

人们愣住了,好几个女人发出惊讶的叫声。面对人们愕然的眼神,美姑娘仰起脸,骄傲地说:"我只愿做大头领的女人!"场地上响起了一片叫好声!新任大头领伸手搂住美姑娘柔软的腰,美姑娘脸上泛起幸福的红晕。

女人堆里,美人痣姑娘懊丧不已,她后悔刚才没先冲上去,让美姑娘再次占了先机。人群后面,神情沮丧的黑皮黯然神伤……

所有人都以为少头领当上大头领非常高兴,但他脸上没有笑容。此时,他感到心里沉甸甸的:败退的西山人一定会来复仇的,哪一天来?

黑皮又悄悄地溜进洞,向二头领报告去了……

三十五、误判中计

二头领听说少头领不仅当了大头领,还被封为"有巢氏",急火攻心、头痛欲裂,躺在小山洞里一夜未合眼。回想独眼老人的所作所为,自己在不知不觉中陷入这个狡猾的老东西的圈套,可现在说什么都晚了。唉!力气打得过人,可智不如人,只能认命了!往后,能保住二头领的位置就不错了。

深秋的一天早晨,住在洞内的人走到洞外,树巢上的人则溜下了树。自从有巢氏任大头领后,部落人的生活发生了一些变化。人们每天早上聚在场地上,不光是等着分吃的,更是等着分事做。

食物是部落里的头等大事,而过冬的食物远远不够。吃过东西后,有巢氏率领人们朝西侧的大山走去。西大山距离西山部落近一些,以前的大头领曾立下规矩:不到万不得已不要去,以免跟西山人发生纠纷。现在,两个部落已到了你死我活的地步,无所顾忌了。有巢氏要求男人棍棒不离手,女人都要带一根短尖竹竿。

走过一片半人高的草地,又穿过茂密的丛林,众人开始攀爬西大山。山顶上,有巢氏叫尖眼爬上大树,当"瞭望哨"。人们翻过山脊,钻进山腰茂密的森林里。

这边没人来采摘过,黄叶飘零的柿子树上挂满了红柿子,硕大的红苹果将树枝压弯了腰,许多不知名的果子熟透了。见到这么多果树,人们兴奋不已,忙不迭地爬树摘果,边摘边吃。女人们在齐腰深的草丛里将饱满的草穗子一把一把地撸下来,装入大葫芦里,还有人用骨片在泥土里挖带领的根茎。

山顶大树上,尖眼警惕地朝西山部落那边瞭望,还好,没有动静。一天很快就过去了。傍晚,收获颇丰的人们背着沉甸甸的草袋回到部落。看管仓库的一只手看到许多食物被送进了仓库,喜得合不拢嘴。

第二天、第三天,有巢氏仍旧率领部落人去西边大山上采摘……

天越来越冷,好像快要下雪了。人们开始在身上、脚上裹起兽皮,再用细藤条缠紧。没有兽皮的人则裹着茅草编成的草帘子。

高个子男人跟大头领有巢氏说:"山上的陷坑又有多日没去查看了,再不去,掉入陷坑的野兽死了、烂掉了,就可惜了。"有巢氏这几天也在想这事。到了下雪天,上山就难了。

他想率人上山打猎、查陷坑、取猎物,但独眼老人劝阻:"不可以。依照规矩:新任大头领上任二十一天内不得上山打猎。"

有巢氏说:"规矩是人定的,也可以改啊。"独眼老人瞪着一只圆眼道:"新任大头领不可违规矩,违者天打雷轰。听原先的大头领说过:早先的大头领前面的那位大头领,就是违背了祖规,受到了严厉的惩罚。"

有巢氏听了,只有作罢。可是,让谁率人上山呢?独眼老人倒合适,但上次上山他明显爬不动了;高个子男人也可以,可黑皮不服他,两人像仇人似的;人精很聪明,但镇不住人……

上山查陷坑的消息传到二头领耳朵里,情绪消沉了多日的他决定率人上山。在小山洞里躺着,憋坏了,上山正好可以散散心。再说,好久没行使权力了,他感到不习惯、很难受。他还担心不干一点事,这二头领的位子恐怕也坐不稳。黑皮、高个子男人、人精、尖眼、歪头、豹子头……哪个不想当?权杖还在身边,但新任大头领并没来拿,别的人更不敢来拿了。这回上山,是带着它,还是不带呢?

听说二头领要率队上山,有巢氏劝他:"上山太累,别去了。"二头领沉下脸来:"怎么,嫌我老了?告诉你,二头领出头,理所应当。再说,我虽然有时犯头痛,但身子骨壮着呢。我去。"

有巢氏同意了,他提醒说:"听西山的俘虏讲,他们部落还有八十多个男人,比我们的人多。留十五个人守部落,你带三十二个人上山。若遇西山人抢陷坑猎物,就让他们抢,一定要避免冲突,保存人力。一切等过了冬天再说。"

二头领点头同意,但有巢氏仍不放心,又跟高个子男人说了一遍。黑皮跟有巢氏说:"高个子男人去,我就不去。"

有巢氏严肃地说:"上山是部落里的大事,这回二头领率队,你去主要是保护好他。"

黑皮说:"我就是不想跟高个子男人一起去。"有巢氏想了想:"你去跟二头领说,只要他同意,你就留下来守部落。"他知道二头领最信任黑皮,一定会要他跟着自己上山的。

然而,因为接任二头领的"梦"破灭了,黑皮对二头领心生怨气。他没有去跟二头领说。他知道一说,自己肯定要上山。

次日,二头领率队上山了,看着三十多个男人跟着自己,他感到很开心。多日的郁闷散去了,往日的威风又出现了。他没带权杖,手里拿着过去用的那根竹竿,很不习惯。走了一段路才发现黑皮没来,二头领心中大为不悦,他知道,黑皮有怨气了。

高个子男人仍走在队伍前面,沿着挖陷坑的路线一个个地查看。第一座山查完了,收获不大。人们涉水过了山谷里的小河,朝第二座山爬去。

山坡上,异常现象再次出现。明显被野兽踩塌的陷坑里是空的,坑底的尖竹竿上还有血迹。人们骂了起来:肯定又被西山人抢走了。这帮家伙,被打败了还这么猖狂,真是欺人太甚!

二头领心里也冒火。这次上山,本想长点面子,山上挖了那么多陷坑,再不会像以前那样空手而返了。猎物少,回去岂不是让部落人看笑话?

三十五、误判中计 | 253

第二座山上的陷坑也查完了。有的没陷捕到，更多的被踩塌了。细心的高个子男人发现，有的陷坑边沿虽被野兽踩塌，但又被人铺好了。他掀开陷坑上铺着的树枝，见坑底尖竹竿插得七歪八斜，肯定是重新插的。一路过去，发现被动过的陷坑有八个，其中六个又草草地铺好了，但一眼能望得出来。

只收获一只狼、一只鹿、两只獐子，人人都感到失望，十分憎恨西山人。二头领更是气不打一处来，他的脸涨得通红。

登上山脊，人们朝山坡下望去，远远地发现上次挖的大陷坑周围有不少陌生人，个个身上都裹着兽皮，地上有不少死兽。

二头领一摆手，人们立即躲在山顶树丛后。人精数了数："二十一个人。"

二头领在心里掂量开来：依照有巢氏的说法，西山还有八十多个男人，这次上山要避免与他们冲突。有巢氏主要是担心西山人复仇，但即使不冲突，他们也会来复仇的。现在难道就这样眼睁睁地看着他们拿走猎物吗？要是这样，我二头领在众人面前岂不是显得很窝囊？这伙人没我们人多，若干掉他们，西山部落不就只剩下六十个男人了吗？即使他们再次入侵部落，也好对付多了。想到这里，二头领动了杀心。

于是他下令："都听着，被我们打败的西山人又来抢我们的东西了，冲下去夺回来。要是他们不给，我举手你们就开杀。"高个子男人连忙说："大头领说要避免跟西山人冲突。"二头领瞪眼："现在我说了算。"说罢，他一挥手，三十多人旋即冲下山坡，高个子男人只好跟在后面。

那伙外部落人正将戳死在坑内的老虎往上拖，突然发现山顶上冲下一群人，他们马上丢下猎物，手持棍棒、石斧和石锤，做格斗状。

歪头怒斥道："上次警告过你们，怎么又来抢我们的东西？"

为首的粗壮家伙傲慢地问："你们的？哪个部落的？"

人精说："山中部落的，这一带是我们的猎场。"

"哼，这儿是西山人的地盘。"

豹子头斥责道:"胡说!留下猎物,滚开。"

那个粗壮家伙蛮横地说:"笑话,要滚开的是你们。"

二头领听了怒火中烧,额头上青筋暴突:这些西山人来抢东西,还敢胡搅蛮缠。不啰唆了,他举起右手——这是约好的打杀信号。众人一拥而上,双方激烈地打杀起来。二头领也手持尖竹竿冲向对方,高个子男人连忙跟在他身后护着。

众人将那伙人围在中间,对方虽然人比这边少,但个个面无惧色、下手狠辣。守护在二头领身边的高个子男人看到两个同伴倒下了,勃然大怒,冲上前去,一棍击中了对方脑袋。接着他棍子横扫,打断一人的腿骨,那人瘫倒在地。这时,一把长柄石斧劈向二头领,豹子头连忙用棍子挡住,飞起一脚踢翻对方,一尖棍刺去,但对方身子一滚躲开了。起身后,两人再次打斗起来。

原先听说西山人不怕死,二头领不大相信,现在亲眼得见了。这伙人虽然人少,但野蛮凶悍。自己的人多,可打起来也不占优势。双方拼死打杀,各有死伤。

就在这关键时刻,二头领望见山顶上奔下一群人。他傻眼了,失声叫道:"不好,西山人增援来了!"众人一听慌了,朝后退去,对方却步步紧逼。二头领又叫道:"边打边退。"高个子男人又过来护着二头领,边打边扭头朝山顶望去,冲下来的人只有十来个。西山人怎么会从山顶上来呢?就在高个子男人分神时,一根尖棍冷不丁地刺向二头领,二头领倒下了。

高个子男人一见二头领倒地,红了眼,举起棍棒追过去。那家伙转身就跑,刚打死对手的长腿拔腿就追。那家伙跑得虽然像兔子一般快,却不是长腿的对手,长腿追得老远才杀死了他……

高个子男人和歪头扶起二头领朝后退去。尖眼兴奋地叫道:"黑皮他们来啦!"几个转身欲逃的人一听,信心大增,又转身继续拼杀。

原来,二头领带人离开部落后,有巢氏心里老是觉得不安。二头领性格暴躁,万一遇到西山人,他沉不住气,轻则会有伤亡,重则会导致西山人

三十五、误判中计 | 255

提前来复仇。

这时,他发现黑皮没有上山,便问:"二头领同意你不上山?"黑皮说:"我没去他那儿。"有巢氏火了:"二头领这么老了还率人上山,正需要你保护,你若不上山,要受到严惩。"

黑皮这才意识到严重性,同时得罪了两位头领可不得了。若新任大头领动真格的,这可是死罪啊。他连忙说:"我去我去,现在就去。可是,上山的人已走了小半天了。"有巢氏朝西望了望,说:"赌运气了。守部落的男人有十五个,你选十个去追他们。再传我的话,遇到西山人绝不可打斗。不管是否有猎物都回来。"

黑皮率人一路紧追。刚攀上第三座山顶就看见山坡下的厮杀场面,十多个人旋风般都冲了下去。

黑皮一棍打倒一个,棍棒折断了。对方的石斧砍来,他闪身躲过,徒手夺过石斧反砍过去,杀了对方。增援的到来使筋疲力尽的人们信心大增,令对方乱了手脚。

尖眼劲小,但脑子灵光。当尖棍被对方的长柄石锤架住后,他突然丢掉棍子,伸出两只手指戳其眼睛。对方眼睛被其指甲戳出血,一阵乱拳打得歪头鼻青脸肿。豹子头刺死了一人,尖棍还没拔出,就被一根尖竹竿刺中肚子。他忍痛将肚子上的尖竹竿拔出,奋不顾身地扑倒对方,扬起硕大的拳头,狠狠地砸向对方,一拳、两拳……

当长腿打死刺杀二头领的家伙返回山坡时,血战已结束了,到处躺着死伤的人。对方被打死十四人,逃走六个,还有一个人捂着眼坐在地上,他就是眼睛被歪头戳出血的家伙。

二头领静静地躺在草地上,腰部仍在流血。黑皮蹲在他身旁,愧疚地说:"二头领,这次打猎我没来,对不起了!"二头领并未责怪:"你这不是来了吗?幸亏你们来了,不然我们的人会死伤更多。"

"大头领要我来增援并传话:遇到西山人就让。可我们一到山顶,就看到你们已打起来了。"黑皮说。

人精采来楮树叶子,替二头领擦伤口。二头领又问:"我们的人死了几个?"

人精答:"四个,受伤的人更多。"二头领听了,痛苦地闭上眼睛:"以前上山打猎,伤亡从来没有这次多。"

高个子男人带人把死去的四个同伴拖到大陷坑里,填土埋了。人精看到好几个同伴伤势很重,想起跟少头领打猎时做的抬猎物的架子。于是他带人去树林里砍来小树、藤条,在两根树干间缠上藤条,让重伤者躺在上面。

歪头走到那个眼睛受伤的家伙跟前,举起了棍棒。那人眼睛好像还能看到一点:"饶命,饶命!"

高个子男人厉声问:"你们西山人上次来抢陷坑里的猎物时,我们就警告过你们,为什么还来?"

伤者回答:"我们是西南部落的人。"

啊!听见的人都吃了一惊。打了半天,对方竟然不是西山人!连躺在地上的二头领也吃力地扭过头来。

高个子男人又问:"你们那么远,为何到这边来?怎知道这里有陷坑?"

那伤者说:"西山大头领派人到我们部落,说这边的山已经成了他们的地盘,他们挖了不少陷坑,因过冬的食物足够了,让我们大头领派人来取陷坑里的猎物,也算是回报——上次,应他们的要求,我们出人跟他们去攻打远山部落,死了十几个人。"

人精立刻听明白了。他对伤者说:"上次西山人来这里抢陷坑里的猎物,被我们教训了一顿。他们又去攻打我们部落,也被打败。他们叫你们来,肯定是为了让我们相互打斗,死人、伤人,以后好轻松地灭掉我们两个部落。一句话:你们上了西山人的当了。"

那个伤者听了,惊得睁大了红肿的眼睛:"这儿不是西山人的地盘啊?!我们受骗了。"

高个子男人暗自吃惊:原来他们吃过了老虎肉,怪不得打杀时力气特别大。自己这边人虽多,可一连爬了三座山,肚子饿得咕咕叫,早就没力气了,刚才打杀全靠拼命。看着地上死去的同伴,他不禁黯然神伤。

人精又说:"你们死了十四个,我们死了四个,重伤八个,重伤的人看样子也活不成了。我们打了个平手。"伤者以为要杀他,央求道:"求你们饶我一命吧。我回部落后,一定告诉大头领:西山人故意叫我们来这里,是陷害,是挑拨。"

人精说:"你说得对。你怎么回去呢?"

伤者朝对面山上的森林望了一眼:"我爬也会爬回去的。"人精顺着他的目光望去。那几个逃走的可能仍躲在森林里。看来,这家伙在西南部落的地位不低。

人精朝高个子男人使眼色,说:"好吧,饶你一命。"那家伙连声道:"多谢不杀之恩!"

歪头拿着绑好的树棍架子来到二头领跟前,对黑皮说:"我俩抬着二头领走。"黑皮说:"不用,我背他走。"二头领有气无力地说:"还是躺架子上吧。快回,部落里没男人守护不行。"

人们抬着重伤者朝山顶走去,其他人背着或抬着猎物,默默地跟在后面。躺在架子上喘气的二头领赞许道:"人精,刚才你把该说的话都跟那家伙说清楚了,讲得好!其实,我们同样中了西山人的计。"

当人们翻过山脊时,走在后面的高个子男人扭头回望,山坡上那个家伙将手指塞入嘴里,吹了一个响亮的口哨,对面山上森林里钻出了几个人……

三十六、伤亡惨重

洞前的场地上,有巢氏心里非常焦急!他让树巢上的人既要朝大山顶上瞭望,也要观察西边大山,以防西山人袭击。

上山的人们怎么还不回啊?先后两批人上山,部落里的青壮男人大部分上山了,万一有闪失,这么多女人、孩子和老人失去了生存依靠,部落真的会衰亡的。还有,这时候部落防守最薄弱,万一西山人来袭,留下的几个青壮男人根本挡不住。想到这里,他感到有些喘不过气来。

黄昏,有巢氏下令:美姑娘和美人痣姑娘去喊树巢上所有的人下树,到洞里去住。人们以为西山人要打来了,很快进了洞。见老人仍在大树下,有巢氏将他背进了洞。老人伏在他后背上,感动地说:"我这是第一次被大头领背着,就是死,也值得了。"

有巢氏命令仅有的几个青壮男人守住洞口,下令:一旦有情况,就将洞口大坑上的树干抽掉。接着,他又将所有的辣椒粉包都拿到了洞口备用。独眼老人说:"大头领你去忙,洞口有我呢。"

安排好洞里的事,有巢氏又钻出洞,想上树巢瞭望。上梯子时,忽然听见树林那边有动静,心事重重的有巢氏一惊!他扭头看去,哦,是那群久违的猿猴,它们蹦蹦跳跳地来到洞口。

老猴王先是朝洞里探头探脑,继而左顾右盼。接着,它似乎闻到了熟悉的气味,看见梯子上的有巢氏,立即像遇见熟人似的跑了过来。众猴的叫声惊动了洞里人,人们瞅着猴群奔向大头领,感到迷惑不解。

有巢氏见猴群奔来,便下了梯子,蹲下来伸手握住老猴王扬起的前爪,微笑着说:"老朋友,我们已经不住洞穴了。"

老猴王咿呀咿呀地叫着。智者伸手朝树上指了指:"我们上树巢居住了。"说罢,他转身蹬梯上树。老猴王仰起脑袋,瞅着有巢氏钻入树巢,好像明白了什么。它掉过头,领着猴群朝山谷而去,很快消失在密林中。

黄昏,借着夕阳,有巢氏仔细地朝大山上瞭望——山顶、山腰、山谷,接着又扭头瞭望西大山……直到天黑他才下树,并再三叮嘱瞭望人:一有情况就大喊。

洞厅里,火坑里的火光映照着一张张焦虑不安的脸。女人们居然也对住洞里不习惯了,嫌洞里黑暗、潮湿、地上脏,嫌烟熏、嫌臭气难闻——上次南山人在洞里拉屎拉尿,臭气仍未散尽,还害怕石缝里有蛇……

听到女人们的抱怨声,独眼老人瞪起独眼:"女人都听着,上山的男人们到现在还没回来,大头领让进洞里住,是为了你们的安全,有什么好抱怨的?都去睡觉。"

夜深了,有巢氏和独眼老人守在洞口,不住地朝外望、侧耳听。下半夜了,怎么还不回?有巢氏心急如焚,各种可能性都想过了,越想越担忧。

凌晨,独眼老人听到外面有动静,惊喜地说:"大概是他们回来了!"

有巢氏马上钻出洞,朝山谷那边望去……

黑暗中,一大群人往这边走来,步子较慢。凭这一点就可以判断,不是西山人来袭。

这时,树巢里的瞭望人大喊:"山谷那边来人啦!山谷那边来人啦!"

有巢氏叫道:"别喊,知道了。"

一个熟悉的声音从那边传来:"大头领,我是高个子男人。"果然是上山的人回来了!有巢氏兴奋地迎了上去……

东方天际微微发白。

场地上,抬着重伤者的架子放了一排。昏迷中的二头领闭目躺在架子上,他头发凌乱,浓浓的眉毛也垂了下来。

有巢氏蹲下身子,小声叫道:"二头领,二头领。"没有动静。他扭头问高个子男人:"你是怎么保护二头领的?"高个子男人嗫嚅着说:"当时,我分神了,我……有责任。"

听说上山的人回来了,女人们钻出洞来朝场地上跑去,借着朦胧的天光寻找相好的男人。一会儿就传来好几个女人的痛哭声。黑皮没好气地冲她们喊道:"哭什么哭!上山打猎,死伤是常有的事。"

有巢氏制止他:"让她们哭吧。相好的男人死了、伤了,怎么不难过?"

得知大头领让哭,女人们放声大哭起来,场地上笼罩着一片悲伤的气氛。哭声里,高个子男人和人精向大头领简要叙述了山上情况。

得知情况后,有巢氏明白了:歹毒的西山人!偷陷坑猎物被教训了,攻打部落又遭惨败,居然又骗西南部落人跟我们相互残杀,待两败俱伤后,他们再出手……

他问:"抓到活的了吗?"

高个子男人说:"有一个伤者。人精跟他把话讲清楚后,有意放走了他。"有巢氏赞许道:"做得对,这很重要!"

说罢,有巢氏望着地上的死伤者和哭泣的人们,痛心不已!上山打猎,出现如此严重的伤亡是罕见的,他后悔,不该上山的。可是,人哪有前后眼呢?虽说走前跟二头领打过招呼,谁知他仍下令出击。恶战后才知对方并非西山人,而是遥远陌生的西南部落人。尽管这是西山人的阴谋,但本部落与另一个部落结下血仇已成定局。

天渐渐亮了。有巢氏逐个察看了重伤者,叮嘱旁边的女人照顾好。然后,他又来到二头领身旁,见其浓眉微微动了一下,便叫道:"二头领。"

二头领吃力地睁开失神的眼睛,茫然地望着有巢氏,嘴唇抖动着:"这、这是哪里?"

"这里是部落啊。"

"哦,我还以为半路上就会死掉呢。唉,活着真好!"

"不会的,别乱想。"有巢氏安慰道。他接过胖女人手里的水葫芦,喂他喝水。二头领喝了两口,忽然喘起气来:"我……恐怕不行了。"

有巢氏连忙说:"别担心,你会好的。"蹲在一旁的黑皮再次愧疚地说:"二头领,大头领叫我跟你上山,我不愿意。他叫我跟你说,我也没说。都怪我。"

二头领似乎没听见。他将目光移向有巢氏:"我以为他们是西山人,没控制住。死伤这么多人,全是我的错!"高个子男人说:"也怪我,是我最先提上山的事。"

有巢氏说:"都不要自责了。跟西山人冲突,迟早而已。我听西山俘虏说,他们打远山部落时,西南部落还派人相助,说明他们是西山人的帮凶。你们一下子就干掉十四人。下次西山人来复仇,再要西南部落派人,受过骗、吃过亏的他们也许就不愿派了。二头领,你有功呀。"

二头领脸上凄惨地露出一丝微笑:"大头领,谢谢你的安慰,让我死得好受些。"这是二头领第一次称智者为大头领。有巢氏和周围人都感到意外。

二头领继续说:"权杖就放在我的小山洞里,你拿去吧。"

"就放你那儿吧,我更喜欢用棍棒。"有巢氏刚说到这里,二头领急促地喘起气来:"黑皮呢?"

黑皮应声:"我在这。"二头领喘着气盯着他:"以、以后,你要听大头领的。"黑皮迟疑了一下,点了点头。

二头领的眼帘似乎要闭上,但又顽强地睁开了,目光停留在有巢氏脸上,声音微弱:"部落里灾难太多,野兽人祸,躲都躲不掉。原先的大头领一直担忧部落衰亡,现在,我也是。往后,你要率全部落人……"

话没说完,二头领头一歪,咽气了。

"二头领、二头领……"有巢氏连声叫着,泪水夺眶而出。周围人哭声一片。二头领两只大眼并未闭上,仍旧望着天空,嘴也张着,似乎想把话讲完。他的手里仍握着竹杖,这根竹杖不知打过多少人,不少人恨他、骂他、咒他死。然而,当二头领真死了,那些恨他、咒他的人也流下了泪水……

天空阴沉沉的,要下雪了。

有巢氏伸手抹去泪水,起身走向几个重伤者。两个女人伏在一个架子上伤心地哭着,她们的孩子的小脸上充满了惊恐,也跟着哭。尖眼说:"又一个重伤的死了。"有巢氏没吭声。他再次感到肩头的担子很重、很重。

山坡上挖了五个坑,埋葬死去的人。

裹着虎皮的二头领静静地躺在土坑里。填土前,有巢氏将那根竹杖也放在他身旁……

几乎全部落的人都过来了,为二头领,也为几个同伴送别。有巢氏吩咐高个子男人暂时挡住女人们。他担心填土时,女人撕心裂肺地哭泣,寻死觅活地拉扯……

五座土堆高高地隆起,中间的土堆是二头领的。有巢氏在他的土堆前跪了下来。见大头领跪下了,在场其他所有男人跟着跪下了。逝者为大。有巢氏久久地凝视着土堆,脑海里浮现出许多往事……

二头领遭人忌恨,不能完全怪他。以前的大头领把得罪人的事都交给他办。他满以为大头领日后会把位子给他,万没想到大头领死前立了少头领。从此二头领处处跟自己过不去,包括让自己到北山打猎也可能居心不良。

但二头领也为部落做了不少事。远的不说了,原先大头领失踪后,要不是他管着,部落里恐生大乱……这次上山,他没听自己的叮嘱,死了九个人——山上战死四个,回来后又死五个——但毕竟打死了对方十四人,并让西南部落人感到上了西山人的当。以后,这两个部落一起来袭的可能性减小了……

想到这里,他朝二头领的土堆一连磕了三个头。身后的男人们也跟着磕头。黑皮一边磕头,一边哭着说:"二头领,我要是去了,你不会死的……"跪在最后面的高个子男人没有磕头,他望着有巢氏,感到困惑不解:"二头领生前处处对你使绊子,你还给他磕头?"他哪里知道有巢氏的复杂心思……

独眼老人跟大头领说:"让女人们也过来看看吧。"有巢氏点头,现在可以了。

女人们带着孩子们拥了过来,她们望着隆起的土堆流泪,弄不清哪个土堆是与自己相好的男人的。人精伸手给她们指着:这是长颈子的,这是大鼻子的,中间是二头领的,那个是豹子头,旁边的是六指。女人们扑到各个土堆上号啕大哭起来。她们流露出的真情实感让男人们的眼睛又一次湿润了。女人一向视男人为"人种"。前两天他们都还活蹦乱跳的。多日相好,突然永别,怎不令人心碎?

人们惊讶地发现,扑在豹子头土堆上哭泣的女人竟然有九个——他生前身体特别棒,又热心帮人,女人们都喜欢他。而伏在二头领土堆上哭的只有那个胖女人……

一片哭泣声里,阴沉的天空飘起了零星雪花。

有巢氏大声说:"下雪了,都散了吧。是住树巢,还是住洞里,各人自愿,跟各巢长说一声便可。但无论住哪儿,一旦吃人的西山部落人入侵,大家一定要拼命打。赢了,才能活下去;输了,会被杀。但是,大家不要怕,他们也是人,也怕棍棒、尖竹竿、石头。"

高个子男人振臂高喊:"大头领放心,我们死都不怕,还怕西山人?"尖眼跟着说:"谁想灭我们部落,没那么容易。"美人痣姑娘尖声叫了起来:"西山人再来,我咬掉他们的鼻子……"

眼见悲伤的人群情激愤,大头领有巢氏觉得,虽然死了九个人,但部落人的斗志更加旺盛了。

有人回洞穴住了,但更多的人仍愿住树巢。筑新树巢时,有巢氏就担心下雪天冷,一再要求人们把树巢顶、四壁和里面铺草再加厚,现在起作用了。人在树巢里并不感到太冷。上山的男人们回来了,住树巢的女人们感到更安全了,睡觉也踏实了。

部落接连与两个外部落人打杀,令有巢氏忧心忡忡。他将树巢外围四个角落的巢长叫到一起,再次叮嘱他们夜里派人轮流站岗。他说部落里的男人减少了,而西山男人比我们多,万不可大意!

昨天,独眼老人跟有巢氏提出:"历来大头领都是单独住,就是里洞原先大头领住的那个小山洞。要是住树巢,你应和美姑娘独住一个树巢,因为你是大头领。"

有巢氏拒绝了,仍住在场地上早先搭建的那个大树巢里。他说,和同伴们住在一起,万一有事,方便指挥。

当晚,雪越下越大。

次日一早,有巢氏掀开树巢口的草帘子探头一看,哇,一片白色。高耸的大山、茂密的森林、褐色的岩石、幽深的山谷,还有搭着树巢的树林和场地……一切的一切都被皑皑白雪覆盖了,漫天的雪花仍在飞舞。

有巢氏朝树下伸出梯子,下了树。呀,雪都深到膝盖了,怪不得觉得树巢矮了一截呢。强劲的北风呼啸而来,好冷!即使身上裹着虎皮,腿上、脚上包着美姑娘为他选的狐狸皮,但仍感到刺骨的冷。起先,他仍想裹上个冬天用过的那两张狼皮,脚上还用草片子。但独眼老人不同意,说:"大头领就要有大头领的样子。身裹狼皮、脚踩草片,会让人看不起。"有巢氏只好作罢。

他深一脚浅一脚地走着看着,每到一个树巢前就问:"树巢里冷不冷呀?"有的人说不冷,有的说冷。看来,下雪天,人不适合住在树巢上。但春天、夏天和秋天,住在树巢上要比住洞里好。

有巢氏喊道:"所有人都听着:今晚更冷,都到洞里住吧。等天暖和了再上树巢住……"正喊着,他发现歪头从一个树巢里探出头,神色有些紧张,便说要上去看看。歪头虽不情愿,但还是将梯子伸下树来。有巢氏上了树巢,发现茅草堆里有四个男人、两个女人。他板起了脸:"歪头,你身为巢长,不知道我定的规矩吗?这两个女人应住在女人树巢,怎么到这儿

三十六、伤亡惨重 | 265

来了？"

没等歪头回答，一个女人大胆地说："大头领，不怪他，是我俩自己要来的，女人住在男人树巢里安全。在南山部落，都是这样的。"有巢氏这才认出她是南山部落来的，叫槐花，就是矮胖男人至死还不忘送她骨片的女人吧？

有巢氏没有理她，换了个话题："歪头，按我昨天讲的，各巢长去洞里领肉，在火坑里把肉烤熟了再带上树巢，保证人人都有肉吃。"歪头忙说："我一会儿就去。"见另一个女人手里捧着泥陶火罐子取暖，有巢氏提醒："别把茅草引着了。"那女人吓得一伸舌头，低下了头。

有巢氏下了树，继续朝前走去。突然，他听到有人惊叫："快看天上啊，那是什么？"

三十七、天火燃巢

有巢氏抬起头朝天上望去,透过树梢,高空中有一个从未见过的黑色东西在无声地疾飞,又圆又扁,比大雁飞得高、飞得快。这是什么?

面对天空突然出现的黑色怪物,各树巢上的人看呆了,有人惊得张大了嘴巴。独眼老人喊道:"啊呀,可能是老天派人从天上下来了,赶快下树跪拜呀!"

许多男人慌忙下树,跪在没膝深的雪里,双手抱拳、弯腰撅屁股,不住地朝天空磕头!

那黑色怪物由远而近,接着又突然升高、渐渐变小了。最后,只剩下一个小黑点。磕头的人们松了一口气。

有巢氏盯着小黑点,感到异常惊奇。他问独眼老人:"你是部落长者,以前,天上出现过这等怪物吗?"独眼老人说:"我活了五十个冬天,只见过天上有三样东西:太阳、月亮和星星,从没见过这样的古怪玩意儿。"

话音刚落,有人再次惊叫起来:"它又来啦!"果然,天上那个小黑点渐渐地变大了。不久,黑色怪物竟然垂直地朝人们头顶上落了下来。雪地里的人和树巢上的人全都吓坏了。有人叫道:"它要砸到我们啦,快跑!"一些男人下了树,在没膝深的雪地里拼命地跑,往洞口逃去。树巢里束手无策的女人们吓得尖叫起来。

那黑色怪物越来越大、越落越低,扁扁的,周围一排小孔清晰可见。面对翻滚着下坠的怪物,独眼老人沮丧地说:"老天不接受我们的跪拜,完了。"说话间,翻滚的黑色怪物朝大山顶上坠去,山顶上随即响起一声炸雷般的巨响:"轰!"

所有人都吓呆了!又有人喊:"黑色怪物撞山顶了!"山顶上冒起大股浓烟,旋即出现火光,红色火苗在浓烟里若隐若现。独眼老人失声叫道:"天哪,天火烧山了!"人们望着山顶上剧烈燃烧的大火和滚滚浓烟,惊恐万分!

山顶的大火和浓烟开始往山腰蔓延,山腰的白雪迅速消失,露出本来面目。火焰和浓烟很快吞噬了漫山遍野的树林,冲天的火光映红了半个天空。早上白雪包裹的大山转眼间成了火海,人们闻到了空气中焦灼的味道。好几个人惊慌失措地在雪地里东奔西窜。独眼老人朝他们瞪起独眼吼道:"往哪里跑?一会儿到处都是火,快往洞里躲。"

"啊,老虎来啦……"众人循声望去,只见三只老虎从燃烧的森林里狂奔而来。见树下有人,虎视眈眈地盯着这边。高个子男人、黑皮等人手持棍子迅速上前,组成一道"人墙"。老虎掉头朝远处遁去。山火烈焰冲天,猛兽大概也知道保命要紧。

有巢氏望着大火,意识到危险正朝部落逼近,一会儿,场地上和树林里都会着火。如果往远处跑,一时是烧不着,但人在雪地里走不远,即使不遇到兽、没烧到火,也会冻死的。只有一条活路:钻洞。于是,他大喊:"所有人都听着:大火一会儿就会烧到这里,赶快下树,躲到洞里去。"

长腿从树巢里探头问:"大头领,刚才还有老虎过来,女人和孩子下树安全吗?"有巢氏叫道:"你没看见老虎也在逃命吗?不想被烧死,就进洞,快!"人们纷纷放下梯子、下了树,踩着厚雪,扶老携幼地往洞口走去。

阵阵寒风夹杂着燃烧后的灰烬吹来,飘在人们头上、脸上、身上。望着越烧越近的山火,人们越发惊恐!

有巢氏再次朝山上望去,整座大山都在燃烧。一些动物钻出着火的树林,到处乱窜。树林边上的雪早就融化了,露出岩石和泥土。有巢氏转过头,望着场地上和树林里的一个个树巢,心痛不已!这可是部落人不断改进才筑起来的新树巢,要是被烧了,只能像以前那样在洞里住了。唉,什么危险都想过,唯独没想到大山会突然着火。

当所有人进洞后,有巢氏站在洞口向周围瞭望。透过浓浓的烟雾,他发现大火不仅朝这边烧来,而且朝相邻的大山烧去。附近几座山是部落的地盘,若都被烧光了,无果子可摘、无草籽可采,更不会有猎物。那往后部落人怎么活啊?他扭头朝身后看去,洞口的人们沉默着。人人都明白严重的后果。

一股股呛人的浓烟飘向洞口,山火烧到附近树林了。人们感到空气变热,呼气、吸气都有些困难,有人被浓烟呛得剧烈咳嗽,连忙进洞。有巢氏难过地朝那些树巢望了一眼,转身进了洞。

烟雾飘进了洞。有巢氏让人抽掉洞口大坑上的树干,用石块垒起一道石墙,再用大片草帘子遮住石墙上的缝隙,试图挡住浓烟。这时,人们看见洞外几只獐子疾奔而过。接着,又有几只狼窜过,其中一只大概跑昏了头,慌不择路地窜进洞,掉下坑,被尖竹竿刺得叫起来。人们顾不上它了,注意力全在洞外。

"呜……"挟带着浓烟的山风掀开草帘吹进洞厅里,浓烈的焦煳气味呛得人咳嗽起来。浓烟在洞厅里弥漫开来的同时,又袅袅上升钻入小天洞。有巢氏明白了:本以为堵住了洞口烟就进不来,岂料这个透气的小天洞起到了吸进洞外浓烟的作用。

洞厅里的烟雾越来越浓,咳嗽的人越来越多。独眼老人边咳边说:"大头领,我心里闷得慌,恐怕要死了。"又有人叫道:"大头领,呛死了,我想出去。"高个子男人冲着叫喊的人嚷道:"外面烟更大、更呛,还有火。"

面对危情,有巢氏心急如焚。若把洞口堵死,靠小天洞透的那点气真会憋死人的。这样下去,洞里人没被山火烧死,也会被浓烟呛死的。怎么办?

蓦然,他想起里洞那个深不见底的无底洞。听豹子头说过,打开盖住洞口的大石板，无底洞里就往上直冒冷气。他立刻叫高个子男人带人去把无底洞的大石板掀开。

里洞也弥漫着烟雾，惊慌的女人和孩子不住地咳嗽、哭泣着。高个子男人打着火把来到无底洞口，几个人合力搬开大石板。顿时，黑乎乎的洞内冒出一股清新气，凉飕飕的。

一会儿，里洞的人就发现烟雾在往洞厅那边飘，洞厅里的人也发现烟雾淡了。看来，无底洞里的风挺大，把烟赶出了洞，还顶住了洞外的烟。有巢氏松了一口气，从石墙的缝隙里朝外望去。

洞外，场地上的大树和周围树林全烧着了。狂风助火，烈火挟风。辛苦构筑起来的新树巢一个接一个地燃成了火球。不久，洞外完全被烈火和浓烟吞噬，什么也看不见了。天地一片混沌，仿佛末日来临……

洞厅里安静极了。人们听着洞外着火的松树传来的噼啪声，呼吸着发热的空气，垂头丧气。火坑里的火映照着一张张充满了恐惧、忧愁和绝望的脸。

不知道过了多久，洞外漆黑一片。夜晚降临了，但狂风仍在呼啸："呜……"

半夜，躺在洞口辗转反侧的有巢氏依稀听见了洞外有雨声。他一骨碌坐起来细听，果然在下雨。太好了！大雨把大火浇灭，但恐怕已迟了……

次日凌晨，有巢氏迫不及待地钻出洞。映入他眼帘的，是烈火浩劫后的惨景：为人们遮阳挡雨、承载树巢的大树被烧得只剩下焦煳的主干；地上的泥土、岩石黑乎乎的，头领石也被火烧烟熏得发黑；场地上那条日夜流淌的山溪也干涸了。仰望大山，山顶上光秃秃的。山腰密密匝匝的森林只剩下了稀疏的尚未燃尽的树干。目光所及，没见着一个在动的东西，到处死一般静寂。

一场突如其来的天火，让昨天和今天成了两个完全不同的世界，如做梦一样难以置信，却是必须接受的残酷现实。凝视着前所未有的景象，巨大的痛苦笼罩住了有巢氏的心,泪水不可抑制地夺眶而出。

不知道过了多久,身后有动静。有巢氏回过头,这才发现许多人已走出洞。一个女人失声大哭:"哇……"跟着,几乎所有的人都哭起来。看到大火后一览无余的山,经历一夜恐惧的人们一时无法适应,用哭声释放着内心巨大的压力,宣泄难以承受的悲苦。人人都感到了绝望。

是啊,在经历了太多的灾难以后,人们好不容易才走出洞穴、住到了安全的树巢里。可是,谁会想到从天而坠的怪物引起了大山火,一切化为灰烬。没树没草了,也就没果子和猎物了,往后吃什么?怎么活下去?

绝望的部落人哭够了,将目光从空荡荡的大山上收回,转向大头领有巢氏。

从人们的眼神中,有巢氏意识到自己有些失态了。

他伸手擦去脸上的泪水,跃上头领石,转身俯瞰着人们,目光变得坚定起来:"所有人都听着,山火烧毁了大山上的一切,但所幸的是我们还活着。"他扬起胳膊攥紧拳头,"只要活着,就有希望!现在,我们要自救。男人以原先各树巢为一群,由各巢长带队上山去,看能不能捡到被烧死的野兽。女人的头儿,你带女人们拾些柴火到洞里,烧焦的也行,烤火用。老人照看好孩子……"

大头领镇定的神态、有条不紊的安排,让悲伤、绝望中的人们感到了一丝希望。

人们一群一群地往大山上攀去。没走多远,尖眼发现裸露的山坡上有一团黑乎乎的东西。他上前用棍子一拨拉,原来是被火烧死的兔子!"啊哈!我捡到一只兔子。"

众人围拢过来一看,果不其然。死兔身上的毛被烧光了、皮肉被烧焦。黑皮用石片割下一小块肉,塞入嘴里一嚼:"不需要烤了,熟的。"看到黑皮吃,好几个人也想尝尝。尖眼的小眼睛瞪圆了:"有本事自己去找!"

人们散开了,漫山遍野地找着。

三十七、天火燃巢 | 271

一会儿,高个子男人在远处大喊:"我找到了一头野猪……"光秃秃的山上,喊声传得很远,搜山的人都听到了。

突发大火,让所有躲在树林里的动物都遭遇了灭顶之灾。人们不断发现獐子、山羊、狼……这些野兽不是被烈火烧死、就是被浓烟熏死的。原先的栖身之所成了葬身之地。

在一处山洼里,人精发现了一只老虎,它可能是从远山来的,遇到突如其来的烈火,走投无路……

随着搜山范围扩大,人们陆续发现了一些小山洞、石头缝里的死兽,猪、山羊、獐子、狼、豹子,还有一只死老虎。六子运气好,他在一个小山洞里发现了两只活的小山羊,后来又在石缝里发现一窝小鸡。估计在大火烧来时,它们的父母出于求生本能逃走、飞走了。幼小的孩子躲在洞里,不知怎么没被大火浓烟烧死、熏死,侥幸地活了下来,这简直是奇迹!

天火肆虐后的大山依然是慷慨的,将幸存的食物贡献给了人们。大半天过去了,搜山回来的人将众多死兽抬回、放在场地上。听到小羊和小鸡的叫声,有的人一时忘记了身处的绝境,脸上露出了一丝笑容。

高个子男人跟大头领说:"登上山顶后,望见东面、西面和北面的山都被烧了,只有南山部落那边的山上依然有森林。估计山谷里河宽水急,阻隔了大火。"

有巢氏没有说话。他盯着地上的众多死兽,心里明白:这些吃的只能保一时。死兽捡完了、吃完了,往后怎么办?原先的大头领一直忧心部落衰亡,在冬天,每人每天只分一点点吃的,残疾人、重病人和老人,任其饿死。有的母亲为了省给孩子吃,自己饿死了。无腿老人能活到今天,肯定有什么原因。原先的大头领曾经说过,缺食物,没办法,只有让一部分人死去,才能让其他人活下来。代代如此。

当自己是部落的大头领时,曾暗下决心:绝不能再像以前那样了,一定要想办法让所有人都活下去!可是,山火使山上一无所有了。这么多人住在洞里,食物吃光了,只有死路一条啊。怎么办?

三十八、绝境思变

独眼老人眼见大头领忧心忡忡,知道他内心焦虑,安慰道:"以往哪一个冬天不饿死人?再说,树死心活。到了春天,许多树还会活过来的。"这话有巢氏相信。但大火后即使树草复活,也只能长出稀疏的丛林和草地,结出的果子和草籽肯定比以前少,远处野兽也很少来。

该分吃的了。有巢氏叫高个子男人分肉,让歪头把小羊和鸡抱回洞里,找个小岔洞养起来,一个也不许吃。令人欣喜的是:场地上被火烧干的山溪又开始流水了。

饥饿的人们贪婪地吃着捡来的兽肉,但有巢氏没有心思吃。昨天夜里,美姑娘温柔地抚摸着他胳膊,说他瘦多了。怎么会不瘦呢?多少事要操心,大火后,大头领更不好当了。但每到沮丧时,他就提醒自己:几乎全部落人都把石头投给了自己,决不能辜负他们的期望!更不能辜负原先大头领的重托!

有巢氏凝视着大火后光秃秃的大山和旷野,再次回想昨日的事,感到百思不解:天上那个又黑又圆又扁的黑色怪物没有大雁的翅膀,却飞得好快、好高。它是从哪儿来的?为什么突然掉下来了?正是它摔在山顶上炸开了,才燃起了这场大火。部落人赖以生存的一切——林中走兽、树上果子、草里穗子、地下根茎……还有辛苦搭建的新树巢,全都化为乌有了。作为新任大头领,自己规规矩矩地按独眼老人所说的祖规:上任二十一天内不上山打猎。为何还是出现天坠怪物、天火烧山的异象呢?

洞外奇冷,人们陆续朝洞里走去。

一天过去了。部落人垂头丧气,普遍情绪低落。有人想出洞走走,但洞外奇冷,火后的惨象和死一般的静寂使他们又折回洞里。下午,天空飘起大片雪花。不久,又是狂风怒吼、大雪纷飞,一场暴风雪来临了。

在独眼老人的坚持下,有巢氏和美姑娘住进了原先大头领住的头领洞里。石壁旁,靠着的那根权杖,是高个子男人送来的。但有巢氏一次也没拿过。大头领遗留下来一张虎皮褥子,用细藤子将四张虎皮绞连在一起。火光下,它花纹漂亮、毛色发亮。盖着它睡觉,有巢氏感觉很暖和,甚至感受到了原先大头领的体温……

美姑娘如愿以偿地成了大头领的女人,感到幸福极了。她告诉有巢氏:过了冬天,天热的时候一定为他生个孩子。然后就一直生下去,争取生八个到十个。他们一定会像他这样长得又高、又壮、又聪明。有巢氏说:"好啊,部落缺男人,你就多生男孩吧。"

依照规矩:部落里所有的女人都是大头领的。以前的大头领只要看上哪个女人,女人必须顺从。美姑娘觉得,有巢氏不是这样的,他好像没跟别的女人交往过,至少自己没发现。但她对美人痣姑娘一直保持警惕,后者曾来过两次,都被美姑娘轰走了。现在,美人痣姑娘不敢跟美姑娘对骂了,更不敢动手……

天亮了。有巢氏从里洞走到洞厅,沿途看到人们没精打采的,心情格外沉重,也想出洞去走走。高个子男人不放心,说跟着他去。大头领摇摇手,独自钻出洞。

洞外又是一片白色。被山火烧过的大山、狭窄的山谷、宽阔的场地又一次被皑皑白雪所覆盖,连烧焦的黑色树干也被雪镶了白边。大雪像一块巨大的白色抹布,抹去了火烧后的一切痕迹,让天地之间重新变得洁白、干净。

一夜风雪交加,令昨天空气中的焦煳味几乎闻不到了。有巢氏呼吸了几口清新空气,感到脑子格外清醒。他踩着没脚深的雪走向曾经的树林。这里筑过多个树巢,如今只剩下一截截高矮不一的焦黑树干。有巢氏伸手抚摸着树干,内心陡生伤感。

自从独自修筑第一个树巢,到后来很多部落人参与。前后三次筑巢,一次比一次结实、暖和。第三次筑树巢铺的斜顶使树巢不漏雨了,梯子的发明方便了人们上下树。本以为一部分人能在树巢上度过一个与以往不同的冬天,岂料突如其来的大火毁掉了所有树巢。

树巢被烧毁,人还能退回洞穴住。可山上烧得精光,往后人们吃什么?部落人的活路在哪里?

向南?那边是南山部落人的地盘,怎么会接纳外人;往西南?那是西南部落人的领地,双方刚在山上打了血战;朝西?那边有仇敌西山人;去北方?北山的猛兽群正等着呢。唯一的出路只有向东,穿过山谷,到山下的平原去……

头开始痛。有巢氏扭动着脖颈,试图晃去头痛,可无济于事。他再次不安地朝西边眺望。

咦,那是什么?雪原尽头的西大山脚下有个小黑点。他眯起眼,啊,是个人,西山人?二头领在山上误战西南部落人,树了新敌。万一两个部落人一起来袭,少了九个壮实男人的本部落是难以抵挡的。他紧张地朝西大山上瞭望,同样被烧的山上一览无余,没有人,有巢氏这才稍微放下心来。冰天雪地的,这个两手空空的人来干什么呢?

对方好像也看见了他,径直朝这边快步走来。要不要回洞叫几个人来?有巢氏想了想,不需要。一对一,论打,对方不会是自己的对手。他伸手摸了摸插在腰间的短尖竹竿,迎了上去。

那人走近了,身上裹着带斑点的豹子皮。有巢氏一眼就认出了他是上次放走的西山俘虏。对方也认出了他,扑通跪在雪地里:"头领,恩人,我想找的就是你,现在就见到了,真乃天意啊!"

"你好像叫狗头吧?"有巢氏问。

"正是。"那人用力点着头。

"你来干什么?"

那人站了起来:"我来是想告诉你,我们西山大头领要来打你们部落了。"

"哦?哪一天来啊?"

狗头说:"不知道,就在这几天。"

有巢氏担心有诈:"你为什么要来告诉我?"西山人已骗过西南山部落人一次了。

狗头真诚地说:"我想报答你上次的不杀之恩!说实话,我是个怕死之人,这条命是你给的。"

有巢氏仍旧怀疑:"大雪天,西山部落怎么能允许你独自外出到这边来呢?"

狗头说:"一场大山火把部落周围的一切都烧光了,跟你们这儿差不多。可部落人多,食物快吃完了。大头领让我们出来寻找被火烧死的野兽,我才有机会来的。"接着,他又说,"我们大头领说了,山火是从你们这边烧过去的,肯定是你们点燃的。他发誓要灭掉你们部落。"

有巢氏听了暗自吃惊!但他仍旧不动声色:"你的话,怎能让我相信是真的呢?"

"当然是真的!我来告诉你,其实还有一个原因:那次我受伤后,疑心极重的大头领怀疑我投降了,回部落后便将我母亲杀死了。"

说到这里,狗头泪流满面:"大头领把我打得半死,逼我承认曾投降过。我死不承认,凡是承认的人都被杀了。他虽没杀我,但被他怀疑的人没有几个能活得久。他说了,来复仇时要我冲在最前面。我来,也希望你们杀死他。这样,既替我报了杀母之仇,又保住了我的性命。头领,求你了!"说罢,他再次跪下了。

有巢氏说:"快起来,你来这里,就不怕大头领知道了会杀死你吗?"说罢,他仔细地观察狗头的表情。

"当然怕,但没人知道。求你不要告诉任何人。"

"好,我答应你。"

狗头长嘘了一口气:"从今以后,我不欠你的了。"他朝有巢氏弯腰鞠躬,"真的!不骗你。我走了。"

有巢氏盯着狗头的背影,忽然想起洞口的大坑,便朝他背后喊:"你再来时,要是不想死,就千万别冲在前面。"狗头听见了,转身挥了挥手。

望着雪原上远去的狗头,有巢氏思索着他来报信的动机与真假。直到小黑点远去了,他才转身往洞口走去。不太像是有诈。无论如何,宁可信其有。

高个子男人迎了过来:"大头领,你这么长时间没回洞,我正要找你呢。"

"有事吗?"

"为了争夺南山部落来的那个槐花,有两个人打架。"有巢氏火了:"两个人各打十竹板。按在洞厅里打,让大家都看到。"

高个子男人手挠着头上的乱发:"那个槐花说,这两个男人她一个也看不上,只想跟大头领好。"

大头领板起脸:"别说了。这几天西山人会来。你把能打的男人召集起来,备好棍棒、尖竹竿、石斧、石锤、石头和辣椒粉。每晚安排十五个男人睡在洞厅,随时准备打杀。"

高个子男人颇感意外:"你出来了一会儿,怎么就知道西山人会来呢?"他这才注意到大头领严峻的脸色。

"不要问了,按我说的做。"进洞后,他又叮嘱守洞口的人:"夜里两人站岗,要睁大眼睛。"

深夜,大头领洞里,美姑娘依偎在有巢氏身旁睡着了。有巢氏仍旧睁着眼睛,盯着黑乎乎的洞顶,反复地回想狗头说过的话,判断真假。看来,部落随时会被西山人、西南部落人单独或者联合袭击,必须尽快寻找新的出路。

洞厅那边,传来啪啪的打板声和痛叫声:"再也不敢了……"那是高个子男人当众处罚。处罚违规者是必要的,对其他人也是警告。

三十八、绝境思变 | 277

不久,洞厅那边的痛叫声消失了。有巢氏仍旧在苦思冥想。渐渐地,洞顶石壁幻变成一片汪洋——啊,是平原上那片大湖。他耳边仿佛又响起瘦子在湖边说过的话:"这么大的湖,水里该有多少鱼啊?部落要是住这儿,就不需打猎了……"

是的,与兽拼命易丢命,捕鱼多么安全。守着一湖鱼,够吃一辈子。对,这是一条活路!大山上已一无所有、不能养人了。到平原上去,远离山中猛兽、躲开野蛮的西山人和新结怨的西南部落人。至于吃的,平原上也有兽可猎,树林里有果子可摘,草地上有草籽可采,还有大湖小塘里的鱼、虾、莲藕……

日夜的苦思冥想终于有了结果。一直睁着眼睛的有巢氏顿时感到浓浓的困意袭来,很快就睡着了。这一觉,他睡得很实、很沉。

早晨,美姑娘一连叫了好几声,也没叫醒大头领。她连推带拉,才喊醒了他,说外面有人找。有巢氏一跃而起,钻出头领洞。

高个子男人苦着脸说:"大头领,一只手说,仓库里的食物已经不多了。近百张嘴,吃一口就少一口。独眼老人说,这个冬天奇冷,缺吃的,很快就会有人饿死。怎么办呀?"

有巢氏说:"你把独眼老人、黑皮、歪头、人精、尖眼、长腿,还有各树巢的巢长都叫到我这儿来,带一根火把。跟你们商量一件大事。"

三十九、动员迁徙

一会儿,被叫的人都来了,站在头领洞外。大头领对美姑娘说:"男人们商量事,你回避一下。"她离开后,有巢氏朝洞外人招手:"都进来。"

众人没动。以前,除了大头领看中的女人能进头领洞,从来就没有男人进去过,也不敢进。

有巢氏恼了:"我找你们说事,怎么都不进来?"独眼老人先进去了,其他人这才跟着进了洞。在燃烧的火把光里,人人满面愁容。他们惊异地发现,大头领的眉头舒展开来了,脸色也比昨日要好。

有巢氏说:"叫你们来,是商量两件事。一是西山人或者西南部落人来袭怎么办?不管是单独来,还是一起来,都是一场血战。二是食物越来越少了,怎么办?即使外部落人不来,仓库里的食物也不够这么多人熬过冬天。即便能活到春天,光秃秃的大山上无猎可打、无籽可采、无果可摘、无根茎可挖,我们还是活不下去啊。"

说到这里,他锐利的目光从每一个人脸上滑过:"这两件事,事关全部落人的生死存亡。我们的出路、也就是活路在哪里?你们都是部落里的聪明人,都说说。"

头领洞里一片沉默,没有人吭声。

过了一会儿,独眼老人开口了:"大头领,我老了,想不出什么出路。"黑皮跟着说:"我也想不出。"尖眼看了看大家,说:"大头领,你想得比我们周全,你说怎么办就怎么办吧。"其他人跟着点头。

有巢氏说:"我确实想出了一条出路。"众人一听,都睁大了眼睛。

"这几天,我思索了很久,部落人继续窝在洞里,人少、食物少,与前来复仇的外族人血战,肯定败多胜少。现在只有一条路:离开这里,到山外的大平原上去。"

"啊!"独眼老人失声叫道,"大头领,你想丢掉祖先留下的洞穴?我反对!"黑皮跟着说:"我也反对!大雪天,男女老少去平原,冻也冻死了。"尖眼附和道:"对,不能去。"人精也不赞成,但这个精明的人在想:自己过去跟着二头领反对少头领。后者成了大头领以后,自己一直担忧被报复。此时,还是沉默为上。

歪头问:"大头领,上次从北山回来,在平原上遇到过一片大湖。你是不是想到那里去?"见大头领点头,他感叹道:"那里倒是一个好地方。但就是去,也应等天暖和后再去。现在太冷了。"

有巢氏说:"西山人可能最近就来复仇,再不走就来不及了。"

黑皮问:"你怎么知道?"

眼见有巢氏沉默不语,高个子男人说:"大头领知道的事肯定比我们多。只是,天冷、下雪,这么多人去遥远的平原,住在哪儿呢?"

有巢氏胸有成竹地回答:"这个,我自有办法。走,都到洞外去。"

有巢氏叫大家用草绳子将各自手里的棍棒捆缚在长树干上。然后叫众人一道抬起长树干,将树棍分别朝两边斜斜地叉开、支在雪地上。接着,又叫人们像筑树巢顶那样,往叉开的树棍上缠茅草,最后将茅草铺在里面。一个三角状的草棚子就出现在人们眼前。

有巢氏说:"我让大家摆的,就是到平原后要筑的地上巢穴。"人们明白了:有些事,大头领早已深思熟虑过了。

有巢氏继续说:"全部落人迁徙到平原去,越早越好。洞里的食物、兽皮、草片、草绳等,能带的全带走。"

看到有巢氏坚毅的眼神,众人知道,大头领的决定已不可更改。

有一个巢长犹豫着说:"大头领,冰天雪地的,我不想去……"有巢氏的面孔严肃起来。他目光严厉地盯着那个人:"必须走。要不然,你有四种死法:被西山人杀死、饿死、冻死、被兽咬死,你选哪个?"那人不吭声了。

这时,有巢氏再次朝西大山那边望去,回想狗头说过的话,凭直觉,他感到西山人随时可能来袭。于是,他语气坚定地说:"作为大头领,我必须对全部落人的生死负责,对部落的兴亡负责。我心意已定,今天准备,明早宣布,后天动身,两到三天到达想去的地方。你们通知所有人,明早到场地上来……"

大头领的决定在部落里传开了。人们先是一惊,继而议论纷纷:一代代祖先都栖息在大山上,为什么突然要离开呢? 西山人不是被打败了吗? 离开这里是变胜为败,把洞穴和地盘白白让给他们。

有的人望着洞外的漫天大雪和地上的积雪,觉得山火已灭,住在洞里好歹不算太冷。突然去遥远的大平原,说不定半路上就有人冻死了。不能离开洞穴,至少现在不能离开。

高个子男人见状急了,他从来都支持有巢氏,因为后者做的每一件事都没有错过。高个子男人和歪头商量,决定分别跟人解释——部落的危险和到平原的好处,推动人们支持大头领的决定。

次日早晨,洞穴前雪地上。全部落成年男女都聚集在这里,人人身上、脚上都用藤条、草绳缠着兽皮或者草片。南山部落来的十六个姑娘个个都挺着隆起的肚子,格外引人注目。

大头领有巢氏纵身跃上头领石,一双炯炯有神的眼睛环视着人们,开始了慷慨激昂的演讲——

"都听着,自古以来,我们祖祖辈辈生在大山、长在大山、住在洞穴。一代一代地活到了今天。靠山吃山,为了一张嘴,我们跟兽拼命;为了争夺猎场,我们跟各部落打杀,死人无数。今天,我们都还活着,每个人都是幸运的!"

寒风凛冽,雪花飞舞,气氛肃穆。新任大头领铿锵有力的话语,令部落人一时忘记了寒冷,个个全神贯注地听着。

"远的不说了。前些日子,我们走出黑暗、潮湿、肮脏的山洞,住到安全、通风、保暖、望得远的树巢上。然而,天降怪物,烧毁了山上的一切,辛苦搭建的树巢和存的食物也被烧得精光。寒冬已至,洞里食物根本不够部落人活到天气变暖时。更危险的是,西山人随时会来复仇。因此,要活命,就必须尽快离开这里。"

人群中产生了一阵骚动,人们交头接耳,小声地议论着⋯⋯

有巢氏知道人们在议论什么。他平伸双手朝下摆了摆,示意安静。然后,他指着周围大山:"看看这些光秃秃的火烧山吧,它们还能养活我们吗?不能。那么,大山里还有能养活人的地方吗?当然有!但却是外部落人的地盘。我们要么拼死命去抢夺,要么另寻存身之地。这样的地方有吗?有!"

说到这里,他停顿了片刻。见人们都聚精会神地听着,便说:"天大地大,我们部落的运气也好。山外有大平原,那里草木茂盛、河塘众多、人稀地广。原先的大头领说过:有水的地方就有灵气。我带你们去的地方,是大平原上的一片大湖旁。"

说到这里,他又停了下来。他知道,离开大山去平原是从未有过的天大的事情,会有许多疑问的。果然,有人高声问:"去了平原,能让我们天天吃饱肚子吗?"

这在有巢氏意料之中。人们关心的重要事无非是吃、住、安全。他答道:"能!平原上有湖塘河溪,可捕鱼虾;平原上土地肥沃,可将草籽、果核带去,天气暖和时撒在泥土里,让它们生根、发芽、开花、结果。"

有人叫道:"我们喜欢吃兽肉,平原上有吗?"有巢氏笑了笑:"上次我们路过平原,见过狼、狐狸、山羊、獐子和兔子。再说,我们将捉到的小猪、小山羊、小兔子、小野鸡带到平原去,它们长大后,会生小猪、小羊、小兔、小鸡的。想吃肉了,杀大的吃。"

有人小声地嘀咕:"鸡长大了还不飞走了。"一旁的长腿说:"拔掉鸡翅膀上的毛,就飞不起来了。"那个人又担心地问:"那几只小狼养大了会咬人的。"长腿压低声音道:"那些小狼是母的。把大黄狗跟它们关一块,生下的崽也许就没狼性了。"歪头一听,兴奋地说:"那就叫狼狗了。"长腿说:"这个名字好!也许,它们既比狗凶,又像狗一样听人话。"独眼老人听见了:"看来,我的大黄不仅有福,还会立功。"

又有人喊:"大头领,下雪天,这么多人去平原住在哪儿啊?"有巢氏回答:"一到平原,先伐树砍竹筑树巢。如果来不及,就先在地上搭草窝、树棍窝、石头窝,然后再筑树巢。若平原没猛兽,就不需要上树住了。"

没人再提问了。人们纷纷说:"大头领,我相信你。""你做的事没一个是错的……"

美姑娘听着这些话,激动得流出眼泪。身为大头领的女人,她为有巢氏从容不迫的睿智回答而骄傲!

可是,并非所有人都愿去平原。几个白发老人凑在一起小声地议论着。脸色灰暗的无牙老人说:"我好怕冷,不想受那个罪了。"无脚老人喃喃地说:"我反正活不了几天了。就是死,也要死在祖先的洞里……"

头领石上,大头领看出有人仍然心存疑虑。但事不宜迟,必须果断加严厉。他高声喊道:"明天一早,必须动身,到山外平原去。不从者,杀!"

集会一散,人们便各自忙碌起来,收拾自己那点可怜的东西。有巢氏让高个子男人将仓库里的食物用草帘子打包带走。积攒的狼皮、虎皮、熊皮、豹皮、狐狸皮、狗皮分发给女人、孩子和老人、残疾人。天寒地冻,路上保暖、晚上睡觉,全靠身上裹的兽皮和草片了。

经人精清点,全部落一共九十一个人,其中年轻男人有三十多个,其余都是女人、孩子和老弱病残者。

有巢氏心里一阵难受:那九个死去的人都是能打斗的,要是都还活着该多好啊!力气特别大的豹子头招女人们喜欢却让男人嫉妒,但论打论杀,他一个顶三个。可惜了!

人精来了。见大头领沉默不语,他小心地说:"有三个老人死也不肯走。"

有巢氏瞪起眼:"哪三个?"

"一个独眼,一个没牙,一个无脚。"

有巢氏说:"不行,都得走。你跟我去。"

有巢氏首先找到独眼老人,诚恳地说:"你是我最尊敬的部落长老,跟我们走吧,这几天西山人肯定要来。"

独眼老人说:"大头领,我活了五十个冬天了,已是高寿之人。我不怕死,但特别怕冷。去平原,说不定半路上就冻死了。若冻不死走不动,反而会拖后腿。我不想受罪,更不想连累大家。我留在洞里,能活几天是几天。我知道违反了大头领令,是死罪,你杀死我也行。"说罢,他一只独眼里流露出无所畏惧的神情。

话都说到这份上了,有巢氏只得无奈地点头:"那就不勉强了。"

独眼老人少有地绽开了笑脸:"你们走前,把洞口的大坑再挖深些,多插些尖竹竿,上面铺好树枝和泥土。若西山人杀来,我就是死,也要找几个垫背的。"

有巢氏说:"行。我们一走,你就把大坑上的树干抽掉。"

独眼老人点头,又扭头叫道:"大黄,过来。"大黄狗摇着尾巴来了,脖子上拖着一根新拴的草绳。独眼老人捡起草绳,指着有巢氏,说:"大黄听着,以后,大头领就是你的主人。"聪明的大黄狗似乎明白了,朝有巢氏的腿上闻了又闻。

独眼老人把草绳递给了有巢氏,欲言又止。有巢氏问:"还有事吗?"

四十、难舍故土

独眼老人朝人精看了一眼,人精知趣地走开了。老人这才开口:"再不说就没机会了。大头领,你要提防黑皮。我听无脚老人说:黑皮曾在你煮肉的泥陶罐子里放过一颗毒蛇牙,被他发现了,伸腿将火堆上的泥陶罐子捣翻了,腿都被火烫了。"

有巢氏一惊!他想起来了,那次,无脚老人一再道歉,说是不小心,但事后歪头曾悄悄地告诉自己:他看见老人是故意用无脚的小腿将泥陶罐子捣翻的。当时自己很生气!想去责问他为何要这样,但还是忍住了。万没想到竟是这样子的。

独眼老人又凑近有巢氏,悄声说:"黑皮是二头领的孩子,而黑皮并不知道。刚才,我也告诉他了。"见有巢氏再次惊愕不已,老人伸手拍了拍狗的脑袋:"大黄,跟着新主人走吧。"然后,他闭上了独眼。

有巢氏心情复杂地拉着不情愿离开的大黄狗走开了。狗通人性,它一边走,一边扭头朝独眼老人汪汪叫着,仿佛是告别。

有巢氏又找到没牙老人,苦口婆心地劝他去平原。但无论怎么说,老人都不肯。后来,老人恼了,将装满水的葫芦举过头顶朝地上扔去——这是绝情的表示。站在附近的人精斥责道:"大头领一番好心,你怎能这样?"没牙老人瘪着嘴,一言不发。

有巢氏又去找无脚老人。

火坑旁,无脚老人在烤火。有巢氏想起刚才独眼老人说的话,心里对他充满了感激:"跟我们走吧。路上,我让高个子男人他们轮流着背你。"

无脚老人说:"谢大头领!承蒙部落人照料了我二十一个冬天,好几个背我进出洞的人都死了,而我这个废人还活着。我再也不想给部落添麻烦了。我也不走,你杀了我也行。"

"别这样说。"有巢氏力劝道,"西山人肯定会杀来的。"

"我早已活够了,等的就是死。"老人看了人精一眼。人精走开了。

无脚老人目光慈祥地看着有巢氏,动情地说:"大头领,我能活到今天,是天天有人背我到大树下并送吃的。我知道,早先是原来的大头领暗中安排的,他死后,则是你安排的,我感激你。但我不感谢原先的大头领,因为他心中有愧。"

见智者睁大了眼睛,无脚老人继续说:"我之所以一直活着,主要是因为你。"

智者感到诧异:"我?你在说什么?我怎么听不懂?"

"因为,你是原先大头领的孩子,也是我深爱的女人所生的孩子。"

有巢氏大吃一惊:"你别瞎说,你……糊涂了吧?"他开始怀疑老人的脑子坏了。

无脚老人平静地说:"我没有糊涂,我对以前发生的事记得很清楚。"

有巢氏愣了片刻:"我一向尊敬你,可不能开这样的玩笑啊。"

无脚老人神情坦然地说:"我没说假话。二十一个冬天前,大头领看上了爱我的女人。她不愿,他就硬把她往头领洞里拽。我上前阻拦,被他用权杖照头一棍,打昏了。第二天,为断了你母亲对我的心,他竟然残忍地砍掉了我的双脚。"

有巢氏急切地问:"我母亲还活着吗?她是谁?"

"你母亲恨大头领拆开了我们,更恨他砍了我的脚。生下你以后,她就跳下了断崖。"

有巢氏失望了,但他的心被强烈地震撼了!

无脚老人继续说:"你是吃百人食长大的。当然,大头领暗中也叫人给你东西吃,你才没饿死。你长得一半像大头领,一半像你母亲。每当看见你,我就像看到你母亲一样。这便是支撑我活到今天的原因。"说到这里,老人深陷的眼窝里滚出两颗豆大的泪水……

有巢氏暗自吃惊:刚才,独眼老人才说黑皮是二头领的孩子;现在,无脚老人又说自己是原先大头领的孩子,这些都是真的吗?他迅速回想过去许多事情,开始半信半疑了。怪不得大头领打骂过好多人,但从没打骂过自己;怪不得察觉到他看自己的眼神有些异样;怪不得他让自己做少头领,还托梦催自己当大头领。有巢氏恍然大悟,在那个奇怪的"月亮梦"里,大头领没说完的半句话,一定是想告诉自己,自己是他的孩子。

想到这里,有巢氏又回到现实中。他对无脚老人说:"这些话,可不能乱讲。"

无脚老人无声地笑了:"我是快死的人了,你们又要走了。我还讲给谁听啊?其实,从你出世起,我就非常讨厌你,因为你是大头领的孩子。但渐渐地,我开始喜欢你了。你身上既有原先大头领的勇敢、聪明、果断、高大、壮实的优点,更有你母亲的善良、宽厚、助人、忍让的优点。我相信,无论你率领部落人到哪里,部落都会兴旺的!"

有巢氏说:"谢谢你的信任!也谢谢你救过我一命!"

"哦,这件事你也知道了?"

有巢氏点头,说:"我再说一遍,走吧。"

无脚老人毅然决然地拒绝了:"天高路长,我不想成为累赘。我和原先的大头领是五十一个冬天前同一天出生的。他死了,我还活着,已是部落里最长寿之人,我比他有福气。但我一直想死,到阴间去见你母亲,她也一定在想我。我会把救你一命的事、你当了大头领的事告诉她,她一定很高兴!"

说到这里,无脚老人伸出瘦骨嶙峋的手背擦去泪水,说:"你走吧,永别了。"

有巢氏从腰间拔出一截短尖竹竿递给老人,说:"防身用。"然后,他牵着大黄狗转身离去。

身后,传来无脚老人凄凉而熟悉的哼唱:"嗨——呀——啊——哎——噢——"

有巢氏听着哼唱,想到执意留洞的几位老人注定的结局,热泪涌出眼眶,顺着脸颊而下……

离开大山的日子到了。

清晨,天蒙蒙亮,有巢氏就起身了。走到洞口时,守洞人提醒说陷坑已铺好。他小心翼翼地走过三根长树干,来到洞外。

北风呼啸,大雪纷飞,天地间显得格外冷峻、肃穆。周围大山上白雪皑皑,天边的层峦叠嶂也与大雪融为一体了。

有巢氏包着兽皮的脚咯吱地踩着白雪,朝场地上走去。从小到大,自己就生活在这里,昔日的无数情景在眼前飞快地闪现、消失,再闪现、又消失……马上就要到陌生的平原上去了,困难一定不少,得早早地想好对策。他久久地盯着曾经的树林处,缤纷的思绪如同漫天的雪花一样飞舞着……

不知过了多久,沉思中的有巢氏转过身,再次惊讶地看见洞前站满了人。啊,都准备好了?他感到激动和振奋!飞身一跃站到了头领石上,居高临下地环视着人们——怀抱幼儿、牵着孩子、肩上搭着葫芦的女人们;满脸皱纹、身子瘦弱的老人们;还有躺在几副树棍架子上的伤残者。而身裹兽皮、草帘,手持棍棒、石斧的男人们身上背着、扛着装有食物的草包。有人还牵着草绳拴着的小猪、小山羊、小狗,怀抱着兔子、鸡。部落里的全部家当都带上了。有巢氏心里由衷地感激高个子男人等人,许多事都是他们做的。

留下的三个老人中,有两位钻出洞口,扶着石壁望着将要离开的部落人——有巢氏让高个子男人留下够吃二十天的食物。但老人们说路上更需要吃的,只要了一部分,那点食物最多只够吃七天。

一个女人忍不住哭了起来,顿时引发哭声一片。看着人们哭泣,一股强烈的悲壮感涌上有巢氏的心头:"所有人都听着,今天,我们就要离开大山、离开祖祖辈辈赖以存身的洞穴了,我心里和你们一样难过。但必须离开,马上就走!都回过头,最后看一眼洞穴吧。"

人们转过身去,凝望着崖下洞口。高个子男人扑通一声跪下了。紧接着,众人全都跪下了。即将离开部落的男女老少再也抑制不住留恋和伤感,一边失声痛哭,一边嗑着头,尽情地宣泄着难舍难离的复杂情感。

人精提醒大头领:"走吧,老哭就没劲走路了。"有巢氏说:"让他们哭吧。哭够了,人就轻松了。"

这时,场地上所有人都没发现,大山顶上,一个身裹虎皮的魁梧男人从岩石后探出脑袋,正伸长脖子朝这边张望。他的前额上,引人注目地插着一根大雁羽毛……

这个魁梧男人就是西山部落的大头领,他是来复仇的。山脊后的雪地里,蹲着七十多个身裹兽皮的男人,一个个手持棍棒、尖竹竿、长柄石斧、石锤。只等大头领一声令下,就会冲下山,杀向洞口。

当西山大头领望见山下上百人跪在洞前雪地里痛哭呼喊时,一时愣住了:这是在干什么?太远了,听不清他们在喊什么。他盯着山下的人,眼里冒出仇恨的火星!上次来打这个部落,死了二十多人,自己不仅被恶狗咬伤大腿,手里那根不知传了多少代的头领棍也被他们拽上了树,真是奇耻大辱!从没输过的他咽不下这口气。要不是腿受伤,早就来复仇了。这回,一定要杀光他们,找回头领棍。

那回败退回西山后,最后逃回来的狗头说,亲眼看见有两群人打猎去了,每群有四十多人,这让西山大头领颇感意外。若加上留守部落的,三群人加起来有上百呢。而西山除去留守部落的,能去复仇的男人只有七十多个。于是,在养伤期间,他派人去西南部落"借人",万没想到他们竟敢不借,恨得他牙痒:下次非灭了西南部落不可。担心人少,也是迟迟没来复仇的原因之一。当腿伤好转后,他想,西山人骁勇善战,以一打三,白天去肯定赢。于是,今天他们来了。

洞前,悲怆的痛哭后,众人又开始呼天喊地——有感激祖宗庇护的,有难舍部落家园的,有诅咒天灾厄运的,有恳求苍天保佑的……哭得天昏地暗。最后,人们不约而同地放开喉咙,发出了撕心裂肺的呐喊:"嗷、嗷嗷、嗷嗷嗷、嗷嗷嗷嗷……"悲壮的情景惊天地、泣鬼神……

一直站在头领石上的有巢氏见此情景,也忍不住热泪盈眶。少顷,他伸手抹去脸上的泪水,威严地喊道:"哭够了。走吧!"

全部落人开始了集体徙迁。身披雪花的人们一步三回头,依依不舍地望着洞口,望着被烧焦的树巢残骸,扶老携幼地沿着山谷朝远处走去。大黄狗被有巢氏用草绳牵着,仍扭头朝独眼老人哇呜哇呜地叫了两声,不情愿地走了。看火老人捧着盛有火种的泥陶罐子跟在后面,火种是部落人的命根子,一路上取暖、烤吃的都靠它了。

独眼老人和没牙老人扶着洞口崖壁,目送部落人离去。当人群消失后,独眼人老深陷的眼窝里滚出一颗豆大的泪水,顺着干瘪的脸颊流到下巴。没牙老人拿起一小片红石头,在洞厅石壁上画起部落人在飞雪中成群结队远去的场景。火坑边的无脚老人又哼起了谁也听不懂的调子:"啊——呀——呜——嗨……"微微颤抖的苍老声音在空荡荡的洞厅里回荡,显得格外悲怆、凄凉。

雪花仍在漫天飞舞,地上积雪更深了。长长的迁徙队伍沿着山谷往前走。按照有巢氏的安排,女人、孩子和老人走在中间,高个子男人、黑皮、歪头和尖眼各率十来个手持棍棒的男人走在人群前后左右,警惕地注视着四周,以防不测。在野外,随时会遇到兽群或外部落人。

离开部落很远了,依然有人回头望去。负责殿后的尖眼大声催促:"快点走,走呀!"这时,高个子男人发现黑皮不见了,便向大头领报告。

"咦,刚才还看到他呢。"有巢氏大声问:"哪个看见黑皮了?"没人吭声。此时,许多人还没从伤感中回过神来,根本没注意谁在、谁不在。

尖眼小声说:"大头领,黑皮恐怕是投奔外部落去了。他没当上头领,心里一直不服,经常跟我发牢骚,说要投奔外部落去。昨晚,他又说了,我以为他还是说着玩儿的……"

四十一、惊险离山

大山顶上,一个满脸胡楂的男人凑近西山大头领:"我数过了,山下的人群里有四十六个拿棍棒的男人,眼下正是难得的聚杀机会。下令吧,冲下去斩尽杀绝!"

"二头领,慢着。"西山大头领说着,又扭头问身后的人,"狗头,你不是说看见他们有八十多个男人吗?怎么只有四十多?"那个叫狗头的家伙连忙说:"那天,我真的看见两群人,足有八十多人。若讲假话,你杀了我。"

大头领环视着周围光秃秃的雪山,纳闷地说:"树都烧光了,还有四十多个男人藏在哪儿呢?"二头领猜测道:"一定在洞里。也许,他们内部争斗分成两帮。一帮强人占了洞,赶这帮人走。要不然,大雪天,这么多人怎么会往外跑?你的头领棍一定在洞里。"

大头领点点头:"唔,有道理。"他仰脸想了想,"同一部落人争吵得再凶,如果打杀起来,他们还是会一致对外的。若冲杀山下的人,洞里人会出来支援,两股合一股,我们人比他们少,弄不好又要吃亏。"看来,他对上次袭击这个部落的失败心有余悸。

大头领盯着山谷里的队伍,说:"洞内应当还有四十多个男人。再等一等,让这些人走远了再杀进洞,然后再追击他们。哼,一个也跑不了。"

二头领恭维道:"大头领聪明!听说南山部落早就想占他们的地盘,九个冬天前曾血洗过他们部落,前一段时间又来打杀过。后来,双方不知怎么和好了?"

"南山部落?"大头领哼了一声,"这回灭了山中部落,下一次就灭他们。"说着,他攥起拳头,狠狠砸在岩石上,恶声道:"自古到今,这大山里谁弱,谁死;谁强,地盘和女人就是谁的。"

山谷里的人群继续往前走着。山顶上出现了一群猴子。有巢氏一眼就认出是常来的那群猴子,便友好地朝它们挥挥手。这时,他发现路旁山坡上有个隆起的雪堆,觉得有些蹊跷,便走上前去,用棍子拨开积雪,顿时一惊:一个披头散发、一脸胡子的人身上裹着狼皮,双手卡着一只大狼的脖子,狼嘴也咬住了人脖子。人狼同归于尽,均已冻得僵硬。有巢氏失声叫道:"啊,黑狗。"

众人闻讯纷纷拥上前察看。人们这才意识到,昔日从洞厅的天洞掉下的那些死羊、死狼等猎物,应该是黑狗扔下的。看来,他被逐出部落后并没走远,一直在暗中为部落人狩猎。盯着黑狗的尸体,许多人热泪盈眶,有巢氏也忍不住流下了眼泪。在自己赴北山打猎未归、部落里最困难的日子里,天洞扔下的猎物救过多少人命呢。

黑狗的母亲闻讯,也颤颤巍巍地爬上山坡。她一眼就认出儿子:"黑狗……"话没说完,就一头栽倒了,滚下山坡。美姑娘等人连忙跑过去。

有巢氏盯着黑狗尸体说:"黑狗,现在只能委屈你了……"周围人明白他的意思:部落人要赶路,不能挖坑土葬黑狗了。山坡下,美姑娘惊慌地叫道:"大头领,她死了。"有巢氏朝那边望了一眼,说:"让她陪着自己孩子吧。走。"

长长的迁徙队伍又朝前移动了。

大山顶上,西山二头领见山谷里的人群拐弯后看不见了,便跟大头领建议:"是时候了,杀进洞吧。"

"唔。"西山大头领举起手,正要下达命令,忽然听到有人惊叫:"老虎来啦。"他扭头朝山脊后的山下望去。山谷溪边果然出现一群老虎,它们

四十一、惊险离山 | 293

先是望着山脊上的人,接着就朝山上跑来。看来,在冰天雪地的山上,饥饿难耐的虎群也不愿放过猎物。

望着突如其来的虎群,西山大头领很恼火:"该死的老虎,要坏我的大事。"他并不在乎,这十来只老虎不是六十多个男人的对手。虎群上到山腰停了下来,双方虎视眈眈地对峙着。面对居高临下的一大群人,猛虎也不敢轻举妄动。

二头领又建议:"大头领,先杀了这群老虎,再杀进洞。"大头领说:"不可,那样的话,众人就没有力气进洞打杀了。等一等,也许它们会离开的。"

可是,过了好久,虎群也没离开的意思。恼怒的西山大头领忍无可忍了,决定先打老虎。他将人分成两群,分别从左右两侧慢慢地朝虎群逼近。当他正要下达冲锋指令时,虎群好像意识到危险,纷纷掉头朝山脚下窜去。

待老虎涉水过溪后,西山大头领这才下令:"二头领,杀进洞去!"

满脸胡楂的二头领立即喊道:"都听着,翻过山脊下山,进洞,杀光!然后,吃他们的肉,喝他们的血。"

一大群手持各种家伙的男人越过山脊,杀气腾腾地朝山下洞穴奔去。

洞厅里,无牙老人在石壁上边作画、边抹泪。独眼老人敏锐地听到了洞外有动静,他连忙将无牙老人拉到洞口,两人合力将搭在大陷坑上的三根树干抽回。然后,分别隐藏在洞壁两侧。在火坑旁烤火的无脚老人也听见洞外响动,他盯着燃烧的火,一言不发。

洞外传来杂乱的脚步声,许多陌生人冲到洞口,紧接着就听见扑通、扑通、扑通,三个人踩入大陷坑里,惨叫起来。

洞外,西山大头领拨开人群探头朝大坑看去。一个人被尖竹竿刺穿脚掌动弹不得,一个被尖竹竿贯穿前胸后背,还有一个不知怎么被刺中了脖子。他想起上次来时遇到的陷坑,暴怒地朝洞内喊:"净会挖坑,算什么本事?有种的出来,面对面打杀。"上次败回西山后,碍于面子,大头领没跟部落人说遇到陷坑的事。大头领不提,其他人更不敢说了。这回,冲在最前面的都是上次没来过的人。那个叫狗头的人快到洞口时假装一跤跌倒,叫弟弟扶起自己,两人双双躲过一死。

大头领叫二头领带人抬一棵树来,可是,附近的树都被烧光了。好不容易才扳倒一棵烧焦的树干,抬过来架在大坑上。二头领下令:"过去。"一个胖家伙踩着"独木"往洞里进。刚走到中间,焦树干不堪重负折断了,他落入坑里,被尖竹竿刺得杀猪般号叫……

大头领气得七窍生烟。这次来复仇,还没杀到对方一个人,就损失了四个人。他狂怒地喊:"丢石头,填!"六十多人纷纷搬来石头往坑里丢。坑里的几个人没叫几声,就被石头砸死了。

洞内,无脚老人明白西山人要进洞了,决不能让他们烤火。他用棍棒将火坑里的明火挑灭,又用盛水葫芦往有暗火的灰里浇去。

当洞口大坑被石块填了一半时,西山人叫嚷着踩着石块冲进洞里。洞外亮、洞里暗,刚进来一时看不清。躲在石壁旁的无牙老人双手举起石块,用尽全身力气照头砸去,一个西山人哼都没哼就倒下了。随即,几根尖棍刺入无牙老人的身体。藏在另一边的独眼老人也冲了出来,将手里的尖竹竿刺入一人后腰。一棍子打来,独眼老人也倒下了。而无脚老人则一头撞在火坑边的石头上……

西山二头领一进洞厅,就大声叫道:"搜!快……"他大呼小叫也是在给自己壮胆,黑暗的洞里藏着四十多个男人呢。高度紧张的西山人在洞厅里搜索了一番后,又钻进里洞,在黑暗中慢慢地往里摸。遇到岔路时,还得分成两路。可是,搜到里洞尽头也没发现人。难道他们钻入地洞了?二头领感到困惑。这时,有人一脚踩空,掉下那个无底洞——部落人离开时,高个子男人挪开了盖住洞口的石板。

洞里也有陷坑?西山人闻讯惊恐不已!二头领命人下去察看。那人战战兢兢地摸索着下洞,一脚踩滑坠了下去,好久都没听见他坠地的声音。二头领倒吸了一口冷气:"好深!"他连忙说,"到洞外去。"

二头领钻出洞,向早已等得不耐烦的大头领报告说:"洞里只杀死三个老人,又有两人掉下陷坑了。"大头领听了怒火中烧:"啊,死了八个人了?"他叫人把狗头喊来,恶狠狠地瞪着他:"你不是说,亲眼看见他们有八十多个男人吗?在哪儿?"

狗头吓得浑身直哆嗦,一句话也说不出来。

"你竟敢骗我?"怒不可遏的大头领咬牙切齿地下令,"钉死他!"几个人一拥而上,将狗头脸朝下按在地上,一根尖竹竿抵在后脑勺上,一石锤砸下去。可怜的狗头被尖竹竿钉死在地上。

余怒未消的大头领又问:"我的头领棍找到了吗?"二头领嗫嚅着:"没、没见着。"大头领稍一思索,伸手一拍大腿:"这个部落恐怕没有那么多男人,全都走了。快,追!"

六十多个西山人沿着山谷朝前追去。

山谷里,大黄狗一直跟在有巢氏身后。忽然,它异样地叫了一声,挣断了草绳,转身往部落方向疾奔。有巢氏叫道:"大黄,回来!"大黄狗越跑越快,一会儿就看不见了。有巢氏顿时有了不祥的预感:狗比人敏感。难道独眼老人出事了?西山人打过来了?他下令快点走。部落人行进的速度加快了。

傍晚,人们走出了山口,朝山下俯望。眼前豁然开朗——辽阔的平原一眼望不到边。天地相连处,隐约可见一大片湖泊。

众人茫然地望着大平原,接着又扭过头,留恋地回望大山。最后,不约而同地将目光转向大头领。

此时,有巢氏心情同样复杂。全部落人迁往陌生的平原,是亘古未有的大举动,福祸难料。但是,必须义无反顾往前走。他以铿锵有力的声音喊道:"下山!"

长长的队伍朝坡下走去。

山脚下,河面早已冰冻。高个子男人上冰面走了走,冰层很厚。当部落入全部过河后,有巢氏回头盯着冰面想了想,对高个子男人和歪头说:"你俩各带几个人,一左一右沿着河边捡石头,把河冰砸破。各砸两百个人躺着那么长,冰缝要宽,人过不来。"两人会意,分头行动起来。

六子跟在歪头的后面,别人捡石头砸冰,他则举起那根花纹棍奋力击冰。棍子质地坚硬,每一棍都能将冰层打出窟窿。一连打了几十棍后,棍子折断了。在同伴的笑声中,六子气恼地将半截棍子扔向冰面,嘴里嘟囔道:"西山人,还你们,来捡呀。"那半截棍子从冰面滑向了对岸。

天色渐渐暗了下来。

暮色里,西山大头领率领六十多人在山谷里匆匆地追赶着。突然,有人惊叫:"狼、狼。"果然,迎面窜来一只"狼"。它看见这么多人,迅速地蹿上山坡,从过火林里一窜而过,很快就不见了。

二头领说:"不像狼,是条狗。"此时,恼怒的西山大头领可没有心思判断是狼是狗。这个山中部落可能一共只有四十多个男人,可狗头为什么要坚持说看见八十多个男人呢?他报的假消息误了大事,死有余辜。

当西山人追到山下那条冰河边时,天已黑了。西山大头领一眼就望见了河对面远处隐约的火光。那些人可能正在烤火取暖。

二头领小心地上了冰面走了几步,扭头说:"冰面很厚,能过去。"他发现冰上有一截短棍,捡起来一看,立即反身上岸,双手递给大头领:"这……"

大头领一眼就认出这正是朝思暮想的头领棍。啊,被他们折断了!他双膝一屈跪了下来,双手虔诚地将短棍举过头顶,仰面朝大痛苦地喊道:"老祖宗啊,你传下来的头领棍到我这一代被折断了,我有罪,对不住你呀!"继而,他站起身来,怒不可遏地将半截头领棍朝河那边一指,声嘶力竭地狂喊:"快,冲过河,杀光他们!"

夜幕下,一大群西山人踩上冰面,嗷嗷叫着朝对岸冲去,大头领也上了冰面。岂料冲在前面的人扑通、扑通,一连好几个掉入冰水中,其他人

四十一、惊险离山 | 297

连忙往后退。慌乱中,一大片冰被踩破,大头领也落入冰冷刺骨的河水里。

好在河水只有齐脖子深,八个落水的人从水中上了岸。月光下,没落水的二头领见大头领浑身是水,厉声叫道:"牛头,把你身上的虎皮解下来,跟大头领换一下。"那个叫牛头的人愣住了,他极不情愿地将裹在身上的虎皮解开。二头领一把拽过,讨好地给脱下湿虎皮的大头领裹上。接着又喊:"草根,把脚上的兽皮给大头领。"草根也不敢不从。

寒风中,雪地里,赤身裸体的牛头冻得直哆嗦,只好捡起大头领那张湿虎皮裹在身上,草籽也捡起了大头领的湿包脚兽皮……

寒气逼人。包括牛头在内的九个人裹着透湿的兽皮,冻得浑身发抖。二头领建议:"大头领,太冷了,先回他们洞里避寒烤火。待夜里薄冰被冻住,明天再过河吧。"

大头领望着河对面远处的火光,心有不甘,说:"他们怕我们追来,才把河冰砸烂了。你派人沿着河两边搜,看能否找到能过去的地方。"

几个西山人朝河两边搜索开来。可是,长长的冰窟窿似乎没有尽头。二头领再次建议:"大头领,快回洞吧,不然落水的人会冻死的。"

"他们洞里肯定有火?"大头领问。

二头领说:"记得有火坑,但不知有没有火。"那几个裹着湿兽皮的人连忙七嘴八舌地附和道:"有火。""肯定有!""我要冻死了。"

大头领再次望了望远处的火光,咬着牙说:"好,让他们多活一天。回。"

一大群人反身往回跑。那些裹着湿兽皮的人就惨了。雪地寒风,跑得越快风越大、人越冷,一会儿工夫,就有人跟跟跄跄了。

凌晨时分,西山人回到了山中部落的洞穴。进洞前,西山大头领发现好几个掉下河的人没跟上来,他开始后悔了:"不该回的。应当涉水过河追去。那里的火堆也能把身上的湿兽皮烤干,还有吃的。"

二头领感到大头领是在责怪自己,吓得不敢吭声。

298　有巢氏

洞内石壁旁,从山谷里狂奔回来的大黄狗蹲在独眼老人的尸体旁小声哀鸣着。一大群疲惫不堪的西山人进洞后,首先想寻找的是火坑,没注意到黑暗中的狗。当大头领进洞时,大黄狗一跃而起咬住他后脖子。大头领的痛叫声令周围人大惊失色!在乱棍中,大黄狗也没松嘴,人和狗一起倒在地上。直到几根尖棍刺入狗肚子,它才松开嘴死了。

西山大头领的脖子被狗咬得不轻,伤口血流如注,不久便昏迷过去。插在他额头上那根长长的大雁羽毛不知何时被折断了。

几个身裹湿兽皮的人一路上是拼尽了全力才回来的,当他们发现火坑里一粒火星也没了,顿时感到绝望。有人支持不住,咕咚一声像根树干直挺挺地倒下了。接着,又有两个落水人也栽倒了。其余的人纷纷倒在地上喘着粗气。来回奔波了半天一夜,又冷又饿又累,再也没有力气了。

天亮时,西山二头领借着洞外光亮清点人数,只剩下四十四个人了。牛头、草籽,还有那些掉下河的人,不是冻死在归途,就是死在没火的火坑旁。二头领震惊不已:来时七十多人,仅仅半天一夜,就有近三十人冻死、累死、掉进陷坑被刺死!这可怕的陷坑,那该死的河!

二头领又看了看大头领,他仍旧昏迷不醒,看样子活不成了。要是死了,大头领位子就是自己的了。想到这里,他内心掠过一丝暗喜!决定返回西山。但要爬好几座山呢。

中午,一群西山人用两根焦煳树干抬起气息奄奄的大头领,离开了洞穴。他们冒着严寒,踩着积雪,垂头丧气地往西山部落而去……

四十二、天高地阔

当部落人沿着山谷往山外走时,黑皮在拐弯处闪身钻入一个石缝里。等部落人全都走远了,他才钻出石缝,朝南边山上爬去。自从当头领无望后,他就产生了投奔南山部落的念头。心里不知想过多少次,今天终于付诸行动了!

上山、下山……当黑皮再次攀上山顶时,看到对面山腰有个大山洞。终于到南山部落了。黑皮松了一口气,拔腿就朝山下奔去。

山下有条激流奔涌的小河。黑皮将裹在身上和脚上的兽皮脱了下来,冒着刺骨的寒风赤裸着身子下了河。到河中央时,冰冷的水淹到脖子,他双手将兽皮举过头顶,涉水过了河。怪不得上次天火没烧到南山,是这条河保了他们。黑皮重新将兽皮裹在身上、脚上,朝山腰的洞口跑去。

离洞口老远,气喘吁吁的黑皮就被树丛后闪出的几个人揪住,不由分说地将他推搡到洞口。一个身材魁梧的人站在洞口。黑皮定睛看去,像是上次被困洞里的那个南山大头领。揪他的人上前报告:"这家伙闯入我们的地盘。"

那个身材魁梧的人瓮声瓮气地问:"哪个部落的?"黑皮忙说:"我是山中部落的。大头领,你不认识我了?"

大头领仔细地打量他,好像也认出来了:"哦,你来干什么?"

黑皮讨好地说:"我叫黑皮,是来投奔南山部落的。"

"投奔?为什么?"

黑皮答:"因为我们部落的大头领胆子太小,害怕西山人,执意率全部落人到平原上去。我不愿离开大山。南山部落人多、兴旺,大头领勇猛、聪明。我想跟着你干。"

"就为了这个?没有别的事?"

"没有。"

南山大头领皱了皱眉头:"你们大头领知道你来吗?"

黑皮讪笑着:"我是悄悄来的。"见南山大头领不说话了,他紧张起来。

少顷,南山大头领说:"擅自投奔外部落,在南山部落是死罪。明白吗?"

黑皮连忙说:"我不知道。"其实,山中部落也有类似的祖规。

南山大头领哼了一声:"背叛自己部落的人,以后还会背叛的。我怎么会要你这样的人呢?你走吧。"

黑皮万没想到自己翻山越岭来投奔,竟是这样的结局。他急了,央求道:"大头领,收下我吧,我一定听你的。"尽管在严寒中,他额头上仍然冒出了冷汗。

南山大头领轻蔑地盯着他,不紧不慢地说:"你闯入我们南山,本应杀死你。但念及你们大头领曾放过我们一回,今天我也放过你一次。这样,就扯平了。"说完,他转身朝洞里走去。

黑皮连声叫道:"大头领、大头领……"南山大头领没有回头。周围的几个人连推带搡:"快滚,不然打死你。"其中一人举起了棍子。黑皮见势不妙,转身便逃。

离开南山部落后,黑皮沿着山谷漫无目标地走着,脑子里一片空白,过了好久才回过神来。

本以为投奔南山部落会受到欢迎,没想到如此蒙羞。眼下,到哪里去呢?西山部落人是仇敌,自己与西南部落人也打杀过。听说更远处还有几个部落,可是,若历尽艰辛到了那边,他们会不会也像南山人一样对待

四十二、天高地阔 | 301

自己呢？说不定被他们打死、吃了，本部落人还不知道。唉，怎么把投奔想得那么好呢？一贯傲气的黑皮第一次感到了无路可走。

天空白茫茫的，纷乱的思绪如同漫天的雪花。思前想后，黑皮觉得只有一条路：回部落。可是，回去以后部落人怎么看自己？自己怎么说呢？有巢氏会不会以"背叛部落、违背祖规"为由，乘机杀了自己？自己跟他决斗过，明里暗中使过不少绊子，还往他的泥陶罐子里放过毒蛇牙……

可是，不回部落又到哪里去呢？在这大山上，若遇到饥饿的猛兽，立马会被啃得只剩下骨头。走投无路的黑皮下了决心：回部落。就是死，也比死在冰天雪地的山上好……

夜晚，初到平原的人们点燃了几堆篝火，露宿雪地。看火老人不断地添柴，篝火燃得很旺。夜深了，部落人睡得很沉，全然不知自己是在杀气腾腾的西山部落人眼皮下穿过山谷的，也不知道留在洞里的三位老人已死，更不知若非大头领下令砸破河冰，会遭到追击的西山人毁灭性袭击……

清晨，雪停了。

有巢氏仍然起身很早。他看见人们躺在一堆堆篝火旁扎堆取暖，睡得很沉，甚感欣慰。要不是有整夜燃烧的篝火，部落人无论如何也难挨寒冷的雪夜。昨夜听见狼叫，也可能是篝火令兽望而生畏。多亏了找火的瘦子和长腿！一想到为火死去的瘦子，有巢氏心里泛起一阵痛楚。

昨夜设的四个岗哨依旧警惕地站在东南西北四个角；看火老人仍在逐个火堆地添加枯枝、枯草，它们是一路上寻得的。

高个子男人醒了。看到大头领四处察看，他想起了自己的职责，推醒几个人："起来，要分肉了！"

部落人起身后，每人分到一小片兽肉、一把草籽。篝火燃得更旺了，雪地里飘起诱人的肉香。老人牙齿不好，用泥陶罐子盛上雪和肉，吊在火上煮。来自大山里的人第一次让荒芜的平原上炊烟袅袅，充满了人间烟火味。

吃罢东西,部落人又开始移动。经过昨天的行走,人们逐渐习惯了长途跋涉……

第三天上午,部落人来到一片大湖边。有巢氏朝周围看了看,说:"就是这儿。"

人们停下步子,好奇地东张西望。

左边是一望无际的冰冻湖面,右侧是广袤无边的皑皑雪原。一条自湖而出的冰冻河流蜿蜒于莽原之上,消失于遥远的天边。冰河边,大片稠密的丛林被白雪覆盖。天地相连处,依稀可见几座不高的山。

人精左瞅右瞧,连声夸赞:"好风水呀!有湖,有河,有山,有树林,有草地,适宜人居。"众人听了,脸上露出了笑容。

原先各树巢的巢长们被召集到一起。大头领说:"看样子还要下雪,男人抓紧伐树、筑树巢。女人捡柴火、割草、割藤条、搓草绳、编草帘子。"

人们行动起来了。

可是,树林里的大树很少,难以筑巢。有巢氏果断地说:"选一块适宜的地方筑地巢。"人精选了一处微微隆起的岗地:"这里地势稍高,不怕下雨水淹。"

有巢氏赞许道:"人精不愧是人精。"

长腿担心地问:"在地上筑巢?猛兽来了怎么办?"

有巢氏坦然地说:"再说一遍:猛兽跟人一样习惯住山洞,而山洞只有山上才有。我们是山里人,十只以内的兽不是我们的对手。"

树棍和草被运到岗地上。人们按照有巢氏早先教过的方法搭起地巢——许多树棍子被藤条捆缚在一根树干上。人们抬起树干,将树棍朝两侧叉开支在雪地上,往树棍上扎茅草;然后,把里面的雪清理干净,铺上厚草,草帘子挂在两边出口处。一个地巢就做成了。

岗地上有几棵树。有巢氏让歪头带人捡石块,在大树周围垒起一圈石墙,留个缺口进出。石墙垒至一人高时,有巢氏教他们将众多树棍子一头搭在墙上,另一头斜抵在树干上,再用藤条绑紧。然后,又在树棍子斜面铺草、扎紧。在石墙内的地上铺枯草……

投奔南山部落遭拒后,黑皮又开始翻山越岭,往部落人行走过的山谷而去。饿了,就在草丛中寻一把草籽;渴了,就抓把雪塞入嘴里。夜晚来临时,寻个石缝睡觉。次日,终于见着熟悉的山谷了。黑皮立即下山,朝山外飞奔而去。

山下出现一条冰河,河那边是一望无际的雪原。这时,黑皮的肚子咕咕叫起来。在离开大山前,得填饱肚子。不然,部落人看见半死不活的自己一定会嘲笑,一向跟自己作对的高个子男人更是会幸灾乐祸。

河边山坡上,有稀疏的灌木丛。咦,这块地方没被火烧过?他钻入灌木丛里东瞅西觅,发现一个脑袋大的圆球,上面覆盖着白雪。这是什么?他伸手拽过圆球,万没想到,球里飞出马蜂,眨眼间就被叮了好几下。黑皮扔掉圆球朝山下狂奔,马蜂穷追不舍、一路追击,黑皮的头上、脸上、身上多处被蜇。

黑皮踏上冰河朝对岸逃去,可刚结的薄冰被踩破了,落入冰冷的水中。好在水不深,脑袋可露在水面,但仍有马蜂围着叮。黑皮只得将头没入水里仅露出鼻子,可还有马蜂叮鼻子。他深吸一口气,将整个脑袋没入水里。实在憋不住时,才从水里露出头。这时,一只马蜂也没了,肯定都冻死了。

黑皮感到刺骨的冷,连忙上岸。裹在身上、脚上的兽皮水淋淋的。想脱下,一阵寒风吹来。不能脱,湿兽皮至少能挡风。得赶快找到部落人,烤火、吃东西,要不然必死无疑。

部落人正忙着筑地巢。负责站岗的尖眼叫起来:"大头领,远处有人来。"众人纷纷停止手中活计,抓起棍棒,伸长脖子张望。

大山那边的雪原上,果然有一个人朝这边跑来。尖眼眼尖:"好像是黑皮。"

黑皮？都知道他在山谷里突然失踪了。有人猜测他不愿离开山洞，回去陪三位老人去了。也有人认为他是投奔外部落了。怎么回来了？

来人踉踉跄跄地走近，果然是黑皮。

尖眼和人精迎了上去，发现他身上裹着湿兽皮，脸色惨白，浑身发抖。两人连忙拉着他朝篝火跑去。黑皮差点儿扑向了熊熊燃烧的篝火。见他失魂落魄的样子，人们露出鄙视的目光。昔日，黑皮除了大头领、二头领外，谁也不放在眼里。

尖眼替黑皮拽掉身上的湿兽皮。有巢氏让歪头给他一块烤熟的狼肉。赤身裸体的黑皮接过，张开发紫的嘴唇狼吞虎咽。又冷、又累的他实在是饿极了！

过了好一会儿，他才缓过神来。高个子男人不客气地责问道："在山谷里，你怎么跑了？是投奔外部落去了吧？"心里发虚的黑皮强作镇静："不是。我不想离开大山。"他嘴里说着，眼睛却瞟着有巢氏。

错人问："是人家不要你吧？"这回，错人真的猜对了。黑皮扭过头，目光凶狠地瞪着他："你这个错人，净说错话。"当他转过脸来时，目光又变得谦卑了，"大头领，自从离开部落，我先是在山上乱走。后来，心里愈来愈想念你们，后悔不该离开，于是回部落。我违反祖规、犯了死罪，愿受严惩。就是死，也要死在部落里。"

人们看着有巢氏。二头领死后，新任大头领的威信空前提高。只要他一声令下，石块就会飞向黑皮。此刻，有巢氏脑海里也飞快地闪过泥陶罐子里的那颗毒蛇牙。他喉咙艰难地上下滚动了一下，然后淡淡地说："回来就好，还当你的巢长。"……

大头领没有责备一句，让所有人都感到意外，更令黑皮吃惊！一路上，他曾反复地想过回部落后的处境。万没想到这么轻易"过了关"。他内心充满了感激和愧疚！接过尖眼帮着烤干的兽皮，尴尬地走向一边。

无须解释，众人很快就理解了。像黑皮这样身强力壮、能打能杀的男人,部落里已经不多了。再说,自从有巢氏任大头领后,部落改变了许多,包括原先像岩石一样坚硬的祖规。有巢氏曾说过,祖规是先祖制定的,但适合的要坚持,不适合的就应改变。他与以往的大头领最大的不同是:不是以拳头立威,而是以智慧、胆识和善良,赢得人们发自内心的敬佩。

人们又忙碌了起来……

高个子男人带人筑好地巢后,先钻进地巢,其他人跟着钻了进去,个个赞不绝口。有人说:"我住在树巢上时,老是担心大风把藤条刮断,树巢散了架、人掉下去。住在这地巢里则没事了。"

"地巢?地巢……"人精自言自语地念叨了好几遍,说,"大头领,筑在树上的巢叫'树巢'。这筑在地上的巢,你给改个名字吧。"

有巢氏想了想,说:"就叫'棚'吧。"

棚?众人觉得新奇,继而都觉得这名字贴切。人精说:"既然是茅草筑的棚,那就叫'草棚子'吧。"见有巢氏微笑着点头认可,众人也纷纷叫好。

"大头领,也给我们筑的石头巢起个名字吧。"歪头说。

"好。"有巢氏盯着石头巢思索着,嘴里下意识地哼着,"唔……"

歪头的一只耳朵听觉特别好。他立即兴奋地叫道:"屋?这个名字起得好!"没等大头领认可,他就大呼小叫起来:"大头领给我们垒的石头巢起了新名字叫'屋'。"人们再次叫好起来。

有巢氏不置可否地笑了:"不论叫'棚'还是叫'屋',都是住人的。大家加劲干吧。"

一天不到,雪地里筑起了十多个"草棚"或"石屋"。人们欣喜不已!高个子男人带着人在草棚子门口有节奏地叫道:"地巢、地巢——草棚子!"筑石屋的人跟着应道:"地巢、地巢——石屋子!"……声音此起彼伏,引得众人哈哈大笑。

部落里好久没有这么多人发出开心的笑声了。

黄昏,天空又飘起了雪花,但人心安定了。有了"棚"或"屋",就不怕刮风、下雪了。

大头领有巢氏喊道："所有人都听着,这里就是我们的新住处。一开始,可能有些不适应。住久了,就会习惯的。有了住的,还要吃的。带来的小猪、小狗、小狼、兔子和鸡也要喂。"

全部落的人都全神贯注地听着。

"明天,各巢长仍带着原先各树巢上的人,拨开积雪割些枯草,把'棚'和'屋'铺得更暖和些。后天,我们去找吃的。在这么大的平原上,我们一定会比在山里吃得更好、活得更安全!"

大头领的话,让人们备受鼓舞。是啊,一个吃、一个安全,有了这两条,就知足了。

有巢氏没进去,身裹虎皮的他独自伫立在湖边,凝望着冰冻的湖面,眼前浮现出即将开始的生活场景:砸冰捕鱼、雪原狩猎……待天暖和后,把山里带来的种子撒到泥地里,让它们生根、发芽、开花、结果。有了吃的、住的,女人们生孩子就多,部落就会人丁兴旺。

要是部落人太多了怎么办呢?

好办。平原辽阔,分一部分人到别的地方去住。黑皮不是一心想当头领吗?让他带些人去远方,形成一个新部落。还有高个子男人、人精、歪头,都可以率众建新部落。慢慢地,大平原上就会出现从山中部落分出去的众多部落。

雪下得更大了,有巢氏的思绪一如漫天的雪花,纷纷扬扬。他的目光越过雪原,注视着地平线尽头,心中产生了对未来的无限遐思——

一百代人以后,不,一千代人以后,人们会活得怎样呢?

肯定比现在的人过得好。也许,他们在原野上广种草籽、圈养禽兽,天天都有肉吃,他们编织精致的草布,人人都有皮、草裹身,再不畏冰雪严寒,他们会建造更大、更结实、更暖和的棚与屋,个个都有住所,不怕风吹日晒、雨淋,他们会发明各种尖利的石器,不惧任何猛兽,就是山中大王老虎也不敢惹人,他们一定会发明取火术,再不用靠取天火或地火了,也许,

四十二、天高地阔

他们能乘着老鹰一样的飞天器真的飞到月亮上去,顺便摘几颗星星带回来,挂在棚与屋子里照明,他们也许在地下找到了供东升西坠的太阳和月亮穿行的神秘通道,堵住洞口让太阳和月亮一直挂在天上令夜晚消失,再发明蛇一样的钻地器载着人们在通道里钻来钻去,也许,他们还能发明钻水器,载着人一头钻入水底,看着鱼儿游来游去……啊,天地间有多少谜团尚未解开,有多少美好的憧憬令人神往啊!真想再活一千年啊……有巢氏感到胸口咚咚地跳着,他为自己大胆的想象而激动不已!

"呜——"凛冽的寒风掠过广袤的冰冻湖面扑面而来,身裹虎皮的有巢氏转过头来,再次凝望远处大山,回首逝去的往事。渐渐地,眼前出现了幻觉:那些死去的人又复活了——大头领、二头领、黑狗、瘦子、胖子、光头、草头、豹子头……他们朝他微笑着一一走来,转瞬之间,又消失在飘着雪花的白茫茫天空里……也许,死去的人不住在地下,而是在天上。大地的一切他们都能看到。他们一定会对自己率部落人来到平原开启新的生活而欣慰的!

有巢氏在心里默默地说:"大头领,我没有辜负你的信任。昔日,我引领部落人走出山洞、筑树巢而居。如今,我又领着人们离开大山,来到了平原。我知道,以后还会有许多未知的难处和危险,但我一定竭尽全力,率部落人在大平原上顽强地活下去,世代繁衍、生生不息……"